第六才子書
西廂記

王實甫　原著
金聖嘆　批點
張建一　校注

三民書局

第六才子書西廂記　總目

引　言……………………一—七
第六才子書西廂記考證……………………一—六
卷　目……………………一—二
正　文……………………一—三八二

引言

張建一

呈現在讀者諸君面前的是清人金聖嘆評點的西廂記（以下簡稱「金批西廂」）。在金聖嘆之前，西廂記已經譽滿四海，令無數文人墨客為之傾倒，明代朱權在太和正音譜中稱：「王實甫之詞，如花間美人，鋪敘委婉，深得騷人之趣。」賈仲明（凌波仙）讚道：「新雜劇，舊傳奇，西廂記天下奪魁。」王驥德稱：「實甫西廂，千古絕唱。」然而正如清代著名戲劇評論家李漁所說，人人都稱西廂記為今古傳奇第一，但是西廂記到底好在哪裡，別人都說不清楚，唯獨金聖嘆說清楚了，「自有西廂以迄於今，四百餘載，推西廂為填詞第一者不知幾千萬人，而能歷指其所以為第一之故者，獨出一金聖嘆。」李漁的話道出了「金批西廂」的價值之所在。

「金批西廂」的基本框架包括以下幾個方面。首為兩篇序文慟哭古人、留贈後人，闡述了評點和刊刻西廂記的原因和目的。他認為，前乎我者為古人，後乎我者為後人，古人視我為後人，後人視我為古人；人生在世，當繼往開來，有所作為，故批刻西廂，以留贈後人。其次為讀第六才子書西廂記法，這是一篇解讀西廂記的妙文，看似信筆揮灑，未見經營，實則章法分明，脈絡貫通，對西廂記的思想內涵、藝術特色、人物關係和欣賞方法作了詳盡的介紹，文字生動，想像豐富，令人百讀不厭。再次，在每折之前有總批，指出其創作手法和對劇情、人物的分析；在唱詞和對白中，分節夾批，批文入乎西廂內，出乎西廂外，縱橫正反，多方設譬，褒貶曲直，嬉笑怒罵皆有之，推陳出新，直抒胸臆，充分體現了金聖嘆對西廂記的鑑賞力。

「金批西廂」問世後，在社會上流傳甚廣，「一時學者愛讀聖嘆書，幾於家置一編。」（王應奎柳南隨筆）有清一代，「金批西廂」成了西廂記的通行本，時至今日，「金批西廂」仍具有不可否認的重大影響。那麼，李漁當年為何對金聖嘆評價如此之高？「金批西廂」為何歷數百年而不衰？它究竟在哪些方面放出異樣光彩，使前人黯然失色而令後人眼界大開呢？我想，答案似可從以下三方面尋找。

首先，「金批西廂」以自己特有的方式為西廂記正名。「西廂是淫書」的惡名在社會上由來已久，以致舊時讀西廂者，不敢告人「讀西廂」，而諱之曰「看閒書」。這對將西廂記尊為「第六才子書」而欲將其「留贈後人」的金聖嘆來說，是萬萬不能接受的，因此，他在讀第六才子書西廂記法中開宗明義便指出：

有人來說，西廂記是淫書，此人後日必墮拔舌地獄。何也？西廂記不同小可，乃是天地妙文。

說西廂記不是淫書，那麼酬簡一折如何解釋？對此，金聖嘆並不迴避，直言相告：

人說西廂記是淫書，他止為中間有此一事耳。細思此一事，何日無之，何地無之？不成天地中間有此一事，便廢卻天地耶？細思此身自何而來，便廢卻此身耶？

此話答得有理有力，有膽有識。僅此數語，金聖嘆已超越了以前的西廂論家，而金聖嘆高人一籌之處還在於他不遺餘力地為崔張愛情辯護，通過對「好色而不淫」的詰難，對「男女必至之情」的肯定，從根本上推翻「淫書」說。

按照傳統觀念，崔張私合有悖於先王禮教，他們追求愛情自由的行為無疑是對禮教的挑戰，然而，金聖嘆卻並不以為非。因為從本質上說，金聖嘆自己就是一個率性任情、輕視禮教的不安分之人。因此他與崔張有共同語言，從而對他們逾牆偷歡的越禮舉動抱持同情和欣賞的態度，讚之為「順乎天意之快事」，於酬簡一折中〔元和令〕之下批道：「此是小兒女新房中真正神理也。」金聖嘆同時又是一個很懂禮的人，他很了解禮教規範的自相矛盾之處，他很善於發現禮教規範在實施中暴露出來的漏洞，並及時將其放大而利用。在「金批西廂」中，他舌底瀾翻，筆端有刺，抓住要害，窮追猛打，用充分的證據告訴你，崔張結合是男女必至之情的自然結局，水到渠成，符合天地人性；如果要指責的話，該指責的不是才子佳人，而是禮教大防自己的籬笆沒有紮緊。請看：

第一本題目正名的首句是「老夫人開春院」，金聖嘆批道：這句話是在怪罪老夫人，「雖在別院，終為客居，乃親口自命紅娘引小姐於前庭閒散心。一念禽犢之恩，遂至逗漏無邊春色。良賈深藏，當如是乎？」這段話的分量是很重的，分明是說，你老夫人乃一品相國夫人，不是三家村燒香念佛嫗，胡為無禮至此？既已如此，由此引發的種種事端，老夫人難逃其咎。

接下來發生「寺警」，老夫人情急之下，匆匆許婚，張生建退軍之策，崔張「大幸猝至」；然而兵退身安，「老嫗之計倏然又變」，馬上「賴婚」，使崔張「妹妹拜哥哥」。按禮，信者，人之根本，人而無信，可乎？此曲在老夫人。既然為母不尊，忘恩負義，言而無信，置禮於不顧，那麼，上梁不正下梁歪，你也就怪罪不得小輩「酬簡」了，但老夫人仍要怪罪，而紅娘不服氣，於「拷艷」聲中仗義執言：此「乃老夫人之過也！」金聖嘆立即以肯定的語氣為紅娘助威：「快文，妙文，奇文，至文。」接著，紅娘再作快文：「既不允其親事，便當酬以金帛，令其舍此遠去，卻不合留於書院，相近咫尺，使怨女曠夫，各相窺伺。」是啊，「男女有別」的道理，別人不懂，你老夫人也不懂嗎？金聖嘆列出了老夫人的「罪狀」：老夫人先是「詐許兩廊退賊願婚，乃又悔之，而又不遣去之，而留之書房，而因以失事。」意思很明白：最終導致禮教防線大潰的不是別人，正是首開春院、背信棄義、治家不嚴的老夫人。

通過這番眼明手快、探幽析微的論證，金聖嘆終於成功地洗去了衛道士們潑在崔張身上的汙泥濁水，完成了為西廂記正名的使命，使「花間美人」的清新純潔重現於天地之間。

其次，「金批西廂」不僅僅是評點，還包括對原文的刪改和其他的處理。金聖嘆認為，西廂記應當是悲劇，而作為一部悲劇，就不能出現大團圓結局；王實甫西廂為四本十六章，至驚夢為止，十六章之後為無知妄人所續，因此他讚前四本為「天地妙文」，而將後一本斥為「狗尾續貂」、「真大無聊」、「一片犬吠之聲」等，不過金聖嘆畢竟沒有像處理水滸傳第七十回後那樣，將其一刀腰斬，而是將他稱為「續本」的後一回仍保留於書中。在評點時，對「續本」雖然竭盡挖苦嘲訕之能事，但遇到佳句，他也會忍不住大喝一聲「妙！」「古人果有妙文，聖嘆決不沒也！」「金批西廂」在各章標題的處理上繼承了王伯良本的做法，即將以前的四字標題改為二字標題，如「遇艷」改為「驚艷」，「附齋」改為「鬧齋」，「解圍」改為「寺警」，「省簡」改為「鬧簡」，「送別」改為「哭宴」，從中可見金聖嘆在概括劇情、把握戲劇衝突和人物關係方面比前人更準確，更傳神，更具匠心。

金聖嘆批點西廂記時，遇到不滿意的地方，有時在批文中指摘其疵，有時索性連招呼也不打，大筆一揮，竟將原文刪改了。平心而論，有些地方改比不改好，刪比不刪好。如鬧簡中「更做道孟光接了梁鴻案」一句，金聖嘆改為「是幾時孟光接了梁鴻案」。「更做道」，猶言「甚至於」，改為「是幾時」，能更貼切地傳達紅娘此時的心情，更符合紅娘的性格特徵。紅樓夢第四十九回中，寶玉和黛玉就此語有一段很有意思的對話：

> 寶玉笑道：「那鬧簡上有一句說的最好：『是幾時孟光接了梁鴻案？』這幾個字不過是現成的典，難為他『是幾時』三個虛字問的有趣。是幾時接了？你說我聽聽！」黛玉聽了因笑道：「這原問的好。他也問的好，你也問的好。」

可見曹雪芹能參透這三字之改的奧秘。再如，鬧齋中刪去〔錦上花〕，酬簡中刪去〔後庭花〕，都是刪得很有見地的。前者〔錦上花〕突兀而來，顯得不倫不類，極不協調，簡直是佛頭著糞，刪去可使文勢暢通，布局合理。後者〔後庭花〕刪去之後起到了淡化「濃鹽赤醬」的作用，應予肯定。

也有些地方刪改與不刪改差不多，還有些地方與其刪改不如不刪改，如借廂中「過了主廊，引入洞房，你好事從天降」一句，金聖嘆將「過了」、「引入」兩個襯詞刪去，改「主」為「曲」，變成了「曲廊洞房，你好事從天降」，這顯然不如原本。難怪梁廷枏要罵他「鹵莽」，說「聖嘆以文律曲，故每於襯字刪繁就簡，而不知其腔拍之不協。」（曲話）

總的說來，金聖嘆對西廂記的處理是成功的，有利於西廂記的傳播和普及。

再次，「金批西廂」具體形象地指出了西廂記為什麼好，好在哪裡，即如李漁所說的「能歷指其所以為第一之故」。金聖嘆不愧是評點高手，他獨具慧眼，對美有特殊的敏感，善於從旁人不經意處，遷想妙得，找出作者的匠心之所在和作品的奧妙之所在，並作出恰如其分的表述。所謂獅子滾繡球法、烘雲托月法、移堂就木法、月度迴廊法、羯鼓解穢法、那輾法等等，就是他在批點中提出的獨到見解。金聖嘆批西廂用心最細，見解最豐，他會運用心理分析方法，將特定人物在特定環境中的內心活動娓娓道來，讀之令人心服口服。如賴簡一折，雙文傳簡，約張生月夜相會，當張生滿心歡喜，逾牆赴約時，雙文突然翻臉不認人，面斥張生而賴簡。雙文為什麼賴？金聖嘆在該折的總批中，從「文章之妙，無過曲折」的角度，花了兩千多字，寫了一篇雙文的內心獨白。他寫道，雙文是相國千金貴女，在雙文心中，張生乃真天下之才子。雙文傾心張生，此間決不容旁人插足。雙文認為，我不願旁人插足，你張生也一定不會將你我之事隨便告訴旁人。此其一。然而前番張生托紅娘傳簡之後，紅娘一反常態，往昔未敢行之行，未敢言之言，而今盡行之，盡言之，這說明張生傳簡之時已將兩人之事向紅娘和盤托出，罄盡言之。雙文天性矜尚，豈能容忍紅娘插足？於是大怒，是為「鬧簡」。此其二。雙文於紅娘不能容忍，於張生不惟能容忍，且傳簡題詩約其月下相會。雙文一面派紅娘傳簡，一面又將約會之事瞞住紅娘，謊稱「我欲其勿更出此」。雙文想，紅娘必定將我鬧簡之事和「勿更出此」之語告訴張生；張生是聰明之人，初聞此事此語未免有驚有疑，再看簡中之詩，心裡必然快然大悟；他必定會收起書簡，故作嘆息，打發紅娘，然後或坐或臥，待更深人靜之時悄然赴約。此其三。偏偏事與願違，張生於更未深，人未靜，雙文方燒香，紅娘方在側之時，逾牆突入。雙文憑此可以斷定，張生不顧紅娘在側而來，必定已將我簡中之詩向紅娘罄盡而言，「此真雙文之所決不料也，此真雙文之所決不肯也，此真雙文之所決不能以少耐也。」此時，雙文的自尊與自信受到重大打擊，她別無他路，唯一可行的自我保護手段便是賴，而且要賴得一乾二淨。於是，經過金聖嘆一番點撥，使人明白了雙文賴簡實出無奈，明白了雙文心中的難言之隱，同時，西廂記文章曲曲折折的「妙處」，亦於此可見一斑。寫到這裡，不由想起清人馮鎮巒讚金聖嘆的一句話：「靈心妙舌，開後人無限眼界，無限文心。」此言不虛！

作為引言，到這裡應該打住了。人稱讀「金批西廂」如從山陰道上行，有應接不暇，美不勝收之感，請讀者諸君自己去領略「花間美人」的風采吧！

第六才子書西廂記考證

張建一

西廂記的原型是唐代元稹的傳奇小說鶯鶯傳（又名會真記）。在這篇三千餘字的小說中，敘述了張生為崔鶯鶯的美貌所傾倒，使盡手段，百般追求，但當他如願得到鶯鶯的愛情回報之後，又負心地將鶯鶯拋棄的故事。

小說中的崔鶯鶯作為一名悲劇女性，理所當然地引起了讀者的同情與關注，而她對真正愛情生活的熱烈企求又激發了人們的共鳴與思考。崔張故事以其強烈的現實意義而產生了廣泛的社會反響，後世以崔張故事為題材的作品相繼出現，如宋代秦觀、毛滂的〔調笑轉踏〕（鶯鶯），趙德麟的〔商調・蝶戀花〕鼓子詞鶯鶯傳等，其中鼓子詞的出現使崔張故事由案頭文學發展為可以「播諸聲樂、形諸管弦」的演唱文學。

到了金代，董解元撰西廂記諸宮調，即西廂記搊彈詞，也稱董西廂。董解元是當時的戲曲作家，「解元」也許不是他的名字，而是對當時勾闌裡讀書人的稱呼。他的生卒年和籍貫都不詳。董西廂不僅在容量上將三千餘字的鶯鶯傳擴充為五萬字的西廂記，而且在體裁上化傳奇小說為說唱文學作品，更重要的是，董西廂在情節和主題上都有進一步的改變、創新和發展，使崔張故事從內容到形式都發生了質的飛躍，呈現出嶄新的面貌。在董西廂中，張生不再是「始亂終棄」的無行文人，而以一名對愛情矢志不渝的正面形象登場。崔張故事的結局不再是令人嘆息的悲劇，而成了美美滿滿的大團圓。可以說，董西廂為後來王西廂的產生奠定了比較堅實的基礎。

今本雜劇西廂記是元代大戲曲家王實甫所作，人稱王西廂。王西廂第一次響亮地發出了中國古代戲曲舞臺上最具生命力的吶喊——「願天下有情的都成了眷屬！」它強化了西廂記反對封建禮教，追求個性解放和愛情自由的時代精神。在藝術形式上，王西廂是包括科、白、唱的完整的戲劇劇本，全劇結構合理，布局巧妙，主線突出，情節豐富而曲折，人物形象細膩而豐滿，唱詞和道白語言既充滿詩情畫意，又符合人物的個性特徵，所有這些，都使得西廂記在王實甫以後的七百多年中，成為流傳最廣、影響最大的劇目，在佳作迭出的中國古代文化長廊中，西廂記獨領風騷，笑傲文壇，盛名美譽，經久不衰。

在西廂記作者問題上存在不同看法，有人認為是關漢卿作王實甫續，有人認為是關漢卿作，也有人認為是王實甫作關漢卿續，但是根據目前現有史料判斷，王實甫作西廂記是比較正確的看法。

與元代大多數有成就的戲曲作者生前默默無聞、名不見經傳一樣，關於王實甫，留下的記載也是有限的。王實甫名信德，字實甫，大都（今北京市）人。據王季思先生考證，王實甫「主要的活動時期在元成宗元貞、大德年間（約西元一二九五——一三〇七年）。」「西廂記雜劇大約作於元成宗大德三年至十一年（西元一二九九——一三〇七年）之間」。王實甫出入勾闌，與妓女相熟，擅長寫「兒女風情」一類的戲；作詞章，風韻美，受士林推崇。他的作品，據元鍾嗣成編的錄鬼簿記載，有十二種。完整保存至今的有西廂記、破窯記和麗春堂三種。

西廂記問世以後，注家蜂起，刻本眾多，王伯良、李卓吾、王世貞、湯顯祖、凌濛初、閔遇五、陳繼渭、毛西河、金聖嘆等明清聞人紛紛加盟其中，一時間，各色評點本、注釋本、插圖本等相繼刊行，竟使西廂記版本之多成為中國戲曲作品之冠。在各種版本中，流傳最廣的莫過於清人金聖嘆的貫華堂第六才子書。可以說，在金聖嘆之前，各種本子不絕如縷，自成一家，自金批本一出，西廂記版本領域幾乎成了「貫華堂」一家之天下；自金聖嘆之後，再去另起爐竈重批西廂者，則鮮有其人。人們的注意力全被金聖嘆吸引過去，以致出現了名目繁多的「金批西廂」版本。由此可見金聖嘆其人在西廂記傳播過程中所起的作用之巨大。

金聖嘆（西元一六〇八——一六六一年），清蘇州府長洲（今江蘇省吳縣）人，名喟，又名人瑞，聖嘆是他的號。他始終不曾走上仕宦之途，唯以讀書著述為務。順治十八年（西元一六六一年）他因參與驅逐縣令的民眾運動而捲入所謂的「哭廟案」中，當年被清廷處死，終年五十四歲。

在明清時期的眾多江南才子中，金聖嘆是一個極有個性的人物，「是十七世紀的一個大怪傑。」（胡適語）他熱愛生活，對人生一往情深，但又與現實社會的實用功利始終保持一定距離，冷眼看世界，不為世俗禮教所拘囿，面對看不慣的社會世象，他敢怒敢罵，絕不隨遇而安。他自己是生員出身，但對於那些斤斤計較、工於鑽營乃至見利忘義的秀才，他照樣嘲諷調侃，譏之為酸相，斥之為傖夫。他自己喜好佛理，愛結交方外緇流，但對那些遊手好閒、無惡不作的僧人，他照樣詈之為禿奴，恨不得「務盡殺之」。佛教戒條不食酒肉，他照樣「食狗肉，登壇講經」，照樣以喝酒為人生一大快事，讀書著文至興致大發時，每每有「欲滿飲一斗」之語。金聖嘆至死都表現出與眾不同的怪傑習性，「臨刑寄妻子書云：『字付大兒看，腌菜與黃豆同吃，大有胡桃滋味。此法一傳，我無遺憾矣。』」（蔡丐因清代七百名人傳）能於臨刑之時坦然發此豁達之語者，古往今來能有幾人？

金聖嘆的才華橫溢是後人公認的。他將莊子、離騷、史記、杜詩、水滸傳、西廂記六部書稱為「六才子書」，計劃將此六書逐一評點。事實上他只完成了其中的兩部，即第五才子書水滸傳和第六才子書西廂記，其餘四部皆因身陷「哭廟案」而未能竣事。對於金聖嘆的評書，他的朋友徐增是這樣評價的：

興至評書，奮筆如風，一日可得一二卷。……聖嘆固非淺識寡學者之所能窺其涯者也，聖嘆異人也。學最博，才最大，識最超，筆最快，凡書一經其手，如庖丁解牛，腠理井然；經其口，如懸河泛濫，人人滿意。（才子必讀書序）

對於金聖嘆評點西廂記的成就，清代戲劇評論家李漁是這樣評價的：

讀金聖嘆所評西廂記，能令千古才人心死。……聖嘆之評西廂，可謂晰毛辨髮，窮幽晰微，無復有遺議於其間矣。（閒情偶寄詞曲部）

「金批西廂」版本很多，除了順治年間的原刻本之外，各種以其為底本加以注釋、繪像、音釋、匯釋等運作方式的本子層出不窮，從印刷裝幀上還可分版刻本、石印本、單色本、朱墨套印本、巾箱本等許多形式，傳惜華先生的元代雜劇全目上就記載了三四十種「金批西廂」，而實際上還不止此數。現將流傳範圍較廣、時間較長的幾種重要版本按時間先後分述如下，大致可分為四個系統。

一、原刻本。清順治年間貫華堂原刻本貫華堂第六才子書西廂記，八卷。原為傳惜華先生藏，六十年代中期佚。

二、按原刻本重刻的，如：

1. 清康熙八年刻本貫華堂繪像第六才子書西廂記，八卷。

2. 清康熙三十九年四美堂刻本貫華堂第六才子書，八卷。

3. 清康熙五十九年懷永堂刻巾箱本懷永堂繪像第六才子書，八卷。

這類刻本的特點是形式和內容都接近原刻本。

三、鄒聖脈注本，如：

1. 清乾隆四十七年樓外樓刻本樓外樓訂正妥注第六才子書，七卷。

2. 清乾隆間九如堂刻本樓外樓訂本妥注第六才子書，六卷。

3. 清乾隆六十年尚友堂刻本繡像妥注第六才子書，六卷。

4. 清乾隆間刻本雲林別墅繪像妥注第六才子書，六卷。

這類刻本一般分六至七卷，除了保留康熙年間刻本附圖的做法外，特別注重「妥注」和「訂正」，用西廂記明刻本（如徐渭本、王驥德本、凌濛初本等）與「金批西廂」相對照，在文字、方言、標點等方面「妥而注之，附以音義，去其謬誤」。

四、鄧汝寧注本，如：

1. 清乾隆間致和堂刻本增補箋注繪像第六才子西廂釋解，八卷。

2. 清嘉慶間五雲樓刻本，書名同乾隆致和堂刻本，八卷。

3. 清嘉慶間致和堂刻本吳山三婦評箋注釋第六才子書，八卷。

4. 清嘉道間文苑堂刻巾箱本，書名同嘉慶致和堂刻本，八卷。

這類刻本書名很長，所謂「吳山三婦」純係偽托，其實都是同一個本子。它的特點除了匯合各種注釋外，還增加了音釋。鄧汝寧匯注本直至光緒年間上海還出過石印本。

「金批西廂」版本雖多，但除了康熙間幾種刻本與原刻本較接近外，其餘大多數本子都存在文字舛誤、校勘不精、詞句不通、斷句不當、以訛傳訛的毛病。究其原因，主要有三，第一，金聖嘆原刻本本就未經精校，他承認：「前後著語，悉是口授小史，任其自寫，並不更曾點竄一篇，所以文字多有不當意處。」第二，校注者妄下雌黃，如鄧汝寧注本，「間有曲白中易一二字者，皆出古本；評語中刪一二句者，取便抄寫。」第三，書商意在謀利，疏於校勘，不顧刊印質量，以致前錯未改，後錯又起，陳陳相因，積重難返。

本書以康熙五十九年懷永堂刻巾箱本懷永堂繪像第六才子書為底本，參校其他本子。懷永堂本刊刻年代較早，校勘較精，與原刻本面貌接近。康熙以後，嘉道間又出過覆刻本，流傳範圍也較廣。本書校勘不出校記，如有異議處需說明者，於注文中注明據何而改。

本書注釋以難解詞語、名物制度、歷史人物和事件、主要引文、戲曲專用名詞為主。主要引文均注明出處，其文字與今本有出入者，皆保留原貌，不敢妄改，並於注釋文中註明異同。注釋文字徵引古今各家評注，參以己見，以求不謬。

懷永堂本原作八卷，因卷三及附錄與西廂本文關係不大，故本書刪去不錄，目錄按現有內容另行編排，特此說明。

卷目

卷一　序一……一
序二……六
卷二　讀第六才子書西廂記法……八
卷三　第一之四章……二三
驚艷……二九
借廂……四九
酬韻……七一
鬧齋……八八
卷四　第二之四章……一〇一
寺警……一〇二
請宴……一二九
賴婚……一四四
琴心……一六二

卷五 第三之四章……一七八
前候……一七九
鬧簡……一九四
賴簡……二一七
後候……二三七
卷六 第四之四章……二五四
酬簡……二五五
拷艶……二七六
哭宴……二九七
驚夢……三一四
卷七 續之四章……三三一
捷報……三三二
猜寄……三四五
爭艶……三五五
團圓……三六八

卷一

聖嘆外書

序一　曰，慟哭古人

或問於聖嘆曰：西廂記何為而批之刻之也？聖嘆悄然動容，起立而對曰：嗟乎，我亦不知其然，然而於我心則誠不能以自已也。今夫浩蕩大劫❶，自初迄今，我則不知其有幾萬萬年月也。幾萬萬年月，皆如水逝雲卷、風馳電掣，無不盡去。而至於今年今月，而暫有我。此暫有之我，又未嘗不水逝雲卷、風馳電掣而疾去也。然而幸而猶尚暫有於此。幸而猶尚暫有於此，則我將以何等消遣而消遣之？我比者亦嘗欲有所為，既而思之，且未論我之果得為與不得為，亦未論為之果得成與不得成，就使為之而果得為，乃至為之而果得成，是其所為與所成，則有不水逝雲卷、風馳電掣而盡去耶？夫未為之而欲為，既

❶ 浩蕩大劫：指相當漫長的時間。劫，佛經稱天地從形成到毀滅為一劫。

為之而盡去，我甚矣歎欲有所為之無益也！然則我殆無所欲為也。夫我誠無所欲為，則又何不疾作水逝雲卷、風馳電掣，頃刻盡去，而又自以猶尚暫有為大幸甚也？甚矣，我之無法而作消遣也。細思我今日之如是無奈，彼古之人，獨不曾先我而如是無奈哉！我今日所坐之地，古之人其先坐之；我今日所立之地，古之人之立之者，不可以數計矣。夫古之人之坐於斯，立於斯，必猶如我之今日也。而今日已徒見有我，不見古人。彼古人之在時，豈不默然知之，然而又自知其無奈，故遂不復言之也。此真不得不致憾於天地也，何其甚不仁也！既已生我，便應永在；脫不能爾，便應勿生。如之何本無有我，我又未嘗哀哀然丐之曰爾必生我，而無端而忽然生我；無端而忽然生者，又正是我；無端而忽然生一正是之我，又不容之少住；無端而忽然生之，又不容少住者，又最能聞聲感心，多有悲涼。嗟乎，嗟乎！我真不知何處為九原❷，云何起古人。如使真有九原，真起古人，豈不同此一副眼淚，同欲失聲大哭乎哉？乃古人則且有大過於我十倍之才與識矣，彼謂天地非有不仁，天地亦真無奈也。欲其無生，或非天地；既為天地，安得不生？夫天地之不得不生，是則誠然有之，而遂謂天地乃適生我，此豈理之當哉？天地之生此芸芸❸也，天地殊不能知其為誰也；芸芸之被天地生也，芸芸亦皆不必自知其為誰也。必謂天地今日所生之是我，則夫天地明日所生之固非我也。然而天地明日所生，又各各自以為我，則是天地反當茫然不知其罪之果誰屬也。夫天地真未嘗生我，而生而適然是我，是則我亦聽其生而已矣。天地生而適然是我，而天地終亦未嘗生我，是則我亦聽其水逝雲卷、風馳電掣而去而已矣。我既前聽其生，後聽其去，

❷ 九原：春秋時期晉國卿大夫的墓地在九原山（位於今山西省新絳縣北），後世因稱墓地為九原。

❸ 芸芸：眾多的樣子。此指芸芸眾生。

而無所於惜，是則於其中間幸而猶尚暫在，我亦於無法作消遣中隨意自作消遣而已矣。得如諸葛公之躬耕南陽，苟全性命，可也，此一消遣法也。既而又因感激三顧，許人驅馳，食少事煩，至死方已❹，亦可也，亦一消遣法也。或如陶先生之不願折腰，飄然歸來，可也，亦一消遣法也。既而又為三旬九食，饑寒所驅，叩門無辭，至圖冥報❺，亦可也，又一消遣法也。天子約為婚姻，百官出其門下，堂下建牙吹角，堂後品竹彈絲，可也，又一消遣法也。日中麻麥一餐，樹下冰霜一宿，說經四萬八千，度人恆河沙數❻，可也，亦一消遣法也。何也？我固非我也。未生已前，非我也，既去已後，又非我也。然則今雖猶尚暫在，實非我也。既已非我，我欲云何？抑既已非我，我何不云何？且我而猶望其是我也，我決不可以有少悮我。而既已決非我矣，我如之何不聽其或悮乃至或大悮耶？悮而欲以非我者為我，此固悮也。然而非我者則自悮也，非我之悮也。又悮而欲以此我作諸鄭重，極盡寶護，至於不免呻吟啼哭，此

❹ 諸葛公八句：諸葛亮，字孔明，三國蜀漢丞相。其出師表稱：「臣本布衣，躬耕於南陽，苟全性命於亂世……先帝（劉備）三顧臣於草廬之中，咨臣以當世之事，由是感激，遂許先帝以驅馳。」三國志裴注引魏氏春秋：「諸葛公夙興夜寐，罰二十以上，皆親擥焉。所啖食不至數升。」

❺ 陶先生八句：東晉陶潛，一名淵明，曾為彭澤令，因「不能為五斗米折腰」，棄官歸隱，躬耕自資，有時不免於饑寒，三旬只吃九碗飯，無奈之下，乞討度日，其乞食詩稱：「饑來驅我去，不知竟何之；行行至斯里，叩門拙言辭。……感子漂母惠，愧我非韓才；銜戢知何謝，冥報以相貽。」

❻ 日中麻麥四句：指釋迦牟尼的經歷。釋迦牟尼十九歲（一說二十九歲）出家學道，苦行六年，形容削瘦，又坐正覺山菩提樹下，思維四十九日，得悟世間無常和緣起諸理，遂成覺者世尊，以後四十餘年間，遊歷四方，弘揚佛教。度人，使人離俗出家。恆河沙數，像恆河裡的沙那樣多得數不清。形容極多。

固大悞也。然而非我者則自大悞也，非我之大悞也。又悞而至欲以此我，窮思極慮，長留痕跡，千秋萬世，傳道不歇，此固大悞之大悞也。然而總之：非我者則自大悞大悞也，非我之大悞大悞也。既已悞其如此，於是而以非我者之日月，悞而任我之唐突可也；以非我者之才情，悞而供我之揮霍可也；以非我者之左手，悞為我摩非我者之腹，以非我者之右手，悞為我掐非我者之鬚可也。非我者撰之，我吟之。非我者吟之，我聽之。非我者聽之，我足之蹈之，手之舞之。非我者足蹈之、手舞之，我思有以不朽之。皆可也。硯，我不知其為何物也，既已同謂之「硯」矣，我亦謂之「硯」，可也；墨，我不知其為何物也，筆，我不知其為何物也，紙，我不知其為何物也，手，我不知其為何物也，心思，我不知其為何物也，既已同謂之云云矣，我亦謂之云云，可也。窗明几淨，此何處也，人曰「此處」，我亦謂之「此處」也；風清日朗，此何日也，人曰「今日」，我亦謂之「今日」也。蜂穿窗而忽至，蟻緣檻而徐行，我不能知蜂蟻，蜂蟻亦不知我。我今日而暫在，斯蜂蟻亦暫在；我倏忽而為古人，則是此蜂亦遂為古蜂，此蟻亦遂為古蟻也。我今日天清日朗，窗明几淨，筆良硯精，心撰手寫，伏承蜂蟻來相照證，此不世之奇緣，難得之勝樂也。若後之人之讀我今日之文，則真未必知我今日之作此文時，又有此蜂與此蟻也。夫後之人而不能知我今日之有此蜂與此蟻，然則後之人竟不能知我之今日之有此我也。後之人之讀我之文者，我則已知之耳，其亦無奈水逝雲卷、風馳電掣，因不得已而取我之文，自作消遣云爾。後之人之讀我之文，即使其心無所不得已，不用作消遣，然而我則終知之耳，是其終亦無奈水逝雲卷、風馳電掣者耳。我自深悟，夫悞亦消遣法也，不悞亦消遣法也，不悞不妨仍悞亦消遣法也。是以如是其刻苦也。刻苦也者，欲其精妙也；欲其精妙也者，我之孟浪也；我之孟浪也者，我既了悟也；我既了悟也者，我本無謂也；

我本無謂也者，仍即我之消遣也。我安計後之人之知有我與不知有我也？嗟乎！是則古人十倍於我之才識也。我欲慟哭之，我又不知其為誰也。我是以與之批之刻之也。我與之批之刻之以代慟哭之也。夫我之慟哭古人，則非慟哭古人，此又一我之消遣法也。

序二 曰，留贈後人

前乎我者為古人，後乎我者為後人，古人之與後人，則皆同乎？曰：皆同。古之人不見我，後之人亦不見我，既已皆不見，則皆屬無親，是以謂之皆同也。然而我又忽然念之：古之人不見我矣，我乃無日而不思之；後之人亦不見我，我則殊未嘗或一思之也。觀於我之無日不思古人，則知後之人之思我必也；觀於我之殊未嘗或一思及後人，則知古之人之不我思，此其明驗也。如是，則古人與後人，又不皆同。蓋古之人非惟不見，又復不思，是則真可謂之無親。若夫後之人之雖不見我，而大思我，其不見我，非後人之罪也，不可奈何也。若其大思我，此真後人之情也，如之何其謂之無親也？是不可以無所贈之，而我則將如之何其贈之？後之人必好讀書，讀書者，必仗光明。光明者，照耀其書所以得讀者也。我請得為光明以照耀其書，而以為贈之。則如日月，天既有之，而我又不能以其身為之膏油也，可奈何？後之人既好讀書，讀書者，必好友生❶。友生者，忽然而來，忽然而去；忽然而不來，忽然而不去。此讀書而喜，則此讀之令彼聽之；此讀書而疑，則彼讀之令此聽之。既而並讀之，並聽之。既而並坐不讀，又大歡笑之者也。我請得為友生，並坐並讀、並聽並笑而以為贈之。則如我之在時，後人既未及來；至於後人來時，我又不復還在也，可奈何？後之人既好讀書，又好友生，則必好彼名山大河、奇樹妙花。名山大河、奇樹妙花者，其胸中所讀之萬卷之書之副本也。於讀書之時，如入名山，如泛大河，如對奇

❶ 友生：朋友。

樹，如拈妙花焉。於入名山，泛大河，對奇樹，拈妙花之時，如又讀其胸中之書焉。後之人既好讀書，又好友生，則必好於好香好茶、好酒好藥。好香好茶、好酒好藥者，讀書之暇，隨意消息，用以宣導沉滯，發越清明，鼓盪中和，補助榮華之必資也。我請得化身百億，既為名山大河、奇樹妙花，又為好香好茶、好酒好藥，而以為贈之。則如我自化身於後人之前，而後人乃初不知此之為我之所化也，可奈何？後之人既好讀書，必又好其知心青衣。知心青衣者，所以霜晨雨夜，侍立於側，異身同室，並興齊住者也。我請得轉我後身便為知心青衣，霜晨雨夜，侍立於側，而以為贈之。則如可以鼠肝，又可以蟲臂❷，偉哉造化，且不知彼將我其奚適也，可奈何？無已，則請有說於此，擇世間之一物，其力必能至於後世者；擇世間之一物，其力必能至於後世，而世至今猶未能以知之者；擇世間之一物，其力必能至於後世，而世至今猶未能以知之，而我適能盡智竭力，絲毫可以得當於其間者。夫世間之一物，其力必能至於後世者，則必書也。夫世間之書，其力必能至於後世，而世至今猶未能以知之者，則必書中之西廂記也。夫世間之書，其力必能至於後世，而世至今猶未能以知之，而我適能盡智竭力，絲毫可以得當於其間者，則必我比日所批之西廂記也。夫我比日所批之西廂記，我則真為後之人思我，而我無以贈之，故不得已而出於斯也。我真不知作西廂記者之初心其果如是，其果不如是也。設其果如是，謂之今日始見西廂記可；設其果不如是，謂之前日久見西廂記，今日又別見聖嘆西廂記可。總之，我自欲與後人少作周旋，我實何曾為彼古人致其矻矻之力也哉？

❷ 鼠肝蟲臂：語本莊子大宗師：「以汝為鼠肝乎？以汝為蟲臂乎？」鼠肝蟲臂都是極微小的東西，言人死之後亦會化為細微之物。

卷二

聖嘆外書

讀第六才子書西廂記法

一、有人來說，西廂記是淫書，此人後日定墮拔舌地獄❶。何也？西廂記不同小可，乃是天地妙文。自從有此天地，他中間便定然有此妙文，不是何人做得出來，是他天地直會自己劈空結撰而出。若定要說是一個人做出來，聖嘆便說，此一個人即是天地現身。

二、西廂記斷斷❷不是淫書，斷斷是妙文。今後若有人說是妙文，有人說是淫書，聖嘆都不與做理

❶ 拔舌地獄：佛教指生前言行不端（如惡言誹謗）之人死後所墜之地獄。入此地獄者，被從口中拔出舌頭，以鐵釘張之，令無皺褶，如張牛皮。

❷ 斷斷：絕對。

會。文者見之謂之文，淫者見之謂之淫耳。

三、人說西廂記是淫書，他止為中間有此一事耳。細思此一事，何日無之，何地無之？不成❸天地中間有此一事，便廢卻天地耶？細思此身自何而來，便廢卻此身耶？一部書，有如許❹灑灑洋洋❺無數文字，便須看其如許灑灑洋洋是何文字，從何處來，到何處去，如何直行，如何打曲，如何放開，如何捏聚，何處公行❻，何處偷過，何處慢搖，何處飛渡。至於此一事，直須高閣起不復道。

四、若說西廂記是淫書，此人只須朴❼，不必教。何也？他也只是從幼學❽一冬烘先生❾之言，一入於耳，便牢在心，他其實不曾眼見西廂記，朴之還是冤苦。

五、若眼見西廂記了，又說是淫書，此人則應朴乎？曰：朴之亦是冤苦，此便是冬烘先生耳。當時造西廂記時，原發願不肯與他讀，他今日果然不讀。

六、若說西廂記是淫書，此人有大功德❿。何也？當初造西廂記時，發願只與後世錦繡才子共讀，

---

❸ 不成：難道。

❹ 如許：如此；這樣。

❺ 灑灑洋洋：形容文章、議論盛美而有條理。

❻ 公行：此指文字直截了當，明明白白。

❼ 朴：通「扑」。擊打。古代教訓生徒施以朴責，所謂「朴作教刑」，後世竹板打手心類之。

❽ 幼學：古時十歲稱幼，為始學之年，此指兒童蒙學時期。

❾ 冬烘先生：此指幼學教師。冬烘，迂腐；懵懂。

❿ 功德：佛教語，指念佛、誦經、布施諸事。

曾不許販夫皂隸⑪也來讀。今若不是此人揎拳捋臂，拍凳搥床，罵是淫書時，其勢必至無人不讀，洩盡天地妙秘，聖嘆大不歡喜。

七、世說新語云：「莊子逍遙遊一篇，舊是難處。」⑫開春無事，不自揣度，私與陳子瑞躬⑬，風雨聯床，香爐酒杯，縱心縱意，處得一上。自今以後，普天下錦繡才子同聲相應，領異拔新，我二人便做支公許史⑭去也。

八、聖嘆西廂記，祇貴眼照⑮古人，不敢多讓⑯。至於前後著語，悉是口授小史，任其自寫，並不更曾點竄一遍，所以文字多有不當意處。蓋一來雖是聖嘆天性貪懶，二來實是西廂本文珠玉在上，便教聖嘆點竄⑰殺，終復成何用？普天下後世，幸恕僕不當意處，看僕眼照古人處。

九、聖嘆本有才子書六部，西廂記乃是其一。然其實六部書，聖嘆只是用一副手眼讀得。如讀西廂

---

⑪ 販夫皂隸：泛指一般平民。販夫，小商販。皂隸，衙門裡的差役。

⑫ 世說新語三句：語見世說新語文學。舊是難處，長久以來是難解之處。

⑬ 陳子瑞躬：金聖嘆的朋友，生平不詳。

⑭ 支公許史：支公，即支道林，名遁，東晉高僧。許史，即許詢，東晉人，幼有神童之稱，善屬文。世說新語載，支道林在白馬寺講莊子逍遙遊，標新立異，自成一家。後於山陰講維摩經時，許詢與之互相詰難，雙方旗鼓相當，不分勝負。

⑮ 眼照：察看。

⑯ 讓：責備。

⑰ 點竄：修改字句。點，刪除。竄，改易。

記，實是用讀莊子、史記手眼讀得；便讀莊子、史記，亦只用讀西廂記手眼讀得。如信僕此語時，便可將西廂記與子弟作莊子、史記讀。

十、子弟至十四五歲，如日在東，何書不見？必無獨不見西廂記之事。今若不急將聖嘆此本與讀，便是真被他偷看了西廂記也。他若得讀聖嘆西廂記，他分明讀了莊子、史記。

十一、子弟欲看西廂記，須教其先看國風。蓋西廂記所寫事，便全是國風所寫事。然西廂記寫事曾無一筆不雅馴⑱，便全學國風寫事曾無一筆不雅馴。西廂記寫事曾無一筆不透脫⑲，便全學國風寫事曾無一筆不透脫。敢療子弟筆下雅馴不透脫、透脫不雅馴之病。

十二、沉潛⑳子弟文必雅馴，苦㉑不透脫；高明子弟文必透脫，苦不雅馴。極似分道揚鑣，然實同病別發。何謂同病？只是不換筆。蓋不換筆，便道其不透脫；不換筆，便道其不雅馴也。何謂別發？一是停而不換筆，一是走而不換筆。蓋停而不換筆，便有似於雅馴而實非雅馴；走而不換筆，便有似於透脫而實非透脫也。夫真雅馴者，必定透脫；真透脫者，必定雅馴。問誰則能之，曰西廂記能之。夫西廂記之所以能之，只是換筆也。

十三、子弟讀得此本西廂記後，必能自放異樣手眼，另去讀出別部奇書。遙計一二百年之後，天地

---

⑱ 雅馴：指文辭善於修飾，注重章法。
⑲ 透脫：指文辭流暢，無拘束。
⑳ 沉潛：深沉內向。
㉑ 苦：苦於。

間書，無有一本不似十日並出，此時則彼一切不必讀不足讀不耐讀等書，亦既廢盡矣，真一大快事也！然實是此本西廂記為始。

十四、僕昔因兒子及甥侄輩，要他做得好文字，曾將左傳、國策、莊、騷、公、穀、史、漢、韓、柳、三蘇等書，雜選一百餘篇，依張侗初先生必讀古文舊名，只加「才子」二字，名曰才子必讀書，蓋致望讀之者之必為才子也。久欲刻布請正，苦因喪亂，家貧無貲，至今未就。今既呈得西廂記，便亦不復更念之矣。

十五、文章最妙是目注彼處，手寫此處。若有時必欲目注此處，則必手寫彼處。一部左傳都用此法。若不解其意，而目亦注此處，手亦寫此處，便一覽已盡。西廂記最是解此意。

十六、文章最妙是目注此處，卻不便寫，卻去遠遠處發來，迤邐㉒寫到將至時，便且住；卻重去遠遠處更端再發來，再迤邐又寫到將至時，便又且住。如是更端數番，皆去遠遠處發來，迤邐寫到將至時，即便住，更不復寫出目所注處，使人自於文外瞥然親見。西廂記純是此一方法，左傳、史記亦純是此一方法。最恨是左傳、史記急不得呈教。

十七、文章最妙是先覷㉓定阿堵㉔一處，己卻於阿堵一處之四面，將筆來左盤右旋，右盤左旋，再不放脫，卻不擒住。分明如獅子滾毬相似，本只是一個毬，卻教獅子放出通身㉕解數，一時滿棚人看獅

㉒ 迤邐：一路曲折，連綿不斷。

㉓ 覷：細看。

㉔ 阿堵：這；這個。

子，眼都看花了，獅子卻是並沒交涉，人眼自射獅子，獅子眼自射毬。蓋滾者是獅子，而獅子之所以如此滾，如彼滾，實都為毬也。左傳、史記便純是此一方法，西廂記亦純是此一方法。

十八、文章最妙是此一刻被靈眼覷見，便於此一刻放靈手捉住。蓋於略前一刻亦不見，略後一刻便亦不見，恰恰不知何故，卻於此一刻忽然覷見，若不捉住，便更尋不出。今西廂記若干字文，皆是作者於不知何一刻中，靈眼忽然覷見，便疾捉住，因而直傳到如今。細思萬千年以來，知他有何限妙文，已被覷見，卻不曾捉得住，遂總付之泥牛入海，永無消息。

十九、今後任憑是絕代才子，切不可云此本西廂記我亦做得出也。便教當時作者而在，要他燒了此本，重做一本，已是不可復得。縱使當時作者，他卻是天人，偏又會做得一本出來；然既是別一刻所覷見，便用別樣捉住，便是別樣文心㉖，別樣手法，便別是一本，不復是此本也。

二十、僕今言靈眼覷見，靈手捉住，卻思人家子弟，何曾不覷見，只是不捉住。蓋覷見是天付，捉住須人工也。今西廂記實是又會覷見，又會捉住。然子弟讀時，不必又學其覷見，一味只學其捉住。聖嘆深恨前此萬千年無限妙文，已是覷見，卻捉不住，遂成泥牛入海，永無消息。今刻此西廂記遍行天下，大家一齊學得捉住，僕實遙計一二百年後，世間必得平添無限妙文，真乃一大快事。

二十一、僕嘗粥時欲作一文，偶以他緣，不得便作，至於飯後方補作之，僕便可惜粥時之一篇也。此譬如擲骰相似，略早略遲，略輕略重，略東略西，便不是此六色。而愚之夫尚欲爭之，真是可發一笑。

㉕ 通身：渾身。
㉖ 文心：文章的用心。

二十二、僕之為此言何也？僕嘗思萬萬年來，天無日無雲，然決無今日雲與某日雲曾同之事。何也？雲只是山川所出之氣，升到空中，卻遭微風，蕩作縷縷。既是風無成心，便是雲無定規，都是互不相知，便乃偶爾如此。西廂記正然，並無成心之與定規，無非佳日閒窗，妙腕良筆，忽然無端如風蕩雲。若使異時更作，亦不妨另自有其絕妙，然而無奈此番已是絕妙也。不必云異時不能更妙於此，然亦不必云異時尚將更妙於此也。

二十三、僕幼年最恨「鴛鴦繡出從君看，不把金針度與君」㉗之二句，謂此必是貧漢自稱王夷甫㉘口不道阿堵物計耳。若果知得金針，何妨與我略度？今日見西廂記，鴛鴦既繡出，金針亦盡度，益信作彼語者，真是脫空謾語漢㉙。

二十四、僕幼年曾聞人說一笑話云：昔一人苦貧特甚，而生平虔奉呂祖㉚。感其至心，忽降其家，見其赤貧，不勝憫之，念當有以濟之。因伸一指，指其庭中盤石，燦然㉛化為黃金。曰：「汝欲之乎？」其人再拜曰：「不欲也。」呂祖大喜，謂：「子誠如此，便可授子大道。」其人曰：「不然，我心欲汝

㉗ 鴛鴦繡出兩句：語出金元好問詩論詩絕句。金針，黃金針，比喻作詩的技巧。

㉘ 王夷甫：王衍，字夷甫，西晉人，喜談老莊。世說新語規箴載，王夷甫口不言「錢」字，其婦令婢以錢繞床，夷甫不得行，呼婢曰：「舉卻阿堵物！」

㉙ 脫空謾語漢：信口開河、胡言亂語之人。

㉚ 呂祖：呂洞賓，號純陽子，晚唐進士。相傳從鍾離權學劍法秘文，百餘歲而童顏，世以為神仙。道教全真道奉為北五祖之一，故稱呂祖。在民間傳說中為八仙之一。

㉛ 燦然：光采耀人的樣子。

此指頭耳。」僕當時私謂此固戲論耳，若真是呂祖，必當便以指頭與之。今此西廂記，便是呂祖指頭，得之者，處處遍指，皆作黃金。

二十五、僕思文字不在題前，必在題後，若題之正位，決定無有文字。不信但看西廂記之一十六章，每章只用一句兩句寫題正位，其餘便都是前後搖之曳之，可見。

二十六、知文在題之前，便須恣意搖之曳之，不得便到題；知文在題之後，便索性將題拽過了，卻重與之搖之曳之。若不解此法，而誤向正位，多寫作一行或兩行，便如畫死人坐像，無非印板衣褶，縱復費盡渲染，我見之，早向新宅中哭鍾太傅㉜矣。

二十七、橫、直、波、點，聚謂之字，字相連謂之句，句相雜謂之章。兒子五六歲了，必須教其識字；識得字了，必須教其連字為句；連得五六七字為句了，必須教其布句為章。布句為章者，先教其布五六七句為一章，次教其布十來多句為一章。布得十來多句為一章時，又反教其只布四句為一章，三句為一章，二句乃至一句為一章。直到解得布一句為一章時，然後與他西廂記讀。

二十八、子弟讀西廂記後，忽解得三個字亦能為一章，二個字亦能為一章，一個字亦能為一章，無字亦能為一章。子弟忽解得無字亦能為一章時，渠回思初布之十來多句為一章，真成撒呑㉝耳。

㉜ 向新宅句：鍾太傅，鍾繇，三國魏人。著名書法家。漢末官至尚書僕射，入魏進太傅。「向新宅中哭鍾太傅」，事見世說新語巧藝，鍾繇子鍾會善學人書法，模仿荀勖筆跡，竊取荀勖寶劍一把，價值百萬。後鍾會兄弟造一新宅，價值千萬。荀勖善畫，於鍾會入住前潛往新宅，畫鍾繇像於門堂之上，形象栩栩如生。鍾會兄弟進新宅，見像大慟，新宅從此空廢。

二十九、子弟解得無字亦能為一章，因而回思初布之十來多句為一章，盡成撒吞，則其體氣便自然異樣高妙，其方法便自然異樣變換，其氣色便自然異樣姿媚，其避忌便自然異樣滑脫。西廂記之點化子弟不小。

三十、若是字，便只是字；若是句，便不是字；若是章，便不是句。何但㉞不是字，一部西廂記真乃並無一字。豈但並無一字，真乃並無一句。一部西廂記只是一章。

三十一、若是章，便應有若干句；若是句，便應有若干字。今西廂記不是一章，只是一句，故並無若干句。乃至不是一句，只是一字，故並無若干字。西廂記其實只是一字。

三十二、西廂記是何一字？西廂記是一「無」字。趙州和尚㉟，人問：「狗子還有佛性也無？」曰：「無。」是此一「無」字。

三十三、人問趙州和尚：「一切含靈㊱，具有佛性，何得狗子卻無？」趙州曰：「無。」西廂記是此一「無」字。

三十四、人若問趙州和尚：「露柱還有佛性也無？」趙州曰：「無。」西廂記是此一「無」字。

㉝ 撒吞：吳語，猶吃屁。

㉞ 何但：豈止。後「豈但」同。

㉟ 趙州和尚：即從諗禪師。唐禪宗大師。俗姓郝，曹州郝鄉（今山東）人，幼年出家。一生大部分時間住趙州觀音院，弘揚禪法，據說活了一百二十歲，諡真際大師。

㊱ 含靈：原指人，此泛指一切有生命之物。

三十五、若又問：「釋迦牟尼還有佛性也無?」趙州曰：「無。」西廂記是此一「無」字。

三十六、人若又問：「『無』字還有佛性也無?」趙州曰：「無。」西廂記是此一「無」字。

三十七、人若又問：「『無』字還有『無』字也無?」趙州曰：「無。」西廂記是此一「無」字。

三十八、人若又問某甲不會。趙州曰：「你是不會，老僧是無。」西廂記是此一「無」字。

三十九、何故西廂記是此一「無」字?此一「無」字是一部西廂記故。

四十、最苦是人家子弟，未取筆，胸中先已有了文字。若未取筆，胸中先已有了文字，必是不會做文字人。西廂記無有此事。

四十一、最苦是人家子弟，提了筆，胸中尚自無有文字。若提了筆，胸中尚自無有文字，必是不會做文字人。西廂記無有此事。

四十二、趙州和尚，人不問「狗子還有佛性也無」，他不知道有個「無」字。

四十三、趙州和尚，人問過「狗子還有佛性也無」，他亦不記道有個「無」字。

四十四、西廂記正寫驚艷一篇時，他不知道借廂一篇應如何。正寫借廂一篇時，他不知道酬韻一篇應如何。總是寫前一篇時，他不知道後一篇應如何。用煞二十分心思，二十分氣力，他只顧寫前一篇。

四十五、西廂記寫到借廂一篇時，他不記道驚艷一篇是如何。寫到酬韻一篇時，他不記道借廂一篇是如何。總是寫到後一篇時，他不記道前一篇是如何。用煞二十分心思，二十分氣力，他又只顧寫後一篇。

四十六、聖嘆舉趙州「無」字說西廂記，此真是西廂記之真才實學，不是禪語，不是有無之「無」。

字。須知趙州和尚「無」字，先不是禪語，先不是有無之「無」字，真是趙州和尚之真才實學。

四十七、西廂記祇寫得三個人：一個是雙文㊲，一個是張生，一個是紅娘。其餘如夫人，如法本，如白馬將軍，如歡郎，如法聰，如孫飛虎，如琴童，如店小二，他俱不曾著一筆半筆寫。俱是寫三個人時，所忽然應用之家伙㊳耳。

四十八、譬如文字，則雙文是題目，張生是文字，紅娘是文字之起承轉合㊴。有此許多起承轉合，便令題目透出文字，文字透入題目也。其餘如夫人等，算只是文字中間所用「之乎者也」等字。

四十九、譬如藥，則張生是病，雙文是藥，紅娘是藥之炮製㊵。有此許多炮製，便令藥往就病，病來就藥也。其餘如夫人等，算只是炮製時所用之薑醋酒蜜等物。

五十、若更仔細算時，西廂記亦止為寫得一個人。一個人者，雙文是也。若使心頭無有雙文，為何筆下卻有西廂記？西廂記不祇為寫雙文，祇為寫誰？然則西廂記寫了雙文，還要寫誰？

五十一、西廂記祇為要寫此一個人，便不得不又寫一個人。一個人者，紅娘是也。若使不寫紅娘，卻如何寫雙文？然則西廂記寫紅娘，當知正是出力寫雙文。

㊲ 雙文：即崔鶯鶯。西廂記原型為唐元稹的會真記，元稹有古決絕詞、夢遊春詩，詩中多言「雙文」，世謂雙文即會真記中的崔鶯鶯。

㊳ 家伙：工具；日用器物。

㊴ 起承轉合：詩文結構的一般順序和寫作方法。

㊵ 炮製：將藥材原料在火上烤焙，使之成為適宜之藥。

五十二、西廂記所以寫此一個人者，為有一個人，要寫此一個人也。有一個人者，張生是也。若使張生不要寫雙文，又何故寫雙文？然則西廂記又有時寫張生者，當知正是寫其所以要寫雙文之故也。

五十三、誠悟西廂記寫紅娘，衹為寫雙文；寫張生，亦衹為寫雙文，便應悟西廂記決無暇寫他夫人、法本、杜將軍等人。

五十四、誠悟西廂記衹是為寫雙文，便應悟西廂記決是不許寫到鄭恆。

五十五、西廂記寫張生，便真是相府子弟，便真是孔門子弟。異樣高才，又異樣苦學，異樣豪邁，又異樣淳厚。相其通體自內至外，並無半點輕狂、一毫奸詐。年雖二十有餘，卻從不知裙帶之下有何緣故。雖自說「顛不剌的見過萬千」，他亦只是曾不動心。寫張生直寫到此田地時，須悟全不是寫張生，須悟全是寫雙文。錦繡才子，必知其故。

五十六、西廂記寫紅娘，凡三用加意之筆。其一，於借廂篇中，峻拒張生；其二，於琴心篇中，過尊雙文；其三，於拷艷篇中，切責夫人。一時便似周公制禮❹❶，乃盡在紅娘一片心地中。凜凜然❹❷，侃侃然❹❸，曾不可得而少假借者。寫紅娘直寫到此田地時，須悟全不是寫紅娘，須悟全是寫雙文。錦繡才子，必知其故。

---

❹❶ 周公制禮：周公，姬旦。周文王之子，輔佐武王滅商，建立周朝。武王死，成王尚幼，周公攝政。相傳周朝禮制皆由周公制定。

❹❷ 凜凜然：正顏厲色，令人敬畏的神態。

❹❸ 侃侃然：理直氣壯，從容不迫的樣子。

五十七、西廂記亦是偶爾寫他佳人才子。我曾細相其眼法、手法、筆法、墨法，固不單會寫佳人才子也。任憑換卻題教他寫，他俱會寫。

五十八、若教他寫諸葛公白帝受托，五丈出師㊹，他便寫出普天下萬萬世無數孤忠老臣滿肚皮眼淚來。我何以知之？我讀西廂記知之。

五十九、若教他寫王昭君慷慨請行，琵琶出塞㊺，他便寫出普天下萬萬世無數高才被屈人滿肚皮眼淚來。我讀西廂記知之。

六十、若教他寫伯牙入海，成連徑去㊻，他便寫出普天下萬萬世無數苦心力學人滿肚皮眼淚來。我讀西廂記知之。

六十一、西廂記，必須掃地讀之。掃地讀之者，不得存一點塵於胸中也。

㊹ 諸葛公兩句：諸葛亮，字孔明。三國蜀漢丞相。劉備病篤，於白帝城向諸葛亮托以後事。劉禪繼位，大小政事皆由孔明出。章武十二年（西元二三四年）與魏軍在渭南相持，卒於五丈原軍中。白帝，白帝城，在今四川省五丈原，在今陝西省郿縣西南斜谷口西側。

㊺ 王昭君兩句：王昭君，名嬙，字昭君，漢元帝宮人。西元前三十三年，匈奴呼韓邪單于入朝求和親，王昭君自請嫁匈奴，元帝允之，以結和親。昭君戎服乘馬，提琵琶出塞。卒葬於匈奴，現內蒙古呼和浩特市南有昭君墓，世稱青冢。

㊻ 伯牙入海兩句：相傳伯牙、成連是春秋時期著名琴師。樂府解題載，伯牙學琴於成連，三年不成。後成連攜伯牙至東海蓬萊山，成連徑去，獨留伯牙於海島。伯牙聞海水澎湃，群鳥悲號之聲，心有所感，援琴而歌，從此琴藝大進。琴曲「水仙操」即為伯牙當時所作。

六十二、西廂記，必須焚香讀之。焚香讀之者，致其恭敬，以期鬼神之通之也。

六十三、西廂記，必須對雪讀之。對雪讀之者，資其潔清也。

六十四、西廂記，必須對花讀之。對花讀之者，助其娟麗也。

六十五、西廂記，必須盡一日一夜之力，一氣讀之。一氣讀之者，總攬其起盡也。

六十六、西廂記，必須展半月一月之功，精切讀之。精切讀之者，細尋其膚寸㊼也。

六十七、西廂記，必須與美人並坐讀之。與美人並坐讀之者，驗其纏綿多情也。

六十八、西廂記，必須與道人對坐讀之。與道人對坐讀之者，歎其解脫無方也。

六十九、西廂記前半是張生文字，後半是雙文文字，中間是紅娘文字。

七十、西廂記是西廂記文字，不是會真記文字。

七十一、聖嘆批西廂記，是聖嘆文字，不是西廂記文字。

七十二、天下萬世錦繡才子，讀聖嘆所批西廂記，是天下萬世才子文字，不是聖嘆文字。

七十三、西廂記不是姓王字實父此一人所造。但自平心斂氣讀之，便是我適來自造，親見其一字一句，都是我心裡恰正欲如此寫，西廂記便如此寫。

七十四、想來姓王字實父此一人，亦安能造西廂記？他亦只是平心斂氣，向天下人心裡偷取出來。

七十五、總之，世間妙文，原是天下萬世人人心裡公共之寶，決不是此一人自己文集。

七十六、若世間又有不妙之文，此則非天下萬世人人心裡之所曾有也，便可聽其為一人自己文集也。

㊼ 膚寸：此指文章細微之處。

七十七、西廂記便可名之曰西廂記。舊時見人名之曰北西廂記，此大過也。

七十八、讀西廂記，便可告人曰讀西廂記。舊時見人諱之曰「看閒書」，此大過也。

七十九、西廂記乃是如此神理，舊時見人教諸忤奴於紅氍毹[48]上扮演之，此大過也。

八十、讀西廂記畢，不取大白酬地[49]賞作者，此大過也。

八十一、讀西廂記畢，不取大白自賞，此大過也。

---

[48] 氍毹：毛織地毯。

[49] 大白酬地：將酒灑於地上。大白，大酒杯。

卷三

聖嘆外書

西廂者何？書名也。書曷為乎名曰西廂也？書以紀事，有其事，故有其書也；無其事，必無其書也。今其書有事，事在西廂，故名之曰西廂也。西廂者，普救寺❶之西偏屋也。普救寺則武周金輪皇帝❷所造之大功德林❸也。普救寺有西廂，而是西廂之西又有別院，別院不隸普救，而附於普救，蓋是崔相國出其堂俸❹之所建也。先是法本者，相國之所剃度❺，是即相國之門徒也。相國因

❶ 普救寺：在今山西省永濟市西北，南向緊鄰古蒲州城址，東連西廂村，西臨貢河灣。寺內有舍利塔，因西廂記故事流傳，後人更名為鶯鶯塔。

❷ 武周金輪皇帝：武周，武則天於西元六九〇年改唐國號為周，史稱武周。金輪，佛教語，佛書說金輪為此世最上層。武則天尊號屢用金輪字，如金輪聖神皇帝。

❸ 功德林：此指佛寺。後「功德院」同。

❹ 堂俸：指俸祿。

❺ 剃度：剃髮出家當和尚。此指崔相國為法本提供度牒、僧衣等物，使其出家為僧。

念誠得一日避賢罷相，而芒鞋竹杖，舍佛安適矣。然身願為倉卒客，不願門徒為倉卒主人，而於是特占此一袈裟，以為老人菟裘❻。而不虞落成之日，不善頌禱，不聞歌，乃聞哭❼，不得以玉帶賭鎮山門❽，而竟以丹旐❾將諸煢獨，此老夫人所以停喪得於寺中之故也。故西廂者，普救寺之西偏屋也。西廂之西又有別院，則老夫人之停喪所也。乃喪停而艷停，艷停而才子停矣。夫才子之停於西廂也，艷停於西廂之西故也。艷之停於西廂之西也，喪停故也。乃喪之停於西廂之西也，則實為相國有自營菟裘故也。夫相國營菟裘於西廂之西，而普救寺之西廂，遂以有事，乃至因事有書，而今萬萬世人傳道無窮。然則出堂俸建別院，又可不慎乎哉。

聖嘆之為是言也，有二故焉。其一，教天下以慎諸因緣也。佛言：一切世間皆從因生，有因者則得生，無因者終竟不生。不見有因而不生，無因而反忽生。亦不見瓜因而荳生，荳因而反瓜生。

❻ 菟裘：地名，故地在山東泗水境，後用以稱士大夫告老退隱之處。

❼ 而不虞落成之日四句：春秋晉獻文子房屋建成後，張老前往祝賀，在頌詞中祝願獻文子能在這裡「歌」（祭祀作樂），在這裡「哭」（為死者作樂），在這裡「聚國族」（設宴招待賓客、與宗族聚會），永遠平安。獻文子聽後，立即進行禱告，希望能免遭禍害。事載禮記檀弓。此謂崔相國建成別院後，沒想到就不幸死去，真所謂「不善頌禱」。虞，意料。

❽ 玉帶賭鎮山門：宋蘇軾與佛印是朋友，佛印住金山寺，軾入方丈，戲云：「借和尚四大用作禪床。」佛印答道：「我有個題目，你若能答出，我就借給你。否則你得把身上的玉帶留下，給我鎮山門。」佛印發問而蘇軾未能即答，佛印急呼侍者收玉帶，永鎮山門。此借指與和尚交往。

❾ 丹旐：祭祀或喪禮中用的銘旌。旐，音ㄓㄠˋ。

是故如來教諸健兒，慎勿造因。嗚呼，胡可不畏哉！語云：「其父報仇，子乃行劫。」蓋言報仇必殺人也，而其子者不見負仇，但見殺人，則亦戲學殺人；殺人而國且以法繩之，子畏抵法也，遂逃命萑蒲⑩中；萑蒲中又無所得食也，則不得已仍即以殺人為業矣。若是乎仇亦慎勿報也。蓋聖嘆現見其事已數數矣。現見其父，中年無歡，聊借絲竹，陶寫情抱也。不眴眼⑪而其子手執歌板，沿門唱曲。若是乎謝太傅⑫亦慎勿學也。現見其父，憂來傷人，頗引聖人⑬，托於沉宴也。不眴眼而其子罵座⑭被驅，墜車折脇。若是乎阮嗣宗⑮亦慎勿學也。現見其父，家居多累，竹院尋僧，略商⑯古德⑰也。不眴眼而其子引諸髡奴⑱，汙亂中冓⑲。若是乎張無垢⑳亦慎勿學也。現見其父，希心㉑

---

⑩ 萑蒲：即萑苻，古代鄭國澤名，後借指盜賊出沒之地。萑，音ㄏㄨㄢˊ。

⑪ 眴眼：眨眼。眴，動目。

⑫ 謝太傅：謝安，東晉孝武帝時為相，死後贈太傅。其「聊借絲竹，陶寫情抱」之事見世說新語言語。

⑬ 聖人：漢末曹操主政，禁酒甚嚴，時人諱說酒字，稱清酒為聖人，稱濁酒為賢人。

⑭ 罵座：辱罵同座之人。

⑮ 阮嗣宗：阮籍，字嗣宗，魏晉時人。不滿現實，縱酒談玄，與嵇康等七人作竹林之遊，人稱「竹林七賢」。

⑯ 略商：即商略，品評。

⑰ 古德：佛教徒對前輩有德行者的尊稱。

⑱ 髡奴：指和尚。髡，剃去頭髮。

⑲ 中冓：內室；閨門之內。

⑳ 張無垢：張九成，號無垢居士，南宋錢塘人，官至權禮部侍郎。喜談禪，從佛教徒遊，其學混雜佛儒兩家之說。

避世，物外田園，方春勸耕也。不眴眼而其子擔糞服牛，面目黧黑。若是乎陶淵明㉒亦慎勿學也。如彼崔相國，當時出堂俸建別院，一時座上賓客，夫孰不嘖嘖賢者？是真謂之內秘菩薩，外現宰相而已，不覺不知親為身後之西廂月下遠遠作因。不然，而豈其委諸曰雙文為之乎？委諸曰才子為之乎？委之雙文，雙文無因；委之才子，才子無因。然則西廂月下之事，非相國為因，又誰為之？嗚呼！人生世間，舉手動足，又有一毫可以漫然遂為乎哉！

其一，教天下以立言之體也。夫老夫人，守禮謹嚴，一品國太君也。雙文，千金國艷也。即阿紅，亦一時上流姿首也。普救寺者，河中㉓大剎，則其堂內堂外，僧徒何止千計。又況八部㉔海湧，十方㉕雲集，此其目視手指，心動口說，豈復人意之所能料乎哉？今以老猶未老，幼已不幼，雖在斬然衰絰㉖之中，而其縱縱扈扈㉗，終非外人習見之恆儀也。而儼然不施幃幕㉘而逼處此，為老夫

㉑ 希心：追求。

㉒ 陶淵明：陶潛，一名淵明，東晉詩人。

㉓ 河中：河中府，治所在今山西省永濟市，以位於黃河中游而得名。

㉔ 八部：八部眾，又稱天龍八部，指天眾、龍眾等八部佛教天神。

㉕ 十方：十方位，即東、南、西、北、四維（東南、東北、西南、西北）、上、下。

㉖ 斬然衰絰：指服喪期間。斬衰，古代喪服名，妻為夫、子，未嫁女為父母均服斬衰，服期三年。衰，音ㄘㄨㄟ。絰，音ㄉㄧㄝˊ。喪服上的麻帶。

㉗ 縱縱扈扈：古代婦女服喪期間髮髻的樣子。其狀高聳稱縱縱，其狀寬闊稱扈扈。縱，音ㄗㄨㄥˇ。

㉘ 幃幕：帳幕。

人者，豈三家村燒香念佛嫗乎？不然，胡為無禮至此？聖嘆詳睹作者，實於西廂之西，別有別院。此院必附於寺中者，為挽弓逗緣，而此院不混於寺中者，為雙文遠嫌也。君子立言，雖在傳奇㉙，必有禮焉，可不敬與？

題目總名

張君瑞巧做東床婿，法本師住持南禪地，
老夫人開宴北堂春，崔鶯鶯待月西廂記。

率爾一題，亦必成文，觀其請東、南、北三，陪「西」字焉。

㉙ 傳奇：明清以唱南曲為主的長篇戲曲為傳奇，以別於北雜劇，是宋元南戲的進一步發展。

第一之四章題目正名❶

老夫人開春院，崔鶯鶯燒夜香，
小紅娘傳好事，張君瑞鬧道場。

一部書十六章，而其第一章大筆特書曰「老夫人開春院」，罪老夫人也。雖在別院，終為客居，乃親口自命紅娘引小姐於前庭閒散心。一念禽犢之恩❷，遂至逗漏❸無邊春色。良賈深藏❹，當如是乎？厥後許許兩廊退賊願婚，乃又悔之，而又不遣去之，而留之書房，而因以失事，猶末滅❺焉？

---

❶ 題目正名：元雜劇用四句或兩句對子概括劇情，一般前兩句稱題目，後兩句稱正名，即劇名。
❷ 禽犢之恩：禽犢原指禮物，此指長輩對子女的憐愛之情。
❸ 逗漏：逗留。
❹ 良賈深藏：善於經營的商人將自己的財物深藏不露，秘不示人。
❺ 末滅：減輕處罰。

今夫提筆所寫者古人，而提筆寫古人之人為誰乎？有應之者曰：我也。聖嘆曰：然，我也。則吾欲問此提筆所寫之古人，其人乃在十百千年之前，而今提筆寫之之我，為信能知十百千年之前，真曾有其事乎？不乎？乃至真曾有其人乎？不乎？曰：不能知。不知，而今方且提筆曲曲寫之。彼古人於冥冥之中，為將受之乎？不乎？曰：古人實未曾有其事也，乃至古亦實未曾有其人也。即使古或曾有其人，古人或曾有其事，而彼古人既未嘗知十百千年之後，乃當有我將與寫之，而因以告我。我又無從排神御氣，上追至於十百千年之前，問諸古人。然則今日提筆而曲曲所寫，蓋皆我自欲寫，而於古人無與❶。與古人無與，則古人又安所復論受之與不受哉？曰：古人不受，然則誰受之？曰：我寫之，則我受之矣。夫我寫之，即我受之，而於提筆將寫未寫之頃，命意吐詞，其又胡可漫然❷也耶。論語傳曰：一言智，一言不智；言不可以不慎❸。蓋言我必愛我，則我必宜自愛其言。我而不自愛其言者，是直不愛我也。我見近今填詞之家，其於生旦❹出場第一引中，類皆肆然

❶ 無與：無關。

❷ 漫然：隨心所欲。

❸ 論語四句：語出論語子張。意為君子說一句話可以表現出聰明，也可以表現出不聰明，所以說話不可以不慎重。智，本作「知」。

蚤作狂蕩無禮之言。生必為狂且❺，旦必為倡女❻。夫然後愉快於心，以為「情之所鍾，在於我輩❼」也。如此，夫天下後世之讀我書者，彼豈不悟此一書中所撰為古人名色，如君瑞、鶯鶯、紅娘、白馬，皆是我一人心頭口頭，吞之不能，吐之不可，搔爬無極，醉夢恐漏，而至是終竟不得已，而忽然巧借古之人之事，以自傳道其胸中若干日月以來，七曲八曲之委折乎？其中如徑斯曲，如夜斯黑，如緒斯多，如蘖❽斯苦，如痛斯忍，如病斯諱。設使古人昔者真有其事，是我今日之所決不與知，則今日我有其事，亦是昔者古人之所決不與知者也。夫天下後世之讀我書者，彼則深悟：君瑞非他，君瑞殆即著書之人焉是也。鶯鶯非他，鶯鶯殆即著書之人之心頭之人焉是也。紅娘、白馬悉復非他，殆即為著書之人力作周旋之人焉是也。如是而提筆之時不能自愛，而竟肆然自作狂蕩無禮之言，以自愉快其心，是則豈非身自願為狂且，而以其心頭之人為倡女乎？讀西廂第一折，觀其寫君瑞也如彼，夫亦可以大悟古人寄托筆墨之法也矣。

亦嘗觀於烘雲托月之法乎？欲畫月也，月不可畫，因而畫雲。畫雲者，意不在於雲也。意不在於雲者，意固在於月也。然而意必在於雲焉。於雲略失則重，或略失則輕，是雲病也，雲病即月病

---

❹ 生旦：雜劇中男角色稱生，女角色稱旦。

❺ 狂且：行為輕狂的人。

❻ 倡女：娼妓。

❼ 情之所鍾兩句：語出世說新語傷逝，意為感情專注的，是我們這樣的人。鍾，專注。

❽ 蘖：樹木的嫩芽。

也。於雲輕重均停矣，或微不慎，漬少痕如微塵焉，是雲病也，雲病即月病也。於雲輕重均停，又無纖痕漬如微塵，望之如有，攬之如無，即之如去，吹之如蕩，斯雲妙矣。雲妙而明日觀者沓至，咸曰：「良哉月與！」初無一人歎及於雲。此雖極負作者昨日慘淡旁皇畫雲之心，然試實究作者之本情，豈非獨為月，全不為雲？雲之與月正是一副神理，合之固不可得而合，而分之乃決不可得而分乎。西廂第一折之寫張生也是已。西廂之作也，專為雙文也。然雙文國艷也，國艷則非多買嚥脂之所得而塗澤也。抑雙文天人也，天人則非下土螻螘⑨工匠之所得而增減雕塑也。將寫雙文，而寫之不得，因置雙文勿寫，而先寫張生者，所謂畫家烘雲托月之秘法。然則寫張生必如第一折之文云云者，所謂輕重均停，不得纖痕漬如微塵也。設使不然，而於寫張生時，釐毫夾帶狂且身分，則後文唐突雙文乃極不小。讀者於此，胡可以不加意哉！

（夫人引鶯鶯、紅娘、歡郎上云）老身⑩姓鄭，夫主姓崔，官拜當朝相國，不幸病薨⑪。祇生這個女兒，小字鶯鶯，年方一十九歲，針黹⑫女工，詩詞書算，無有不能。相公在日，曾許下老身侄兒、鄭尚書長子鄭恆為妻，因喪服未滿，不曾成合⑬。這小妮子，是自幼伏侍女兒的，喚做紅娘。這小廝兒，

---

⑨ 螻螘：同「螻蟻」。螻蛄和螞蟻，比喻地位低微的人。

⑩ 老身：老年人的自稱，多用於老年婦女。

⑪ 薨：音ㄏㄨㄥ。唐代二品以上官員之死稱薨。

⑫ 針黹：縫紉刺繡等針線活。黹，音ㄓˇ。

⑬ 成合：成親。

喚做歡郎，是俺相公討來壓子息⑭的。相公棄世，老身與女兒扶柩⑮往博陵⑯安葬，因途路有阻，不能前進，來到河中府，將靈柩寄在普救寺內。這寺乃是天冊金輪武則天娘娘敕賜蓋造的功德院。長老⑰法本，是俺相公剃度的和尚。因此上有這寺西邊一座另造宅子，足可安下。一壁⑱寫書附京師，喚鄭恆來相扶⑲回博陵去。俺想相公在日，食前方丈⑳，從者數百，今日至親只這三四口兒，好生傷感人也呵！

【仙呂・賞花時㉑】（夫人唱）夫主京師祿命終，子母孤孀途路窮㉒，旅櫬㉓在梵王宮㉔。

⑭ 壓子息：世俗無子者，收養異姓之兒，以為生子之兆。

⑮ 柩：裝有屍體的棺材。

⑯ 博陵：地名，治所在今河北省蠡縣南。博陵崔氏為唐代五大高門（崔、盧、李、鄭、王）之一。

⑰ 長老：當家和尚。

⑱ 一壁：一面。

⑲ 相扶：一起扶送靈柩。

⑳ 食前方丈：面前的美味佳肴擺了一丈見方，極言肴饌之豐盛。

㉑ 仙呂賞花時：仙呂，戲曲宮調名。金元樂曲常用宮調有五宮四調，即仙呂、南宮、中呂、黃鍾、正宮、大石調、雙調、商調和越調。賞花時，仙呂宮裡的一個曲牌名。

㉒ 途路窮：路途中遇到艱難困窘之事。

㉓ 旅櫬：寄放靈柩。櫬，棺材。

㉔ 梵王宮：大梵天王所住的宮殿。佛教設想一切世界為慾界、色界、無色界三界，大梵天是第二色界諸天的第三天，其王為大梵天王。此指佛寺。

盼不到博陵舊家，血淚灑杜鵑紅。

今日暮春天氣，好生困人。紅娘，你看前邊庭院無人，和小姐閒散心，立一回去。（紅娘云）曉得。

於第一章大書曰：「老夫人開春院」，雖曰罪老夫人之辭，然其實作者乃是巧護雙文。蓋雙文不到前庭，即何故為遊客悮見？然雙文到前庭而非奉慈母暫假，即何以解於女子不出閨門之明訓乎？故此處閒閒一白，乃是生出一部書來之根，既伏解元所以得見鶯艷之由，又明雙文真是相府千金秉禮小姐。蓋作者之用意苦到如此。近世忤奴，乃云雙文直至佛殿，我睹之而恨恨焉。

【後㉕】（鶯鶯唱）可正是人值殘春蒲郡㉖東，門掩重關蕭寺㉗中。花落水流紅，閑愁萬種，無語怨東風。已上〔賞花時〕二曲，不是西廂一色筆墨，想是後人所添也。

（夫人引鶯鶯、紅娘、歡郎下）

（張生引琴童上云）小生姓張名珙，字君瑞，本貫㉘西洛㉙人也。先人㉚拜禮部尚書。周公之禮，盡在

㉕ 後：後篇的省稱，也稱「么篇」。元雜劇中同曲牌的第二支曲子。

㉖ 蒲郡：即河中府。

㉗ 蕭寺：佛寺。南朝梁武帝蕭衍好佛，廣造佛寺，後人因稱佛寺為蕭寺。

㉘ 本貫：原籍。貫，籍貫。

㉙ 西洛：今河南省洛陽市。

㉚ 先人：已故的父親。

張矣。妙！小生功名未遂，遊於四方。即今貞元十七年㉛二月上旬，欲往上朝取應㉜。路經河中府，有一故人，姓杜名確，字君實，與小生同郡同學，曾為八拜之交㉝。後棄文就武，遂得武舉狀元，官拜征西大元帥，統領十萬大軍，現今鎮守蒲關㉞。小生就探望哥哥一遭，卻往㉟京師未遲。暗想小生螢窗雪案㊱，學成滿腹文章，尚在湖海㊲飄零，未知何日得遂大志也呵！看其中心如焚，止為滿腹文章有志未就，其他更無一言有所及。正是，萬金寶劍藏秋水㊳，滿馬春愁壓繡鞍。別樣麗句，一氣說下，不對讀。質言之，只是不得見用，故悶人也。卻將「寶劍」「繡鞍」「秋水」「春愁」互得好。

【仙呂・點絳唇㊴】（張生唱）遊藝㊵中原，言「遊藝」，則其志道可知也。開口便說志道遊藝，則張

㉛ 貞元十七年：即西元八〇一年。貞元，唐德宗年號。
㉜ 上朝取應：上朝，京城。取應，應試。
㉝ 八拜之交：結為異姓兄弟。
㉞ 蒲關：蒲津關的簡稱。在蒲津之上，黃河西岸，位於今山西省永濟市西。
㉟ 卻往：再去。
㊱ 螢窗雪案：指刻苦讀書。晉人車胤家貧，夏夜讀書，點燈無油，集螢火蟲之光照書。晉人孫康家貧，冬日燈無油，坐在院子裡借著雪光讀書。
㊲ 湖海：五湖四海；到處。
㊳ 秋水：秋水明淨清亮，用以比喻寶劍的光芒。
㊴ 點絳唇：曲牌名。元曲演唱體制，每折由一個宮調的若干支曲子組成一套，一韻到底，宮調不能混用。一般由一人主唱，其他角色只有說白。本折由仙呂宮的〔點絳唇〕〔混江龍〕〔油葫蘆〕等組成，由張生一人唱。
㊵ 遊藝：此指負笈遊學。

生之為人可知也。**腳根無線，如蓬轉㊶**。其至中原也，不獨至中原，而今暫至中原。則其於別院中人，真如風馬牛㊷也。**望眼連天，日近長安遠㊸**。中心如焚，止為長安，豈有他哉！看他一部書，無限偷香傍玉㊹，其起手乃作如是筆法。

右第一節。言張生之至河中，正為上京取應，初無暫留一日二日之心。

【混江龍】向詩書經傳，蠹魚㊺似不出費鑽研。棘圍呵守煖㊻，鐵硯呵磨穿。投至得㊼雲路㊽鵬程九萬里，先受了雪窗螢火十餘年。才高難入俗人機㊾，時乖㊿不遂男兒願。怕

㊶ 蓬轉：蓬，一種野草。蓬草秋天斷根，枝葉隨風飄轉。

㊷ 風馬牛：喻兩者毫不相干。

㊸ 日近長安遠：晉明帝幼時，其父元帝問：「日（太陽）和長安哪個遠？」明帝先答：「日遠。」後改稱：「日近，舉目見日，不見長安。」事見世說新語夙惠。後以「日近長安遠」喻功名未遂。

㊹ 偷香傍玉：一作「偷香竊玉」。指男女私通。偷香，世說新語惑溺載，西晉大臣賈充家有晉武帝所賜之外國奇香，此香一沾著人，香氣歷月不消。一次，賈充發現手下屬官韓壽身上也有奇香之氣，便懷疑自己女兒與韓壽有私通之事，經查證，果然如此。賈充為保全面子，便將女兒嫁給韓壽。劉孝標注引郭子稱，與韓壽私通者不是賈充之女，而是陳騫之女。傍玉，相傳有鄭生蘭房竊玉之事，詳不可考。

㊺ 蠹魚：蛀蝕書籍衣服等物的小蟲，形似魚。

㊻ 棘圍句：指參加科舉考試。棘圍，科舉考試時，考場周圍遍插荊棘，以防作弊，故稱考場為棘圍。

㊼ 投至得：等到。

你不雕蟲篆刻[51]，斷簡殘篇[52]。哀哉此言，普天下萬萬世才子，同聲一哭。看張生寫來是如此人物，真好筆法。

右第二節。寫張生滿胸前刺刺促促[53]，只是一色高才未遇說話，其餘更無一字有所及。

行路之間，早到黃河這邊，你看好形勢也呵。

張生之志，張生得自言之。張生之品，張生不得自言之也。張生不得自言，則將誰代之言？而法又決不得不言，於是順便反借黃河，快然一吐其胸中隱隱嶽嶽之無數奇事。嗚呼！真奇文大文也。

【油葫蘆】九曲[54]風濤何處險？正是此地偏。帶齊梁，分秦晉，隘幽燕[55]。雪浪拍長空，

---

[48] 雲路：青雲之路，喻官高位顯，仕途得意。

[49] 俗人機：普通人的心思。

[50] 時乖：時運不濟。

[51] 雕蟲篆刻：西漢學童習秦書八體，蟲書、刻符為其中兩體，纖巧難工，故用以指寫詩作文的雕章琢句。

[52] 斷簡殘篇：指埋頭於殘缺不全的古書之中。

[53] 刺刺促促：忙迫；勞碌不休。刺，音ㄑㄧˋ。

[54] 九曲：指黃河。黃河河道多曲折，故名九曲。

[55] 帶齊梁三句：指黃河所經的主要地區。帶齊梁，如帶子穿齊梁大地。齊，戰國齊國之地，今山東省泰山以北地區。梁，戰國魏國的別稱，今河北省大名一帶。分秦晉，將秦晉之地分割開來。秦，戰國秦國之地，今陝

天際秋雲捲。便是曹公「亂世奸雄」語56。竹索纜浮橋，水上蒼龍偃。便是「治世能臣」語也。東西貫九州，南北串百川。言其學之富。歸舟57緊不緊58如何見，似弩箭離絃。言其才之敏也。【天下樂】疑是銀河落九天，高源雲外懸，言其所本者高。入東洋不離此逕穿59。言其所到者大。滋洛陽千種花，言其潤色帝圖。潤梁園60萬頃田。言其霖雨萬物。我便要浮槎61到日月邊。又結至上京取應也。

右第三節。借黃河以快比張生之品量，試看其意思如此，是豈偷香傍玉之人乎哉？用筆之法，便如劈五石勁弩，其勢急不可就，而入下斗然62轉出事來，是為奇筆。

56 曹公亂世奸雄語：曹公，曹操。時人評曹操謂：「子治世之能臣，亂世之奸雄。」

57 歸舟：順流而下的船隻。

58 緊不緊：非常快。緊，快。

59 入東洋句：黃河東入大海必然要穿過蒲津關。

60 梁園：又名兔園，西漢梁孝王劉武所築，在今河南省開封東南。

61 浮槎：晉張華博物志載，天河通海，有個人坐在海邊，見每年八月海上有木筏來，便登上木筏，直到天河，看到牛郎織女。後以乘槎、浮槎指登天。槎，木筏。

62 斗然：突然。

西省。晉，戰國晉國之地，今山西省太原東北。隘幽燕，將幽燕之地與中原隔絕開來。幽燕，今河北省北部及遼寧一帶，戰國時屬燕國，唐以前屬幽州，故名。

說話間早到城中。這裡好一座店兒。琴童，接了馬者[63]。店小二哥那裡？（店小二云）自家是狀元坊店小二哥。官人要下[64]呵，俺這裡有乾淨店房。（張生云）便在頭房裡下。小二哥，你來，這裡有甚麼閒散心處？（小二云）俺這裡有座普救寺，是天冊金輪武則天娘娘敕建的功德院，蓋造非常，南北往來過者，無不瞻仰，只此處可以遊玩。（張生云）琴童，安頓行李，撒和[65]了馬。我到那裡走一遭。（琴童云）理會得[66]。（俱下）（法聰上云）小僧法聰，是這普救寺法本長老的徒弟。今日師父赴齋[67]去了，著[68]俺在寺中，但有探望的，便記著，待師父回來報知。山門下立地[69]，看有甚麼人來。（張生上云）「曲徑通幽處，禪房花木深[70]。」卻早[71]來到也。（相見科[72]）（聰云）先生從何處來？（張生云）小生西洛至此，聞上剎[73]清幽，一來瞻禮佛像，二來拜謁長老。（聰云）俺師父不在，小僧是弟子法聰的

---

[63] 者：語氣助詞。

[64] 下：住宿。

[65] 撒和：餵牲口。

[66] 理會得：知道了。

[67] 赴齋：寺院中的和尚外出參加法會或受邀喫齋飯。

[68] 著：教；讓。

[69] 立地：站著。

[70] 曲徑通幽處兩句：語出唐常建詩題破山寺後禪院。禪房，僧人住的房屋。

[71] 卻早：已經。

[72] 相見科：即演員做表示兩人相見的動作表情。科，元劇中表示動作表情的舞臺提示。

[73] 上剎：相當於「貴寺」。剎，唐以後對佛寺的通稱。

便是。請先生方丈[74]拜茶。（張生云）既然長老不在呵，不必賜茶。敢煩和尚相引，瞻仰一遭。（聰云）理會得。（張生云）是蓋造得好也！

【村裡迓鼓】隨喜[75]了上方佛殿，只一「了」字，便是遊過佛殿也。而後之忤奴，必謂張鶯同在佛殿，一何悖哉！每曲一句，是遊一處。**又來到下方僧院。**又遊一處。如忤奴之意，不成張鶯廝趕僧院耶？**廚房近西**，又遊一處。**法堂[76]北**，又遊一處。**鐘樓前面。**又遊一處。**遊洞房[77]**，又遊一處。**登寶塔**，又遊一處。**將迴廊繞遍。**又遊一處。已上，于寺中已到處遊遍，更無餘剩矣，便直逼到崔相國西偏別院。筆法真如東海霞起，總射天臺也。**我數畢羅漢，參過菩薩，拜罷聖賢。**此三句，不接上文之下，乃重申上文處處所見。蓋上文以佛殿、僧院、廚房、法堂、鐘樓、洞房、寶塔、迴廊，襯出崔氏別院；而此又以羅漢、菩薩、聖賢一切好相，襯出鶯艷也。其文如宋刻玉玩，雙層浮起。

那裡又好一座大院子，卻是何處？待小生一發隨喜去。（聰拖住云）那裡須去不得，先生請住者，裡面是崔相國家眷寓宅。（張生見鶯鶯、紅娘科）

驀然[78]見五百年風流業冤[79]。此即雙文奉老夫人慈命，暫至前庭閒散心，少立片時也。忤奴必云：「蕩

[74] 方丈：佛寺中長老主持說法之處。
[75] 隨喜：遊覽佛寺稱隨喜。
[76] 法堂：念經講佛的大堂。
[77] 洞房：本指深邃之室，此指和尚靜修的佛殿。
[78] 驀然：突然。

然遊寺，被人撞見。」

右第四節。寫張生遊寺已畢，幾幾欲去，而意外出奇，憑空逗巧。如此一段文字，便與左傳何異？凡用佛殿、僧院、廚房、法堂、鐘樓、洞房、寶塔、迴廊無數字，都是虛字。又用羅漢、菩薩、聖賢無數字，又都是虛字。相其眼覷何處，手寫何處，蓋左傳每用此法。我於左傳中說，子弟皆謂理之當然，今試看傳奇亦必用此法。可見臨文無法，便成狗嗥。而法莫備於左傳，甚矣，左傳不可不細讀也。我批西廂，以為讀左傳例也。

【元和令】顛不剌[80]的見了萬千，這般可喜娘[81]罕曾見。言所見萬千，亦皆絕艷，然非今日之謂也。看他用第一筆乃如此，便先將普天下蛾眉推倒。**我眼花撩亂口難言，魂靈兒飛去半天。**看他用第二筆又如此，偏不便寫，偏只空寫，此真用筆入神處。忤奴又謂張生「少年涎臉。」

右第五節。寫張生驚見雙文，目定魂攝，不能遽語。（若遽語，即成何文理？）

儘人調戲[82]，嚲[83]著香肩，只將花笑拈。「儘人調戲」者，天仙化人，目無下土，人自調戲，曾不知

---

[79] 業冤：前世冤家，此為愛極的反語。

[80] 顛不剌：此為風流美麗之意。顛，可愛；風流。不剌，語助詞。

[81] 可喜娘：美麗的姑娘。

[82] 調戲：此指偷看。

也。彼小家十五六女兒，初至門前，便解不可儘人調戲，於是如藏似閃，作盡醜態。又豈知郭汾陽王愛女，晨興梳頭，其執櫛進巾，捧盤瀉水，悉用偏裨牙將哉[84]。西廂記只此四字，便是喫煙火人道殺不到。千載徒傳「臨去秋波」，不知已是第二句。

【上馬嬌】是兜率宮[85]？是離恨天[86]？我誰想這裡遇神仙。純寫儘人調戲神韻。看他用第三筆又如此，只是空寫。

右第六節。寫雙文不曾久立，張生瞥然驚見。此一頃刻，真如妙喜於阿閦佛國[87]一現，不可再現。今乃欲於頃刻一現中，寫盡眼中無邊妙麗，可知著筆最是難事。因不得已而窮思極算，算出「儘人調戲」四字來。蓋下文寫雙文見客即走入者，此是千金閨女自然之常理。而此處先下「儘人調戲」四字，寫雙文雖見客走入，而不必如驚弦脫兔者，此是天仙化人，其一片清淨心田中，初不曾有下土人民半星齷齪也。看他寫相府小姐，便斷然不是小家兒女。筆墨之事，至於此極，真神化無方。

---

83 嚲：音ㄉㄨㄛˇ。垂下。

84 郭汾陽王五句：郭汾陽王，唐郭子儀，平定安史之亂有功，任中書令，進封汾陽郡王。「汾陽王愛女」事見新舊唐書本傳。

85 兜率宮：菩薩居住的天宮。率，音ㄌㄩˋ。

86 離恨天：比喻男女為愛情而煩惱抱恨的境地。

87 阿閦佛國：佛經上稱阿閦佛所居之地，也稱東方妙喜世界，有一現更不再現之說。閦，音ㄔㄨˋ。

第六才子書
圖
儘人調戲嚲着香肩只將花笑拈

宜嗔宜喜春風面。

右第七節。只此七字是雙文正面，下便側轉身來也。須知自「顛不剌」起，至「晚風前」止，描畫雙文，凡用若干語，而其實雙文止是阿閦佛國瞥然一現，蓋只此七字是也。此七字已上，皆是空寫，已下，則皆寫雙文入去。我不知雙文此日亦見張生與否，若張生之見之，則止於此七字而已也。後之忤奴，必謂雙文於爾頃已作目挑心招種種醜態，豈知西廂記妙文，原來如此。

偏，〔上馬嬌〕有此一字句，此恰用著，言雙文側轉身來也。宜貼翠花鈿[88]。是側轉來所見也。

【勝葫蘆】宮樣[89]眉兒新月偃，侵入鬢雲邊。是側轉來所見也。

右第八節。寫雙文側轉身來。聖嘆遂於紙上親見其翩若驚鴻[90]，即日我將以此妙文，持贈普天下才子，亦願一齊於紙上同見雙文翩若驚鴻也。（普天下才子讀至此處，愛殺雙文，安能不愛殺聖嘆耶？然世間或有不愛殺聖嘆者，聖嘆乃無憾。何則？渠固不知文心[91]之苦者也。）此方是活雙文，非死雙文也。傖[92]乃不解，遂謂面是面，鈿是鈿，眉是眉，鬢是鬢，則是泥塑雙文也。

---

[88] 翠花鈿：古代婦女的一種面飾。

[89] 宮樣：宮廷內流行的妝束式樣。

[90] 驚鴻：驚飛的鴻雁，形容體態輕盈，後借指美人。

[91] 文心：寫書人作文的用心。

[92] 傖：此指傖夫，鄙賤的人。下文「傖父」同。

未語人前先靦覥，一。櫻桃紅破93，二。玉粳白露94，三。半晌，四。恰方言95。五。

【後】似嚦嚦鶯聲花外囀96。一句破作五六句，幾於筆尖不肯著紙。

（鶯鶯云）紅娘，我看母親去。

右第九節。雙文纔見客來，便側轉身云：「我看母親去。」此是一晌眼間事，看他偏有本事，將「我看母親」一聲寫出如許章法。

行一步，上「偏」字，便是側轉身來，行此一步也。可人憐97，解舞98腰肢嬌又軟。千般嬝娜99，萬般旖旎100，似垂柳在晚風前。此只是側轉身來之第一步也。再一步，便入去了也。而張生此時未知也，遂極嘆之也。

93 櫻桃紅破：張開小口，像裂開的紅櫻桃。

94 玉粳白露：露出牙齒，像雪白的粳米。

95 半晌兩句：好半天才說出話來。

96 似嚦嚦句：以花間鶯聲比喻鶯鶯說話音色動人。嚦嚦，聲音宛轉動聽。囀，鳥鳴。

97 可人憐：惹人憐愛。

98 解舞：善舞。

99 嬝娜：輕盈苗條。

100 旖旎：風流嬌柔。

右第十節。自「偏」字至此，止是一眴眼間事。蓋側轉身來，便移步入去也。

（鶯鶯引紅娘下）

雙文去矣！水已窮，山已盡矣。文心至此，如劃然絃斷，更無可續矣。看他下文，憑空又駕出妙構來。

【後庭花】你看襯殘紅芳徑軟，步香塵底印兒[101]淺。下將憑空從腳痕上揣摹雙文留情，故此特指芳徑淺印，以令人看也。傖父強作解事，多添襯字，謂是歎其小，歎其輕，彼豈知文法生起哉。**休題眼角留情處，只這腳蹤兒將心事傳。**張生從何說起？作者從何入想？且又不便於腳痕上見鬼，又先於眼角上掉謊。行文可謂千伶百俐，七穿八跳矣。**慢俄延[102]，投至到櫳門[103]前面，只有那一步遠。**誰曾俄延？先生謊也。如此文字，真乃十分是精靈，一二分是鬼怪矣。上云「你看」，看底印也。看底印何也？看其將心事傳也。底印何見其將心事傳？看其步步慢，故步步近，即步步不忍舍我入去也。**分明打箇照面，**自誇所揣如見也。寫出活張生來，真不是死張生也。**風魔[104]了張解元[105]。**

---

101 底印兒：鞋底印。下「腳蹤兒」同。

102 慢俄延：慢慢地拖延時間。

103 櫳門：門口。

104 風魔：神魂顛倒；迷住了。

右第十一節。上文張生瞥然驚見，雙文翩然深逝，其間眼見並無半絲一線。然則過此以往，真乃如鴻飛冥冥，弋者其奚慕哉[106]。忽然於極無情處生扭出情來，並不曾以點墨唐突雙文，而張生已自如蠶吐絲，自縛自悶。蓋下文無數借廂附齋，皆以此一節為根也。忤奴必欲於此一折中，謂雙文售奸[107]，以致張生心亂，我得而知其母其妻其女之事焉。此一折中，雙文豈惟心中無張生，乃至眼中未曾有張生也。不惟實事如此，夫男先乎女，固亦世之恆禮也。人但知此節為行文妙筆，又豈知其為立言大體哉。

神仙歸洞天[108]，空餘楊柳煙，只聞鳥雀喧。

【柳葉兒】門掩了梨花深院，粉牆兒高似青天。恨天不與人方便，難消遣，怎留連，有幾個意馬心猿。

右第十二節。正寫雙文已入去也，易解。

【寄生草】蘭麝[109]香仍在，雙文既入，門便閉矣。門既閉，雙文便更不見矣。看他偏要逞好手，從門外張

---

[105] 解元：科舉考試中，鄉試第一名為解元，此作為對讀書應試者的通稱。

[106] 鴻飛冥冥兩句：原指鴻雁飛入遠空，箭無法射到，比喻遠離禍害。此借指雙文身影消失，張生空勞牽掛。

[107] 售奸：施展陰謀詭計。

[108] 洞天：道教傳說中，神仙居住的地方稱洞天、福地。因其地多為名山洞府，此中別有洞天，故名。

生，再寫出門裡雙文來。真是鏡花水月⑩，全用光影邊事。此一句，是向門外寫也。佩環聲漸遠。此一句，便向門內寫也。東風搖曳垂楊線，是從門外仰望牆頭也。遊絲牽惹桃花片，是魂隨遊絲飛過牆去也。珠簾掩映芙蓉面。是魂在牆內逢神見鬼也。這邊是河中開府相公家，牆外也。那邊是南海水月觀音院。牆內也。

【賺煞尾】望將穿⑪，牆外也。涎空嚥。牆內也。

右第十三節。雙文已入，門已閉，卻寫張生於牆外洞垣直透見牆內雙文。又是一樣憑空妙搆。真正活張生，非死張生也。

我明日透骨髓相思病纏，怎當他臨去秋波那一轉，我便鐵石人也意惹情牽。妙。眼如轉，實未轉也。在張生必爭云轉，在我必為雙文爭曰，不曾轉也。忤奴乃欲教雙文轉。

右第十四節。至此，遂放聲言之也。

近庭軒花柳依然，日午當天塔影圓。春光在眼前，依然妙，半日迷魂，忽然睜眼。奈⑫玉人⑬

---

⑩ 蘭麝：此指鶯鶯佩帶的香物。

⑩ 鏡花水月：鏡中之花，水中之月，比喻空靈虛幻，不可捉摸。

⑪ 望將穿：眼睛快要望穿了。

不見。將一座梵王宮，化作武陵源⑭。

右第十五節。寫張生從別院門前覆身入寺，見寺中庭軒花柳，日影春光，依然如故，與上第四節文字作呼應，所謂第四節入三昧⑮，此節出三昧也。入得去，出得來，謂之好文字。殺得入去，殺得出來，謂之好健兒。入得定去，出得定來，謂之好菩薩。若前不知入去，後不知出來者，禪家謂之肚皮中鼓粥飯氣也。（雙文不到佛殿，豈不信哉。）

---

⑫ 奈：怎奈。

⑬ 玉人：顏美如玉之人。男女均可用。

⑭ 武陵源：晉陶潛桃花源記稱，晉太元中，武陵郡漁人入桃花源，見其居民及生活情景，儼然另一世界，故桃花源又稱武陵源。後用以泛指與世隔絕的隱居世界。

⑮ 三昧：奧妙。

一之二 借廂

吾嘗遍觀古今人之文矣，有用筆而其筆不到者，有用筆而其筆到者，有用筆而其筆之前、筆之後、不用筆處，無不到者。夫用筆而其筆不到，則用一筆而一筆不到，雖用十百千乃至萬筆，而十百千萬筆皆不到也，茲若人毋寧不用筆可也。用筆而其筆到，則用一筆，斯一筆到，再用一筆，斯一筆又到，因而用十百千乃至萬筆，斯萬筆並到，如先生是真用筆人也。若夫用筆而其筆之前、筆之後、不用筆處，無處不到，此人以鴻鈞❶為心，造化❷為手，陰陽為筆，萬象為墨，心之所不得至，筆已至焉；筆之所不得至，心已至焉。筆所已至，心遂不必至焉；心所已至，筆遂不必至焉。讀其文，其文如可得而讀也，然而能讀者讀之而讀矣，不能讀者讀之而未曾讀也。何也？其文則在其文之前、之後、之四面，而其文反非也。故用筆而其筆不到者，如今世間橫災梨棗❸之一切文集是也。用筆而其筆到者，如世傳韓、柳、歐、王、三蘇之文是也。若用筆而其筆之前、後、不用筆處，無不到者，舍左傳吾更無與歸也。左傳之文，莊生有其駘宕❹，孟子七篇有其奇峭❺，國策有

---

❶ 鴻鈞：大陶鈞。此喻上天創造萬物的巨大力量。鈞，製陶器所用的轉輪。

❷ 造化：天地、自然界的創造化育。

❸ 橫災梨棗：指書籍毫無價值，徒費書版。梨棗，舊時雕版印書多以梨木或棗木為書版，故以梨棗作為書版的代稱。

其匝緻❻，（聖嘆別有批孟子、批國策欲呈教。）太史公有其巃嵸❼。夫莊生、孟子、國策、太史公又何足多道，吾獨不意西廂記，傳奇也，而亦用其法。然則作西廂記者，其人真以鴻鈞為心，造化為手，陰陽為筆，萬象為墨者也。

何也？如夜來張生之瞥見驚艷也，如天邊月，如佛上華，近之固不可得而近，而去之乃決不可得而去也。決不可得而去，則務必近之，而近之之道，其將從何而造端乎？通夜無眠，通夜思量。夫張生絕世之聰明才子也，彼且忽然而得算矣。謂天下之事，有鬥筍❽，有合縫。鬥筍，其始也；合縫，其終也。今日之事，不圖合縫，且圖鬥筍。夫驚艷之在深深別院中也，此縫未易合也。而相國別院之在無遮大剎❾中也，此筍或可鬥也。天明矣乎？胡天正未明也。雞唱矣乎？胡雞正未唱也。鼓終矣乎？胡鼓正未終也。我不圖合縫，我且圖鬥筍。夫他日縫之終合與不合，事則在他日，我不敢料也。若夫今日筍之必鬥而不可不鬥，乃至必宜急鬥而不可遲鬥，事則在今日矣，我安得雞唱，鼓終，天明，入寺而一問法聰乎？雞不唱，鼓不終，天不明，則不得入寺而問聰，此其心亂如麻可

---

❹ 駘宕：同「駘蕩」。恣肆放蕩。
❺ 奇峭：奇特峻峭。
❻ 匝緻：嚴謹周密。
❼ 巃嵸：嵬峨高聳的樣子。
❽ 鬥筍：筍，通「榫」。木器的結合處，突出的部分稱筍頭，鑿空部分稱卯眼，將筍頭接入卯眼，使之交接、合縫，稱為鬥筍。
❾ 無遮大剎：大佛寺。無遮，佛教指寬大容物而無所遮礙，解免諸惡。

知也。設也倏忽之間，而雞唱矣，鼓終矣，天明矣，乃入寺問聰，而聰不我應，此又當奈之何哉？夫聰之必我應，而不不我應，固也。然聰之雖必我應，而萬一竟不我應，亦或然之事也。再思量之，則聰之或我應，或不我應，皆有之道也。再思量之，則聰之不我應也，其數多；其我應，乃數之少者也。再思量之，則聰必不我應者也。於是事急矣，心死矣，神散亂矣，發言無次矣。入寺見聰便發極⑩云：不做周方⑪，我必埋怨殺你！蓋聰聞之而斗然驚焉。何則？張生固未嘗先云借房，則聰殊不知其「不做周方」之為何語也。張生未嘗先云借房，而便發極云「不做周方」者，此其一夜心問口，口問心，既經百千萬遍，則更不計他人之知與不知也。只此起頭一筆二句十三字，便將張生一夜無眠，盡根極底，生描活現。所謂用筆在未用筆前，其妙則至於此。是惟左傳往往有之。借曰不然，而或順文寫之曰：「你借我半間客舍僧房」，然後乃繼之曰「不做周方」，只略倒轉，便成惡札⑫。嗟乎！文章之事，通於造化，當世不少青蓮花人⑬，吾知必於千里萬里外，遙呼聖嘆，酹酒於地曰：「汝言是也，汝言是也。」則聖嘆亦於千里萬里外，遙呼青蓮花人，酹酒於地曰：「先生，汝是作得西廂記出人也。」(已上，皆是「不做周方」一筆前故意藏下之文，聖嘆特地代之寫出來，以明「不做周方」之一筆，其手法神妙至於此。試思「不做周方」二句十三字耳，其前乃有如許一篇大文，

---

⑩ 發極：發急；迫不及待。

⑪ 不做周方：不與人周全方便。

⑫ 惡札：敗筆。

⑬ 青蓮花人：有真知灼見的人。青蓮花瓣長而廣，青白分明，佛教常用以比喻眼目。

豈不奇絕？）

紅娘切責後，張生良久良久，此時最難措語⑭。今看其〔哨遍〕一篇，極盡文章排蕩之法，是已為奇事矣。偏有本事，又排蕩出〔耍孩兒〕五篇，忽然從世間男長女大，風勾月引一段關竅⑮，硬作差派。先坐⑯煞小姐，以深明適者我並非失言。然後云，紅娘而肯做周旋⑰耶？則我亦不過兩得其便。若紅娘畢竟不做周旋耶，則小姐自失便宜。已又云，既已不做周旋，則我亦決計便不思量。已又云，汝自不做周旋，我自終不得不思量。凡五煞，俱是大起大落之筆，皆所以切怨紅娘也。（切怨紅娘者，一題自有一題之文，若此篇則是切怨紅娘之文也。不知者悉以為慕鶯之文，不成一部西廂篇篇皆慕鶯之文，又有何異同耶？）

（夫人上云）紅娘，你傳著我的言語，去寺裡問他長老，幾時好與老相公做好事⑱。問的當⑲了，來回我話者。（紅娘云）理會得。（下）

（法本上云）老僧法本，在這普救寺內住持⑳做長老。夜來老僧赴個村齋，不知曾有何人來探望。（喚

⑭ 措語：此指寫文章選擇詞句。
⑮ 關竅：此指話題。
⑯ 坐：怪罪。
⑰ 周旋：此指牽線搭橋。
⑱ 做好事：此指為崔相國做道場。
⑲ 的當：妥當。

法聰問科)(法聰云)夜來有一秀才,自西洛而來,特謁我師,不遇而返。(法本云)山門外覷者,倘再來時,報我知道。(法聰云)理會得。

(張生上云)自夜來見了那小姐,著小生一夜無眠。今日再到寺中訪他長老,小生別有話說。(與法聰拱手科)

【中呂・粉蝶兒】(張生唱)不做周方,埋怨殺你個法聰和尚!

右第一節。無序無由,斗然叫此一句,是為何所指耶?身自通夜無眠,千思萬算,已成熟話。若法聰者,又不曾做蛆,向驢胃中度夏,渠安所得知先生心中何事要人做周方耶?豈非極不成文,極無理可笑語?然卻是異樣神變之筆,便將張生一夜中車輪腸肚總掇出來。使低手為之,當云「來借僧房,敬求你個法聰和尚,你與我用心兒做個周方」云云。亦誰云不是〔粉蝶兒〕?然只是今朝張生,不復有昨夜張生。聖嘆每云:「不會用筆者,一筆只作一筆用。會用筆者,一筆作百十來筆用。」正謂此也。

(聰云)先生來了,小僧不解先生話哩。

你借與我半間兒客舍僧房,與我那可憎才㉑居止處門兒相向。「可憎」者,愛極之反辭也。王

⑳ 住持:居住寺中,總持事務。

㉑ 可憎才:可愛的人。愛極的反語。

摩詰云：「洛陽女兒對門居」㉒，嘗歎其「對門」二字淫艷非常。不意本色道人胸中乃有如此設想。今此「門兒相向」四字，便是一副錦心繡手，不必定是青藍㉓，而自然視之欲笑也。**雖不得竊玉偷香，且將這盼行雲㉔眼睛打當㉕。**筆皆起伏。

右第二節。後文至〔上小樓〕之後闋，始向長老借房者，借房之次第也。此文纔上場便向法聰借房者，借房之心事也。借房不可不次第，則必待至〔上小樓〕之後闋也。借房之心事，刻不可忍，則必於此上場之一刻也。

（聰云）小僧不解先生話。

【醉春風】我往常見傅粉㉖的委實羞，畫眉㉗的敢是㉘謊㉙。不但是筆之起伏，此正是與張生爭

㉒ 王摩詰兩句：王維，字摩詰，唐代詩人，下句出其詩洛陽女兒行。

㉓ 青藍：後來者居上。語本荀子勸學：「青，取之於藍而勝於藍。」

㉔ 盼行雲：盼望與美人相會。行雲，宋玉高唐賦序稱巫山神女旦為朝雲，暮為行雨，此喻所傾慕的女子。

㉕ 打當：安排；準備。

㉖ 傅粉：搽粉。三國魏人何晏喜以粉搽面，時稱「傅粉何郎」，後遂以「傅粉」為美男代稱。此不用「美男」之義，而代指美女。

㉗ 畫眉：畫眉毛。西漢張敞替婦畫眉，歷代傳為佳話。此以「畫眉的」代指美女。

㉘ 敢是：定是。

㉙ 謊：通「慌」。害羞；慌張。

殺身分。夫與張生爭殺身分者，正是與雙文爭殺身分也。若張生平生，但見一眉一眼，一裙一襪，便連路喪節者，今日所見，乃不足又道也。今番不是在先，人心兒裡早痒，句。痒。句。〔醉春風〕有此一重字作一句，最要用得恰妙。撩撥㉚得心慌，斷送得眼亂，輪轉得腸忙。

右第三節。文自明。

（聰云）小僧不解先生話也。師父久待，小僧通報去。（張先見法本科）

【迎仙客】我只見頭似雪，鬢如霜，面如少年得內養㉛。貌堂堂，聲朗朗，只少個圓光㉜，便是捏塑的僧伽㉝像。

右第四節。乃不可少。

（法本云）請先生方丈內坐。夜來老僧不在，有失迎迓，望先生恕罪。（張生云）小生久聞清譽，欲來座下聽講，不期昨日相左。今得一見，三生㉞有幸矣。（本云）敢問先生，世家何郡？上姓大名？因甚

㉚ 撩撥：引逗；招惹。

㉛ 內養：內心清靜寡慾，不為俗世所惑。

㉜ 圓光：佛教傳說，菩薩的頭頂上有圓形光環。

㉝ 僧伽：梵語，省稱為「僧」。和尚。原意本指眾和尚，後單人也可稱僧。

㉞ 三生：佛教語，一般以過去（去生）、現在（今生）、將來（來生）為三生。

至此？（張生云）小生西洛人氏，姓張名珙，字君瑞，上京應舉，經過此處。

【石榴花】大師一一問行藏㉟，小生仔細訴衷腸。自來西洛是吾鄉，宦遊㊱在四方，寄居在咸陽。先人禮部尚書多名望，五旬上因病身亡。平身正直無偏向，至今留四海一空囊㊲。

右第五節。乃不可少。雖不可少，然無事人向有事人作寒暄，彼有事人又不得不應，此景真可一噱也。如送秧人被看鴨奴問話，緊急報船悞行入木筏路中，皆何足道？莫苦於貧士一屋兒女，傍午無煙，不得不向鮑叔㊳告乞升斗。乃入門相揖，不可便語，而彼鮑叔則且睇目㊴看天，緩緩言：「節序佳哉！」又緩緩言：「某物應時矣，已得嘗新否？」殊不覺來客心頭，淚落如豆。我願普天下菩薩鮑叔，於彼二三貧賤兄弟，無故忽然早來之時，善須察言觀色，慰勞無故，而後即安。此亦天地自然之常理，不足為奇節也。（聖嘆此語，守錢奴見之而怨怒焉。此亦大不解事矣。聖嘆此語，豈向守錢奴作說客耶？或曰：聖嘆亦大不解事，彼守錢奴，胡為得見聖嘆此書耶？）

【鬥鵪鶉】聞你渾俗和光㊵，句法是嘆，字法是嘲。果是風清月朗。小生呵，無意求官，有心

㉟ 行藏：身世經歷。論語述而：「用之則行，捨之則藏。」行，出仕。藏，家居。

㊱ 宦遊：做官或為做官而在外遊歷。

㊲ 空囊：無財無物，空空一身。囊，皮囊，指人的身軀。

㊳ 鮑叔：鮑叔牙，春秋時期齊國人，與管仲友善。管仲貧困，鮑叔始終善待之。後世因稱肯接濟人者為鮑叔。

㊴ 睇目：斜著眼睛。

聽講。

右第六節。此借廂之破題㊶也。看其行文次第。

小生途路無可中意，聊具白金一兩，與常住㊷公用，伏望笑留！

秀才人情㊸從來是紙半張，他不曉七青八黃㊹。銀色也。任憑人說短論長，他不怕掂斤播兩㊺。

【上小樓】我是特來參訪，你竟無須推讓。這錢也難買柴薪，不彀㊻齋糧，略備茶湯。寫秀才入畫。作西廂記忽然畫秀才，不怕普天下秀才具公呈告官府耶！

右第七節。此借廂之入題也。

㊵ 渾俗和光：應合世俗，不露鋒芒。渾，混同。和，一致。

㊶ 破題：明清八股文開頭兩句稱為破題，此意為開始。下四之三哭宴「破題兒」同。

㊷ 常住：寺廟；僧人。

㊸ 人情：以禮物相贈，唐宋元人稱送人情。

㊹ 七青八黃：金子的品位成色。此泛指錢財。

㊺ 掂斤播兩：計較多少。

㊻ 不彀：不夠。

你若有主張，對艷粧㊼，將言詞說上，還要把你來生死難忘。

右第八節。反透過借廂一筆，令文字有跳脫之勢。（上來作諸般勤，本為借廂也。然理之所必無，或是事之所忽有。如「言詞說上」、「生死難忘」，則是廂亦反不必借也。心頭亦明明知其必無此事，而口頭不覺忽忽定要說出來，痴人身分中真有此景況，又不特作文勢跳脫而已。）

（本云）先生客中何故如此？先生必有甚見教。從來是禿廝乖。（張生云）小生不揣㊽，有懇㊾。因惡旅邸繁冗，難以溫習經史，欲暫借一室，晨昏聽講，房金按月任憑多少。（本云）敝寺頗有空房，任憑揀擇，不呵，就與老僧同榻何如？李陵所謂不入耳之言㊿，隨筆寫作。一笑。

【後】不要香積廚51，不要枯木堂52，不要南軒，不要東牆。只近西廂，靠主廊，過耳房，方纔停當。快休題長老方丈。誦之如蕉葉雨聲，何其爽哉！又如鼓聲撒豆點動，何其快樂哉！

㊼ 艷粧：此暗指鶯鶯。

㊽ 不揣：不揣冒昧。揣，揣度。

㊾ 有懇：有所懇求。

㊿ 李陵句：李陵，西漢人，名將李廣之孫。武帝時率兵擊匈奴，兵敗投降，居匈奴二十餘年，後病死。不入耳之言，語出文選李陵答蘇武書：「故每攘臂忍辱，輒復苟活，左右之人，見陵如此，以為不入耳之歡，來相勸勉。」

51 香積廚：寺廟的廚房。

52 枯木堂：和尚參禪打坐的地方。

右第九節。借廂正文也。

（紅娘上云）俺夫人著俺問長老，幾時好與老相公做好事，問的當了回話。（見本科）長老萬福53！夫人使侍妾來問，幾時可與老相公做好事？（張生云）好個女子也呵！

【脫布衫】大人家舉止端詳54，全不見半點輕狂。臨濟55見牧牛嫂有抽釘拔楔56之意，便知住山人57真是大善知識58。杜子美咏「北方佳人，天寒修竹」59，則雖其侍婢，必云「摘花不插髮」也。語云：「不知其人，但觀所使60。」今寫侍妾尚無半點輕狂，即雙文之嚴重可知也。大師行61深深拜了，一。啟朱唇語言的當。二。

【小梁州】可喜龐兒淺淡粧，三。穿一套縞素衣裳。四。「縞素衣裳」，四字精細，是扶喪服也。

53 萬福：婦女與人相見時所行的禮節，即以手斂衽，口道「萬福」。
54 端詳：端莊安詳。
55 臨濟：唐代義玄禪師，住鎮州臨濟院，為禪宗臨濟宗開山祖。
56 抽釘拔楔：比喻解決困難。
57 住山人：此指和尚。
58 善知識：佛教指了悟一切知識，高明超眾的人。
59 杜子美二句：杜子美，唐代詩人杜甫，字子美。下引「天寒修竹」詩，出杜甫詩佳人。
60 不知其人兩句：意為雖然不了解這個人，但是只要看看他所使喚的人就行了。
61 行：這裡。

右第十節。昔有二人，於玄元皇帝62殿中，賭畫東西兩壁，相戒互不許竊窺。至幾日，各畫最前幡幢63畢，則易而一視之。又至幾日，又畫中間旄鉞64畢，又易而一視之。又至幾日，又畫近身纓笏65畢，又易而一視之。又至幾日，又畫陪輦諸天66畢，又易而共視。西人忽向東壁哂67然一笑，東人殊不計也。殆明並畫天尊68已畢，又易而共視，而後西人始投筆大哭，拜不敢起。蓋東壁所畫最前人物，便作西壁中間人物。中間人物，卻作近身人物。近身人物，竟作陪輦人物。西人計之：彼今不得不將天尊人物作陪輦人物矣，已後又將何等人物作天尊人物耶？謂其必至技窮，故不覺失笑。卻不謂東人胸中乃別自有其日角月表69，龍章鳳姿70，超於塵壒之外煌煌然71一天尊。於是便自後至前，一路人物，盡高一層。今被作西廂記人偷得此法，亦將他人欲寫雙文之筆，先寫卻阿紅，後

62 玄元皇帝：老子的尊號。唐代帝王尊崇老子，高宗尊老子為太上玄元皇帝，玄宗朝在各地興建玄元皇帝廟。

63 幡幢：儀仗用的旗幟。

64 旄鉞：儀仗用的旗幟、兵器。

65 纓笏：指人物身上的東西。纓，繫於頷下的帽帶。笏，大臣朝見君主時手持的狹長板子。

66 陪輦諸天：陪同車駕的神界眾神。輦，王者所乘之車，此指天尊車駕。

67 哂：音ㄒㄧˋ。大笑的樣子。

68 天尊：道教對最尊貴的天神的稱謂。

69 日角月表：比喻帝王之相。日角，即額骨中央隆起，形狀如日，相書稱為大貴之相。

70 龍章鳳姿：比喻身分高貴。

71 煌煌然：明亮的樣子。

可喜龐兒淺淡粧
穿一套縞素衣裳
借廂

來雙文自不愁不出異樣筆墨，別成妙麗。嗚呼！此真非傖父所得夢見之事也。

鶻伶淥老72不尋常，偷睛望，眼挫73裡抹74張郎。

【後】我共你多情小姐同鴛帳，我不教你疊被鋪床。將小姐央，夫人央，他不令許放，我自寫與你從良75。寫紅娘「鶻伶淥老不尋常」，乃張生之鶻伶淥老亦不尋常也。紅娘淥老不尋常，故敢眼挫偷抹張郎，乃張生淥老又不尋常，便早偷睛見其抹我也。一筆下，寫四隻淥老，好看殺人！

右第十一節。又用別樣空靈之筆，重寫阿紅一遍也。「抹」，抹倒也，抹殺也，不以為意也。將欲寫阿紅不是疊被鋪床人物，以明侍妾早是一位小姐矣，其小姐又當何如哉！卻先寫阿紅眼中，全然抹倒張生，並不以張生為意，作一翻跌之筆，然後自云：你自抹殺我，我定不敢抹殺你。此真非已下人物也。文之靈幻，全是一片神工鬼斧，從天心月窟雕鏤出來。傖父不知，乃謂寫阿紅眼好，夫上文之下，下文之上，有何關應，須於此處寫阿紅好眼耶？（蓋言你抹我，你不應抹我也。）

（本云）先生少坐，待老僧同小娘子到佛殿上一看便來。（張生云）小生便同行何如？（本云）使得。

---

72 鶻伶淥老：眼睛明亮，眼光銳利，有靈氣，給人聰明伶俐的印象。淥老，眼睛。

73 眼挫：眼角。

74 抹：此指斜視。

75 從良：此指婢女贖身，放為平民。

（張生云）著小娘子先行，我靠後些。

【快活三】崔家女艷粧，莫不演撒[76]上老潔郎[77]？既不是睃趁[78]放毫光[79]，為甚打扮著特來晃[80]？

【朝天子】曲廊洞房，你好事從天降。異樣鬼斧神工之筆。

右第十二節。張生靈心慧眼，早窺阿紅從那人邊來，便欲深問之，而無奈身為生客，未好與人閨閣。因而眉頭一皺，計上心來，忽作醜語觗突長老，使長老發極，然後輕輕轉出下文云：然則何為不使兒郎而使梅香[81]？便問得不覺不知，此所謂明攻棧道，暗渡陳倉之法也。傖父又不知，以為張生忽作風話。（斲山云，怪哉聖嘆，其眼至此，我疑此書便是聖嘆自製。）

（本發怒云）先生好模好樣，說那裡話！（張生云）你須怪不得我說。

好模好樣忒莽戇，煩惱耶唐三藏。妙句，便勘破普天下禪和子[82]。偌大個宅堂，豈沒個兒郎，

---

[76] 演撒：勾搭，欺哄。

[77] 潔郎：和尚。

[78] 睃趁：覷看。

[79] 放毫光：原指佛光像毫毛那樣放射光芒，此喻法本頭皮光光，就像顯出佛光一樣。

[80] 特來晃：特別漂亮。

[81] 梅香：小說戲曲中對丫鬟婢女的通稱。

要梅香來說勾當？一片閒心，火熱熱地，止要問此一語，卻駕起如此奇文。**你在我行口強，你硬著頭皮上。**言欲於其腦袋上，鑿一百栗暴，蓋定欲其告我真話也。

右第十三節。二節真乃希世奇文。聖嘆不惟今生做不出，雖他生猶做不出。

（本云）這是崔相國小姐孝心，與他父親亡過老相國追薦做好事，一點志誠，不遣別人，特遣自己貼身的侍妾紅娘，來問日期。（本對紅娘云）這齋供道場都完備了，十五日是佛受供日，請老夫人小姐拈香。（張生哭云）「哀哀父母，生我劬勞，欲報深恩，昊天罔極[83]。」小姐是一女子，尚思報本，望和尚慈悲，小生亦備錢五千，怎生[84]帶得一分兒齋，追薦[85]我父母，以盡人子之心。便夫人知道，料也不妨。（本云）不妨。法聰，與先生帶一分齋者。（張生私問聰云）那小姐是必來麼？（聰云）小姐是他父親的事，如何不來！（張生喜云）這五千錢使得著也。

斗然借廂，斗然觝突長老，斗然哭，後又斗然推更衣先出去。寫張生通身靈變，通身滑脫，讀之如於普救寺中親看此小後生。

---

[82] 襌和子：和尚。

[83] 哀哀父母四句：語出詩經蓼莪，意為可憐的父母，養育我太辛苦，我想報答父母之恩，可是此恩之大，如天之無窮，不知所以為報。哀哀，非常哀傷。生，養育。劬勞，勞苦。劬，音ㄑㄩˊ。罔極，沒有窮盡。

[84] 怎生：此為務必的意思。

[85] 追薦：誦經拜懺，以超度死者。

【四邊靜】人間天上，看鶯鶯強如做道場。軟玉溫香，休言偎傍，若能彀湯[86]他一湯，蚤[87]與人消災障。南無消災障菩薩摩訶薩[88]。絕世奇文。

右第十四節。又恐世間善男信女，及道學先生讀至此處，謂張生真要薦親，故用正文說明之。

（本云）都到方丈喫茶。（張生云）小生更衣[89]咱。（張生先出云）那小娘子一定出來也，我只在這裡等候他者。（紅娘辭本云）我不喫茶了，恐夫人怪遲，我回話去也。（紅出，張生迎揖云）小娘子拜揖。（紅云）先生萬福。（張生云）小娘子莫非鶯鶯小姐的侍妾紅娘乎？（紅云）我便是，何勞動問？（張生云）小生有句話，敢說麼？（紅云）言出如箭，不可亂發。一入人耳，有力難拔。有話但說不妨。（張生云）小生姓張名珙，字君瑞，本貫西洛人氏。年方二十三歲，正月十七日子時建生，並不曾娶妻。千載奇文。（紅云）誰問你來？我又不是算命先生，要你那生年月日何用？千載奇文。（張生云）再問紅娘，小姐常出來麼？（紅怒云）出來便怎麼？妙。先生是讀書君子，道不得個[90]「非禮勿言，非

---

[86] 湯：音ㄉㄤˋ。挨著；擦著。

[87] 蚤：通「早」。

[88] 南無句：意即消災菩薩。南無，此作「致敬」解，用在菩薩名前，對菩薩表示尊敬。菩薩摩訶薩，即「菩薩」一詞的全稱。

[89] 更衣：如廁的婉稱。

[90] 道不得個：意為難道你沒有聽說有這樣的話嗎。

禮勿動。」俺老夫人治家嚴肅，凜若冰霜，即三尺童子，非奉呼喚，不敢輒入中堂。先生絕無瓜葛[91]，何得如此？早是[92]妾前，可以容恕，若夫人知道，豈便干休？今後當問的便問，不當問的休得胡問！

（紅娘下）

（張生良久良久云）這相思索是[93]害殺我也！

【哨遍】聽說罷，心懷悒怏[94]，把一天愁都撮在眉尖上。說夫人節操凜冰霜，不召呼，不可輒入中堂。自思量，假如你心中畏懼老母威嚴，你不合[95]臨去也回頭望。

右第十五節。寫張生被紅娘切責，一時腳插不進，頭鑽不入，無搔無爬，不上不落。於是不怨自己，不怨紅娘，忽然反怨鶯鶯，真是魂神顛倒之筆。

待颺下[96]，承上文。紅娘切責，救無路矣，定應如此措心，定應如此措筆也。

右第十六節。忽然作此一縱，筆如鷙鷹撇去。然只是三字，下便疾收轉來，世間有如此神儁之筆！

---

[91] 瓜葛：關係。
[92] 早是：幸虧是。
[93] 索是：必定。
[94] 悒怏：音一ˋ 一ㄤˋ。憂悶不樂。
[95] 不合：不該。
[96] 颺下：抛下。即將思念鶯鶯之心丟開。颺，音一ㄤˊ。

（若真颺下，豈非世間第一有力丈夫？抑若真颺下，豈非世間終身不長進活死人哉？座間忽一客云：「若真颺下，西廂記便止於此矣。」聖嘆不覺大笑。）

教人怎颺？赤緊的[97]**深沾了肺腑，牢染在肝腸。若今生你不是並頭蓮，難道前世我燒了斷頭香**[98]**？**用兩「頭」字起色，便為玉茗堂[99]開山。**我定要手掌兒上奇擎**[100]**，心坎兒上溫存，眼皮兒上供養。**

右第十七節。寫其一片志誠，雖死不變也如此。

【耍孩兒】只聞巫山[101]**遠隔如天樣，聽說罷又在巫山那廂。**唐詩云：「平蕪盡處是青山，行人更在青山外。」[102]此用其句法。**我這業身**[103]**雖是立迴廊，魂靈兒實在他行。莫不他安排心事正要**

---

[97] 赤緊的：當真的。

[98] 斷頭香：斷香。佛徒認為，供佛要用整枝香，不可用斷香或殘香，否則不吉利，會遭報應。

[99] 玉茗堂：明代戲曲家湯顯祖，江西臨川人，因所居堂前種有玉茗花，故稱玉茗堂。人稱湯顯祖為「玉茗先生」，其著作亦多以此命名，如玉茗堂集、玉茗堂四夢等。

[100] 擎：捧。

[101] 巫山：戰國楚宋玉高唐賦記楚王與巫山神女夢中相會，後遂以巫山指男女歡會之地。

[102] 平蕪兩句：此非唐詩，語出宋歐陽修詞踏莎行，「青山」當作「春山」。

[103] 業身：造孽之身，身軀。此為張生自怨自嘲之語。

傳幽客，也只怕是漏洩春光與乃堂。春心蕩，他見黃鶯作對，粉蝶成雙。春心之蕩，乃硬派之耶！奇文，奇情。

右第十八節。將深怨紅娘，而先硬差官派小姐春心之必蕩，以見己頃間之纖無差悞，而甚矣紅娘之謬也！

【五煞】紅娘，你自年紀小，性氣剛。張郎倘去相偎傍，他遭逢一見何郎粉，我邂逅偷將韓壽香。風流況，成就我溫存嬌婿，管甚麼拘束親娘。

右第十九節。望紅娘肯通一線，則有如是之美滿也。

【四煞】紅娘，你忒慮過104，空算長。郎才女貌年相仿，定要到眉兒淺淡思張敞，春色飄零憶阮郎105。非誇獎，他正德言工貌，小生正恭儉溫良106。此二節，反覆言之，以盡其事也。

104 忒慮過：過分操心。忒，太。

105 阮郎：相傳東漢人阮肇入天臺山採藥，迷路求食，入桃花源，遇仙女成其婚配。

106 他正德言工貌兩句：前句指要求婦女具有的四種品德，語出禮記昏禮。德，婦德（貞順）。言，婦言（說話得體）。工，婦功（女紅）。貌，婦容（柔順）。後句指君子的四種品德，語出論語學而。恭，恭敬。儉，儉約。溫，溫和。良，善良。

右第二十節。諷紅娘不通一線，則有如是之懊悔也。

【三煞】紅娘，他眉兒是淺淺描，他臉兒是淡淡粧，他粉香膩玉搓咽項。下邊是翠裙鴛繡金蓮小，上邊是紅袖鸞銷玉筍長。不想呵，其實強⑩⑦，你也掉下半天風韻，我也颩去萬種思量。絕世奇談。自欲不思量，乃先欲人不風韻，豈非謊哉？昔有人過嗜蟹者，人或戒之，遂發願云：「我有大願，願我來世，蟹亦不生，我亦不食。」相傳以為奇談，豈知是西廂記妙文，被他抄去。

右第二十一節。又作奇筆一縱，欲不思量也。

卻忘了辭長老。（張生轉身見本云）小生敢問長老，房舍何如？（本云）塔院西廂有一間房，甚是瀟灑，正可先生安下，隨先生早晚來。（張生云）小生便回店中，搬行李來。（本云）先生是必來者！（法本下）

（張生云）搬則搬來，怎麼捱這淒涼也呵！

【二煞】紅娘，我院宇深，枕簟涼，一燈孤影搖書幌⑩⑧。縱然酬得今生志，著甚支吾⑩⑨此夜長！睡不著，如翻掌，少呵有一萬聲長吁短歎，五千遍搗枕搥床。

⑩⑦ 強：強辯。

⑩⑧ 書幌：書齋的帷幔。

⑩⑨ 支吾：應付。

右第二十二節。至此節，方寫「相思害殺我也」之正文。

【尾聲】嬌羞花解語⑩，溫柔玉有香⑪。乍相逢，記不真嬌模樣。儘無眠，手抵著牙兒慢慢地想。

右第二十三節。輕飄一線遞過下節，人謂其不復結上，豈悟其早已襯後耶？（益信前者之為瞥見。）

---

⑩ 花解語：即解語花，能理解人語的花。唐玄宗曾稱楊貴妃為解語花，事見開元天寶遺事。後以此比喻善解人意的美女。

⑪ 玉有香：唐蘇鶚杜陽雜編玉辟邪載唐肅宗賜李輔國玉辟邪，其玉之香，可聞數百步，後以比喻玉貌花容的美女。

一之三　酬韻❶

曼殊室利菩薩❷好論極微❸，昔者聖嘆聞之而甚樂焉。夫娑婆世界❹，大至無量由延❺，而其故乃起於極微。以至娑婆世界中間之一切所有，其故無不一一起於極微。此其事甚大，非今所得論。今者止借菩薩「極微」之一言，以觀行文之人之心。今夫清秋傍晚，天澄地澈，輕雲鱗鱗❻，其細若縠❼，此真天下之至妙也。野鴨成群空飛，漁者羅而致之❽，觀其腹毛，作淺墨色，鱗鱗然，猶如天雲，其細若縠，此又天下之至妙也。草木之花，於跗萼❾中，展而成辦，苟以閒心諦視❿其辦，

❶酬韻：依韻酬詩。

❷曼殊室利菩薩：即文殊菩薩，中國佛教四大菩薩之一。相傳其顯靈說法的道場在山西省五臺山，為釋迦牟尼佛的左脇侍，專司智慧。塑像頂結五髻，駕獅子，持寶劍。

❸極微：構成世界萬物的最微小的物質微粒。

❹娑婆世界：佛教對大千世界的總稱。

❺無量由延：形容極大。無量，無限量。由延，古印度長度單位，為軍行一日的行程，約四十里左右。

❻鱗鱗：像層層魚鱗般的排列。

❼縠：音ㄏㄨˊ。有皺紋的紗。

❽羅而致之：此指捕捉野鴨。羅，張網捕鳥。

❾跗萼：花萼。跗，通「柎」。

❿諦視：仔細察看。

則自根至末，光色不定，此又天下之至妙也。燈火之燄，自下達上，其近穗也，乃作淡碧色，稍上，作淡白色，又上，作淡赤色。又上，作乾紅色，後乃作墨煙，噴若細沫，此一天下之至妙也。今世人之心，豎高橫闊，不計道里；浩浩蕩蕩，不辨牛馬。設復有人語以此事，則且開胸大笑，以為人生一世，貴是衣食豐盈，其何暇費爾許心計哉，不知此固非不必費之閒心計也。秋雲之鱗鱗，其細若轂者，轂以有無相間成文，今此鱗鱗之間，則僅是有無相間而已也耶？人自下望之，去雲不知幾十百里，則見其鱗鱗者，其間不必曾至於寸。若果就雲量之，誠未知其為尋為丈⑪者也。今試思以為尋為丈之相去，而僅曰有無相間焉而已，則我自下望之，其為妙也，決不能以至是。今自下望之，而其妙至是，此其一鱗之與一鱗，其間則有無限層折，如相委⑫焉，如相屬⑬焉。所謂極微，於是乎存，不可以不察也。天雲之鱗鱗，其去也尋丈，故於中間有多層折，此猶不足論也。若夫野鴨腹毛之鱗鱗，其相去乃至為逼迮⑭，不啻如粟米焉也。今試觀其輕妙若轂，為是止於有無相間而已也耶。如誠止於有無相間焉而已，則我試取纖筆，染彼淡墨，縷縷畫之，胡為三尺童子，猶大笑以為甚不似也。則誠不得離朱⑮其人，諦審熟睹焉耳。誠諦審而熟睹之，此其中間之層折，如相委焉，

⑪ 尋丈：古代長度單位，八尺為尋，十尺為丈。

⑫ 相委：上下堆積。

⑬ 相屬：左右連接。屬，音ㄓㄨˇ。

⑭ 逼迮：狹窄。迮，通「窄」。

⑮ 離朱：一作「離婁」。傳說中的人物。離朱能察秋毫之末於百步之外。

如相屬焉，必也一鱗之與一鱗，真亦如有尋丈之相去。所謂極微者，此不可以不察也。草木之花，於跗萼中，展而成瓣。人曰：凡若干瓣，斯一花矣。人固不知昨日者，殊未有此花也。更昨日焉，乃至殊未有此萼與跗也。於無跗無萼無花之中，而欻然⑯有跗，而欻然有萼，而欻然有花，此有極微於其中間。如人徐行，漸漸至遠。然則一瓣雖微，其自瓣根行而至於瓣末，其起此盡彼，筋轉脈搖，朝淺暮深，粉稀香老。人自視之，一瓣之大，如指頭耳。自花計焉，烏知其道里不且有越陌度阡之遠也。人自視之，初開至今，如眴眼耳。自花計焉，烏知其壽命不且有累生積劫之久也。此一極微，不可以不察也。燈火之焰也，淡淡焉，此不知於世間五色⑰為何色也。吾嘗相其自穗而上，訖於煙盡，由淡碧入淡白，此如之何其相際⑱也？又由淡白入淡赤，此如之何其相際也？又由淡赤入乾紅，由乾紅入黑煙，此如之何其相際也？必有極微於其中間，分焉而得分，又徐徐分焉，而使人不得分，此亦又不可以不察也。人誠推此心也以往，則操筆而書鄉黨⑲餽壺漿之一辭，必有文也。書人婦姑勃谿⑳之一聲，必有文也。書途之人一揖遂別，必有文也。何也？其間皆有極微。他人以粗心處之，則無如何，因遂廢然以閣筆耳。我既適向曼殊室利菩薩大智門下學得此法矣，是雖於路

---

⑯ 欻然：忽然。欻，音ㄏㄨ。

⑰ 五色：五種基本顏色，即青、赤、黃、白、黑。

⑱ 相際：互相會合。

⑲ 鄉黨：相傳周制以五百家為黨，一萬二千五百家為鄉。後泛指鄉里。

⑳ 婦姑勃谿：婆媳相爭。婦，媳。姑，婆。勃谿，吵架。

旁拾取蔗滓，尚將涓涓㉑焉壓得其漿滿於一石。彼天下更有何逼迮題，能縛我腕使不動也哉？讀西廂記至借廂後鬧齋前酬韻之一章，不覺深感於菩薩焉。尚願普天下錦繡才子，皆細細讀之。（上文借廂一章，凡張生所欲說者，皆已說盡。下文鬧齋一章，凡張生所未說者，至此後方纔得說。今忽將於如是中間寫隔牆酬韻，亦必欲洋洋自為一章，斯其筆拳㉒墨渴，真乃雖有巧媳，不可以無米煮粥者也。忽然想到張鶯聯詩，是夜則為何二人悉在月中露下？因憑空造出每夜燒香一段事，而於看燒香上生情布景，別出異樣花樣。粗心人不解此苦，讀之只謂又是一通好曲，殊不知一字一句一節，都從一黍米中剝出來也。）

（鶯鶯上云）母親使紅娘問長老修齋日期，去了多時，不見來回話。（紅娘上云）回夫人話了，去回小姐話去。（鶯鶯云）使你問長老幾時做好事？（紅云）恰回夫人話也，正待回小姐話。二月十五，佛甚麼供日，請夫人小姐拈香。（紅笑云）小姐，我對你說一件好笑的事。喒㉓前日庭院前瞥見的秀才，今日也在方丈裡坐地。他先出門外等著紅娘，深深唱喏道：「小娘子莫非鶯鶯小姐侍妾紅娘乎？」又道：「小生姓張名珙，字君瑞，本貫西洛人氏，年方二十三歲，正月十七日子時建生，並不曾娶妻。」（鶯鶯云）誰著你去問他？妙筆。幾乎屈殺紅娘。（紅云）卻是誰問他來？本是一氣述下，中間略作間隔，以為波折。他還呼著小姐名字說：「常出來麼？」被紅娘一頓搶白㉔回來了。（鶯鶯云）你不搶白他也罷。

㉑ 涓涓：細水慢流的樣子。
㉒ 拳：屈曲的樣子。
㉓ 喒：咱們。
㉔ 搶白：奚落。

（紅云）小姐，我不知他想甚麼哩。世間有這等傻角㉕，我不搶白他？（鶯鶯云）你曾告夫人知道也不？（紅云）我不曾告夫人知道。（鶯鶯云）你已後不告夫人知道罷。一路如憐不憐，如置不置，有意無意，寫來恰妙。天色晚也，安排香案，咱花園裡燒香去來。正是，無端春色關心事，閒倚熏籠待月華。

（鶯鶯紅娘下）

（張生上云）搬至寺中，正得西廂居住。我問和尚，知道小姐每夜花園內燒香。恰好花園便是隔牆，比及㉖小姐出來，我先在太湖石畔牆角兒頭等待，飽看他一回，卻不是好？且喜夜深人靜，月朗風清，是好天氣也呵！閒尋方丈高僧坐，悶對西廂皓月吟。

【越調・鬥鵪鶉】（張生唱）玉宇無塵，銀河瀉影，月色橫空，花陰滿庭。四句妙月。羅袂生寒，芳心㉗自警㉘。二句妙人。上四句亦非妙月，下二句亦非妙人，六句總是張生等人性急，度刻如年，一片妙心。

右第一節。禪門寶鏡三昧㉙，有「銀椀盛雪，明月藏鷺」之二言，吾便欲移以讚此以下三節文。張生聞雙文每夜燒香，正在隔牆，又有太湖石可以墊腳，此那能忍而不看？那能忍而不急看耶？此真

㉕ 傻角：傻瓜；呆子。

㉖ 比及：等到。

㉗ 芳心：美人之心。

㉘ 自警：自己警覺。

㉙ 寶鏡三昧：即寶鏡三昧歌，唐代禪宗大師、曹洞宗開山祖洞山良價所作。

日未西便望日落，日乍落便望月昇，那能月明如是，猶尚不到牆角耶？若雙文則殊不然，或晚妝，或添衣，或侍坐夫人，或殘針未了，皆可以遲遲吾行，而至於黃昏，而至於初更，正不必著甚死急，亦復匆匆早至也。然張生則心急如火，刻不可待，窮思極算，忽然算到夜深其袂必寒，袂寒其心必動，心動則必悟燒香太遲，不可不急去矣。此謂之「芳心自警」也。看他寫一片等人性急，度刻如年，真乃手搦妙筆，心存妙境，身代妙人，天賜妙想。既有此文，以後尚不望人看得，安望未有此文以前，乃曾有人想得耶？

側著耳朵兒聽，躡著腳步兒行，悄悄冥冥㉚，潛潛㉛等等㉜。

【紫花兒序】等我那齊齊整整㉝，嬝嬝婷婷㉞，姐姐鶯鶯。人愛殺是「嬝嬝婷婷」，我愛殺是「齊齊整整」。夫「齊齊整整」者，千金小姐也。

右第二節。上是等之第一層，此是等之第二層也。質言之，衹是「等鶯鶯」三字，卻因鶯鶯是疊字，便連用十數疊字倒襯於上，纍纍然如線貫珠垂。看他妙文，衹是隨手拈得也。

㉚ 冥冥：不露聲色；不讓人知道。
㉛ 潛潛：無聲無息。
㉜ 等等：且等且行。等，等候。
㉝ 齊齊整整：容貌妝飾端莊大方。
㉞ 嬝嬝婷婷：秀麗柔美的樣子。

一更之後，萬籟無聲。不文人讀之，謂是寫景，文人讀之，悟是寫情。蓋「一更之後」，猶言一更後了，「萬籟無聲」，猶言不聽見開角門聲也。可想。**我便直至鶯庭，到迴廊下，沒揣的㉟見你那可憎，定要我緊緊摟定，問你個會少離多，有影無形。**恨其遲來，故詭之。非真有其事，亦非真欲為其事，只是恨恨之辭。

右第三節。等之第三層也。言一更之後矣，猶萬籟無聲，既已如此，便大家無禮，我亦更不等也，我竟過來也。心忙意促，見神搗鬼。文章寫到如此田地，真乃錐心取血，補接化工。

（鶯鶯上云）紅娘，開了角門，將香案出去者。

【金蕉葉】猛聽得角門兒呀的一聲，「猛聽得」者，不復聽中忽然聽得也。自初夜至此，專心靜聽，杳不聽得，因而心斷意絕，反不復聽矣。則忽然「呀」的聽得，謂之猛聽得也。**風過處衣香細生。**角門開後，不便寫出鶯鶯，且更向暗中又空寫一句。吾適言天雲之鱗鱗，其間則有委委屬屬，正謂此等筆法也。第一句，鶯鶯在聲音中出現。第二句，鶯鶯在衣香中出現。下第三四句，鶯鶯方向月明中出現。**踮著腳尖兒仔細定睛：比那初見時，龐兒越整。**

【調笑令】我今夜甫能㊱句。只此「甫能」二字，便是張生親口供云前瞥見未的，其文極明。而傖父必云，

㉟ 沒揣的：猛然間；不意中。

㊱ 甫能：剛剛；方才。

前張鶯四目互覷，何耶？見娉婷，便是月殿嫦娥，不恁般撐㊲。在月下，因便借月夫人比之。文只是隨手拈得。

右第四節。寫張生第二次見鶯鶯，與前春院瞥見，與後附齋再見，俱宜仔細相其淺深恰妙之法。我嘗謂吾子弟，凡一題到手，必有一題之難動手處，但相得其難動手在何處，便是易動手之秘訣也。時賢於一切題，只是容易動手，便更動手不得。

料想春嬌㊳厭拘束，等閒㊴飛出廣寒宮㊵。佳句。容分一臉㊶，體露半襟㊷。嚲長袖以無言，垂湘裙而不動。似湘陵妃子㊸，斜偎舜廟朱扉；如洛水神人㊹，欲入陳王麗賦㊺。是好女子也呵！

㊲ 不恁般撐：沒有這般美麗。恁般，這般；這樣。撐，美。

㊳ 春嬌：年輕美麗的女子，此以嫦娥喻鶯鶯。

㊴ 等閒：隨便。

㊵ 廣寒宮：月宮。

㊶ 容分一臉：露出一部分臉。

㊷ 體露半襟：只見到一半衣襟。

㊸ 湘陵妃子：舜的兩個妃子娥皇和女英。相傳舜南巡死於蒼梧山，兩女聞訊，追至洞庭湖，投水而死，化作湘水女神。湘陵，代指舜。

㊹ 洛水神人：三國魏曹植洛神賦中的洛神宓妃，是一個美麗多情，高雅飄逸的女子。

㊺ 陳王麗賦：指曹植的洛神賦。曹植，三國文學家，曹操之子，曹丕之弟，封陳王，有才華，善詩文，與父兄

遮遮掩掩穿芳徑，料應㊻他小腳兒難行。行近前來百媚生，兀的㊼不引了人魂靈。

右第五節。小腳難行，非寫蚤便憐惜之也，是寫漸漸行近來也。上第四節，只是出角門。此第五節，方是來至牆邊。

（鶯鶯云）將香來。（張生云）我聽小姐祝告甚麼。（鶯鶯云）此一炷香，願亡過父親，早升天界。此一炷香，願中堂老母，百年長壽。此一炷香，（鶯鶯良久不語科）（紅云）小姐，為何此一炷香每夜無語。紅娘替小姐禱告：咱願配得姐夫，冠世才學，狀元及第，風流人物，溫柔性格，與小姐百年成對波！（鶯鶯添香拜科）心間無限傷心事，盡在深深一拜中。（長吁科）（張生云）小姐，你心中如何有此倚欄長歎也！好筆。

【小桃紅】夜深香靄散空庭，簾幕東風靜。凡作文，必須一篇之中，並無一句一字是雜湊入來。即如此「簾幕東風靜」之五字，是言是夜無風，便留得香煙，與下人氣㊽作氤氳㊾。所謂有時寫風是風，有時寫風是無風。真正不是雜湊一句入來也。拜罷也，斜將曲欄憑，長吁了兩三聲。上是寫香煙，此是寫人氣。

同為建安文壇首領。

㊻ 料應：也許；大概。

㊼ 兀的：怎麼。

㊽ 人氣：此指鶯鶯的長嘆。

㊾ 氤氳：煙氣混和纏繞。

第六才子書
圖
酬韻
都只是香烟
人氣兩般
兒氤氳得不
分明

剔團圞[50]明月如圓鏡，雙承上文，斗接此句，用筆何其透脫。又不見輕雲薄霧，都只是香煙人氣，兩般兒氤氳得不分明。曾見海外奇器，名曰鬼工。此等文，亦真是鬼工。

右第六節。不過雙文長歎，若不寫，則下文不可斗然吟詩耳。乃並不於雙文歎上寫，亦不於雙文心中寫，卻向明月上看他陪一香煙，便寫得雙文一歎如許濃至。絕世奇文，絕世妙文！

小生仔細想來，小姐此歎必有所感。我雖不及司馬相如[51]，小姐你莫非倒是一位文君。小生試高吟一絕，看他說甚的。吟詩必如此寫來，方不唐突人。

月色溶溶[52]夜，花陰寂寂春。如何[53]臨[54]皓魄[55]，不見月中人？真是好詩。

（鶯鶯云）有人在牆角吟詩。（紅云）這聲音便是那二十三歲不曾娶妻的那傻角。一文凡三見，一見一回妙。（鶯鶯云）好清新之詩。紅娘，我依韻和一首。（紅云）小姐試和一首，紅娘聽波。（鶯鶯吟云）

蘭閨[56]深寂寞，無計度芳春。料得高吟者，應憐長歎人。也真是好詩。

---

[50] 剔團圞：圓圓的。剔，語氣助詞。圞，音ㄌㄨㄢˊ。

[51] 司馬相如：西漢文學家，著有上林賦、大人賦等。富商之女卓文君寡居於家，相如彈琴引逗，文君夜奔相如，兩人結為夫妻。

[52] 溶溶：水流動的樣子，形容月色如水。

[53] 如何：為何。

[54] 臨：面對。

[55] 皓魄：月亮。

（張生驚喜云）是好應酬得快也呵！

【禿斯兒】早是⑰那臉兒上撲堆著可憎，更堪那心兒裡埋沒⑱著聰明。他把我新詩⑲和得忒應聲⑳，一字字，訴衷情，堪聽。

【聖藥王】語句又輕，音律又清，你小名兒真不枉喚做鶯鶯。

右第七節。「早是」二語，寫驚喜意，如欲於紙上跳動。欲讚雙文快酬，雖千言不可盡也。輕輕反借雙文小名，只於筆尖一點，早已活靈生現，抵過無數拖筆墜墨，所謂隨手拈得。

你若共小生廝覷定㉑，隔牆兒酬和到天明，妙人痴語，驟不可講。便是惺惺惜惺惺㉒。

右第八節。雙文此酬，真乃意外，若使略遲一刻，張生實將不顧唐突矣。今反因驟然接得，正來不及，於是只圖再共酬和，便已心滿志足，更不算到別事。此真設心處地，將一時神理都寫出來。

---

⑯ 蘭闈：女子的住室。

⑰ 早是：原本就是。

⑱ 埋沒：隱藏。

⑲ 新詩：格律詩是唐朝出現的詩體，與古體詩有區別，故稱新詩。

⑳ 應聲：隨聲而應，形容鶯鶯才思敏捷，和詩脫口而出。

㉑ 廝覷定：面對面互相看著。廝，互相。

㉒ 惺惺惜惺惺：聰明人喜歡聰明人。惺惺，聰明人。惜，愛慕；同情。

我撞過去，看小姐怎麼。

【麻郎兒】我拽起羅衫欲行，他可陪著笑臉相迎？不做美[63]的紅娘莫淺情，你便道謹依來命[64]。

【後】忽聽一聲猛驚，關角門聲也。

（紅云）小姐，喒家去來，怕夫人嗔責。（鶯鶯紅娘關角門下）

右第九節。上寫因驟然故不及，此寫略遲卻算出來也。乃張生略遲，鶯鶯蚤疾。一邊尚在徘徊，一邊撇然已颺。寫一遲一疾之間，恰好驚鴻雪爪，有影無痕，真妙絕無比！

撲刺刺宿鳥飛騰，顫巍巍花梢弄影，亂紛紛落紅滿徑。

【絡絲娘】碧澄澄蒼苔露冷，明皎皎花篩月影。

右第十節。凡下宿鳥、花梢、落紅、蒼苔、花影無數字，卻是妙手空空。蓋一二三句只是一句，四五句亦只是一句。一二三句只是一句者，因鳥飛故花動，因花動故紅落，第三句便是第二句，第二句便是第一句也。蓋因雙文去，故鳥飛而花動，而紅落也，而偏不明寫雙文去也。四五句亦只是一句者，一片蒼苔，但見花影，第四句只是第五句也。蓋因不見雙文，故見花影也，而偏不明寫不見

---

[63] 不做美：在張生看來，此時在場的紅娘是多餘之人，故稱「不做美」。

[64] 你便道句：猶言「你何不便依了我們意。」

雙文也。一二三句是雙文去，四五句是雙文去矣。看他必用如此筆，真使喫煙火人何處著想！

白日相思枉耽病[65]，今夜我去把相思投正[66]。

【東原樂】簾垂下，戶已扃[67]。我試悄悄相問，你便低低應。月朗風清恰二更，廝徯倖[68]，又見神搗鬼。妙，妙！如今是你無緣，小生薄命。

右第十一節。來時怨其來遲，因欲直至鶯庭。去時恨其去疾，又向垂簾悄問。身軀不知幾何，弱魂真欲先離矣。（未來之前，已去之後，兩作見神搗鬼之筆，以為章法。）

【綿搭絮】恰尋歸路，佇立空庭。竹梢風擺，斗柄雲橫[69]。呀，今夜淒涼有四星[70]，他不偢人待怎生[71]！何須眉眼傳情，你不言我已省。「恰尋」二句者，張生歸到西廂也。「竹梢」二句者，

---

65 耽病：生病。

66 把相思投正：意為犯相思病。

67 扃：音ㄐㄩㄥ。關門。

68 徯倖：煩惱；惆悵；充滿失落感。

69 斗柄雲橫：北斗星的斗柄被雲遮住，表示夜深。北斗星斗柄由玉衡、開陽、搖光三星組成。

70 四星：比喻終結，結果。星，秤杆上表示斤兩的標誌，如下文稱，「每至一斤，則用五星」（五顆小星），「獨至梢盡（秤杆末梢），一斤乃用四星」（四顆小星）。「四星之為言下梢（結果）也。」

71 他不偢人句：意為她不理睬人，叫我怎麼辦。

歸又不便入戶，猶仰頭思之也。「今夜」五句者，仰頭之所思得也。「四星」者，造秤人每至一斤，則用五星，獨至梢盡，一斤乃用四星。四星之為言下梢也。甚言雙文快酬，非本所望。

右第十二節。筆態七曲八曲，煞是寫絕。記得聖嘆幼年初讀西廂時，見「他不偢人待怎生」之七字，悄然廢書而臥者三四日。此真活人於此可死，死人於此可活，悟人於此又迷，迷人於此又悟者也。不知此日聖嘆是死是活，是迷是悟，總之悄然一臥至三四日，不茶不飯，不言不語，如石沉海，如火滅盡者，皆此七字勾魂攝魄之氣力也。先師徐叔良先生見而驚問，聖嘆當時恃愛不諱，便直告之。先師不惟不嗔，乃反歎曰：「孺子異日真是世間讀書種子。」此又不知先師是何道理也。看「何須眉眼傳情」之六字，想作西廂記人，其胸中矜貴如此。蓋雙文之不合，則止是酬詩一節耳。自起至此，其於張生，真乃天下男子，全不與其事也，直至鬧齋已後，始入眼關心耳。天下才子必能同辨。自今以往，慎毋教諸忤奴，於紅氍毹72上做盡醜態，唐突古今佳人才子哉。

只是今夜，甚麼睡魔到得我眼裡呵！

【拙魯速】碧熒熒73是短檠74燈，冷清清是舊圍屏75。燈兒是不明，夢兒是不成。淅泠泠76

72 紅氍毹：此指戲臺上鋪的紅色地毯。氍毹，用毛或麻毛混織的毯子。
73 碧熒熒：微弱的清光。
74 檠：燈架。
75 圍屏：屏風。

是風透疏櫺77，忒楞楞78是紙條兒鳴。枕頭是孤另79，被窩是寂靜。便是鐵石人不動情。

【後】也坐不成，睡不能。亦是奇語。

右第十三節。至此始放筆正寫苦況也，讀之覺其一片迷離，一片悲涼。蓋為數是字，下得如簷前雨滴聲，便搖動人魂魄也。

有一日柳遮花映，霧幃雲屏，夜闌人靜，海誓山盟，風流嘉慶80，錦片前程81，美滿恩情，咱兩個畫堂82春自生。

右第十四節。上已正寫苦況，則一篇文字已畢。然自嫌筆勢直塌下來，因更掉起此一節，謂之龍王掉尾法。文家最重是此法。

76 淅泠泠：風吹窗戶的聲音。

77 櫺：窗格。

78 忒楞楞：風吹紙條的聲音。

79 孤另：孤零。

80 嘉慶：喜慶吉祥的事。

81 錦片前程：美滿的婚姻。前程，元劇中多指婚姻。

82 畫堂：華麗的房屋。

【尾】我一天好事今宵定，兩首詩分明互證。再不要青瑣闥夢兒中尋83，只索去碧桃花樹兒下等84。猶言取之如寄矣，並相思亦可以不必矣。

右第十五節，躊躕滿志，有此快文。想見其提筆時通身本事，閣筆時通身快樂。

83 再不要句：意為再不向朝廷覓功名。青瑣闥，漢代宮門名，後泛指朝廷。

84 只索去句：意為只須去那碧桃花樹下把她等。元劇常以「花下」比喻男女幽會之處，如「碧桃花下」、「海棠花下」等。

一之四 鬧齋

吾友斲山先生嘗謂吾言：「匡廬❶真天下之奇也。江行連日，初不在意，忽然於晴空中劈插翠幛，平分其中，倒掛疋練。舟人驚告，此即所謂廬山也者，而殊未得至廬山也。更行兩日，而漸乃不見，則反已至廬山矣。」吾聞而甚樂之，便欲往看之，而遷延未得也。蓋貧無行資，一也。苦到彼中無東道主人，二也。又賤性懶散，略閒坐便復是一年，三也。然中心則殊無一日曾置不念，以至夜必形諸夢寐。常不一日二日，必夢見江行如駛，仰觀青芙蓉上插空中，一一如斲山言。寤而自覺，遍身皆暢然焉。後適有人自西江來，把袖急叩之，則曰：「無有是也。」吾怒曰：「傖固不解也。」後又有人自西江來，又把袖急叩之，又曰：「無有是也。」吾又怒曰：「此又一傖也。」既而人苟自西江來，皆叩之，則言然不然各半焉。吾疑，復問斲山。斲山啞然失笑，言：「吾亦未嘗親見。昔者多有人自西江來，或言如是云，或亦言不如是云。然吾於言如是者即信之，言不如是者置不足道焉。何則？夫使廬山而誠如是，則是吾之信其人之言為真不虛也。設苟廬山而不如是，則是天地之過也。誠以天地之大力，天地之大慧，天地之大學問，天地之大遊戲，即亦何難設此一奇以樂我後人，而顧吝不出此乎哉？」吾聞而又樂之。中心忻忻❷，直至於今，不惟夜必夢之，蓋日

❶ 匡廬：廬山，位於江西省九江市南。相傳秦末有匡俗兄弟七人結廬於此，故名。其山北靠長江，東南傍鄱陽湖，是著名避暑勝地。

亦往往遇之。何謂日亦往往遇之？吾於讀左傳往往遇之，吾於讀孟子往往遇之，吾於讀史記、漢書往往遇之，吾今於讀西廂亦往往遇之。何謂於讀西廂亦往往遇之？如此篇之初，〔新水令〕之第一句云：「梵王宮殿月輪高」，不過七字也，然吾以為真乃江行初不在意也，真乃晴空劈插奇翠也，真乃殊未至於廬山也，真乃至廬山即反不見也；真大力也，真大慧也，真大遊戲也，真大學問也。蓋吾友斵山之所教也，吾此生亦已不必真至西江也。吾此生雖終亦不到西江，而吾之熟睹廬山亦既厭也。廬山真天下之奇也。（其所以奇絕之故，詳後批中。）

蓋至是而張生已三見鶯鶯矣。然而春院乃瞥見也，瞥見，則未成乎其為見也。牆角乃遙見也，遙見，則亦未成乎其為見也。夫兩見而皆未成乎其為見，然則至是而張生為始見鶯鶯矣。是故，作者於此，其用筆皆必致慎焉。其瞥見之文，則曰：儘人調戲，將花笑拈，兜率院，離恨天，這裡遇神仙。都作天女三昧忽然一現之辭。其遙見之文，則曰：遮遮掩掩，小腳難行，行近前來，我甫能見娉婷，真是百媚生。都作前殿夫人是耶何遲之辭❸。若至是則始親見矣，快見矣，飽見矣，竟一日夜見矣。故其文曰：檀口點櫻桃，粉鼻倚瓊瑤，淡白梨花面，輕盈楊柳腰，滿面堆著俏，一團衠❹

---

❷ 忻忻：通「欣」。高興快樂的樣子。

❸ 前殿夫人句：漢武帝寵妃李夫人，有傾國傾城之貌，不幸早逝，武帝思念不已。齊方士李少翁言能招魂，使武帝遙望見好女如李夫人之貌，武帝作歌曰：「是耶？非耶？立而望之，偏何姍姍其來遲！」事見漢書外戚傳。此用其「遙望」之意。

❹ 衠：音ㄓㄨㄣ。真；純。

是嬌。方作清水觀魚數鱗數鬣❺之辭，人或不解者，謂此是實寫，夫彼真不悟從來妙文，決無實寫一法。夫實寫，乃是堆垛土墼子，雖鄉裡人，猶過而不顧者也。

忽然巧借大師、班首、行者、沙彌皆顛倒於鶯鶯，以極襯千金鶯艷，固是行文必然之事。然今日正值佛末法❻中，一切比丘❼，惡乃不啻❽。自非龜鱉蛇蟲，亦宜稍稍禁戢，清淨閨閣，莫入彼中。蓋邇來惡比丘之淫毒，真不止於「燭滅香消」而已。彼龜鱉蛇蟲，乃方合掌云：「阿彌陀佛！罪過！渠是真正千二百五十人善知識。吾妻、吾媳、吾女，方將傾箱倒篋，作竭盡布施，而為供養。事非小可，汝勿造拔舌地獄業❾也。」嗟乎！今天下龜鱉蛇蟲之愚而好與人用如是哉！亦大可哀也已。

（張生上云）今日二月十五日，和尚請拈香，須索❿走一遭。如此閒事，溫習經史人何必去哉？一笑。

---

❺ 鬣：音ㄌㄧㄝˋ。魚頷旁的鬐。

❻ 末法：佛教認為，釋迦牟尼逝後，佛法分正、像、末三個時期，正法五百年，像法一千年，末法一萬年。故金聖嘆稱「今日正值佛末法中」。末法即佛法轉微末時期。

❼ 比丘：佛教指出家修行的男僧。按佛教章法，少年出家，初受戒，稱沙彌；至二十歲，再受具足戒，成為比丘，女子稱比丘尼。

❽ 不啻：不止。

❾ 造拔舌地獄業：造業，一作「造孽」。佛教認為，過去世做過的惡事，就是今生的障礙，稱為業（孽）障。後來泛指做惡事為造業（孽）。

❿ 須索：必須。

雲晴雨濕天花⓫亂，海湧風翻貝葉⓬輕。

第二第三輩，便已無處追捕也。記聖嘆幼時，初讀西廂，驚睹此七字，曾焚香拜伏於地，不敢起立焉。普天下錦繡才子，二十八宿⓭在其胸中，試掩卷思此七字，是何神理？不妨遲至一日一夜，以為快樂焉。**碧琉璃瑞煙籠罩**。又加此七字一句，使上句失笑。

【雙調・新水令】（張生唱）**梵王宮殿月輪高**，如此落筆，真是奇絕，庶幾昊天上帝能想至此，世間

右第一節。寫張生用五千錢看鶯鶯，心急如火，不能待至明日，真乃天遣風雲作君骨，世人不復知其故。蓋月之行天，凡三十夜，逐夜漸漸自西而東。故初之十夜，即初昏已斜。廿之十夜，必更闌乃上。獨於十四五六望之三夜，乃正與日之行天、起沒相等。今修齋本是十五日，則必待十四夜之月落盡，眾僧方可開殿起建。即甚虔誠，亦必待月已斜。乃至更極虔誠，半夜斯起，亦必待月正中，然而已嫌其太早也。今張生親口唱云「月輪高」，則是從東而起，初過殿鴟，殆還是十四日之初更未盡也。已又唱云「碧琉璃瑞煙籠罩」，可見殿槅正閉，悄無所睹，徬徨露下，遙夜如年，但見瓦上煙光迷漫。本意欲看鶯鶯，托之乎云「看道場」，今且獨自一人先看月也，看琉璃瓦也。真絕倒吾普天

⓫ 天花：佛經傳說，佛祖說法，感動天神，諸天撒下各色香花，繽紛亂墜。

⓬ 貝葉：古印度人以貝葉寫經，後以貝葉代指佛經。

⓭ 二十八宿：古代天文學家把黃道（太陽和月亮所經的天區）的恆星分為二十八個星宿，稱為二十八宿，四方各有七宿。

下才子。（斲山云：「聖嘆腸肚如何生？」）

（法本引僧眾上云）今日是二月十五，釋迦牟尼佛入大涅槃日⑭，純陀⑮長者與文殊菩薩，修齋供佛，若是善男信女今日做好事，必獲大福利。張先生早已在也。大眾動法器⑯者！待天明了請夫人小姐拈香。

行香雲蓋結⑰，諷咒海波潮⑱。幡影飄颻，諸檀越⑲盡來到。和尚眼中發財，解元眼中添刺。

右第二節。正寫道場也。諸檀越盡來到，則無一人不到矣。而殊不知有三人未到也，然我亦數之謂是三人耳，實則止有一人未到也。（韓昌黎⑳有云：「伯樂一過冀北，而其野無馬。解之者曰：『非無馬也，無良馬也。』」今云諸檀越盡到，無一人到也，非無一人到也，非此一人到也。妙筆！）

⑭ 釋迦牟尼佛句：中國大乘佛教定於每年夏曆二月十五日為釋迦牟尼涅槃（逝世）紀念日。屆時佛寺舉行涅槃法會，備香花燈燭茶菓珍饈，掛釋迦如來佛像，誦遺教經等。

⑮ 純陀：佛教人物。相傳為拘尸那城工巧師之子，釋迦牟尼在純陀處得到最後的供養。

⑯ 動法器：即開始奏樂。法器，做法事時所用的樂器，如鼓、磬、鐃、鈸、木魚等。

⑰ 行香句：意為香燭的煙氣在半空中聚成雲蓋狀的煙團。

⑱ 諷咒句：意為誦經聲音很響，如海潮湧動。諷咒，誦經。

⑲ 檀越：佛家稱施主為檀越。

⑳ 韓昌黎：韓愈，唐代文學家，世居潁川，常據先世郡望自稱昌黎人，故人稱韓昌黎。下引文見其雜說。

【駐馬聽】法鼓金鐃，二月春雷響殿角。鐘聲佛號，半天風雨灑松梢。便如老杜悲涼之作。

右第三節。此非寫道場也，乃寫道場之震動如此，鶯鶯孝女，追薦父親而豈不聞之乎？

侯門不許老僧敲，寫張生如熱熬盤上蟻子。紗窗也沒有紅娘報㉑。如熱熬盤上蟻子。我是饞眼腦㉒，見他時，要看個十分飽。

右第四節。心急如火，更不能待，欲遣一僧請之，又似於禮不可，因而怨到紅娘。如此妙筆，直恐紙上有一張生直走下來。

（本見張生科，本云）先生先拈香，若夫人問呵，只說是老僧的親。只圖自家免罪耳，是和尚親，便怎麼耶？（張生拈香拜科）

【沉醉東風】惟願存在的人間壽高，亡過的天上逍遙，我真正為先靈㉓禮㉔三寶㉕。再焚香暗中禱告：只願紅娘休劣，夫人休覺，犬兒休惡。佛囉，成就了幽期密約！紅娘、夫人，

㉑紗窗句：意為紅娘也不來報知鶯鶯的消息。紗窗，原指鶯鶯的居室，此指鶯鶯。

㉒饞眼腦：貪看。眼腦，眼睛。

㉓先靈：先輩的亡靈。

㉔禮：膜拜。

㉕三寶：佛教以佛寶（一切佛）、法寶（佛家教義）、和僧寶（僧眾）為三寶。

我是個多愁多病身
怎當你傾國傾城貌
鬧齋

已無倫次，再入犬兒，一發無禮。所謂觸手成趣也。蹔山云：「於三寶前，一切眾生普皆平等，猶如一子，正宜犬兒、夫人一齊入疏。」

右第五節。附齋正文。

（夫人引鶯鶯、紅娘上云）長老請拈香，喒走一遭。

【雁兒落】我只道玉天仙離碧霄，原來是可意種來清醮㉖。我是個多愁多病身，怎當你傾國傾城貌。不是張生放刁，須知實有如此神理。

【得勝令】你看檀口㉗點櫻桃，粉鼻倚瓊瑤㉘。淡白梨花面，輕盈楊柳腰。妖嬈，滿面兒堆著俏；苗條，一團兒衠是嬌。

右第六節。正寫鶯鶯。世之不知文者，謂此是實寫，不知此非實寫也，乃是寫張生直至第三遍見鶯鶯方得仔細，以反襯前之兩遍全不分明也。或問必欲寫前之兩遍不得分明者何也？曰：鶯鶯千金貴人也，非十五左右之對門女兒也，若一遍便看得仔細，兩遍便看得仔細，豈復成相國小姐之體統乎哉！從來文章家無實寫之法，吾見文之最實者，無如左氏「周鄭交惡」傳中，「澗溪沼沚之毛，蘋蘩蘊

㉖ 清醮：此指當日的齋會。
㉗ 檀口：紅艷艷的嘴唇。
㉘ 瓊瑤：美玉。

藻之菜，筐筥錡釜之器，潢汙行潦之水」㉙，板板四句，凡下四四一十六字，可稱大厭。而實則祇為要反挑王子狐、公子忽兩家俱用所愛子弟為質乃是不必。故言不過只採那澗溪沼沚中間之毛，喚做蘋蘩薀藻尋常之菜，盛於筐筥錡釜野人之器，注以潢汙行潦不清之水，只要明信無欺，便可薦鬼神而羞王公㉚。四句不意乃是一句，四四一十六字，不意乃是一字，正是異樣空靈排宕之筆。然後諦信自古至今無限妙文，必無一字是實寫，此言為更不誣也。附見。

老僧一句話敬稟夫人，有斂親，是上京秀才，父母亡後，無可相報，央老僧帶一分齋。老僧一時應允了，恐夫人見責。（夫人云）追薦父母，有何見責？請來相見咱。（張生見夫人畢）

【喬牌兒】大師㉛年紀老，高座上也凝眺。舉名的班首㉜真呆僗㉝，將法聰頭做磬敲。

右第七節。不惟寫國艷一時傾倒大眾，且益明鶯鶯自入寺停喪以來，曾未嘗略露春妍。何世之忤奴，必云小姐遊佛殿哉？

㉙左氏周鄭交惡五句：事見左傳隱公三年。周平王時，周鄭互換人質，周王子狐質於鄭，鄭公子忽質於周。有人認為，既然雙方以真誠相待，就不必用人質。澗溪沼沚，山溝、池塘。毛，植物。菜，野菜。潢汙行潦之水，大大小小的以及道路上的積水。

㉚薦鬼神而羞王公：獻給鬼神，進給王公。薦、羞，進獻。

㉛大師：此指老和尚。

㉜班首：一班人之首，此指法會上主持法事的首座和尚。

㉝呆僗：元時口語，猶言痴呆。

【甜水令】老的少的，村㉞的俏的，沒顛沒倒㉟，勝似鬧元宵。稔色㊱人兒，可意㊲冤家，怕人知道，看人將淚眼偷瞧。寫女兒心性，不甚分明，正爾入妙。正不以不偷瞧為佳耳。

【折桂令】著小生心癢難撓。

右第八節。「老的少的，村的俏的」者，即諸檀越也。夫鶯鶯不看人，可也。若鶯鶯看人，則獨看張生可也。今張生則雖自以為皎皎然獨出於老的少的、村的俏的之外，而自鶯鶯視之，正復一例茫茫然，並在老的少的、村的俏的之中。此時張生千思萬算，不知吾鶯鶯珠玉心田中，果能另作青眼提拔此人，別自看待乎？抑竟一色抹倒乎？所謂「心癢難撓」也。然此節，亦既伏飛虎風聞之根矣。

哭聲兒似鶯囀喬林，淚珠兒似露滴花梢。大師難學，把個慈悲臉兒朦著。妙文，奇文。點燭的頭陀㊳可惱，燒香的行者㊴堪焦。燭影紅搖，香靄雲飄，貪看鶯鶯，燭滅香消。妙文，奇文。六句，一、二句喝，五、六句證，又橫插三、四句於中間作追。用筆之妙，真乃龍跳虎臥矣。

㉞ 村：土裡土氣；粗俗。
㉟ 沒顛沒倒：神魂顛倒。
㊱ 稔色：漂亮。
㊲ 可意：如意。
㊳ 頭陀：佛教有稱苦行僧為頭陀的，此泛指和尚。
㊴ 行者：寺廟裡服雜役而未落髮出家的人，及行腳乞食的僧人，此泛指和尚。

右第九節。上節鶯鶯看人也，此節人看鶯鶯也。「大師難學」者，言一切大眾俱應學大師也，學其朦著臉兒不看鶯鶯，則始得稱嚴淨毘尼㊵活佛菩薩也。今一切大眾至於燭滅香消，則甚矣大師之果難學也。聖嘆於此有二語欲告君瑞，其一，孔氏㊶之言也，曰：「有諸己，而後求之人，無諸己，而後非之人」。㊷「己所不欲，勿施於人。」㊸「能近取譬」㊹，終身可行。是則君瑞無以自解於諸禿也。其一，釋氏㊺之言也，有秀才參趙州云：「伏承佛法，一切捨施。今某甲就和尚手中欲乞這拄杖，得否？」州云：「君子不奪人所好。」秀云：「某甲不是君子。」州云：「老僧也不是佛。」是則諸禿反有以自解於君瑞也，君瑞且奈之乎哉？一笑。

【碧玉簫】我情引眉稍，心緒他知道。他愁種心苗，情思我猜著。忽作「我他」、「他我」娓娓爾汝之言，一何扯淡，一何機警。暢懊惱㊻，響璫璫雲板㊼敲，行者又嚎，沙彌㊽又哨㊾，你須

㊵ 嚴淨毘尼：此指遵守佛教戒律，以示莊嚴清淨。
㊶ 孔氏：孔子。
㊷ 有諸己四句：語出禮記大學。
㊸ 己所不欲兩句：語出論語顏淵。
㊹ 能近取譬：語出論語雍也。意為推己及人。
㊺ 釋氏：此指佛教。
㊻ 暢懊惱：真懊惱。
㊼ 雲板：佛寺中的一種鐵製雲狀法器，也作報時之用。

不奪人之好。

【鴛鴦煞】你有心爭似㊿無心好，我多情蚤被無情惱[51]，極勸諸人勿看鶯鶯，而以己之看而無益證之，欺三歲小兒哉？真為化工之神筆！

右第十節。承上一節鶯鶯看人，一節人看鶯鶯，而急接之以「我他」、「他我」娓娓爾汝之聲，以深明己與鶯鶯，四目二心，方是東日照於西壁。若其他，乃至無有一雄蒼蠅曾得與於斯也。而無奈行者沙彌猶尚不曉，吱吱喳喳，惱不可言。已上三節，文勢之警動如此，不知何一傖，妄添〔錦上花〕之兩半闋[52]，可鄙可恨。

（本宣疏[53]燒紙科，云）天明了也，請夫人小姐回宅。（夫人、鶯鶯、紅娘下）（張生云）再做一日也好！那裡發付[54]小生？

---

[48] 沙彌：男子初出家者稱沙彌，女子稱沙彌尼。

[49] 哨：叫。

[50] 爭似：怎比；怎如。

[51] 多情句：語出蘇軾詞蝶戀花：「牆裡秋千牆外道，牆外行人，牆裡佳人笑。笑漸不聞聲漸悄，多情卻被無情惱。」此「多情」指張生，「無情」指寺中眾僧。

[52] 妄添句：別本西廂記中，於〔折桂令〕之後，插入〔錦上花〕兩半闋。

[53] 宣疏：宣讀祝告文。疏，僧道拜懺時所用的祝告文，先宣讀，後焚之。

[54] 發付：打發。

勞攘55了一宵，月兒早沉，鐘兒早響，雞兒早叫。玉人兒歸去得疾，好事兒收拾得早。道場散了，酩子裡56各回家，葫蘆提57已到曉。「道場散了」四字，無限悲感，又不止于張生而已。

右第十一節。結亦極壯浪。我曾細算此篇結，最難是壯浪。

55 勞攘：勞累；辛苦。
56 酩子裡：暗地裡。此指人們自顧自回家，互相不打招呼。
57 葫蘆提：糊裡糊塗。

卷四

聖嘆外書

第二之四章題目正名

張君瑞破賊計，莽和尚殺人心，
小紅娘晝請客，崔鶯鶯夜聽琴。

二之一　寺警

文章有移堂就樹之法。如長夏讀書，已得爽塏❶，而堂後有樹，更多嘉蔭，今欲棄此樹於堂後，誠不如移此樹來堂前。然大樹不可移而至前，則莫如新堂可以移而去後。不然，而樹在堂後，非不堂是好堂，樹亦好樹，然而堂已無當於樹，樹尤無當於堂。今誠相厥便宜，而移堂就樹，則樹固不動，而堂已多蔭，此真天下之至便也。此言鶯鶯之於張生，前於酬韻夜，本已默感於心，已又於鬧齋日，復自明睹其人，此真所謂口雖不吐，而心無暫忘也者。今乃不端不的❷，出自意外，忽然鼓掌應募，馳書破賊，乃正是此人。此時則雖欲矯情箝口，假不在意，其奚可得？其理其情其勢，固必當感天謝地，心蕩口說，快然一瀉其胸中沉憂，以見此一照眼之妙人，初非兩廊下之無數無數人所可得而比。然而一則太君在前，不可得語也；二則僧眾實繁，不可得語也；三則賊勢方張，不可得語也。夫不可得語而竟不語，彼讀書者至此，不將疑鶯鶯此時其視張生應募，不過一如他人應募，淡淡焉了不繫於心乎？作者深悟文章舊有移就之法，因特地於未聞警前，先作無限相關心語，寫得張生已是鶯鶯心頭之一滴血，喉頭之一寸氣，並心並膽，並身並命。殆至後文，則只須順手一點，便將前文無限心語，隱隱然都借過來。此為後賢所宜善學者，其一也。（左氏最多經前起傳❸之文，

❶ 爽塏：明亮乾燥之地。
❷ 不端不的：無緣無故。

正是此法也。）

又有月度迴廊之法。如仲春夜和，美人無眠，燒香捲簾，玲瓏待月。其時初昏，月始東昇，冷冷清光，則必自廊簷下度廊柱，又下度曲欄，然後漸漸度過閒階，然後度至瑣窗，而後照美人。雖此多時，彼美人者亦既久矣，明明竚立暗中，略復少停，其勢月亦必不能不來相照。然而月之必由廊而欄，而階而窗，而後美人者，乃正是未照美人以前之無限如迤如邐，如隱如躍別樣妙境。非此，即將極嫌此美人何故突然便在月下，為了無身分也。此言鶯鶯之於張生，前於酬韻夜，雖已默感於心，已於鬧齋日，復又明睹其人。然而身為千金貴人，上奉慈母，下凜師氏❹，彼張生則自是天下男子，此豈其珠玉心地中所應得念，豈其蓮花香口中所應得誦哉？然而作者則無奈何也。設使鶯鶯真以慈母師氏之故，而珠玉心地終不敢念，蓮花香口終不敢誦，則將終西廂記乃不得以一筆寫鶯鶯愛張生也乎。作者深悟文章舊有漸度之法，而於是閒閒然先寫殘春，然後閒閒然寫有隔花之一人，然後閒閒然寫到前後酬韻之事。至此卻忽然收筆云：身為千金貴人，吾愛吾寶，豈須別人堤備。然後又閒閒然寫獨與那人兜的便親。要知如此一篇大文，其意原來卻只要寫得此一句於前，以為後文張生忽然應募，鶯鶯驚心照眼作地。而法必閒閒漸寫，不可一口便說者，蓋是行文必然之次第。此為後賢所宜善學者，又一也。

❸ 經前起傳：左傳為春秋作傳，其敘事常於春秋經文前介紹一事之背景或此事與前述他事之關係，故稱經前起傳。

❹ 師氏：女師。

文章有羯鼓解穢❺之法。如李三郎❻三月初三坐花萼樓下，敕命青玻璃酌西涼葡萄酒，與妃子小飲。正半酣，一時五王三姨❼適然俱至，上心至喜，命工作樂。是日恰值太常❽新製琴操❾成，名曰空山無愁之曲，上命對御奏之。每一段畢，上攢眉視妃子，或視三姨，或視五王，天顏❿殊悒悒⓫不得暢。既而將入第十一段，上遽躍起，口自傳敕曰：「花奴⓬取羯鼓速來，我快欲解穢！」便自作漁陽摻撾⓭淵淵⓮之聲，一時欄中未開眾花，頃刻盡開。此言鶯鶯聞賊之頃，法不得不亦作一篇。然而勢必淹筆漬墨，了無好意。作者既自折盡便宜，讀者亦復乾討氣急也。無可如何，而忽悟文章舊有解穢之法，因而放死筆，捉活筆，斗然從他遞書人身上，憑空撰出一莽惠明，以一發洩其半日筆尖嗚嗚咽咽之積悶。杜工部詩云：「豫章翻風白日動，鯨魚跋浪滄溟開。」又云：「白摧

❺ 羯鼓解穢：一作「羯鼓催花」。事見唐朝南卓撰羯鼓錄。羯鼓，古羯族樂器。解穢，此指掃除鬱悶之氣。

❻ 李三郎：唐玄宗李隆基。

❼ 五王三姨：五王，李隆基的五個兄弟。三姨，楊貴妃的三個姐姐。

❽ 太常：主掌祭祀禮樂的官員。

❾ 琴操：琴曲。操，亦指閉塞憂愁的琴曲。

❿ 天顏：帝王的容顏。

⓫ 悒悒：憂悶不樂的樣子。

⓬ 花奴：唐玄宗侄子李璡，小字花奴。

⓭ 漁陽摻撾：鼓曲名。

⓮ 淵淵：鼓聲，詩經采芑：「伐鼓淵淵」。

朽骨龍虎死，黑入太陰雷雨垂。」⑮便是此一副奇筆，便使通篇文字立地煥若神明。此為後賢所宜善學者，又一也。

（孫飛虎領卒子上云）自家孫飛虎的便是。方今天下擾攘，主將丁文雅失政，俺分統五千人馬，鎮守河橋。探知相國崔珏之女鶯鶯，眉黛青顰，蓮臉生春，有傾國傾城之容，西子⑯太真⑰之色，現在河中府普救寺停喪借居。前日二月十五，做好事追薦父親，多曾有人看見。俺心中想來，首將尚然不正，俺獨何為哉？大小三軍，聽吾號令：人盡啣枚⑱，馬皆勒口，連夜進兵河中府！擄掠鶯鶯為妻，是我平生願足。（引卒子下）問曰：「當時若不寫惠明，竟寫飛虎，亦得耶？」答曰：「如寫而不極暢，是不如勿寫也。然一欲寫得極暢，而遂忍以鶯鶯一任飛虎口中恣其詆侮，於我心有戚戚焉，故不為也。」

（法本慌上云）禍事到！誰想孫飛虎領半萬賊兵，圍住寺門，猶如鐵桶，鳴鑼擊鼓，吶喊搖旗，要擄小姐為妻。老僧不敢違悞，只索報知與夫人小姐。

（夫人慌上云）如此卻怎了？怎了？長老，俺便同到小姐房前商議去。（俱下）

（鶯鶯引紅娘上云）前日道場，親見張生，神魂蕩漾，茶飯少進。況值暮春天氣，好生傷感也呵！正

---

⑮ 杜工部六句：杜甫曾任檢校工部員外郎，人稱杜工部。下引詩前句出短歌行贈王郎司直，後句出戲為雙松圖歌。豫、章，兩種高大的喬木。滄溟，大海。太陰，月亮。

⑯ 西子：西施。

⑰ 太真：楊貴妃小字玉環，曾為女道士，號太真。

⑱ 啣枚：古代軍隊秘密行動時，讓兵士口中橫啣著枚，防止說話。枚，形狀像筷子，兩端有帶，可繫於頸上。

是，好句有情憐皓月，落花無語怨東風。於白中則云「前日道場，親見張生」，於曲中則止反覆追憶酬韻之夜。命意措詞俱有法。

【仙呂・八聲甘州】（鶯鶯唱）懨懨⑲瘦損，早是多愁，那更⑳殘春。羅衣寬褪，能消幾箇黃昏㉑？我只是風裊香煙不捲簾，雨打梨花深閉門㉒。莫去倚闌干，極目行雲。都是絕妙好辭，所謂「千狐之白，萃而為裘」者也。

右第一節。此言早是多愁也。

【混江龍】況是落紅成陣，風飄萬點正愁人㉓。昨夜池塘夢曉，今朝闌檻辭春㉔。蝶粉乍沾飛絮雪，燕泥已盡落花塵。繫春情短柳絲長，妙句。隔花人遠天涯近㉕。妙句。有幾多

---

⑲ 懨懨：精神不振的樣子。

⑳ 那更：況且；又；更加。整句意猶前白「況值暮春天氣」。

㉑ 能消句：語本趙德麟清平樂詞：「斷送一生憔悴，祇消幾個黃昏。」以下諸句，皆語有所本，故金聖嘆稱「都是絕妙好辭」，「逐句千狐之白而又無補接痕。」

㉒ 雨打句：語本宋李重元憶王孫春詞：「杜宇聲聲不忍聞，欲黃昏，雨打梨花深閉門。」

㉓ 風飄句：語本杜甫詩曲江二首：「一片花飛減卻春，風飄萬點正愁人。」

㉔ 昨夜兩句：意為春光剛剛到來，又匆匆離去，感嘆春色難留。池塘夢曉，謝靈運夜夢族弟謝惠連，醒後寫出「池塘生春草，園柳變鳴禽。」闌檻，花圃的圍欄，此指花圃中的花。辭春，即上文的「落紅成陣」。

㉕ 人遠句：語本歐陽修千秋歲春恨：「夜長春夢短，人遠天涯近。」

六朝㉖金粉㉗，三楚㉘精神。逐句千狐之白而又無補接痕。

右第二節。此言那更殘春也。看其第一節衹空空說愁，第二節方略逗隔花一「人」字。筆墨最為委婉有好致也。

（紅娘云）小姐情思不快，我將這被兒熏得香香的，小姐睡些則箇。

【油葫蘆】翠被生寒㉙壓繡裀㉚，「生寒」是雙字，不得將「生」字作活用，須知。休將蘭麝熏，便將蘭麝熏盡，我不解自溫存。然則不能睡也。妙，妙。分明錦囊佳句來勾引，為何玉堂人物㉛難親近。這些時坐又不安，立又不穩，登臨又不快，閒行又困。鎮日價㉜情思睡昏昏。

【天下樂】我依你搭伏定㉝，鮫綃枕頭兒上盹。然則仍又睡也。妙，妙。

㉖ 六朝：三國吳、東晉、南朝宋、齊、梁、陳六個朝代合稱六朝。
㉗ 金粉：婦女妝飾用的脂粉。
㉘ 三楚：戰國楚地秦漢時一分為三，即西楚、東楚、南楚，合稱三楚。
㉙ 生寒：冷冰冰。
㉚ 裀：褥子。
㉛ 玉堂人物：唐宋時稱翰林院為玉堂，後以「玉堂人物」指文人學士，此指張生。
㉜ 鎮日價：整日。價，語詞尾音。
㉝ 搭伏定：此指將頭伏於枕頭之上。

右第三節。紅娘請之睡，則不可睡，及至無可奈何，則仍睡。只一「睡」字，中間乃有如許嬝娜，如許跌宕。寫情種真是情種，寫小姐亦真是小姐。看其第二節，祇空空逗一「人」字。第三節，便輕吐是前夜吟詩那人。筆墨最為委婉有好致也。

我但出閨門，你是影兒似不離身。 斲山云：「若不得聖嘆注，則此一行與下『小梅香』句，豈不重復哉？我聖嘆讀書，真異事也。」

右第四節。上文口中方吐吟詩那人實縈懷抱，忽然自嫌我則豈如世間懷春女子，心蕩不制，故驟見一人，便作如是傾倒者哉？因急轉筆牽入紅娘云：「他人不知，你豈不曉？」其下便欲直接「見箇客人，慍的早嗔」等文，以深明己之實不容易動心。卻又因還嫌此意未暢，故又轉筆，再將夫人提防，反證己語，言「我母之知我，猶尚不及你之知我」，如下文云云，以深明紅娘是真正知我者。而後鶯鶯之不容易動心，始非鶯鶯自己一人之私言。蓋其筆態之曲折，有如此也。（斲山云：「若不如聖嘆注，則鶯鶯不欲夫人隄防，其意乃欲云何？此豈復成人語哉？」）看書人心苦何足道，既已有此書，便應看出來耳。莫心苦於作書之人，真是將三寸肚腸，直曲折到鬼神猶曲折不到之處，而後成文。聖嘆稽首，普天下及後世才子，慎勿輕視古人之書也。

這些時他恁般隄備㉞人，小梅香服侍得勤，老夫人拘繫得緊，不信俺女兒家折了氣分㉟。

㉞ 隄備：防備；防範。

【那吒令】你知道我但見箇客人，慍的㊱早嗔㊲，便見箇親人，厭的㊳倒褪㊴。

右第五節。反覆以明己之實不容易動心。上文已明。

獨見了那人，兜的㊵便親㊶。我前夜詩依前韻，酬和他清新。

【鵲踏枝】不但字兒真，不但句兒勻，我兩首新詩，便是一合迴文㊷。誰做針兒將線引，向東牆㊸通箇殷勤㊹？

㉟ 折了氣分：失了體面；壞了名聲。

㊱ 慍的：臉變色。

㊲ 嗔：生氣。

㊳ 厭的：一下子。

㊴ 倒褪：倒退。

㊵ 兜的：頓時。

㊶ 親：覺得可親。

㊷ 迴文：古代文體。其字句迴環往復，均連貫有意義，合韻律，可誦讀。此指迴文詩，相傳最早迴文詩為璇璣圖，晉人蘇蕙用錦緞織成，中有詩二百餘首，計八百餘言，寄與丈夫，以表愛情。

㊸ 東牆：宋玉登徒子好色賦稱，東家有美女，登牆窺宋玉三年。後以東牆喻多情的美女。此指張生，張生借住普救寺，位於鶯鶯住的別院之東。

㊹ 通箇殷勤：傳達信息。

右第六節。直至此，方快吐「獨見那人，兜的便親」之一言。看他上文，凡用無數層折，無數跌頓，真乃一篇只是一句。讀此文，能將眼色句句留向張生鼓掌應募時用，便是與作者一鼻孔出氣人。「誰做針兒將線引」，亦奇筆也。諺云：「只知其一，不知其二。」只知其一者，只知決無人做針兒將線引；不知其二者，不知即刻有孫飛虎做針兒將線引也。用意之妙，一至於此。

【寄生草】風流客，蘊藉人㊺，相你臉兒清秀身兒韻㊻，一定性兒溫克㊼情兒定，不由人不口兒作念心兒印。我便知你一天星斗煥文章，誰可憐你十年窗下無人問。

右第七節。已至篇盡矣，又略露鬧齋日曾親見其人，以為下文鼓掌應募時正是此人如玉山㊽照眼㊾作地㊿。通篇蓋並無一句一字是虛發也。「一天星斗」二句，又奇筆也。即刻馳書破賊，兩廊下僧俗若干人等，無有一人不知了也。用意之妙，一至於此。

（夫人、法本同上敲門科）（紅云）小姐，夫人為何請長老直來到房門外？（鶯鶯見夫人科）（夫人云）

㊺ 蘊藉人：寬容大度之人。
㊻ 韻：有氣派；有風度。
㊼ 溫克：原意為喝醉酒還能自我克制，保持溫和恭敬的態度，此指溫和文雅。
㊽ 玉山：比喻人的品德儀容美好。晉書裴秀傳附裴楷：「見裴叔則如近玉山，映照人也。」
㊾ 照眼：照人。
㊿ 作地：此指埋伏筆。

我的孩兒，你知道麼，如今孫飛虎領半萬賊兵，圍住寺門。道你眉黛青顰，蓮臉生春，有傾國傾城之容，西子太真之色，要擄你去做壓寨夫人51，我的孩兒，怎生是了也？

【六么序】我魂離殼，這禍滅身，袖稍兒搵不住啼痕。一時去住無因，進退無門，教我那堝兒52人急偎親53。妙，挑到張生。孤孀母子無投奔，赤緊的先亡了我的有福之人。妙，妙。句句挑到張生。

右第八節。文自明。

耳邊金鼓連天震，征雲冉冉，土雨紛紛。

【後】風聞，即二月十五做好事，多曾有人看見也。胡云，道我眉黛青顰，蓮臉生春，傾國傾城，西子太真。把三百僧人，他半萬賊軍，半霎兒便待翦草除根。那廝於家於國無忠信，恣情的擄掠人民。他將這天宮般蓋造誰偢問，便做出諸葛孔明博望燒屯54。

右第九節。正寫賊勢之披猖55，以起下文匆匆定計也。文自明。

---

51 壓寨夫人：小說戲劇中指割據一方的盜賊頭目之妻。

52 那堝兒：那裡；那兒。堝，音ㄍㄨㄛ。

53 人急偎親：人急迫而相偎傍。

54 諸葛句：三國演義中有諸葛亮在博望坡火燒魏將夏侯淳十萬大軍之事。

（夫人云）老身年紀五旬，死不為夭，奈孩兒年少，未得從夫⑯，早罹此難，如之奈何？（鶯鶯云）孩兒想來，只是將我獻與賊漢，庶可免一家性命。豈有此理？然而作者之為此言，一則極寫匆匆無策，一則故作下下策，乃所以左折右折，折而至於下中策也。夫「兩廊下眾人，但退賊兵，便與鶯鶯」，猶策之下也。（夫人哭云）俺家無犯法之男，再婚之女，怎捨得你獻與賊漢，卻不辱沒了俺家譜？（鶯鶯云）母親休要愛惜孩兒，還是獻與賊漢，其便有五。

【元和令帶後庭花】第一來免摧殘國太君；第二來免堂殿作灰塵；第三來諸僧無事得安存；第四來先公的靈柩穩；第五來歡郎雖是未成人，算崔家後代兒孫。

右第十節。此下下策也，聖嘆今日述之猶不忍述也。顧作者當日喪心害理，儼然竟布如此筆墨者，彼豈非為下文漫然高叫：兩廊僧俗，但能退兵，便許成婚？此猶是策之最下。然而不免作是孟浪⑰之舉，則獨為轉出張生發書請將故耳。夫下文雖得轉出張生發書請將，然其策既出最下，則於其前文欲先作跌頓，勢固不得不出於下下也。蓋行文之苦，每每遇如此難處也。（世有班馬異同⑱一書，宜熟精讀之，是書深悉此苦。）

⑮ 披猖：囂張。

⑯ 從夫：古代婦女有三從之道，其一為既嫁從夫，後以從夫代指出嫁。

⑰ 孟浪：做事魯莽。

⑱ 班馬異同：一名班馬異辭。宋倪思撰，三十五卷。班指班固漢書，馬指司馬遷史記。此書考證班馬辭句異同，以參得失。

若鶯鶯惜己身，不行從亂軍，伽藍59火內焚，諸僧血汙痕，先靈為細塵，可憐愛弟親，痛哉慈母恩。

【柳葉兒】俺一家兒不留齠齔60。末三句作一句讀。

右第十一節。反覆明之。

待從軍，果然辱沒家門。俺不如白練套頭，尋箇自盡，將屍櫬獻賊人，你們得遠害全身。

右第十二節。此又一策，亦下策也。然後下文再出一策。

（法本云）咱每61同到法堂上，問兩廊下僧俗，有高見的，一同商議箇長策62。（同到科）（夫人云）我的孩兒，卻是怎的是？你母親有一句話，本不捨得你，卻是出於無奈。如今兩廊下眾人，不問僧俗，但能退得賊兵的，你母親做主，倒陪房奩63，便欲把你送與為妻。雖不門當戶對，還強如陷於賊人。（夫人哭云）長老，便在法堂上，將此言與我高叫者。我的孩兒，只是苦了你也！（本云）此計較可。

59 伽藍：梵文僧伽藍摩的省稱，意為僧院，後作為佛寺的通稱。
60 齠齔：音ㄊㄧㄠˊ ㄔㄣˋ。男孩換牙為齠，女孩換牙為齔。此指兒童。
61 每：同「們」。
62 長策：好辦法。
63 房奩：嫁妝，此作彩禮之意。下文「家門」同。

【青哥兒】母親你都為了鶯鶯身分，你對人一言難盡，你更莫惜鶯鶯這一身，不揀何人，建立功勳，殺退賊軍，掃蕩煙塵，倒陪家門，願與英雄結婚姻，為秦晉。

右第十三節。此方是第三，主策也。文自明。

（法本叫科）（張生鼓掌上云）我有退兵之計，何不問我？（見夫人科）（本云）稟夫人：這秀才便是前十五日附齋的敝親。（夫人云）計將安在？（張生云）稟夫人：重賞之下，必有勇夫；賞罰若明，其計必成。（夫人云）恰纔與長老說下，但有退得賊兵的，便將小女與他為妻。（張生云）既是恁的，小生有計。先用著長老。（本云）老僧不會廝殺，請先生別換一箇！（張生云）休慌！不要你廝殺。你出去與賊頭說，夫人鈞命：「小姐孝服在身，將軍要做女婿呵，可按甲束兵，退一箭之地，等三日功德圓滿，拜別相國靈柩，改換禮服，然後方好送與將軍。不爭㊹便送來呵，一來孝服在身，二來於軍不利。」你去說來。（本云）三日後如何？（張生云）小生有一故人，姓杜，名確，號為白馬將軍，見統十萬大軍，鎮守蒲關。小生與他八拜至交，我修書去，必來救我。（本云）稟夫人：若果得白馬將軍肯來時，何慮有一百孫飛虎！夫人請放心者！（夫人云）如此多謝先生！紅娘，你伏侍小姐回去者。（鶯鶯云）紅娘，真難得他也！

【賺煞尾】諸僧伴，各逃生，眾家眷，誰偢問。他不相識橫枝兒著緊㊺，非是他書生明

㊹ 不爭：此猶言如果是。

議論，也自防玉石俱焚。便代他辨，妙絕！甚姻親，可憐咱命在逡巡[66]，濟不濟[67]，權將這秀才來儘[68]。又為自辨，妙絕！是避嫌，是護短，必有辨之者。他真有出師的表文[69]，下燕的書信[70]，只他這筆尖兒敢橫掃五千人。愛之信之，一至於此。亦全從「酬韻」一夜來。

（鶯鶯引紅娘下）

右第十四節。寫鶯鶯早為張生護短，早為自己避嫌，接連二筆，便妮妮然[71]分明是兩口兒。此稱入神之筆。

（法本叫云）請將軍打話。（虎引卒子上云）快送鶯鶯出來！（本云）將軍息怒，有夫人鈞命，使老僧來與將軍說，云云。（虎云）既然如此，限你三日，若不送來，我著你人人皆死，箇箇不存！你對夫人說去，恁般好性兒的女婿，教他招了者。（虎引卒子下）

---

65 橫枝兒著緊：此意為為毫無關係的人效命。

66 命在逡巡：命在旦夕。

67 濟不濟：成不成；行不行。濟，成。

68 儘：由著。全句意為任憑這秀才去辦。

69 出師的表文：三國蜀相諸葛亮輔佐後主劉禪，前後兩次上表後主，出師北伐曹魏，令魏國喪膽。

70 下燕的書信：戰國時燕國佔齊之聊城，齊久攻不能下。魯仲連下書燕將，申以大義，燕將罷兵而去。仲連之書解齊國之圍，救百姓之死。事見戰國策齊策六。

71 妮妮然：妮，同「昵」。親密的樣子。

（法本云）賊兵退了也，先生作速修書者。（張生云）書已先修在此，只是要一箇人送去。（本云）俺這廚房下，有一箇徒弟，喚做惠明，最要喫酒廝打。若央他去，他便必不肯。若把言語激著他，他卻偏要去。只有他可以去得。三四語耳，寫出好和尚。（張生叫云）我有書送與白馬將軍，只除廚房下惠明不許他去，其餘僧眾，誰敢去得？（惠明上云）惠明定要去，定要去！

【正宮・端正好】（惠明唱）不念法華經㉜，是，是，念他做甚？我見念經者矣。不禮梁皇懺㉝。是，是，我見禮懺者矣。颩㉞了僧帽，袒下了偏衫。是，是，我見戴僧帽，著偏衫者矣。農夫力而收於田，諸奴坐而食於寺。有王者作，比而誅之，所不待再計也。而愚之夫，尚憂罪業。夫今日之禿奴，其遊手好閒，無惡不作，正我昔者釋迦世尊於涅槃經中所欲切囑國王大臣近則刀劍，遠則弓箭，務盡殺之，無一餘留者也。聖嘆此言，乃是善護佛法，夫豈謗僧之謂哉。殺人心斗起英雄膽，我便將烏龍尾鋼椽㉟揝㊱。法華經、梁皇懺、僧帽、偏衫下，斗接「殺人心」三字，奇妙！

㉜ 法華經：妙法蓮華經的簡稱。為佛教主要經典之一。自以其法微妙無上，如出水蓮花之潔白，有純淨心靈之功效，故名。

㉝ 梁皇懺：慈悲道場懺法的簡稱。相傳是南朝梁武帝為已故郗皇后所製。

㉞ 颩：音ㄉㄧㄡ。拋；甩。

㉟ 烏龍尾鋼椽：鐵裹頭棍子。

㊱ 揝：握。

右第一節。寫惠明若不是和尚便不奇，然寫惠明是和尚而果是和尚亦不奇。今問普天下學人，如此惠明，為真是和尚？為真不是和尚？不得趁口率意妄答，不得默然，不得速禮三拜，不得提起坐具便械，不得彈指一下，不得繞禪床三匝，不得作女人拜，不得呵呵大笑，不得哀哭「蒼天，蒼天！」速道，速道，纔擬議便錯。（斲山云：「聖嘆無恥。」聖嘆云：「斲山會也。」）

【滾繡毬】非是我攙，不是我攬，知道他怎生喚做打參[77]？大踏步只曉得殺入虎窟龍潭。

右第二節。他也不攙，他也不攬，他知道你怎生喚做打參？小經紀只曉得做一個虎窟龍潭。此是近來坐曲盝床，提榔櫟杖，大善知識行樂讚也。被作西廂記人早早看破，因先造此反語相嘲，乃渠猶不知，還自擂鼓集眾。

非是我貪，不是我敢，這些時喫菜饅頭委實口淡。一切比丘、比丘尼、式叉摩那[78]、沙彌、沙彌尼一齊合掌，誦古詩十九首云：「齊心同所願，含意俱未申。」此斲山先生語也。**五千人也不索炙煿煎燂[79]，腔子裡熱血權消渴，肺腑內生心先解饞，有甚醃臢[80]？**

---

[77] 打參：打，打坐，即跏趺而坐，使心入定。參，凡佛門集人坐禪說法念誦，稱為參。

[78] 式叉摩那：即式叉摩那尼，又作「學法女」，佛教出家五眾之一。佛教制度，沙彌尼在受具足戒前二年要受六法（不淫、不盜、不殺、不虛誑語、不飲諸酒、不非時食），時稱式叉摩那。

[79] 不索句：意為不需要火烤油炸鍋煎炖爛。煿，音ㄅㄛˊ。同「爆」。燂，音ㄒㄩㄣˊ。炖爛。

【叨叨令】你們的浮熘羹、寬片粉[81]添雜糝[82]，酸黃虀[83]、臭豆腐真調淡，我萬觔黑麵從教[84]暗[85]，我把五千人做一頓饅頭餡。你休悞我也麼哥[86]，休悞我也麼哥！包殘餘肉旋教青鹽蘸。

右第三節。和尚言者是也。昔日世尊於涅槃場，制諸比丘不得食肉，若食肉者，斷大慈悲。夫大慈悲止於不食肉而已乎？麋鹿食薦，牛馬食料，蚯蚓食泥，蜩螗食露，乃至蛣蜣食糞，皆不食肉，即皆得為大慈悲乎？吾見比丘稗販如來，壟斷檀越，偽鋪壇場，衒招女色，一切世間不如法事，無不畢造，但不食肉，斯真無礙大慈悲乎？夫世尊制不得食肉者，彼必有取爾也。昔我先師仲尼氏，釋迦之同流也。其教人也，務孝弟，主忠信，如是云云，至於再三。獨不教人不得食肉，亦以孝弟忠信之與不食肉，其急緩大小則有辨也。若食肉即不得為孝弟忠信，但不食肉即是孝弟忠信，則是仲尼有遺言也。今儒者修孝弟忠信於家，而食大享[87]於朝；比丘分衛[88]日中一食於其城中，而廣造大

---

80 腌臢：骯髒。
81 寬片粉：以粉麵為原料製成的粉片。
82 雜糝：稀飯。
83 虀：切細的醬菜或鹹菜。
84 從教：任憑。
85 暗：此指黑麵之黑。
86 也麼哥：語氣詞，無義。

惡於其屏處。此其人之相去，雖三尺童子能說之也。今諸禿奴乃方欲以己之不食肉，救拔我之食肉，此其無理可恨，真應唾之、罵之、打之、殺之也！故曰：「和尚言者是也。」

（本云）惠明呵，張解元不用你去，你偏生要去，你真箇敢去不敢去？

【倘秀才】你休問小僧敢去也那不敢，我要問大師真箇用咱也不用咱？如此跳脫之筆，使人失驚。記聖嘆最幼時，讀論語至「子張問：『士何如斯可謂之達矣？』」見下文忽接云：「子曰：『何哉，爾所謂達者？』」[89]不覺失驚吐舌，蒙師怪之，至與之夏楚[90]。今日又見此文，便與大聖人一樣筆勢跳脫。西廂真奇書也！昔有僧耽著苦吟，課誦都廢，一老師愍而訶之。僧亦深自悔恨，便捐棄筆墨，發願受持妙法華經。一日誦經至重頌中，忽見半偈云：「香風吹萎華，更雨新好者。」不自覺又引手抵空作曼聲吟之，曰：「此一佳句也。」言未畢，便吃然失音，口角喎斜，尋便命終。嗚呼！大聖人之寶書，固不可作佳句讀哉。須是聖嘆惡習，切勿學也。**你道飛虎聲名賽虎般，那廝能淫欲，會貪婪，誠何以堪[91]！**

右第四節。不答敢與不敢，而已答敢與不敢矣。蓋「飛虎聲名」一句，是人謂其不敢，「那廝能淫欲」

---

87 大享：豐盛的食物。

88 分衛：乞食。

89 子張問六句：語出論語顏淵。

90 夏楚：古時教學的體罰工具。夏，音ㄐㄧㄚˇ。通「榎」。榎木條。楚，荊條。

91 誠何以堪：意為讓人不能忍受。

第六才子書
圖
寺警
我把
五千人
作一頓饅
頭餡

三句，是自明其敢也。文甚明。

（張生云）你出家人，怎不誦經持咒，與眾師隨堂修行，卻要與我送書？

【滾繡毬】我經怕談，禪懶參，戒刀新蘸[92]，無半星兒土漬塵淹。別的女不女，男不男，大白晝把僧房門胡掩，那裡管焚燒了七寶伽藍。你真有箇善文能武人千里，要下這濟困扶危書一緘，我便有勇無慚。女不女，男不男，佛又謂之細視徐行，如貓伺鼠。

右第五節。「吾之於人也，何毀何譽？如有所譽者，吾有所試矣[93]。」真好和尚也。（相君之面，則女不女，相君之背，卻男不男，白晝門掩，正做此事也。便說盡禿奴二六時中[94]功課，而文又雅甚。）

（張生云）你獨自去，還是要人幫扶著？

【白鶴子】著幾箇小沙彌，把幢旛寶蓋擎，病行者，將麵杖火叉擔。你自立定腳把眾僧安，我撞釘子將賊兵探。小沙彌、病行者，其兵馬則如此，幢旛、寶蓋、麵杖、火叉，其器仗則如此，其乃異樣文情。

---

[92] 新蘸：即剛剛淬火。蘸，淬火，即將戒刀燒紅，浸入水中，使之堅剛。

[93] 吾之於人也四句：語出論語衛靈公。

[94] 二六時中：一天十二時中間。

右第六節。偏不說不要幫，偏說要幫。奇文。若真要幫，豈成惠明？故知小沙彌「小」字，病行者「病」字，下得妙絕。（斲山每恨荊卿⑮，必欲生劫秦皇帝，此是何意？今看惠明，真是荊卿以上人也！）

（張生云）他若不放你過去，卻待如何？（惠云）他敢不放我過去？你寬心！

【二】我瞅⑯一瞅古都都⑰翻海波，喊一喊廝琅琅振山巖。腳踏得赤力力地軸搖，手攀得忽剌剌天關撼。

【三】遠的，破一步將鐵棒颩。近的，順著手把戒刀釤⑱。小的，提起來將腳尖撞。平聲。大的，扳過來把骷髏砍。一闋虛寫，一闋實寫。

右第七節。句句是不放過去。斲山云：「你不放過去，我過去也。」

（張生云）我今將書與你，你卻到幾時可去？

【耍孩兒煞】我從來駁駁劣劣⑲，世不曾⑳忐忐忑忑㉑，打熬㉒成不厭㉓，天生是敢。言

⑮荊卿：戰國衛國勇士荊軻，曾為燕太子丹刺秦王，後事敗受誅。臨死前罵曰：「事所以不成者，以欲生劫之。」
⑯瞅：同「瞅」、「偢」。此指怒目而視。
⑰古都都：象聲詞。下文「廝琅琅」、「赤力力」、「忽剌剌」都是象聲詞。
⑱釤：音ㄕㄢˋ。此指揮舞戒刀左右砍殺。
⑲駁駁劣劣：此指生性暴烈、莽撞。
⑳世不曾：從來不曾。

「不厭」，是打熬所成，「敢」，則天生本性也。我從來斬釘截鐵常居一 104，不學那惹草拈花沒掂三 105，就死也無憾。便提刀仗劍，誰勒馬停驂？

右第八節。為人不當如是耶？讀之增長人無數義氣。

【二】我從來欺硬怕軟，喫苦辭甘，為人不當如是耶？你休只因親事胡撲掩 106。若杜將軍不把干戈退，你張解元也乾將風月擔，便是言辭賺 107。一時紕繆，半世羞慚。八字，雖金人銘 108 不能復過。寄語天下後世，敬心奉持。

右第九節。上文皆是張生憂惠明不能過去。此節忽寫惠明憂張生書或恐無用者。此非憂張生也，正

---

101 忐忐忑忑：心虛膽怯；心裡不安。

102 打熬：鍛煉。

103 不厭：不滿足，此指堅強。

104 居一：志向專一。

105 沒掂三：用心不專；猶豫彷徨。

106 撲掩：此指猜測。

107 若杜將軍三句：意為如果杜將軍不發兵殺賊，那麼你就白白指望與鶯鶯小姐成親，而我也等於在用話騙你了。乾，白白地。風月，指男女情愛之事。

108 金人銘：孔子家語觀周載：孔子入后稷之廟，廟堂右階之前有金人，三緘其口而銘其背曰：「古之慎言人也。」

謂張生不必憂惠明，言除非你書無用，我自無有不過去也。一作惠明嘲戲張生，便減通篇神彩。此乃真正神助之筆，須反覆讀之。

我去也！只三字，便抵易水一歌[109]。唐張祜有詩云：「黃昏風雨黑如磐，別我不知何處去[110]」，總是一副神理。應白衣冠送之。

【收尾】你助威神，擂三通鼓，仗佛力，吶一聲喊，奇句，奇至於此！妙句，妙至於此！繡幡開，遙見英雄俺。奇句，奇至於此！妙句，妙至於此！斲山云：「美人於鏡中照影，雖云看自，實是看他。細思千載以來，只有離魂倩女[111]一人曾看自也。他日讀杜子美詩，有句云：『遙憐小兒女，未解憶長安[112]。』卻將自己腸肚移置兒女分中，此真是自憶自。又他日讀王摩詰詩，有句云：『遙知遠林際，不見此簷端[113]。』亦將自己眼光移置遠林分中，此真是自望自。蓋二先生皆用倩女離魂法作詩也。」聖嘆今日讀西廂不覺失笑，因寄語斲山：「卿前謂我言王杜俱用倩女離魂法作詩，原來只是用得一『遙』字也。」你看半萬賊兵先嚇破膽。

[109] 易水一歌：荊軻往刺秦王，眾人白衣冠送至易水之上，荊軻歌曰：「風蕭蕭兮易水寒，壯士一去兮不復還。」

[110] 唐張祜三句：下引詩出自唐貫休詩義士行，不是張祜所作。

[111] 離魂倩女：唐陳玄祐離魂記載，張鎰之女倩娘與鎰甥王宙相愛，後鎰將倩娘另許他人。王宙被遣去四川，入夜，倩娘之魂追至船上，兩人同往。五年後兩人歸家，臥病在房的倩娘聞聲出見，兩女合成一體。

[112] 遙憐兩句：語出杜甫詩月光。

[113] 遙知兩句：語出王維詩登裴秀才迪小臺。

一「先」字，便有與白馬爭功之意。筆墨之奇峭，一至於此哉！

右第十節。只此一收纔四句文字，又何其神奇哉！擂鼓吶喊句，寫惠明猶在寺；幡開遙見句，寫惠明猶在眼；至賊兵破膽句，如鷹隼疾，已不見惠明矣。文章至此，雖鬼神雷電，乃不足喻，而豈傖之所得夢見？而傖猶思搦筆作傳奇，而謂將與西廂分道揚鑣。傖真全無心肝者哉！

（張生云）老夫人分付小姐放心，此書一到，雄兵即來。鯉魚連夜飛馳去，白馬從天降下來。（俱下）

（杜將軍引卒子上云）自家姓杜，名確，字君實，本貫西洛人也。幼與張君瑞同學儒業，後棄文就武。當年武狀元及第，官拜征西大將軍，正授管軍元帥，統領十萬之眾，鎮守蒲關。有人自河中府來，探知君瑞兄弟在普救寺中，不來看我，不知甚意。近日丁文雅失政，縱軍劫掠人民，即當興師剪而朝食，奈虛實未的，不敢造次。好。昨又差探子去了。好。今日升帳，看有甚軍情來報者。（開轅門坐科）

（惠明上云）俺離了普救寺，早至蒲關，這裡杜將軍轅門，俺闖入去。（卒捉住報科）（杜云）著他入來。（惠進跪科）（杜云）兀那和尚，你是那裡做奸細者？（惠云）俺不是奸細，俺是普救寺僧人。今有孫飛虎作亂，將半萬賊兵圍住寺門，欲劫故臣崔相國女為妻。有遊客張君瑞奉書使俺遞至麾下[114]，望大人速解倒懸[115]之危。（杜云）左右的，放了這和尚者。張君瑞是我兄弟，快將他的書來。（惠叩頭遞書科）（杜拆念云）「同學小弟張珙頓首再拜，奉書君實仁兄大人大元帥麾下：自違國表[116]，寒暄再

[114] 麾下：麾旗之下，言不敢直接投書於將帥而投其部下，此為對將帥的敬稱。麾，軍旗。

[115] 倒懸：人被倒掛，比喻處境危急。孟子公孫丑上：「民之悅之，猶解倒懸也。」

隔，風雨之夕，念不能忘。辭家赴京，便道河中，即擬覲謁，以敘間闊117。路塗疲頓，忽遘採薪118，昨已粗愈，不為憂也。輕裝小頓，乃在蕭寺，几席之下，忽值弄兵。故臣崔公，身後多累，持喪聞戒，暫僦安居。何期暴客，見其粲者119，擁眾五千，將逞無禮。誰無弱息120，遽見狼狽，不勝憤懣，便當甘心。自恨生平，手無縛雞，區區微命，真反不計。伏惟仁兄，仰受節鉞121，專制一方，咄叱所臨，風雲變色。夙承古人，方叔122召虎123，信如仁兄，實乃不愧。今弟危逼，不及轉燭124，仰望垂手125，非可言喻。萬祈招搖，前指河中，譬如疾雷，朝發夕到。使我涸鮒，不恨西江126。崔公九原，亦當啣

116 國表：武將的儀表。

117 間闊：此指久別。

118 採薪：原意為砍柴，此為生病的婉稱。孟子公孫丑下：「有採薪之憂」，注：「採薪之憂，言病不能採薪。」

119 粲者：美麗的女性。詩唐風綢繆：「今夕何夕，見其粲者。」

120 弱息：幼弱的子女，一般指女兒。

121 節鉞：符節和斧子，古代授予將帥，作為一種標誌，以重其權。

122 方叔：周宣王時大臣，曾率兵車三千輛進攻楚國得勝。

123 召虎：即召穆公，西周國人暴動，厲王出逃，召虎匿太子於家。厲王死後，召虎擁立宣王。淮夷不服，召虎領兵沿江淮出征，大敗淮夷。

124 不及轉燭：比喻事情變化極快。

125 垂手：請人幫助的敬稱。垂，猶「俯」，稱對方行動的敬詞。

126 「使我」兩句：莊子外物載，涸轍之鮒向莊周求斗升之水，莊周說，我要去南方向吳越國遊說，引西江之水來救你。涸鮒說，等你把西江之水引來，我早就成魚乾了。涸鮒，涸轍之鮒；乾車溝中的小魚。比喻處於困

結[127]。伏乞台照[128]，不宣[129]。張珙再頓首拜。二月十六日書。」既然如此，我就傳令。和尚你先回去，我星夜便來，比及你到寺裡時，多敢我已捉了這賊子也。（惠云）寺中十分緊急，大人是必疾來者！（下）

（杜傳令云）大小三軍，聽我號令：就點中權五千人馬，星夜起發，直指河中府普救寺，救我兄弟，去走一遭！（眾應云）得令！（俱下）

（孫引卒奔上云）白馬爺爺來了，怎麼了？怎麼了？我們都下馬卸甲，投戈跪倒，悉憑爺爺發落也！

（杜引卒上云）你們做甚麼都下馬卸甲，投戈跪倒？你指望我饒你們也。也罷，止將孫飛虎一人砍首號令，其餘不願的，都歸農去，願的，開報花名，我與你安插者。（賊眾下）

（夫人法本上云）下書已兩日，不見回音。（張生上云）山門外暴雷似聲喏，敢是我哥哥到也！（杜與生相見拜科）（張生云）自別台顏[130]，久失聽教，今日見面，乃如夢中。（杜云）正聞行旌，近在鄰治，

境，急待援助之人。

127 啣結：啣環結草的省稱，意為死後相報。啣環，典出後漢書楊震傳李賢注引續齊諧記，東漢人楊寶救一黃雀，夜夢一黃衣童子以白環四枚相贈，謂當使其子孫潔白，位登三公，一如此環。後來楊寶後代果然位登三公。結草，典出左傳宣公十五年，春秋晉大夫魏武子死，其子魏顆將父妾外嫁而未使其殉葬。後魏顆與秦國力士杜回戰，有一老人把路上的草打成結，將杜回絆倒，使魏顆生擒杜回。是夜魏顆夢見老人說：「我就是那個未遭殉葬之婦人的父親。」

128 伏乞台照：意為請您明察此情。台，本為星名，即三台，古以三台比三公，故用作對對方的敬稱。照，明察。

129 不宣：即不再一一細說，多用於書信結尾。

130 台顏：相當於尊面，敬稱。

不及過訪，萬乞恕罪！（杜與夫人相見拜科）（夫人云）孤寡窮途，自分必死，今日之命，實蒙再造。（杜云）狂賊跳梁，有失防禦，致累受驚，敢辭萬死。敢問賢弟，因甚不至我處？（張生云）小弟賤恙偶作，所以失謁。今日便應隨仁兄去，卻又為夫人昨日許以愛女相配，不敢仰勞仁兄執柯131。小弟意思，成過大禮，彌月後便叩謝。（杜云）恭喜賀喜，老夫人，下官自當作伐。（夫人云）老身尚有處分。安排茶飯者。（杜云）適間投誠五千人，下官尚須料理，異日卻來拜賀。（張生云）不敢久留仁兄，恐妨軍政。（杜起馬科）馬離普救敲金鐙，人望蒲關唱凱歌。（下）（夫人云）先生大恩，不可忘也。誰云可忘哉？自今先生休在寺裡下，便移來家下書院內安歇。明日略備草酌，著紅娘來請，先生是必來者。（夫人下）

（張生別法本云）小生收拾行李，去書院裡去也。無端豪客傳烽火，巧為襄王送雨雲。孫飛虎，小生感謝你不盡也。（法本云）先生得閒，仍舊來老僧方丈裡攀話者。（張生下，法本下）

世之愚生，每恨恨於夫人之賴婚，夫使夫人不賴婚，即西廂記且當止於此矣。今西廂記方將自此而起，故知夫人賴婚，乃是千古妙文，不是當時實事。如左傳，句句字字是妙文，不是實事。吾怪讀左傳者之但記其實事，不學其妙文也。

131 執柯：替人作媒。語出詩豳風伐柯：「伐柯如何？匪斧不克。取妻如何？匪媒不得。」也稱「作伐」、「伐柯」。

二之二　請宴

吾讀世間遊記，而知世真無善遊人也。夫善遊之人也者，其於天下之一切海山方嶽、洞天福地❶，固不辭千里萬里而必一至，以盡探其奇也。然而其胸中之一副別才，眉下之一雙別眼，則方且不必直至於海山方嶽、洞天福地，而後乃今始曰：「我且探其奇也。」夫昨之日而至一洞天，凡罄若干日之足力、目力、心力，而既畢其事矣。明之日而又將至一福地，又將罄若干日之足力、目力、心力，而於以從事。彼從旁之人，不能心知其故，則不免曰：「連日之遊快哉！始畢一洞天，乃又造一福地。」殊不知先生且正不然，其離前之洞天，而未到後之福地，中間不多，雖所隔，止於三二十里。又少，而或止於八、七、六、五、四、三、二里。又少，而或止於一里、半里。此先生則於是一里、半里之中間，其胸中之所謂一副別才，眉下之一雙別眼，即何嘗不以待洞天福地之法而待之哉？今夫以造化之大本領、大聰明、大氣力，而忽然結撰而成一洞天，一福地，是真駭目驚心之事，不必又道也。然吾每每諦視天地之間之隨分一鳥、一魚、一花、一草，乃至鳥之一毛，魚之一鱗，花之一瓣，草之一葉，則初未有不費彼造化者之大本領、大聰明、大氣力，而後結撰而得成者也。諺言：「獅子搏象用全力，搏兔亦用全力。」彼造化者則真然矣，生洞天福地用全力，生隨分之一鳥、一魚、一花、一草，以至一毛、一鱗、一瓣、一葉，殆無不用盡全力。由是言之，然則世

❶ 洞天福地：道教稱神仙所住的名山勝景，有「十大洞天」、「三十六小洞天」、「七十二福地」之說。

間之所謂駭目驚心之事，固不必定至於洞天福地而後有，此亦為信然也。抑即所謂洞天福地也者，亦嘗計其云如之何結撰也哉？莊生有言：指馬之百體非馬，而馬係於前者，立其百體而謂之馬也。比於大澤，百材皆度；觀乎大山，木石同壇❷。夫人誠知百材萬木雜然同壇之為大澤大山，而其於遊也，斯庶幾矣。其層巒絕巘，則積石而成是穹窿也；其飛流懸瀑，則積泉而成是灌輸也。果石石而察之，殆初無異於一拳者也；試泉泉而尋之，殆初無異於細流者也。且不直此也，老氏之言曰：「三十輻共一轂，當其無，有車之用。埏埴以為器，當其無，有器之用。鑿戶牖以為室，當其無，有室之用。」❸然則一一洞天福地中間，所有之迴看為峰，延看為嶺，仰看為壁，俯看為谿，以至正者坪，側者坡，跨者梁，夾者磵，雖其奇奇妙妙，至於不可方物，而吾有以知其奇之所以奇，妙之所以妙，則固必在於所謂「當其無」之處也矣。蓋「當其無」，則是無峰、無嶺、無壁、無谿、無坪、坡、梁、磵之地也。然而「當其無」，斯則真吾胸中一副別才之所翱翔，眉下一雙別眼之所排蕩也。夫吾胸中有其別才，眉下有其別眼，而皆必於「當其無」處，而後翱翔，而後排蕩。然則我真胡為必至於洞天福地？正如頃所云，離於前未到於後之中間三二十里，即少止於一里、半里，此亦何地不有所謂「當其無」之處耶？一略約小橋，一槎枒獨樹，一水一村，一籬一犬，吾翱翔焉，吾排蕩焉，此其於洞天福地之奇奇妙妙，誠未能知為在彼而為在此也。且人亦都不必胸中之真有別才，眉下之真有別眼也。必曰先有別才，而後翱翔，先有別眼，而後排蕩，則是善遊之人，必至曠世而

❷ 莊生八句：語出莊子則陽，文字略有不同。莊生，莊子。

❸ 老氏十句：語出老子第七章。老氏，老子。

不得一遇也。如聖嘆意者，天下亦何別才別眼之與有？但肯翱翔焉，斯即別才矣。果能排蕩焉，斯即別眼矣。米老❹之相石也，曰：「要秀、要皺、要透、要瘦。」今此一里半里之一水一村，一橋一樹，一籬一犬，則皆極秀、極皺、極透、極瘦者也。我亦定不能如米老之相石故耳，誠親見其秀處、皺處、透處、瘦處乃在於此，斯雖欲不於是焉翱翔，不於是焉排蕩，亦豈可得哉？且彼洞天福地之為峰、為嶺、為壁、為谿、為坪、為坡、為梁、為磵，是亦豈能多有其奇奇妙妙者乎？亦都不過能秀、能皺、能透、能瘦焉耳。由斯以言，然則必至於洞天福地而後遊，此其不遊之處蓋已多多也。且必至於洞天福地而後遊，此其於洞天福地亦終於不遊已也。何也？彼不能知一籬一犬之奇妙者，必彼所見之洞天福地皆適得其不奇不妙者也。蓋聖嘆平日與其友斲山論遊之法如此，今於讀西廂紅娘請宴之一篇而不覺發之也。（斲山云：「千載以來，獨有宣聖❺是第一善遊人。其次則數王羲之❻。」或有徵其說者。斲山云：「宣聖，吾深感其『食不厭精，膾不厭細❼』之二言。王羲之，吾見其若干帖，所有字畫，皆非獻之❽所能窺也。」聖嘆曰：「先生此言，疑殺天下人去也。」又斲山每語聖嘆云：「王羲之若閒居家中，必就庭花逐枝逐朵細數其鬚，門生執巾侍立其側，常至終日都無一語。」聖嘆問此故事出於

❹ 米老：北宋書畫家米芾，性愛奇石，人稱「石癖」。
❺ 宣聖：孔子。西漢平帝時追謚孔子為褒成宣尼公，歷代王朝皆尊孔子為「聖人」，後世遂稱孔子為宣聖。
❻ 王羲之：東晉大書法家。
❼ 食不厭精兩句：語出論語鄉黨。
❽ 獻之：王獻之，王羲之之子，父子並稱「二王」。

何書。斵山云：「吾知之。」蓋斵山之奇特如此。惜乎天下之人不遇斵山，一傾倒其風流也。）

前文一大篇，破賊也，後文一大篇，賴婚也。破賊之一大篇，則有鶯鶯尋計，惠明遞書，皆是生成必有之大波大浪也。賴婚之一大篇，則有鶯鶯失驚，張生發怒，亦是生成必有之大哭大笑也。今此，則於破賊之後，賴婚之前矣，此際其安得又有一大篇也乎？作者細思久之，細思彼張生之於鶯鶯，其切切思思，如得旦暮遇之，固不必論也。即彼鶯鶯之於張生，其切切思思，如得旦暮遇之，殆亦非一口之所得說，一筆之所得寫也。無端而孫飛虎至，無端而老夫人許，欻然二無端自天而降，此時則彼其一雙兩好之心頭、口頭，眠中、夢中，茶時、飯時，豈不當有如雲浮浮，如火熱熱，如賊脈脈，如春蕩蕩者乎？乃今前文之一大篇纔破賊，後文之一大篇便賴婚。破賊之一大篇，既必無暇與彼一雙兩好，寫此如雲、如火、如賊、如春一段神理，而賴婚之一大篇，即又何暇與彼一雙兩好，寫此如雲、如火、如賊、如春之一段神理乎？千不得已，萬不得已，算出賴婚必設宴，設宴必登請，而因於兩大篇中間，忽然閒閒寫出一紅娘請宴，亦不於張生口中，亦不於鶯鶯口中，只閒閒於閒人口中，恰將彼一雙兩好之無限浮浮熱熱，脈脈蕩蕩，不覺兩邊都盡。嗚呼！此謂之女媧氏❾不難補天，難於尋五色石。今既專門會尋五色石，其又何天之不補乎？然聖嘆又細思之，細思前一大篇破賊，是真有一大篇，後一大篇賴婚，是亦真有一大篇。今紅娘承夫人命請客走一遭，此豈不至輕、至淡、至無聊、至不意？而今觀其但能緩緩隨筆而行，亦便真有此一大篇。然則如頃所云，一水一村，一橋一樹，一籬一犬，無不奇奇妙妙，又秀、又皺、又透、又瘦，不必定至於洞天福地

❾ 女媧氏：傳說中的人類始祖。相傳女媧用黃土造人，煉五色石補天，斷鼇足以立四極。

而始有奇妙，此豈不信乎？普天下及後世錦繡才子，將欲操觚作史，其深念老氏「當其無有文之用」之言哉！（破賊後，賴婚前，決不得更插一篇。吾亦嘗細思久之，而後嘆絕於紅娘請宴也。）

（張生上云）夜來老夫人說使紅娘來請我，天未明便起身，直等至這早晚不見來，我的紅娘也呵！只一語，寫盡張生神理。

（紅娘上云）老夫人著俺請張生，須索早去者。在紅娘方云早。

【中呂・粉蝶兒】（紅娘唱）半萬賊兵，捲浮雲，片時掃淨。俺一家兒死裡重生。

右第一節。敘功正文。

只據舒心的列仙靈，陣水陸⑩，張君瑞便當欽敬。

右第二節。敘功旁文。上正文敘功，人所必及也。此旁文敘功，真非人所及也。寫小女兒家又聰慧，又年輕，彼見昨日驚魂動魄，今日眉花眼笑，便從自己靈心所到，說出小小一段快樂。反若撇開本人之一場真正大功也者，而是本人之一場真正大功已不覺反於此一語中全現。才子作文，誓願放重筆，取輕筆，此類是也。

前日所望無成，倒是一緘書，為了媒證⑪。

⑩列仙靈兩句：擺放山珍海味。仙靈，一說指神靈之像。水陸，山珍海味。

【醉春風】今日東閣⑫帶煙開，「前日」「今日」，語意佳甚。「帶煙開」，是也，杜詩「高城煙霧開」，是招女婿詩⑬，此用之也。再不要西廂和月等。薄衾單枕有人溫，你早則不冷，句。冷。句。你好寶鼎香濃，繡簾風細，綠窗人靜。此十二字，是三句，是一句。看他輕輕只下「你好」二字，便使十二字併做一字。問：「併做何一字？」依聖嘆俊眼看去，此十二字，只併做一「人」字也。蓋窗外有簾，簾內無風，鼎中有香，香中有人也。

右第三節。請宴正文。照定後篇賴婚，作此滿心滿願之語。妙絕。

可早到書院裡也。

【脫布衫】幽僻處可有人行？點蒼苔白露冷冷。隔窗兒咳嗽一聲，偶咳嗽也，隱不及敲門也。

（張生云）是誰？（紅云）是我。（張生開門相見科）

寫盡張生，非寫紅娘也。

只見啟朱扉，疾忙開問。

⑪ 為了媒證：成為媒人。媒證，媒人。

⑫ 東閣：一作「東閤」。西漢公孫宏起客館，開東閤以延賢人，後以東閤為款待賓客的地方。

⑬ 高城兩句：引詩見杜甫李鹽鐵二首之一，其後一首題李監宅，中有「門闌多喜色，女婿近乘龍」句，故稱「是招女婿詩」。

【小梁州】叉手躬身禮數迎，我道不及萬福先生。寫盡張生。

右第四節。寫紅娘未及敲門，張生已忙作揖。天未明起身人便於紙縫裡活跳出來。

烏紗小帽耀人明，白襴⑭淨，角帶⑮鬧黃鞓⑯。

【後】衣冠濟楚，那更龐兒整。休說引動鶯鶯，據相貌，憑才性，我從來心硬，一見了也留情。作者何其狡獪，忽然欲牽紅娘並入渾水，豈非罪過哉！斲山云：「試問紅娘，為說今日？為說問齋日？我最無奈聰明女兒半含半吐，不告我實話也！」

右第五節。寫張生人物也。然而必略寫人多寫打扮者，蓋句句字字，都照定後篇賴婚，先作此滿心滿意之筆也。

（紅云）奉夫人嚴命……（張生云）小生便去。紅娘將欲云：「奉夫人嚴命來請先生赴席」，今張生不及候其辭畢。

【上小樓】我不曾出聲，他連忙答應。真正出神入化之筆。早飛去鶯鶯跟前，姐姐呼之，喏

---

⑭ 白襴：白細布衣衫，圓領大袖，上下衣相連是當時讀書人常用服裝。

⑮ 角帶：裝飾有獸角等飾物的腰帶。

⑯ 黃鞓：外面裹著黃絹的腰帶。鞓，音ㄊㄧㄥ。腰帶。

喏連聲。此紅娘摹寫其連忙答應之神理也。「姐姐呼之」者，鶯鶯無語，則張生欲語也。「喏喏連聲」者，鶯鶯有語，則張生敬喏也。真正出神入化之筆，不知如何想得來？秀才們聞道請，似得了將軍令，先是五臟神⑰願隨鞭鐙。又嘲覷生員切己事情。

右第六節。天未明起身人活跳出來。

（張生云）敢問紅娘姐，此席為何？可有別客？先生假也。

【後】第一來為壓驚，第二來因謝承。不請街坊，不會諸親，不受人情。避眾僧，請貴人，和鶯鶯匹聘。

右第七節。開宴正文。俱照定後篇賴婚，作滿心滿意之筆。

見他謹依來命。

【滿庭芳】又來回，句。顧影。句。寫張生便去也。乃張生已去，而忽又來回。既已來回，而又復立定。秀才真有此情性也。下去都只寫此四字。文魔⑱秀士，一句。風欠酸丁⑲。一句。「欠」，如字。元曲有

⑰ 五臟神：掌管五臟的神靈。五臟，心、肺、脾、肝、腎。

⑱ 文魔：讀書入迷，好文成魔。

⑲ 風欠酸丁：裝模作樣的書獃子。風欠，痴；獃。酸丁，指窮酸文人。

「本性謙謙，到處乾風欠。」又「改不盡強文撇醋飢寒臉，斷不了詩云子曰酸風欠。」俱押廉纖韻，此可據也。**下工夫把頭顱掙⑳，已滑倒蒼蠅，光油油耀花人眼睛，酸溜溜螫得人牙疼。安排定。**猶言來回何也？來回而顧影何也？文魔秀士，最要修容，今頭顱已極光掙，則是不必又顧影也。**封鎖過陳米數升，蓋好過七八甕蔓菁㉑。**猶言不必又顧影，則來回何也？風欠酸丁，最重米甕。今果然封鎖關蓋，件件經心也。真寫盡秀才神理。

【快活三】這人一事精，百事精；不比一無成，百無成。此二句乃是媒人選擇女婿經，言張生真養得鶯鶯活也。如此奇文妙文，聖嘆只有下拜。

右第八節。正寫張生疾忙便行，卻斗然又用異樣妙筆寫出「來回顧影」四字。一時分明便將張生勾魂攝魄，召來紙上，如前殿夫人「偏何來遲」相似。從來秀才天性，與人不同。何則？如一聞請便出門，一也；既出門，反回轉，二也；既回轉，又立住，三也。（顧影者，立住也。）雖聖嘆亦不解秀才何故必如此，然普天下秀才則必如此。不但普天下秀才必如此，即聖嘆不能免俗，想是亦必如此。今日卻被紅娘總付一笑也。通節只是反覆寫「來回顧影」四字。若云去即去矣，來回何也？回即回矣，顧又何也？意者秀士性好修容，還要對鏡抿髮，為復酸丁不捨米甕，自來封鎖關蓋。下因趁筆極讚其一精百精，言真是養得鶯鶯活也。世間奇文妙文固有，亦有奇妙至此者乎？（倡疑「下工

⑳ 掙：此指擦拭，打扮。

㉑ 蔓菁：即蕪菁，與上文「陳米」同指窮人家的食物。

夫」云云，是讚其打扮，則前既有「烏紗小帽耀人」之文矣，不應更重出。倘又改「陳米」云云，是謙其筵席，則後又有「金帳、玉屏、合歡」之文矣，不應先刺謬，且一精百精之言，又何謂乎？）斲山云：「意欲寫其去，卻反寫其回。意欲寫其急，卻反寫其遲。彼作者固是神靈鬼怪，乃批者亦豈非神靈鬼怪乎？」

世間草木是無情，猶有相兼並㉒。

【朝天子】這生後生，怎免相思病？天生聰俊，打扮又素淨，夜夜教他孤另㉓。並字上聲。

右第九節。先寫張生是一情種。

曾聞才子多情，若遇佳人薄倖，常要擔閣了人性命。他的信行，他的志誠，你今夜親折證㉔。

右第十節。次寫鶯鶯又是一情種。

【四邊靜】只是今宵歡慶，軟弱鶯鶯，那慣經㉕？你索款款輕輕。燈前交頭，端詳可憎，

㉒ 世間兩句：意為草木本是無情之物，但也有互相依依，同生共長的，如連理木、並頭蓮。

㉓ 孤另：孤單一人。

㉔ 折證：當面驗證。

好煞人㉖無乾淨㉗。「端詳」一轉，妙人妙事，妙筆妙文。猶言你雖依我言，果將款款輕輕矣，然仔細算來，終不能十分款款輕輕也。

右第十一節。次因話有話，遂寫至兩情種好煞人時，俱照定後篇賴婚，作滿心滿意之筆也。

（張生云）敢問紅娘姐，那邊今日如何鋪設？小生豈好輕造㉘？先生假也。

【耍孩兒】俺那邊落花滿地胭脂冷，一霎良辰美景。夫人遣妾莫消停，請先生切勿推稱㉙。正中是鴛鴦夜月銷金帳，兩行是孔雀春風軟玉屏。下邊是合歡令，一對對鳳簫象板，雁瑟鸞笙。

右第十二節。正寫宴也，定不可少。

（張生云）敢問紅娘姐，小生客中無點點財禮，卻是怎生好見夫人？

【四煞】聘㉚不見爭㉛，親立便成，新婚燕爾㉜天教定。你生成是一雙跨鳳乘鸞客㉝，怕

㉕ 慣經：習慣。

㉖ 好煞人：指男女歡會。

㉗ 無乾淨：不干休；沒完沒了。

㉘ 輕造：輕率地前往。造，及；到。

㉙ 推稱：推託；推辭。

他不臥看牽牛織女星㉞。滿心滿意，一至於此。真傒倖㉟，不費半絲紅線㊱，已就一世前程㊲。

右第十三節。此定不可少。然使聖嘆握筆，乃幾欲忘之。何也？夫前日廊下之匆匆相許，此所謂急不擇聲之言也。夫人而誠一諾千金，更無食言也者，則在今日正當遣媒議聘。嘉禮㊳伊始，豈有家常茶飯，挖耳相招㊴，輕以相府金枝便草草出於野合㊵者哉？此真不待「兄妹」之詞出，而早可以料其變卦者。作者細心獨到，遂特寫此。

㉚聘：指聘禮。

㉛不見爭：不要緊；沒關係。

㉜燕爾：亦作「宴爾」。新婚夫妻快樂和諧的樣子。詩邶風谷風：「宴爾新婚，如兄如弟。」

㉝跨鳳乘鸞客：原指蕭史和弄玉。蕭史，秦人，善吹簫。弄玉，秦穆公之女，嫁蕭史。弄玉從蕭史學吹簫，簫聲似鳳鳴，一日鳳凰來集，二人乘鳳飛去。此喻張生與鶯鶯是一對美滿夫妻。

㉞牽牛織女星：神話傳說，天帝孫女織女與牽牛結為夫妻，後為天河所隔，但兩人仍於每年七夕鵲橋相會。語出杜牧詩秋夕：「天階夜色涼如水，臥看牽牛織女星。」

㉟傒倖：或作「傒倖」、「奚幸」。苦惱；折磨。此作反語。

㊱紅線：此代指定親財禮。男方給女方的財禮多以紅線扎纏，故名。下文「紅定」同。

㊲前程：元劇中多指婚姻。

㊳嘉禮：古代五禮之一，後世專指婚禮。

㊴挖耳相招：舉手挖耳，權當邀客，比喻招客無誠意。

㊵野合：此指不合禮法的婚配。

【三煞】想是滅寇功，舉將能，你兩般功效如紅定。先是鶯娘心下十分順，總為君瑞胸中百萬兵。自古文風盛，那見珠圍翠繞，不出黃卷青燈㊶。反覆以明無聘也。「想是」二字，妙。

右第十四節。又必重言以申其意者，可見是夫人破綻，張生心虛，紅娘乖覺，真不必直至於「兄妹」二字之後也。西廂妙筆如此，傖其烏知哉！

【二煞】夫人只一家，五字好。先生無伴等㊷，五字好。並無繁冗真幽靜。立等你有恩有義心中客，迴避他無是無非廊下僧。夫人命，不須推托，即便同行。

右第十五節。正寫請也，定不可少。

（張生云）既如此，紅娘姐請先行一步，小生隨後便來。

【收尾】先生休作謙㊸，夫人專意等。自古恭敬不如從命，休使紅娘再來請。

右第十六節。

㊶ 黃卷青燈：此指燈下苦讀的書生。黃卷，書籍。青燈，光線幽暗的油燈。

㊷ 伴等：伙伴；同伴。

㊸ 作謙：故作謙讓；假客氣。

（張生云）紅娘去了，小生拽上書院門者。比及我到得夫人那裡，夫人道：「張生，你來了也，與俺鶯鶯做一對兒，飲兩杯酒便去臥房裡做親！」（笑科）孫飛虎，你真是我大恩人也！多虧了他。我改日空閒，索破十千貫足錢，央法本做好事超薦他。惟願龍天施法雨，暗酬虎將起朝雲。（下）都作滿心滿意之言。

却見珠圍
翠繞
不出黃卷
青燈
請宴

二之三　賴婚

賴婚一篇，當時若寫作夫人唱，得乎？曰：不得。然則寫作張生唱，得乎？曰：不得。然則寫作紅娘唱，得乎？曰：不得。胡為其皆不得也？夫作者當時，吾則知其必已熟思之也。如使寫作夫人唱而得，寫作張生唱、紅娘唱而得者，彼亦不必定於寫作鶯鶯唱者也。蓋事只一事也，情只一情也，理只一理也。問之此人，此人曰果然也。問之彼人，彼人曰果然也。是誠其所同也。然事一事，情一情，理一理，而彼發言之人，與夫發言之人之心，與夫發言之人之體，與夫發言之人之地，乃實有其不同焉。有言之而正者，又有言之而反者；有言之而婉者，又有言之而激者；有言之而盡者，又有言之而半者。不觀魯敬姜之不哭公父文伯❶乎？實同一言也，自母之口，則為賢母；自婦之口，即為妒婦。觀其發於何人之口，人即分為何人之言。雖其故與今之故不同，然而發言之人之不可不辨，此亦其一大明驗也。有言之而正者。如賴婚之事、之情、之理，自張生言之，則斷斷必不可賴。如云：「非吾所敢望也，實夫人之許也。曾口血之未乾，而遽忘於心與？」此其正也。若自夫人言之，則必斷斷必不可不賴。如云：「非吾之食言也，惟先夫之故也。雖大恩之未報，奈先諾於心與？」此則言之而必至於反者也。有言之而婉者。如此事、此情、此理，自鶯鶯言之，則賴已賴矣，夫復

❶ 不觀魯敬姜句：魯大夫公父文伯卒，其母不許公父文伯之妾露哀戚之容，作嚎啕之哭，要她們「從禮而靜」，目的是不使公父文伯蒙上「好內」之名。事見國語魯語。

何言？如云：「欲不啼，則無以處張生也。今欲啼，又無以處吾母也。」母得無曰：「母一而已，人盡夫也❷。」故不啼與？此其婉也。若自張生言之，則賴已賴矣，夫復何忌？在夫人既不能以禮而自處也，安望我獨能以禮而處人也？夫人得無曰：「雖速吾訟，亦不汝從❸。」而怙終❹與？此則言之而必至於激者也。有言之而盡者。如此事、此情、此理，自鶯鶯言之，則夫人賴矣，吾奈何賴？如云：「母之賴之，是賴其口中之言也。若我賴之，是直賴吾心中之人也。吾賴吾心中之人，將使彼亦賴彼心中之人與？」此其盡也。若自紅娘言之，則夫人賴矣，誰又不賴？如云：「夫人之口中，則不合曾有此言也。若小姐之心中，必不合曾有此人也。使小姐心中遂已真有此人，豈小姐亦早願為此人心中之人與？」此則言之而止得其半者也。是何也？事固一事也，情固一情也，理固一理也，而無奈發言之人，其心則各不同也，其體則各不同也，其地則各不同也。彼夫人之心與張生之心不同，夫是故有言之而正，有言之而反也。乃張生之體與鶯鶯之體又不同，夫是故有言之而婉，有言之而激也。至於紅娘之地與鶯鶯之地又不同，夫是故有言之而盡，有言之而半也。夫言之而半是不如勿言也，言之而激是亦適得其半也，至於言之而反，此真非復此書之言也。彼作者當時，

---

❷ 母一而已兩句：鄭國祭仲專權，鄭厲公派祭仲的女婿雍糾去殺祭仲。雍糾的妻子知道後，問其母：「父親和丈夫哪一個親？」其母道：「你未嫁時，誰都可以成為你丈夫，而父親只有一個，怎麼能相比呢？」事見左傳桓公十五年。此將「父一而已」改為「母一而已」。

❸ 雖速吾訟兩句：語出詩召南行露。意為即使將我拉上公堂，我也不會聽你的。

❹ 怙終：仗勢作惡而終不改悔。怙，依仗。

蓋熟思之，而知賴婚一篇，必當寫作鶯鶯唱，而不得寫作夫人唱、張生唱、紅娘唱者也。

（夫人上云）紅娘去請張生，如何不見來？（紅娘見夫人云）張生著紅娘先行、隨後便來也。（張生上，拜夫人科）（夫人云）前日若非先生，焉有今日？我一家之命皆先生所活。聊備小酌，非為報禮，勿嫌輕意。（張生云）「一人有慶，兆民賴之❺。」此賊之敗，皆夫人之福。此為往事，不足掛齒。（夫人云）將酒來，先生滿飲此杯。（張生云）「長者賜，不敢辭❻。」（立飲科，張生把夫人酒❼科）（夫人云）先生請坐。（張生云）小子禮當侍立，焉敢與夫人對坐？（夫人云）道不得箇「恭敬不如從命」。（張生告坐科）（夫人喚紅娘請小姐科）

（鶯鶯上云）迅掃風煙還淨土，雙懸日月照華筵。

【雙調・五供養】（鶯鶯唱）若不是張解元識人多，別一箇怎退干戈？

右第一節。一篇文，初落筆便先抬出「張解元」三字，表得此人已是雙文芳心繫定，香口噙定，如膠入漆，如日射壁，雖至於天終地畢，海枯石爛之時，而亦決不容移易者也。聖嘆每言作文最爭落筆，若落筆落得著，便通篇增氣力，如落筆落不著，便通篇減神彩。東坡先生作韓文公潮州廟碑❽

❺ 一人兩句：語出尚書呂刑。原意為天子做了好事，百姓得到好處。此意為託老夫人的福。

❻ 長者賜兩句：語出禮記曲禮上。長者，年長或位尊之人。辭，推辭。

❼ 把夫人酒：將酒回敬夫人。

❽ 東坡先生句：東坡，宋文學家蘇軾，號東坡居士。韓文公，韓愈諡文。宋元祐七年，蘇軾作潮州韓文公廟碑，

時，云曾悟及此事最是難解之事也。「別一箇」，妙！只除張解元外，彼茫茫天下之人，誰是「別一箇」哉？既已漫無所指，而又自云「別一箇」，然則口中自閒嗑「別一箇」，心中實蕩漾「這一箇」也。古樂府云：「座中數千人，皆言夫婿殊❾。」吾嘗欲問何處座中？誰數千人？誰聞其言？誰又告卿？殆於卿自心憐卿之「夫婿殊」也。正與此「別一箇」之三字，遙遙千載，交輝互映。「識人多」，「怎措辭妙絕！便以吾張解元為宰相不愧耳。看他只三字，豈復三百字、三千字、三萬字所得換哉！「怎」字又妙！一似曾代此「別一箇」深算也者，而其實一片只是將他張解元驕奢天下人。蓋寫雙文此日之得意，真寫殺也。試看其只得二句十六字，而出神入化，乃至於此。普天下後世錦繡才子，讀至此處，幸必滿浮一大白，先酬雙文，次酬作西廂者，次酬聖嘆，次即自酬焉。

排酒菓，列笙歌。篆煙微，花香細，捲起東風簾幕。他救了咱全家禍，殷勤呵正禮❿，欽敬呵當合。「正禮」「當合」字，出自雙文香口，妙絕。畢竟還是感，還是愛。

右第二節。先從雙文意中，分付是日華筵之盛必須如此，以反剔後文之草草也。一節只是一句，猶言是日殷勤欽敬之故，則必應捲起簾幕，而後排列酒菓笙歌。而是日之簾幕之可以捲起，則又以香煙花氣霏微不動，而驗東風淡蕩之故也。

起句為「匹夫而為百世卿，一言而為天下法。」論者以為落筆點題，氣勢充暢。

❾ 座中兩句：語出漢樂府陌上桑。

❿ 正禮：應該；理當如此。下文「當合」同。禮，同「理」。

（紅娘云）小姐今日起得早也。

【新水令】恰纔向碧紗窗下畫了雙蛾⓫，一句是梳粧已畢也。拂綽⓬了羅衣上粉香浮汙⓭，二句是梳粧已畢，立起來也。將指尖兒輕輕的貼個鈿窩⓮。三句是梳粧已畢，立起來了，又回身就鏡看其宜稱也。然則真起來得早也。若不是驚覺人⓯呵，猶壓著繡衾臥。誰敢驚覺小姐？小姐謊也。

右第三節。此真異樣筆墨也。蓋欲寫雙文方始梳粧，則此日雙文不應一如平日遲起。然欲寫雙文梳粧已畢，則雙文又自有雙文身分，不可過於早起。於是而舒俏筆，蘸淺墨，輕輕只寫其梳粧之後一半。而雙文之此日起身，遂覺遲固不遲，早亦不早。早雖不早，遲已不遲。翩翩然便有一位及瓜⓰解事⓱千金小姐，活現於此雙開一幅玉版箋中，真非世傖之所夢得也。（西廂記寫雙文，至此日猶作爾筆。吾恨近時忤奴於最初驚艷時，便作無數目挑心招醜態。願天下才子同心痛罵之。）另找「猶壓」一句者，非寫雙文自家文飾，乃是深明他日決無如此早起，以見雙文今日之得意殺也。

⓫ 雙蛾：雙眉。

⓬ 拂綽：抖落。

⓭ 浮汙：汙土，此指化妝時落下的粉末。

⓮ 鈿窩：婦女眉間或面頰的飾物。

⓯ 驚覺人：驚醒我睡夢的人。

⓰ 及瓜：「瓜」字可分拆為二八字，故以「及瓜」指十六歲。鶯鶯十九歲，已過及瓜之年。

⓱ 解事：曉事；懂事。

（紅云）小姐梳粧早畢也。小姐洗手咱。我覷小姐臉兒吹彈得破⑱，張生你好有福也。小姐真乃天生就一位夫人。

【後】你看沒查沒例⑲謊僂科⑳，道我宜梳粧的臉兒吹彈得破。你那裡休聒，不當㉑一箇信口開合㉒。知他命福如何，我做夫人便做得過。

【喬木查】除非說我相思為他，他相思為我，今日相思都較可㉓。這酬賀，當酬賀。忽然將「他」「我」二字分開，忽然將「他」「我」二字合攏，寫得雙文是日與解元貼皮貼肉，入骨入髓，真乃異樣筆墨。

右第四節。雙文快哉！便敢縱口呼一「他」字，敢問「他」之為他，乃誰耶？自謙未必做夫人，而公然牽連及人云「看他福命」何意？卿之與他同福共命遂至此耶？快哉雙文！此為是卿心頭幾日語，何故前曾不說，今忽然說？豈卿今日之與他便得更無羞澀耶？甚至暢然承認云：「我相思，他相思。」甚矣！雙文此日之無顧無忌，滿心滿願也！「我」之與「他」，最是世間口頭常字，然獨不許未嫁女

⑱ 吹彈得破：風吹指彈都會破，形容皮膚細嫩。
⑲ 沒查沒例：信口胡說。
⑳ 謊僂科：此作「淘氣丫頭」解。
㉑ 不當：不要。
㉒ 信口開合：即信口開河。
㉓ 較可：指相思病痊癒了。較、可，都是病癒的意思。

郎香口輕道，此則正將此字翻剔出異樣妙文來。作西廂記人，真是第八童真住菩薩㉔，無法不悟者也。

母親你好心多。

【攪箏琶】我雖是賠錢貨，亦不到兩當一弄成合。「兩當一」者，一來壓驚，二來就親也。況他舉將除賊，便消得㉕你家緣㉖過活。妙，妙。是非平心語哉？然自旁人言之，則公論也，今出雙文口便是護惜解元。聖嘆先欲笑也。你費甚麼便結絲蘿㉗。寫出是日不似結親席面也。與前「捲起東風簾幕」映耀。休波㉘，省錢的妳妳㉙忒慮過㉚，恐怕張羅。「休波」，雙文又急自收科也。此寫雙文小不得意於其母，所以襯後文之大不得意也。其法只應如是即止，不可信筆便恁麼去也。

㉔ 第八童真住菩薩：佛教有「十住」之說，即菩薩修行的十箇階位，其八為童真住，此時佛之十身靈相一時俱足，若一切覺行圓滿則進而為佛。

㉕ 消得：能消受。

㉖ 家緣：家業。

㉗ 結絲蘿：此指舉行婚禮。絲蘿，古詩十九首：「與君為新婚，兔絲附女蘿。」兔絲和女蘿都是蔓生植物，與他物糾結在一起，不易分開，因以比喻夫妻。

㉘ 休波：相當於「算了吧」。

㉙ 妳妳：此指母親。妳，同「奶」。

㉚ 忒慮過：太會考慮了。

右第五節。上寫雙文快，此又忽寫雙文不快。寫快，所以反襯後文不快也。寫不快，所以反襯後文大不快也。蓋雙文於筵席草草，便已不快，殊未知筵席之所以草草，後文則有其故，而雙文方在夢中也。此「我」「他」二字，更奇更妙。便將自己母親之一副家緣過活，立地情願雙手奉與解元。自古云「女生外向」，豈不信哉！只不知作者如何寫得到，真是第八童真住菩薩，無法不悟者也。（寫快以襯不快，奇矣。又寫不快，以襯大不快，豈不奇絕哉！聖嘆多見世間御溫食肥之人，每自言心中不快，此正是其快極語也，渠指日必有大不快耳。為之一歎。）

【慶宣和】門外簾前，未將小腳兒挪，我先目轉秋波。「未」字，「先」字，「倒」字，三箇字合成異樣妙景。

（張生云）小生更衣咱。（做撞見鶯鶯科）

誰想他識空便㉛的靈心兒早瞧破，慌得我倒躲，倒躲！

右第六節。分明一對新人，兩雙俊眼，千般傳遞，萬種羞慚，一齊紙上活靈生現也。寫雙文出來，為欲快出來，反得遲出來。又解元看見雙文出來，方將等不得快出來，不意反弄成不出來。妙，妙！蓋美人出來，本是難寫，何況新人出來，加倍難寫。因而極力寫之，不意其直寫至此，作者真是第八童真住人也。

㉛ 識空便：會找機會；機靈。

（夫人云）小姐近前來，拜了哥哥者！（張生云）呀！這聲息不好也！（鶯鶯云）呀！俺娘變了卦也！

（紅娘云）呀！這相思今番害也！

【雁兒落】只見他荊棘刺㉜怎動那㉝？死僝騰㉞無回互㉟，措支理㊱不對答，軟兀刺㊲難蹲坐。

右第七節。寫驚聞怪語，先看解元也。（先看解元，妙，妙！）

【得勝令】真是積世㊳老婆婆，甚妹妹拜哥哥？真不可解。雖聖嘆亦不解，不止雙文不解也。白茫茫溢起藍橋水㊴，撲騰騰點著祆廟火㊵。碧澄澄清波，撲刺刺把比目魚㊶分破。急攘攘

㉜ 荊棘刺：即「驚棘刺」，驚慌失措的意思。棘刺，語助詞，無義。

㉝ 動那：挪動。

㉞ 死僝騰：又獃又傻的意思。僝騰，語助詞，無義。

㉟ 回互：反應。

㊱ 措支理：神色慌張的意思。支理，語助詞，無義。

㊲ 軟兀刺：渾身無力的意思。兀刺，語助詞，無義。

㊳ 積世：老奸巨猾；老於世故。

㊴ 藍橋水：戰國時人尾生與一女子相約在藍橋下相會。尾生先至，時河水上漲，而女子遲遲未到，尾生不肯失信，竟抱橋柱而死。事見戰國策燕策。此比喻相愛者分離。

㊵ 祆廟火：蜀帝公主與乳母之子自幼同在宮中長大。後乳母之子出宮，其思公主得疾，公主聞訊，與其約於祆

因何？扢搭地㊷把雙眉鎖納合㊸。

【甜水令】粉頸低垂，煙鬟全墮，芳心無那㊹。還有甚相見話偏多？星眼㊺朦朧，檀口嗟咨㊻，攧窨㊼不過㊽。這席面真乃烏合㊾。

右第八節。驚聞怪語，次訴自家也。先看解元，次訴自家，中有神理，不容倒轉。

（夫人云）紅娘，看熱酒來，小姐與哥哥把盞者！（鶯鶯把盞科）（張生云）小生量窄。（鶯鶯云）紅

廟相會。公主入廟，乳母之子正熟睡，公主解自幼所佩之玉環放於其懷，離廟回宮。乳母之子醒來，見玉環，悔恨不已，滿腔怨氣燃成沖天烈焰，將自己與祆廟一起化為灰燼。事見淵鑒類函引蜀志。祆廟，波斯拜火教之廟。此比喻相愛者分離。祆，音ㄒㄧㄢ。

㊶ 比目魚：比目魚兩目生在一側，古人認為須兩兩相並方能遊行，因以比喻夫妻形影不離。

㊷ 扢搭地：上鎖的聲音。

㊸ 納合：合攏。

㊹ 無那：無奈。

㊺ 星眼：明亮的眼睛。

㊻ 嗟咨：嘆息。

㊼ 攧窨：怨恨、怨悶而忍氣。

㊽ 不過：不止。

㊾ 烏合：如烏鴉集合，散亂無章，聚散無常。

第六才子書
圖
賴婚
他誰
道月底
西廂
变作梦
裡
南柯

娘，接了臺盞[50]去者！

【折桂令】他其實嚥不下玉液金波。「他其實」，妙。憐惜嗚咽一至於此。解元不肯飲固也，乃今先是雙文不肯教解元飲也。下逐句皆深明此句。他誰道月底西廂，變做夢裡南柯[51]？「他誰道」，妙。代解元訴所以不飲之故也。淚眼偷淹，他酩子裡都搵[52]濕衫羅。「他酩子裡」，妙。言解元只有工夫哭，那有工夫飲也。他眼倦開，軟癱做一垛。他手難抬，稱不起肩窩。「他眼倦開」，妙。言解元亦不看人把盞。「他手難抬」，妙。言解元亦接不起臺盞也。病染沉痾[53]，他斷難又活。「他斷難活」，妙。言解元尚未活，安能飲也。母親，你送了人呵，還使甚嘍囉[54]！結言真不必勸之飲也。一篇只是一句。

右第九節。寫夫人初命把盞，解元必不肯飲，乃雙文亦不肯教解元飲也。其文如此。（此皆喚紅娘接去臺盞之辭。）

---

[50] 臺盞：有托盤的酒杯。

[51] 夢裡南柯：淳于棼酒後在庭前大槐樹下入睡，夢到槐安國，娶公主為妻，任南柯太守，享盡榮華富貴。後出征敗歸，公主亦死。夢醒，方知槐安國乃大槐樹下一蟻穴。事見唐李公佐南柯記。原喻富貴得失無常，此指空夢一場。

[52] 搵：擦。

[53] 沉痾：病得很重。

[54] 嘍囉：伶俐；機警。此指手段。

（夫人云）小姐，你是必把哥哥一盞者。（鶯鶯把盞科）（張生云）說過小生量窄。（鶯鶯云）張生，你接這臺盞者。

【月上海棠】一杯悶酒尊前過，你低首無言只自摧挫55，「你自摧挫」，妙。忽然換一言端勸解元不如飲此一杯之愈也。你不甚醉顏酡56。「你不甚酡」，妙。言親見解元面也。你嫌玻璃盞大，「你嫌盞大」，妙。言深體解元意也。你從依我，只四字中，下得「你我」二字。你酒上心來較可。「你依我」，妙。言親昵也。「你較可」，妙。言疼痛也。皆手擎臺盞，憐惜嗚咽之辭。

【後】你而今煩惱猶閒可57，你久後思量怎奈何？「你而今」，「你久後」，妙。因把盞之便，直私問至後日也。我有意訴衷腸，怎奈母親側坐，與你成抛躲58，咫尺間天樣闊。亦欲訴其而今煩惱與久後思量也。

右第十節。寫夫人再命把盞，解元堅不肯飲，乃雙文忽又欲強解元飲也。其文又如此。只一把盞，看他一反一覆，寫成如此兩節。前節向他人疼解元，後節向解元疼解元。前節分明玉手遮護解元，直將藏之深深帳中，幾於風吹亦痛。後節分明身擁解元，並坐深深帳中，通夜玉手與之按摩也。文

55 摧挫：折磨。
56 醉顏酡：醉紅了臉。
57 閒可：小事；不要緊。
58 抛躲：此指分離。

章至於此極，真惟第八童真住人或傻為之，餘子豈所望哉？

（張生飲酒科）（鶯鶯入席科）（夫人云）紅娘，再斟上酒者。先生滿飲此杯。（張生不答科）

【喬牌兒】轉關兒59雖是你定奪，啞謎兒早已人猜破。還要把甜話兒將人和60，越教人不快活。譏其還欲勸酒也。

右第十一節。幾於熱揭面皮，痛錐頂骨，何止眼瞅口喠而已。快文哉！

【清江引】女人自然多命薄，秀才又從來懦。妙，妙！不但自悲，兼怨解元，便宛然夫妻兩口，一心一意然。悶殺沒頭鵝61，撇下賠錢貨，忽然放聲痛哭其父。不知他那答兒發付我。痛哭其父，所以深致怨於其母也。而其父不聞也，真乃哀哉！

右第十二節。忽然哀叫死父，痛唧生母，而夫妻之同床共命，並心合意，分明如畫。妙絕！

（張生冷笑科）

【殿前催】你道他笑呵呵，這是肚腸閣落62淚珠多。本作「江州司馬淚痕多63」，我意元白64同時，

59 轉關兒：改變主意。

60 和：哄騙。

61 沒頭鵝：鵝群中為首一鵝為頭鵝，頭鵝若失，鵝群會亂作一團。此喻張生不知所措。

恐未可用，故特改之。若不是一封書把賊兵破，俺一家怎得存活？他不想姻緣想甚麼？段段夫妻兩口，並心合意，妙絕！奇絕！難捉摸，你說謊天來大，成也是你母親，敗也是你蕭何⑥⑤。

右第十三節。索性暢然代解元言之也。

【離亭宴帶歇拍煞】從今後，我也玉容寂寞梨花朵，朱唇淺淡櫻桃顆⑥⑥，如何是可？昏鄧鄧黑海來深，白茫茫陸地來厚，碧悠悠青天來闊。

右第十四節。索性暢然並自己言之，真不復能忍也。

前日將他太行山般仰望，東洋海般饑渴，如今毒害得恁麼！高鳥良弓⑥⑦，千古同歎！把嫩巍巍雙頭花蕊⑥⑧搓，香馥馥同心縷帶⑥⑨割，長攙攙連理瓊枝挫。只道白頭難負荷⑦⓪，誰料

⑥② 閣落：角落。
⑥③ 江州司馬句：白居易琵琶行中有「座中泣下誰最多，江州司馬青衫濕」兩句。
⑥④ 元白：元稹和白居易是朋友。西廂記原型是元稹故事。
⑥⑤ 成也是兩句：漢蕭何曾薦韓信為將，後又參與殺害韓信，時人稱「成也蕭何，敗也蕭何。」蕭何，此指老夫人，即許婚、賴婚都出自老夫人之口。
⑥⑥ 玉容兩句：言今後無心再梳妝打扮。寂寞，此指不抹脂粉。淺淡，此指不施口紅。
⑥⑦ 高鳥良弓：史記淮陰侯列傳：「狡兔死，良狗烹；高鳥盡，良弓藏。」比喻事成之後，功臣遭廢棄或殺害。

青春有耽擱，將錦片前程已蹬脫[71]。一邊甜句兒落空[72]他，一邊虛名兒悞賺[73]我。「白頭」、「青春」，錐心出想。

（夫人云）紅娘，送小姐臥房裡去者。（鶯鶯辭張生下）

右第十五節。看他至篇終，越用淋淋漓漓之墨，作拉拉雜雜之筆。蓋滿肚怨毒撐喉拄頸而起，滿口謗訕觸齒破唇而出。其法必應如是，非不能破作兩三節也。（有文應用次第者，有文應用拉雜者，所謂歡愉之音嘽緩，煩悶之音焦殺也[74]。）

（張生云）小生醉也，告退。夫人跟前，欲一言盡意，未知可否？前者狂賊思逞，變在倉卒，夫人有言：「能退賊者，以鶯鶯妻之。」是曾有此語否？（夫人云）有之。（張生云）當此之時，是誰挺身而出？（夫人云）先生實有活命之恩，奈先相國在日……（張生云）夫人卻請住者！當時小生疾忙作書，請得杜將軍來，徒為今日餔啜[75]地乎？今早紅娘傳命相呼，將謂[76]永踐諾金[77]，快成倚玉[78]。不知夫

---

[68] 雙頭花蕊：即並蒂花，同一枝幹上並開兩花，比喻夫妻。

[69] 同心縷帶：即同心結，用繩帶製成的菱形連環迴文結，表示恩愛同心之意。

[70] 負荷：負擔，此指顧及。

[71] 蹬脫：踢開；拆散。

[72] 落空：使人上當。

[73] 悞賺：哄騙。

[74] 所謂兩句：語出禮記樂記。嘽緩，寬綽舒緩。焦殺，聲音急促。

人何見，忽以「兄妹」二字，兜頭一蓋。請問小姐何用小生為兄？若小生真不用小姐為妹。常言「算錯非遲」，還請夫人三思！（夫人云）這箇小女，先相國在日，實已許下老身姪兒鄭恆。前日發書曾去喚他。此子若至，將如之何？如今情願多以金帛奉酬，願先生別揀豪門貴宅之女，各諧秦晉，似為兩便。（張生云）原來夫人如此。只不知杜將軍若是不來，孫飛虎公然無禮，此時夫人又有何說？小生何用金帛？今日便索告別。（夫人云）先生住者，你今日有酒了⑲也。紅娘，扶哥哥去書房中歇息，到明日嗜別有話說。（夫人下）

（紅娘扶張生云）張先生，少喫一盞，卻不是好？（張生云）哎呀！紅娘姐，你也糊突⑳，我喫甚麼酒來？小生自從瞥見小姐，忘餐廢寢，直到如今，受無限苦楚，不可告訴他人，須不敢瞞你。前日之事，小生這一封書，本何足道？只是夫人堂堂一品太君，金口玉言，許以婚姻之約。紅娘姐，這不是你我二人獨聽見的，兩廊下無數僧俗，乃至上有佛天，下有護法，莫不共聞。不料如今忽然變卦，使小生心盡計窮，更無出路。此事幾時是了？就小娘子跟前，只索解下腰帶，尋箇自盡。可憐閉戶懸梁客，真作離鄉背井魂！（解帶科）

---

⑮ 餔啜：吃喝。
⑯ 將謂：以為。
⑰ 諾金：允諾之言當言而有信，故有一諾千金之說，此指諾言。
⑱ 倚玉：原為蒹葭倚玉樹，相形見絀之意，此為張生謙稱，意為與鶯鶯結良緣。
⑲ 有酒了：酒喝多了。
⑳ 糊突：即糊塗。

（紅娘云）先生休慌！先生之於小姐，妾已窺之深矣。其在前日，真為素昧平生，突如其來，難怪妾之得罪。至於今日，夫人實有成言，況是以德報德，妾當盡心謀之。（張生云）如此，小生生死不忘。只是計將安出？（紅娘云）妾見先生有囊琴一張，必善於此。俺小姐酷好琴音，今夕妾與小姐，少不得花園燒香。妾以咳嗽為號，先生聽見，便可一彈。看小姐說甚言語，便好將先生衷曲稟知。蓋紅娘之與雙文其不敢率爾有言如此。忤奴其烏知相國人家家法哉？若有說話，明日早來回報。這早晚怕夫人呼喚，我只索回去。（下）（張生云）依舊夜來蕭寺寡，何曾今夕洞房春？（下）

二之四　琴心

紅娘之教張生以琴心，何也？聖嘆喟然嘆曰：吾今而後知禮之可以坊❶天下也。夫張生，絕代之才子也；雙文，絕代之佳人也。以絕代之才子，驚見有絕代之佳人，其不辭千死萬死，而必求一當，此必至之情也。即以絕代之佳人，驚聞有絕代之才子，其不辭千死萬死，而必求一當，此亦必至之情也。何也？夫才子，天下之至寶也；佳人，又天下之至寶也。天生一至寶於此，天亦知其難乎為之配也。天又生一至寶於彼，天又知其難乎為之配也。無端一日而兩寶相見，兩寶相憐，兩寶相求，兩寶相合，而天乃大快。曷快爾？快一事遂即兩事遂。言以此一寶配彼一寶配此一寶者也。天豈其曰不然，而顧強一寶以配一朴，又別取一朴以配一寶，而反以為快乎哉？然而吾每念焉，彼才子有必至之情，佳人有必至之情。然而才子必至之情，則但可藏之才子心中；佳人必至之情，則但可藏之佳人心中。即不得已，久之久之，至於萬萬無幸，而才子為此必至之情，而才子且死，則才子其亦竟死；佳人且死，則佳人其亦竟死。而才子終無由能以其情通之於佳人，而佳人終無由能以其情通之於才子。何則？先王制禮，萬萬世不可毀也。禮曰：外言不敢或入於閫，內言不敢或出於閫❷。斯兩言者，無有照鑒，如臨鬼神。童而聞之，至死而不容犯也。夫才子之愛

❶ 坊：同「防」。
❷ 外言兩句：語出禮記曲禮。閫，門檻，引申為內室。

佳人則愛，而才子之愛先王則又愛者，是乃才子之所以為才子。佳人之愛才子則愛，而佳人之畏禮則又畏者，是乃佳人之所以為佳人也。是故，男必有室，女必有家，此亦古今之大常，如可以無諱者也。然而雖有才子佳人，必聽之於父母，必先之以媒妁。棗栗段❸脩，敬以將之；鄉黨僚友，酒以告之。非是，則父母國人先賤之；非是，則孝子慈孫終羞之。何則？徒惡其無禮也。故才子如張生，佳人如雙文，是真所謂有唐貞元天地之間之兩至寶也者。才子愛佳人，如張生之於雙文；佳人愛才子，如雙文之於張生。是真所謂不辭千死萬死，而幾幾乎各願以其兩死併為一死也者。然而其於未有賊警許婚以前，張生之愛雙文，即誠有之，然終不知雙文其果亦知我之愛之且至於如是矣乎？抑竟不之知乎？雙文之愛張生，即誠有之，然終不知張生其果亦知我之愛之且至於如是矣乎？抑竟不之知乎？夫張生之無由出於其口而入雙文之耳，猶之雙文之無由出於其口而入張生之耳，其事則同也。然則其互不得知信也。夫兩人之互愛蓋至於如是之極也，而竟亦互不得知，則是兩人雖死焉可也。然兩人死則寧竟死耳，而終亦無由互出於口、互入於耳者，所謂禮在則然，不可得而犯也。殆至於萬萬無幸，而大幸猝至，而忽然賊警，而忽然許婚。我謂惟當是時，則張生之情，竟可不復通於雙文；雙文之情，竟可不復通於張生。何則？既已母氏諾之，兩廊下二百人證之矣，而今而後，雙文真張生之雙文也。兩人一種之情，方不難竟日夜自言之，乃至竟一月自言之，乃至竟一歲自言之，乃至竟百年自言之。是其中間奚煩別有一介之使，又為將之於此而致之於彼焉者，天亦不圖老嫗之又有變計也。自老嫗之計倏然又變，而後乃今雙文仍非張生之雙文。夫雙文仍非張生之雙文，

❸ 叚：當作「嘉」。

則是張生亦仍非雙文之張生。而後乃今於其中間真不得不別煩一介之使，先將之此以致之彼，冀得之彼以復之此矣。雖在雙文，我必代之謀曰：是但可含怨賁怒，汝終不得明以告之人也。然其在張生，則有何所忌憚，尚不敢仗義執辭，明以告之人也？諺有之曰：「心不負人，面無慚色。」夫夫人而未之嘗許，則張生雖死，實應終亦不敢，此自為禮在故也。若夫人而既許之矣，張生雖至無所忌憚，而儼然遂煩一介之使，排闥以明告之雙文，我謂此已更非禮之所得隨而議之。何則？曲已在彼，不在此也。而獨不知此一介之使，則將何以應之也哉？夫夫人之許之耳，實聞之也；夫人之賴之耳，又實聞之也。此不必張生言之也。夫張生即不言，我獨非人，不飲恨於吾心乎哉？此又不必張生求之也。夫張生即不求，我獨非人，不能為一援手乎哉？且我今以張生之言言於雙文之前，猶之以水入水焉耳。何則？頃者怨念之誠，動於顏色，我既亦察之審矣。然則我以張生之言言於雙文之前，真猶之以雙文之言言於雙文之前焉耳，此真所謂天下之不難更無有不難於此也者。然而阿紅則獨以為有至難至難者焉。何則？今夫崔家，則潭潭赫赫❹，當朝一品，調元贊化❺之相國府中也。崔之夫人，則先既堂堂巍巍一品國太，而今又為斬斬稜稜❻之冰心鐵面孀居嚴母也。崔夫人之女雙文，則雍雍肅肅❼，胡天胡帝❽，春風所未得吹，春日所未得照之千金一品小姐也。若夫紅之為紅，

❹ 潭潭赫赫：寬深、炫赫的樣子。

❺ 調元贊化：指宰相調和陰陽，輔佐君王治理國家。

❻ 斬斬稜稜：齊整威嚴的樣子。

❼ 雍雍肅肅：和諧莊重的樣子。

則不過相國府中有夫人，夫人膝下有小姐，小姐位側有侍妾，而特於侍妾隊中，翩翩翾翾❾有此一鬟也云爾。小姐而苟尋常遇之，此小姐之體也。小姐而獨國士目之，是小姐之恩也。如以小姐之體論之，則其不敢輕以一無故之言干冒尊嚴者，是不獨一紅為然，凡侍小姐之側無不盡然，而紅則亦不得不然者也。若以小姐之恩論之，則其尤不敢輕以一無故之言干冒尊嚴者，吾意必當獨此一紅為能然耳。不則，胡為小姐平日珠玉之心，恪不肯輸一人者，而獨於紅乎垂注乎哉？由斯言之，然則紅之諾張生，雖在所必不得不諾，而紅之告雙文，乃在所必不可得告。蓋其至難至難，非獨紅娘難之，雖當日張生亦已為之難之。非獨聖嘆難之，雖今日普天下錦繡才子亦當無不為之難之。此見先王制禮，有外有內，有尊有卑，不但外言之不敢或聞於內，而又卑言之不敢或聞於尊。蓋其嚴重不苟有如此者，凡以坊天下之非僻奸邪，使之必不得伏於側，乘於前，亂於後，潰敗於無所底止，其用意為至深遠也。然後則知紅娘之教張生以琴心，其意真非欲張生之以琴挑雙文也，亦非欲雙文之於琴感張生也。其意則徒以雙文之體尊嚴，身為下婢，必不可以得言。夫必不可以得言，而頃者之諾張生，將終付之沉浮矣乎？又必不忍，而因出其陰陽狡獪之才，斗然托之於琴。而一則教之彈之，而一則教之聽之。教之聽之而詭去之，詭去之而又伏伺之，伏伺之而得其情與其語，則突如其出，而使莫得賴之，夫而後緩緩焉從而鈎得之。嗚呼！向使千金雙文，深坐不來，乃至來而不聽，與聽

❽ 胡天胡帝：語出詩鄘風君子偕老。原意是為什麼像天帝那麼崇高尊貴，後用以形容婦女美麗的容貌和高貴的氣派。

❾ 翩翩翾翾：輕盈如飛的樣子。

而無言，其又誰得行其狡獪乎哉！蓋聖嘆於讀西廂之次，而猶愾然重感於先王焉，後世之守禮尊嚴千金小姐，其於心所垂注之愛婢，尚慎防之矣哉。（賴婚後，寄書前，真乃何故又必要此琴心一篇文字？豈為崔張相慕之殷，前寫猶未盡意，故更須重言之耶？今日讀聖嘆批，方恍然大悟，遂並篇末「走將來、氣沖沖」等語，都如新浴而出。聖嘆眼真有篋箕大也。）

作西廂記人，吾偷相其用筆，真是千古奇絕。前請宴一篇，祇用一紅娘，他卻是張生鶯鶯兩人文字。此琴心一篇，雙用鶯鶯張生，反走過紅娘，他卻正是紅娘文字。寄語茫茫天涯，何處錦繡才子，吾欲與君挑燈促席，浮白歡笑，唱之，誦之，講之，辨之，叫之，拜之。世無解者，燒之，哭之。（斲山云：我先哭。）

（張生上云）紅娘教我今夜花園中待小姐燒香時，把琴心探聽他。尋思此言，深有至理。天色晚也，月兒，你於我分上不能早些出來呵！是二十日左右月也。呀，恰早⑩發擂⑪也。好。呀，恰早撞鐘⑫也。好。

（理琴科云）琴呵，小生與足下湖海相隨，今日這場大功，都只在你身上。天那，你於我分上，怎生借得一陣輕風，將小生這琴聲，送到我那小姐的玉琢成、粉捏就、知音俊俏耳朵裡去者！

---

⑩ 恰早：已經。
⑪ 發擂：擊鼓。即晚間報時的鼓聲。
⑫ 撞鐘：指晚間寺院的撞鐘聲。

（鶯鶯引紅娘上，紅云）小姐，燒香去來，好明月也。好。只增四字一句，慫恿之意如畫。（鶯鶯云）紅娘，我有甚心情燒香來？月兒呵，你出來做甚那！此句非恨月，乃是肯燒香之根。從來女兒心性，每每如此，故嘆紅娘「好明月也」四字一句之妙也。

【越調・鬥鵪鶉】（鶯鶯唱）雲斂晴空，冰輪乍湧。此非寫月也，乃是寫美人見月也。風掃殘紅，香階亂擁。此非寫落紅，乃是寫美人走出月下來也。離恨千端，閒愁萬種。上四句之下，如何斗接此二句，故知上二句是人也，非景也。試反覆誦之。

右第一節。只寫雲，只寫月，只寫紅，只寫階，並不寫雙文，而雙文已現。有時寫人是人，有時寫景是景，有時寫人卻是景，有時寫景卻是人。如此節四句十六字，字字寫景，字字是人。傖父不知，必曰景也。

娘呵！靡不初，鮮有終⑬。他做會影裡情郎，我做會畫中愛寵。

【紫花兒序】止許心兒空想，口兒閒題，夢兒相逢。

右第二節。不得不敘事，卻先作如許空靈澹蕩之筆。妙絕。

昨日個大開東閣，我只道怎生般炮鳳烹龍⑭。妙，妙。不是寫出來，竟是說出來。驟讀之，只道笑

---

⑬ 靡不初兩句：語出詩大雅蕩。意為有始無終。靡，無。初，開始。鮮，少。

殺人。再讀之，真要哭殺人也！**朦朧⑮**，妙，妙。**卻教我翠袖慇懃捧玉鍾，要算主人情重。**妙，妙。不是寫出來，竟是說出來。**將我雁字排連⑯，著他魚水⑰難同。**

右第三節。上先空敘，此更實敘，又作如許哀怨刺促之筆也。

（紅云）小姐，你看月闌⑱，明日敢有風也。（鶯鶯云）呀，果然一個月闌呵。

【小桃紅】人間玉容，深鎖繡幃中，是怕人搬弄。孫子荊⑲每言「情生文，文生情。」如此斗然出奇，為是情生？為是文生？真乃絕妙。**想嫦娥西沒東生有誰共？**妙絕。**怨天公裴航⑳不作遊仙夢。勞你羅幃數重，愁他心動，圍住廣寒宮。**妙絕。無情無理，奇情奇理，有情有理，至情至理。

右第四節。一肚哀怨，刺刺促促，欲不說則不得盡其致，欲說則又嫌多嚼口臭。因忽然借月闌替換題目，翻洗筆墨，文章之能於是極也。細思作者當時，提筆臨紙，左想右想，如何忽然想到月闌？

---

⑭我只道句：意為我還以為要烹炙怎樣的山珍海味呢。

⑮朦朧：搞不明白。

⑯雁字排連：兄弟出行，兄前弟後，如飛雁的行列，因以雁字排列比喻兄弟。此指結為兄妹。

⑰魚水：魚與水，比喻夫妻。

⑱月闌：月暈；月亮周圍的光圈。是有風的徵兆。

⑲孫子荊：孫楚，字子荊，西晉馮翊太守。引文語出世說新語文學。

⑳裴航：秀才裴航路經藍橋驛，遇美女雲英，後聘為妻，兩人入山為仙。事見唐裴鉶傳奇。

便使想到月闌，如何忽然想到如此下筆？使我讀之，真乃不知其是怨月闌，不知其是怨夫人。奇奇妙妙，世豈多有？

（紅輕咳嗽科）（張生云）是紅娘姐咳嗽，小姐來了也！（彈琴科）

（鶯鶯云）紅娘，這是甚麼響？（紅云）小姐，你猜咱！

【天淨沙】是步搖得寶髻玲瓏㉑？是裙拖得環珮玎玲？看他行文漸次，此二句，先從身畔猜起也。**是鐵馬兒㉒簷前驟風？是金鉤㉓雙動，吉丁當㉔敲響簾櫳㉕？**此二句，離身仰頭猜之也。

【調笑令】是花宮㉖夜撞鐘？是疏竹瀟瀟㉗曲檻㉘中？此二句，又置此處向別處猜之。「花宮」二字句，李頎㉙詩云「花宮仙梵遠微微」是也。「撞」，平聲。**是牙尺㉚剪刀聲相送？是漏聲㉛長滴響壺**

㉑ 是步搖得句：意為走路腳步搖動得髮髻上的珠寶首飾發出清脆的聲響。
㉒ 鐵馬兒：房檐下懸掛的小鐵鈴或小鐵片，遇風作響。
㉓ 金鉤：掛窗簾的鉤子。
㉔ 吉丁當：象聲詞。
㉕ 簾櫳：此指窗子。
㉖ 花宮：相傳佛說法時天花亂墜，因稱佛寺為花宮。
㉗ 瀟瀟：此指竹子被風吹動發出的聲音。
㉘ 檻：欄杆。
㉙ 李頎：唐代詩人。引詩見其宿瑩公禪房聞梵。

銅㉜？此二句，雜猜之也。看他八句八樣，傖只謂可以漫然雜寫，豈知其中間又必有小小章法如是哉。

右第五節。此於琴前，故作搖曳先媚之。

我潛身再聽，在牆角東，元來西廂理結㉝絲桐㉞。

【禿廝兒】其聲壯，似鐵騎刀鎗冗冗㉟；其聲幽，似落花流水溶溶㊱；其聲高，似清風月朗鶴唳空；其聲低，似兒女語小窗中喁喁。韓昌黎聽琴詩曰：「呢呢兒女語，恩怨相爾汝，劃然變軒昂，勇上赴敵場。」㊲正與此一樣文字也。歐陽文忠強作解事云：此詩雖甚奇麗，然只是聽琵琶詩，不是聽琴詩㊳。悞也。

㉚ 牙尺：鑲嵌象牙的尺子。
㉛ 漏聲：銅漏壺滴水的聲音。
㉜ 壺銅：銅漏壺，古代計時器具。
㉝ 理結：此指彈奏。
㉞ 絲桐：琴。琴多用桐木製成，上安絲弦，故稱。
㉟ 冗冗：刀槍碰擊的聲音。
㊱ 溶溶：水流的樣子，此指流水的聲音。
㊲ 呢呢兒女語四句：語出韓愈聽穎師彈琴。
㊳ 歐陽文忠四句：歐陽修，謚文忠。宋代文學家。引文語出明代胡仔苕溪漁隱叢話引西清詩話。

右第六節。此正寫琴。

【聖藥王】他思已窮，恨不窮，是為嬌鸞雛鳳失雌雄㊴。他曲未通，我意已通，分明伯勞飛燕㊵各西東。「思已窮」，是言日間賴婚。「恨不窮」，是言此時彈琴。「曲未通」，是言琴未入弄㊶。「意已通」，是言聽者已先會得也。妙絕。盡在不言中。「盡」之為言你我同也。

右第七節。須知此為張生調琴未入弄時，其用「嬌鸞雛鳳」、「伯勞飛燕」等字，皆是日間心頭已成之語，非於琴中聽出來也。（猶言日間之事如此，尚何心情弄琴？則解之曰：他思已窮，恨不窮也。又問他調絃猶未入弄，汝乃何從知之？則解之曰：雖曲未通，意已通也。其文之妙如此。）寫成操後，雙文乃始嗟怨，此偷父優為之耳。看他偏於未成操前，寫得雙文早自心如合璧，便將下文張生特地彈成一曲，謂之鳳求凰操，恰如反被雙文先出題目相似。真乃文章妙處，索解人不得也。偷謂張生挑之，豈非大夢。

（紅云）小姐，你住這裡聽者，我瞧夫人便來。（假下）一篇止此句為正文。

【麻郎兒】不是我他人耳聽，知你自己情衷。「我他人」，妙，妙。「你自己」，妙，妙，妙。昔趙松雪㊷

㊴ 失雌雄：意為雄失雌，雌失雄，雌雄分離。

㊵ 伯勞飛燕：伯勞，鳥名，相傳伯勞向東飛，燕向西飛，後以勞燕分飛比喻朋友分離，此指夫妻離散。

㊶ 入弄：開始奏曲稱入弄。一曲奏成稱成弄，即下文的「成操」。弄，曲。

學士信手戲作小詞，贈其夫人管曰：「我儂兩箇，忒煞情多。譬如將一塊泥，捏一箇你，塑一箇我。忽然間歡喜呵，將他來都打破。重新下水，再團再鍊，再捏一箇你，再塑一箇我。那其間，那其間我身子裡有你也，你身子裡也有了我。」**知音者芳心自同，感懷者斷腸悲痛。**此「知音者」、「感懷者」，乃遍指普天下相思種子也。其文妙至於此。

右第八節。言普天下才子，必普天下好色，必普天下有情，必普天下相思，不祇是張生一人為然也，又何疑於琴未成弄，我便心如合璧哉！文之淋漓滿志，已至此極。而偺必云下文以琴挑之。

（張生云）窗外微有聲息，定是小姐。我今試彈一曲。（鶯鶯云）我近這窗兒邊者。（張生嘆云）琴呵，昔日司馬相如求卓文君，曾有一曲，名曰文鳳求凰。小生豈敢自稱相如，只是小姐呵，教文君將甚來比得你？我今便將此曲依譜彈之。

（琴曰）有美一人兮，見之不忘。一日不見兮，思之如狂。鳳飛翱翔兮，四海求凰。無奈佳人兮，不在東牆。張琴代語兮，欲訴衷腸。何時見許兮，慰我徬徨？願言配德㊸兮，攜手相將㊹。不得于飛㊺兮，使我淪亡。是手彈，不是口歌。

㊷趙松雪：趙孟頫，號松雪。元代文學家，書畫家。

㊸願言配德：希望相配成婚。

㊹相將：相隨。

㊺于飛：同飛。于，語助詞。

知音者芳
心自同
感懷者斷
腸怨痛
琴心

（鶯鶯云）是彈得好也呵！其音哀，其節苦，使妾聞之，不覺淚下。

【後】本宮，始終，不同。此六字三句，是言聞絃賞音，能識雅曲之故也。「本宮」者，曲各自有其宮也。「始終」者，曲之自始至終，有變不變也。「不同」者，辨其何宮，察其正變，則迥不同也。這不是清夜聞鐘㊻，此辨其本宮也。清夜聞鐘屬宮，今屬商也。這不是黃鶴醉翁，此辨其始終也。黃鶴變，此不變也。這不是泣麟悲鳳。此辨其不同也。悲泣雖無異，而麟鳳與求凰，又不同也。

【絡絲娘】一字字是更長漏永㊼，一聲聲是衣寬帶鬆。別恨離愁做這一弄，越教人知重。此越重字，則為今夜又知其精於琴理至此故也。夫雙文精於琴理，故能於無文字中，聽出文字，而知此曲之為別恨離愁也。而今反云越重張生，從來文人重文人，學人重學人，才人重才人，好人重好人，如子期之於伯牙㊽，匠石之於郢人㊾，其理自然，無足怪也。絕世妙文。

右第九節。聽琴正文，寫出真好雙文，必如此，方謂之知音識曲人也。傖乃必欲張生手既彈之，口

㊻ 清夜聞鐘：古曲名。下黃鶴、醉翁、泣麟、悲鳳同。

㊼ 更長漏永：夜晚很長。

㊽ 子期句：春秋時人伯牙善彈琴，鍾子期善聽琴，堪稱知音。子期死後，伯牙再不彈琴。後世因稱高山流水，知音難覓。事見列子湯問。

㊾ 匠石句：郢人鼻子上沾了一點泥，像蒼蠅翅膀一樣薄，請匠人替他除去。匠人提起斧子，隨意一揮，便將鼻上之泥盡削去，而鼻子絲毫無損。事見莊子徐无鬼。

又歌之，一何可笑。（四「這」字，三「不是」字，兩「是」字，寫知音人如畫。斲山云：我讀此一章，洋洋然，泠泠然，不知其是張生琴，不知其是雙文人，不知其是西廂文，不知其是聖嘆心。蓋飄飄乎欲與漢武同去㊿矣。）

（張生推琴云）夫人忘恩負義，只是小姐你卻不宜說謊！（紅娘掩上科）（鶯鶯云）你錯怨了也！

【東原樂】那是娘機變51，如何妾脫空52？他由得俺乞求效鸞鳳？九字便是九點淚，便是九點血。雙文之多情，雙文之秉禮，雙文之孝順，雙文之爽直，都一筆寫出來。**他無夜無明併女工53，無有些兒空。他那管人把妾身咒誦？**此文用三「他」字，推是夫人足矣。必如俗本云，得空我便欲來，此更成何語耶？

右第十節。此雙文不覺漏入紅娘耳中之文也。如含如吐，如淺如深，在雙文出之，已算盡言，在紅娘聞之，尚非的據。便令後文一簡再簡，玄之又玄，幾乎玄殺也。「無夜無明」「無空」之為言，不得乞求也。寫慈母嬌女之如可乞求，與嚴母莊女之終不乞求，兩兩如畫。俗本誤入襯字，直寫作如

---

50 與漢武同去：西漢司馬相如進大人賦，漢武帝大悅，飄飄有淩雲之氣，似遊天地之間。事見史記司馬相如列傳。

51 機變：巧詐多變。

52 脫空：說謊。

53 他無夜句：意為老夫人日夜催逼鶯鶯做針線活。他，此指老夫人。並，催促。

欲私奔然，惡是何言也？（當時若是身作雙文，自然必為此言。今日只是筆代雙文，奈何能為此言？固知世間慧業文人，定是第七住地中人也。）

【綿搭絮】外邊疏簾風細，裡邊幽室燈青，中間一層紅紙，幾眼疏櫺㊹，不是雲山幾萬重，寫兩人相去至近，真乃妙絕。怎得個人來信息通？便道十二巫峰，也有高唐來夢中㊺。紅娘聞之，可謂罄倒，而雙文殊未犯口。

（紅娘突出云）小姐，甚麼「夢中」？那夫人知道怎了？紅娘賊也。

右第十一節。此漏入紅娘耳中之後半也。在紅娘聞之，已算盡言，在雙文出之，反無的據。如淺如深，如含如吐，遂成後文玄殺也。妙哉！

【拙魯速】走將來氣沖沖，不管人恨匆匆，諕得人來怕恐。我又不曾轉動，女孩兒家恁響喉嚨。我待緊磨礱㊻，將他攔縱，怕他去夫人行把人葬送。此亦後文低垂粉頸，改變朱顏之根。可細細尋之。

㊹ 疏櫺：空疏的窗格子。

㊺ 便道兩句：意為即使隔著巫山十二峰，也總有夢中之相會。高唐，宋玉作高唐賦，敘述楚王與巫山神女相會之事。

㊻ 緊磨礱：用手緊緊捏住。

右第十二節。寫雙文膽小，寫雙文心虛，寫雙文嬌貴，寫雙文機變，色色寫到。寫雙文又口硬，又心虛，全為下文玄殺紅娘地也。妙絕！

（紅云）適纔聞得張先生要去也，小姐，卻是怎處？（鶯鶯云）紅娘，你便與他說，再住兩三日兒。

【尾】只說道夫人時下有些唧噥㊼，好和歹㊽你不脫空㊾。此亦不為深言犯口㊿，不過偶借前題略作相留數日計耳。而自紅娘聞之，豈非雙文已作滿口相許哉？世間真有如此錯認，寫來入妙。我那口不應61的狠毒娘，你定要別離了這志誠種62。再讀此句，益知上句之偶作相留，並無所許也。

右第十三節。直寫至紅娘有問，雙文有答，而雙文口中終無犯口深言，而紅娘意中竟謂滿心相許。玄之又玄，幾乎玄殺，真世間未見之極筆也。

（紅娘云）小姐不必分付，我知道了也。明日我看他去。紅娘賊也，你玄殺也。（鶯鶯紅娘下）

（張生云）小姐去了也！紅娘姐呵，你便遲不得一步兒，今夜便回覆小生波？沒奈何，且只得睡去！

（張生下）

㊼ 唧噥：嘀咕；小聲說話。此指有人在老夫人處勸說。

㊽ 好和歹：總之；好歹。

㊾ 脫空：此指落空。

㊿ 深言犯口：說了不該說的話。深言，深沉坦率之言。

61 口不應：口不應心；說話不算數。

62 志誠種：感情誠摯的人。

卷五

聖嘆外書

第三之四章題目正名

張君瑞寄情詩，小紅娘遞密約，

崔鶯鶯喬坐衙，老夫人問醫藥。

三之一　前候

上琴心一篇，紅娘既得鶯鶯的耗❶，則此篇不過走覆張生，而張生苦央代遞一書耳。題之枯淡窘縮，無踰於此。乃吾讀其文，又見其灑灑然有如許六七百言之一大篇。吾嘗春晝酒酣，閒坐櫻桃花下，取而再四讀之，忽悟昨者陳子豫叔，則曾教吾以此法也。蓋陳子自論雙陸❷也，聖嘆問於豫叔曰：「雙陸亦有道乎？何又有人於其中間稱曰高手耶？」豫叔曰：「否否，唯唯，吾能知之，吾能言之，然而其辭不雅馴，我難使他人聞之。獨吾子性好深思鄙事者也，吾不妨私一述之。今夫天下一切小技，不獨雙陸為然，凡屬高手，無不用此法已，曰：『那輾』。（那，吳音，奴上聲。輾上聲。）『那』之為言搓那，『輾』之為言輾開也。搓那得一刻，輾開得一刻；搓那得一步，輾開得一步。於第一刻、第一步，不敢知第二刻、第二步，況於第三刻、第三步也？於第一刻、第一步，真有其第一刻、第一步；莫貪第二刻、第二步，坐失此第一刻、第一步也。」聖嘆聞之，已不覺灑然異之。豫叔又曰：「凡小技，必須與一人對作。其初，彼人大欲作，我乃那輾如不欲作。夫大欲作，必將有作有不及作也，而我之如不欲作，則固非不作也。其既，彼以大欲作故，將多有所不及作，其勢不可不與補作。至於補作，則先之所作將反棄如不作也。我則以那輾故，寸寸節節而作，前既不須

❶ 的耗：確切的消息。

❷ 雙陸：古代一種博戲，今已失傳。

補作，今又無刻不作也。其後，彼以補作故彼所先作既盡棄如不作，而今又更不及得作也。我則以不煩補作故，今反聽我先作，乃至竟局之皆我獨作也。」聖嘆聞之，不覺大異之。豫叔又曰：「所貴於那輾者，那輾則氣平，氣平則心細，心細則眼到。夫人而氣平、心細、眼到，則雖一黍之大，必能分本分末；一咳之響，必能辨聲辨音。人之所不睹，彼則瞻矚之；人之所不存，彼則盤旋之；人之所不悉，彼則入而抉剔，出而敷布之。一刻之景，至彼而可以如年；一塵之空，至彼而可以立國。展一聲而驗涼風之所以西至，玄雲之所以北來；落一子而審直道之所以得一，橫道之所以失九。如斯人，則真所謂無有師傳都由心悟者也。」聖嘆聞之，愈大異之。豫叔又曰：「那輾之妙，何獨小技為然哉？一切世間凡所有事，無不用之。古之人有行之者，如陶朱❸之所以三累萬金也，瀛王❹之所以身相歷朝也，孫武❺行軍所以有處女脫兔❻之能也，伊尹❼於桐所以有啟心沃心❽之效也。更進而神明之，則抽添火符❾，成就大還❿，安庠徐步，入出三昧，除此一法，更無餘法。何則？

❸ 陶朱：范蠡，春秋時人，助越王句踐滅吳後，棄官遠去，至陶地，稱朱公，因稱陶朱公。以經商致富，十九年中三次積累千金。

❹ 瀛王：馮道，五代時人，自號長樂老。在後唐、後晉、契丹、後漢、後周五朝為相。卒封瀛王。

❺ 孫武：春秋時著名軍事家。齊國人。以兵法求見吳王，任用為將，西破強楚，北威齊晉。著有孫子兵法。

❻ 處女脫兔：語出孫子兵法九地：始如處女，敵人開戶；後如脫兔，敵不及拒。

❼ 伊尹：商初人，名摯，佐湯伐桀，被尊為阿衡（宰相）。湯死後，太甲壞成法，伊尹將其放逐於桐宮，三年後迎之復位。一說伊尹放逐太甲，自立七年；太甲還，殺伊尹。

❽ 啟心沃心：亦稱「啟沃」，以治國的道理開導帝王。

天下但有極平易低下之法，是為天下奇法、妙法、秘密之法，而天下實更無有奇妙秘密法也。」（上文，祇引豫叔「那輾」二字，論此篇正用其法耳。以其語皆奇絕，故全載之。）於是聖嘆瞿然起立曰：「嘻，果有是哉！」是日始識豫叔乃真正絕世非常過量智人。然而豫叔則獨不言此法為文章之妙門。聖嘆異日則私以其法教諸子弟曰：吾少即為文，橫塗直描，吾何知哉。吾中年而始見一智人，曾教我以二字法，曰：「那輾」，至矣哉！彼固不言文，而我心獨知其為作文之高手。何以言之？凡作文必有題，題也者，文之所由以出也。乃吾亦嘗取題而熟睹之矣，見其中間全無有文。夫題之中間全無有文，而彼天下能文之人，都從何處得文者耶？吾由今以思，而後深信那輾之為功，是惟不小。何則？夫題有以一字為之，有以三五六七乃至數十百字為之。今都不論其字少之與字多，而總之題則有其前，則有其後，則有其中間。抑不寧惟是已也，且有其前之前，且有其後之後；且有其前之後，而尚非中間，而猶為中間之前；且有其後之前，而既非中間，而已為中間之後。此真不可以不致察也。誠察題之有前，又察其有前前，而於是焉先寫其前前，夫然後寫其前，夫然後寫其幾幾欲至中間而猶為中間之前，夫然後始寫其中間。至於其後，亦復如是。而後信題固麼，而吾文乃甚舒長也；題固急，而吾文乃甚紆遲也；題固直，而吾文乃甚委折也；題固竭，而吾文乃甚悠揚也。如不知題之有前，有後，有諸迤邐，而一發遂取其中間，此譬之以橛擊石，确然一聲，則遽已耳，更不能多有其餘響也。蓋那輾與不那輾，其不同有如此者。而今紅娘此篇，則正用其法，吾是以不覺有感而漫

⑨ 抽添火符：指道家煉丹。

⑩ 大還：即還丹，也稱大還丹。以丹砂反覆煉之而成，道家認為服用還丹有白日昇天之效。

識之。文章之事，關乎至微，其必有人驟聞之而極大不然，殆於久之而多察於筆墨之間，而又不覺其冥遇而失笑也。此篇如〔點絳唇〕、〔混江龍〕，詳敘前事，此一那輾法也。甚可以不詳敘前事也，而今已如更不可不詳敘前事也。〔油葫蘆〕，雙寫兩人一樣相思，此又一那輾法也。甚可以不雙寫相思也，而今已如更不可不雙寫相思也。〔村裡迓鼓〕，不便敲門，此又一那輾法也。甚可以即便敲門也。〔上馬嬌〕，不肯傳去，此又一那輾法也。甚可以便與傳去也。〔勝葫蘆〕，怒其金帛為酬，此又一那輾法也。〔後庭花〕，驚其不用起草，此又一那輾法也。乃至〔寄生草〕，忽作莊語相規⓫，此又一那輾法也。夫此篇除此數番那輾，固別無有一筆之得下也。而今止因那輾之故，果又得灑灑然如許六七百言之一大篇。然則文章真如雲之膚寸而生，無處不有，而人自以氣不平，心不細，眼不到，便隨地失之。夫自無行文之法，而但致嫌於題之枯淡窘縮，此真不能不為豫叔之所大笑也。

（鶯鶯引紅娘上云）自昨夜聽琴，今日身子這般不快呵。不提賴婚，措辭最雅。紅娘，你左則閒著，你到書院中看張生一遭，看他說甚麼，你來回我話者。（紅云）我不去，夫人知道呵，不是耍。（鶯鶯云）我不說，夫人怎得知道？你便去咱！（紅云）我便去了，單說「張生，你害病，俺的小姐也不弱⓬。」乖賊，妙，妙。春晝不曾雙勸酒，夜寒無那又聽琴。

【仙呂・賞花時】（紅娘唱）鍼線無心不待⓭拈，脂粉香消懶去添，春恨⓮壓眉尖。靈犀

⓫ 莊語相規：正言規勸。

⓬ 不弱：毛病不輕。弱，輕。

一點⑮，醫可⑯病懨懨。何人惡札，見之可恨。

（紅娘下）（鶯鶯云）紅娘去了，看他回來說甚麼。十分心事一分語，晝夜相思晝日眠。（鶯鶯下）好句，分明接著後篇。

（張生上云）害殺小生也！我央長老說將去，道我病體沉重，卻怎生不著人來看我？困思上來，我睡些兒咱。（睡科）

（紅娘上云）奉小姐言語，著俺看張生，須索走一遭。俺想來，若非張生，怎還有俺一家兒性命呵！

【仙呂・點絳唇】（紅娘唱）相國行祠，寄居蕭寺。遭橫事，幼女孤兒，將欲從軍死。

【混江龍】謝張生伸致，一封書到便興師，真是文章有用，何干天地無私？若不剪草除根了半萬賊，怕不滅門絕戶了一家兒。鶯鶯君瑞，許配雄雌。夫人失信，推托別辭。婚姻打滅，兄妹為之。而今閣起成親事。

右第一節。因此題更無下筆處，故將前事閒閒自敘一遍作起也。然便真似有一聰明解事女郎，於紙上行間，纖腰微嬝，小腳徐挪，一頭迤逦行來，一頭車輪打算。一時文筆之妙，真無逾於是也。

---

⑬ 不待：不想，不打算。

⑭ 春恨：此指相思之情。

⑮ 靈犀一點：犀牛角上的白色紋線。此比喻心心相印。

⑯ 醫可：治癒。

一個糊塗了胸中錦繡，一個淹漬了臉上胭脂。

【油葫蘆】一個憔悴潘郎鬢有絲⑰，一個杜韋娘⑱不似舊時，帶圍寬過了瘦腰肢。一個睡昏昏不待觀經史，一個意懸懸⑲懶去拈針黹。一個絲桐上調弄出離恨譜，一個花牋上刪抹成斷腸詩。筆下幽情，絃上的心事，一樣是相思。

【天下樂】這叫做才子佳人信有之。猶言，世上動云「才子佳人」，夫必如此兩人，方信真有才子佳人也。明是俊眼識取兩人，明是惡口奚落天下。作者真乃舉頭天外，無有別人也。

右第二節。連下無數「一個」字，如風吹落花，東西夾墮，最是好看。乃尋其所以好看之故，則全為極整齊卻極差脫，忽短忽長，忽續忽斷，板板對寫中間，又並不板板對寫故也。「才子佳人」，忽下「信有之」三字成句，妙絕！嗟乎，惟才子佳人，方肯下此三字耳。非才子佳人，雖至今亦終不肯下。何則？彼固以為無有此事耳。

紅娘自思，句。乖性兒⑳，何必有情不遂㉑皆似此？他自恁抹媚㉒，我卻沒三思㉓，一納

---

⑰「潘郎」句：潘郎，潘岳，西晉人，時有美男子之稱。絲，白髮。潘岳自稱「三十有二，始見二毛（白髮）」。

⑱杜韋娘：唐代歌妓，以美貌著稱。

⑲意懸懸：心思牽掛。

⑳乖性兒：怪脾氣。

㉑有情不遂：有情而未能如意。

頭㉔只去憔悴死。忽然紅娘自插入來。忽然插入紅娘來，乃是此中加一倍人。文情奇絕，妙絕！

右第三節。言才子佳人，一個如彼，一個如此，兩人一般作出許多張致㉕。若我則殊不然，亦不啼，亦不笑，亦不起，亦不眠，一口氣更無回互㉖，直去死卻便休。蓋是深識張生鶯鶯之張致，而不覺己之張致乃更甚也。此等筆墨，謂之「加一倍法」，最是奇觀。

卻早來到也。俺把唾津兒濕破窗紙，看他在書房裡做甚麼那？便畫出紅娘來。單畫出紅娘來何足奇？直畫出紅娘聰明來故奇耳。

【村裡迓鼓】我將這紙窗兒濕破，悄聲兒窺視。妙，妙。便分明有一背轉女郎遷延窗下。多管是和衣兒睡起，你看羅衫上前襟褶袗㉗。從窗外人眼中，寫窗中人情事，只用十數字，已無不寫盡。孤眠況味㉘，試想。淒涼情緒，試想。無人服侍，試想。澀滯㉙氣色，試想。微弱聲息，試想。

㉒ 抹媚：著了迷。
㉓ 沒三思：沒有主意。
㉔ 一納頭：埋頭；一心一意。
㉕ 張致：行為；模樣。
㉖ 回互：曲折隱諱。
㉗ 褶袗：衣服上的皺紋。
㉘ 況味：滋味。
㉙ 澀滯：形容氣色獃板，無光采。

黃瘦臉兒。試想。張生呵，你不病死多應悶死。妙，妙。純是一片空明。

右第四節。與其張生伸訴，何如紅娘覷出？與其入門後覷出，何如隔窗先覷出？蓋張生伸訴便是惡筆，雖入門覷出，猶是庸筆也。今真是一片鏡花水月。

【元和令】我將金釵敲門扇兒。

（張生云）是誰？

我是散相思的五瘟使㉚。散，布散也。我誦之如聞低語，如睹笑容。

（張生開門。紅娘入科）

右第五節。輕妙之至，幾於筆尖不復著紙。（如此迤逗行文，雖欲作萬言大篇，亦何難哉？）

（張生云）夜來多謝紅娘姐指教，小生銘心不忘。只是不知小姐可曾有甚言語？（紅掩口笑云）俺小姐麼，俺可要說與你。

他昨夜風清月朗夜深時，使紅娘來探爾。他至今胭粉未曾施，念到有一千番張殿試㉛。

不云今早相央，而云昨夜受命，益信上文琴心一篇，誠如聖嘆之言也。不云今朝，而云昨夜，中有妙理，除紅

㉚ 五瘟使：俗稱瘟神。神話傳說中主管人間四季疫病之神。

㉛ 殿試：科舉考試中，由皇帝主持的在廷殿上舉行的考試。元劇中常用作對士子的通稱。

娘更無第二人知道。此最是耐想文字。

右第六節。只此四語，是一篇正文，其餘都是從虛空中蕩漾而成。

（張生云）小姐既有見憐之心，紅娘姐，小生有一簡㉜，可敢寄得去？意便欲煩紅娘姐帶回。

【上馬嬌】他若見甚詩，看甚詞，他敢顛倒費神思。

他拽扎起面皮㉝，道：「紅娘，這是誰的言語，你將來㉞！

這妮子，怎敢胡行事？」嗤，句。裂紙聲。扯做了紙條兒。畫出紅娘來，畫出紅娘一雙纖手，兩道輕眉，頰邊二靨，唇上一聲來。畫絕也。

右第七節。此分明是後篇鶯鶯見帖時情事，而忽於紅娘口中先復猜破者，所以深表紅娘靈慧過人，而又未嘗漏洩後篇，故妙。（細思此時紅娘，真無便與傳去之理也。）

（張生云）小姐決不如此，只是紅娘姐不肯與小生將去。小生多以金帛拜酬紅娘姐。筆墨之事，隨手生發，所謂文亦有情，情亦有文。如不因張生此白，下即豈有紅娘如此一段快文哉？

㉜ 簡：書信。

㉝ 拽扎句：板起臉來。

㉞ 將來：拿來。

【勝葫蘆】你個挽弓酸俫㉟沒意兒㊱，賣弄你有家私。石崇、王愷㊲決不賣弄。其最賣弄者，偏是秀才紙裹中家私也。我圖謀你東西來到此？此九字，雖出紅娘口，然我乃欲為之痛哭。何也？夫人生在世，知己有托，生死以之，乃至不望感，豈惟不望報乎？自世必欲以金帛奉酬勞苦，而於是遂使出死力效知己之人，一齊短氣無語。嗟乎！以漢昭烈，猶有「不才自取」之言矣，自非葛公，誰復自明也哉㊳。把你做先生的錢物，與紅娘為賞賜，「先生錢物」，猶言束修㊴也，所謂紙裹中家私也。雖一文錢，亦必自稱賞賜，亦秀才語也。我果然愛你金貲？

【後】你看人似桃李春風牆外枝㊵，賣笑倚門兒㊶。毒口，便罵盡世間一輩望酬謝人，使我心中快樂也。

㉟ 挽弓酸俫：對窮書生的調侃稱呼。俫，語氣詞。

㊱ 沒意兒：沒意思。

㊲ 石崇王愷：西晉人，俱以家資巨萬，豪侈成性著稱。

㊳ 以漢昭烈四句：連劉備都講過「不才自取」之類的話，如果不是諸葛亮，誰又能說得清呢？漢昭烈，劉備的尊號。不才自取，劉備白帝託孤時曾說過「若嗣子（指劉禪）可輔，輔之；如其不才，君可自取」。葛公，諸葛亮。

㊴ 束修：十條乾肉。原指禮物，後指學生給教師的酬金。

㊵ 桃李春風句：以出牆花、牆外枝比喻品行不端的女子。

㊶ 賣笑倚門兒：即妓女。

右第八節。世間有斤兩可計算者，銀錢；世間無斤兩不可計算者，情義也。如張生鶯鶯，男貪女愛，此真何與紅娘之事？而紅娘便慨然將千金一擔，兩肩獨挑，細思此情此義，真非秤之可得稱，斗之可得量也。顧張生急不擇音，遂欲以金帛輕相唐突。嗟乎！作者雖極寫張生急情，然實是別寓許伯哭世[42]。蓋近日天地之間，真純是此一輩酬酢也。

我雖是女孩兒有志氣。你只合道：「可憐見小子隻身獨自[43]。」我還有個尋思。

右第九節。寫煞紅娘。

（張生云）依著紅娘姐：「可憐見小子隻身獨自。」這如何？（紅云）兀的不是也[44]。你寫波，俺與你將去。

（張生寫科）（紅云）寫得好[45]呵，念與我聽。（張生念云）張珙百拜，奉書雙文小姐閣下：昨尊慈以怨報德，小生雖生猶死。筵散之後，不復成寐。曾託槁梧[46]，自鳴情抱，亦見自今以後，人琴俱去矣。因紅娘來，又奉數字。意者宋玉東鄰之牆，尚有莊周西江之水[47]。人命至重，或蒙矜恤。珙不勝悚仄[48]

[42] 許伯哭世：此喻世態炎涼，趨利者日眾，而古道熱心者反而得不到社會理解。

[43] 可憐見句：可憐我小子是個孤獨之人。

[44] 兀的不是也：這不是嘛。兀，這。

[45] 寫得好：寫好了；寫完了。

[46] 槁梧：古琴。

待命之至。附五言詩一首，伏惟賜覽。「相思恨轉添，漫把瑤琴弄。樂事又逢春，芳心爾亦動。此情不可違，虛譽何須奉。莫負月華明，且憐花影重。」張珙再百拜。書好。

【後庭花】我只道拂花箋打稿兒，元來是走霜毫不搆思。先寫下幾句寒溫序，後題著五言八句詩。不移時[49]，翻來覆去，疊做個同心方勝兒[50]。此下便應接「又顛倒寫鴛鴦二字」句，看他又作間隔。你忒聰明，忒煞思[51]，忒風流，忒浪子。雖是些假意兒，分明讚不容口，忽又謂之假意，寫紅娘真有二十分靈慧，二十分鬆快。真正妙筆！小可的[52]難到此。

【青哥兒】又顛倒寫鴛鴦二字，方信道「在心為志」。詩大序曰：「在心為志，發言為詩。」此言既封後，人祇見其發言為詩也，我於未封前，實親見其在心為志也。真正妙筆！

右第十節。寫張生拂牋走筆，疊勝署封，色色是張生照入紅娘眼中，色色是紅娘印入鶯鶯心裡。一幅文字便作三幅看也。（一幅是張生，一幅是紅娘眼中張生，一幅是紅娘心中鶯鶯之張生。真是異樣妙文！）

---

[47] 宋玉東鄰兩句：表示張生對結親之事仍抱有希望。東鄰之牆、西江之水，事詳見前。

[48] 悚仄：恐懼不安。

[49] 不移時：不多時。

[50] 方勝兒：本指同心結，此指信箋疊成的方形或菱形的樣式。

[51] 煞思：他本作「敬思」。風流放浪，瀟灑可愛之意。

[52] 小可的：普通人。

喜怒其間我覷意兒53。放心波學士，我願為之，並不推辭，自有言辭。我只說「昨夜彈琴那人教傳示」。賴婚之前文，先作滿語者，所以反挑後文之不然也。此亦先作滿語，卻非反挑後文，正是暢明前夜琴心一篇，已盡得其底裡。

右第十一節。一擔千金，兩肩獨任。看他急口便作如許一連數語，而下正接之云「昨夜彈琴那人」，信乎琴心一篇，為紅娘之袖裡兵將不謬也。

這簡帖兒，我與你將去。只是先生當以功名為念，休墮了志氣者。

【寄生草】你偷香手，還準備折桂枝54。休教淫詞汙了龍蛇字，藕絲縛定鵾鵬翅，黃鶯奪了鴻鵠志。休為翠幃錦帳一佳人，悞你玉堂金馬三學士55。

【賺煞尾】弄得沈約病多般56，宋玉愁無二57，清減做相思樣子。

53 喜怒其間句：意為我會趁她高興的時候找個機會。

54 折桂枝：比喻科舉及第。

55 玉堂金馬三學士：比喻前途遠大的人。宋王辟之澠水燕談錄載，歐陽文忠公、趙少師、呂學士同燕集，作口號云：「金馬玉堂三學士，清風明月兩閑人。」金馬，金馬門，漢代宮門。舊以身歷金馬玉堂喻在朝為官。

56 沈約句：沈約，南朝文學家、史學家，撰宋書。晚年老病纏身。此喻像沈約一樣多病。

57 宋玉句：宋玉的九辯多悲愁之語，後人言愁多以宋玉為喻，此指張生像宋玉一樣多愁。

右第十二節。此為餘文，任意揮灑，乃是硯北人[58]從來樂事，不必謂紅娘忽有書獃氣。

（張生云）紅娘姐好話，小生終身敬佩。只是方纔簡帖，我的紅娘姐，是必在意者！（紅云）先生放心。

若是眉眼傳情未了時，我中心日夜圖之。怎因而「有美玉於斯[59]」，此句歇後法也，言決不將簡帖浮沉，如論語所云「韞匵而藏之」也。**我定教發落這張紙。我將舌尖上說辭，傳你簡帖裡心事，管教那人來探你一遭兒。**

右第十三節。此則滿心滿意，滿口滿語，反挑後文之不然也。（此節方是反挑，第十一節果非反挑也。自非虛心平氣，誰其分別之？）

（紅娘下）

（張生云）紅娘將簡帖去了。不是小生誇口，這是一道會親的符籙。他明日回話，必有好處。總作滿語。若無好賦因風去，豈有仙雲入夢來？（張生下）

---

[58] 硯北人：寫書人。

[59] 有美玉句：語出論語子罕：「有美玉於斯，韞匵而藏諸？」韞，藏。匵，音ㄉㄨˊ。匣子。

管教郵
人來
探你一
遭
兒
前候

三之二　鬧簡

此篇寫紅娘，凡有四段，每段皆作當面斗然變換，另是一樣章法。

第一段，寫紅娘帶得書回，一時將張生分明便如座主之於門生，心頭平增無限溺愛，無限照顧，意思不難便取鶯鶯登時雙手親交與之。看他走入房來，其於鶯鶯，便比平日亦自另樣加倍珍惜。所以然者，意謂鶯鶯真乃一朵鮮花，卻是我適間已許過我門生了也。門生是我之寶，此一朵鮮花便是我門生之寶也。只因心頭與張生別成一條線索，便自眼中看鶯鶯別起一番花樣。是為第一段。

第二段，寫鶯鶯斗然變容，紅娘出自不意，遂忽自念：適間容易過人簡帖，誠然是我不是，只是我自信平日精靈，又兼夜來鄭重仔細躊躇此事，何得逢彼之怒耶？豈有滿盤已都算過，乃於一子失著耶？明明隔牆酬韻，蚤漏春光；明明昨夜聽琴，傾囊又盡。我本非聾非瞎，悉屬親聞親見。而今忽然高至天邊，無梯可捫；深至海底，無縫可入。此豈前日鶯鶯是鬼，抑亦今日鶯鶯是鬼？豈紅娘今日在夢，抑亦紅娘前日在夢？本意揚揚然弄馬騎，何意跎踏地卻被驢子撲。於是三分羞慚，七分怨憤，遂不自禁其口中之叨叨絮絮。是為第二段。

第三段，寫紅娘昨日於張生前滿心滿意，滿口滿語，輕將一擔千金，兩肩都任者，實是其胸中默默然牢有一篇把柄耳，初不自意鶯鶯極大不然也。諺蓋有之：「行船無有久慣，生產無有久慣。」今日方知傳遞簡帖無有久慣。紅娘此時，真無面目又見江東父老，只有一萬年不復到書院中，永取此事寄之高高天上，埋之深深地下，更不容一人提起，便如連日我不在世間者然。何意鶯鶯又必強之投以回簡。自鶯鶯又有回簡，而紅娘遂不得不重入書院，再見張生。夫而後一面慚，兩脇憤，真更非一時三言兩句之所得而發脫也者。而張生不察，方且又如臂邊餓鳥，乳下嬌兒，百樣哀鳴，千般央及。此時我為紅娘，真除非抽刃自決，以明我不負人。蓋從來任天下事，兩邊俱無以自解，實有如此苦事。是為第三段。

第四段，寫紅娘初焉以退賊故，方德張生；既焉以賴婚故，方憐張生；既焉以揮毫故，方愛張生；既焉以不效故，方羞張生。至此乃忽然以苦纏故，不覺惱張生。夫以紅娘之於張生，固決無有惱之之事，而直以自己胸前煩悶無理，遂爾更不得顧，便唐突之。此真李白所云「淚亦不能為之墮，聲亦不能為之出」時也。何意折書念出，乃是戶風花影之句。若說是鬼，鬼中亦無如此之鬼；若說是賊，賊中亦無如此之賊；若說兵不厭詐，諸葛亦無如此之陣圖；若說幻不厭深，偃師❶亦無如此之機械❷。此時虛空過往，天地鬼神，聰明正直，盡知盡見。紅娘真欲拔髮投地，搥胸大叫：自今以後，我更不能與天下女兒同居也！是為第四段。

（鶯鶯上云）紅娘這早晚敢待❸來也。起得早了些兒，俺如今再睡些。（睡科）

---

❶ 偃師：相傳周穆王時的巧匠，製木人，能歌善舞。見列子湯問。後稱弄木偶的藝人為偃師。

❷ 機械：機巧。

❸ 紅娘句：意為紅娘這時候大概要來了。早晚，時候。敢待，大概。

（紅娘上云）奉小姐言語，去看張生，取得一封書來，回他話去。呀，不聽得小姐聲音，敢❹又睡哩，俺便入去看他。綠窗一帶遲遲日，紫燕雙飛寂寂春。

【中呂・粉蝶兒】（紅娘唱）風靜簾閒，透窗紗麝蘭香散，二句，寫紅娘自外行來。簾內是窗，窗外是簾，有風則下簾，無香則開窗。今因無風，故不下簾。卻因有香，又不開窗。只十一字，寫女兒深閨便如圖畫。我從妙文得認鶯鶯，我又從妙文得認鶯鶯閨中也。啟朱扉搖響雙環。一句，寫紅娘行入門。絳臺❺高，金荷❻小，銀釭❼猶燦。三句，寫紅娘已入門。細想紅娘回時，燈猶未息，則其遣去一何早乎。

右第一節。寫紅娘從張生邊來入閨中，慢條斯理，如在意如不在意，一心便謂自今以後三人一心，更無嫌疑者。蓋特作此駘宕❽之句，以與下文通篇怨毒照耀也。

我將他暖帳輕彈，揭起海紅❾羅軟簾偷看。

【醉春風】只見他釵嚲玉斜横❿，髻偏雲亂挽。小姐正睡，侍兒彈帳，一不可也。彈帳不應，揭開

---

❹ 敢：此指一定。

❺ 絳臺：紅色的燈臺。

❻ 金荷：燈臺上盛燭油的部分，形似荷葉。

❼ 釭：燈。

❽ 駘宕：即「駘蕩」。此指舒緩蕩漾。

❾ 海紅：當作「梅紅」。淡紅色。

偷看，二不可也。蓋紅娘此日，已易視鶯鶯矣。見書而怒，得毋為是與？日高猶自不明眸⓫，你好懶，句。懶。句。不惟彈帳，不惟偷看，乃至竟敢率口譏之。鶯鶯慧心人，又何待見書，而始悟紅娘之易視我哉。

右第二節。不知者謂是寫鶯鶯，不知此正寫紅娘也。夫寫鶯鶯，不過只作一幅美人曉睡圖看耳。今正寫紅娘之滿心參透，滿眼瞧科，滿身鬆泛，滿口輕忽，便使鶯鶯今早眼中忽覺有異，而下文遂不得不變容也。（真是寫得妙絕，此為化工之筆。）

（鶯鶯起身，欠身長嘆科）

半晌擡身，不問紅娘，此其事可知也。妙，妙！幾回搔耳，不問紅娘也。妙，妙！一聲長嘆。不問紅娘也。妙，妙！

右第三節。不知者又謂寫鶯鶯春倦，非也。夫紅娘之看張生，乃鶯鶯特遣也，則今於其歸，急問焉可也。乃半晌矣，不問而擡身。擡身矣，又不問而搔耳。幾回矣，又不問而長嘆。豈非親見歸時紅娘，已全不是去時紅娘，慧眼一時覷破，便慧心徹底猜破故耶？看他純是雕空鏤塵之文，而又全不露一點斧鑿痕，真是奇絕一世。（若作描寫鶯鶯春倦，有何多味耶？且何故不問紅娘回來幾時耶？）

---

❿ 釵嚲句：玉釵斜垂。

⓫ 明眸：睜眼。

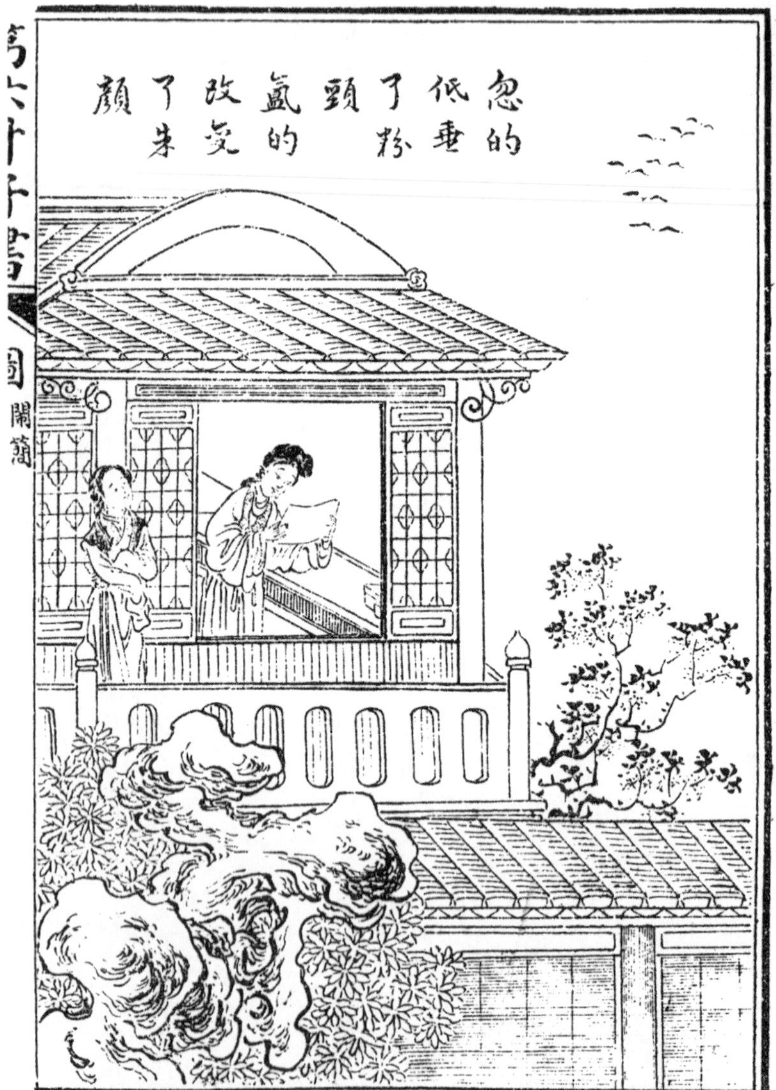
忽的低垂了粉頸
氳的改變了朱顏
鬧簡

是便是，只是這簡帖兒，俺那好遞與小姐。俺不如放在粧盒兒裡，等他自見。（放科）

（鶯鶯整粧，紅娘偷覷科）終不問也。妙，妙！

【普天樂】晚粧殘，烏雲嚲，輕勻了粉臉，猶不問也。妙，妙！亂挽起雲鬟。已見簡帖也。將簡帖兒拈，把粧盒兒按，拆開封皮孜孜看⓬，顛來倒去不害⓭心煩。「顛來倒去」，是思何以處紅娘，非於張書加意也。只見他厭的扢皺了黛眉，是惱此帖如何傳來。忽的低垂了粉頸，是算今日還宜寢擱，還宜發作。氳的改變了朱顏。是決計發作，無有再說也。看他三句寫出鶯鶯心頭曲折。

（紅做意⓮科，云）呀，決撒⓯了也！

右第四節。寫鶯鶯見簡帖。（或問：「鶯鶯見簡帖，亦可以不發作耶？」聖嘆答曰：「不發作，則是一拍即合也。今之世間比比者皆是也。」）

（鶯鶯怒科，云）紅娘過來！（紅云）有！（鶯鶯云）紅娘，這東西那裡來的？我是相國的小姐，誰敢將這簡帖兒來戲弄我？我幾曾慣看這樣東西來？我告過夫人，打下你個小賤人下截來！（紅云）小姐使我去，他著我將來。小姐不使我去，我敢問他討來？我又不識字，知他寫的是些甚麼？其快如刀，

⓬ 孜孜看：仔細地看。

⓭ 不害：不怕。

⓮ 做意：做出某種樣子，此指做出驚異的表情、神態。

⓯ 決撒：壞事。

其快如風。

【快活三】分明是你過犯，沒來由把我摧殘。教別人顛倒惡心煩。你不「慣」，誰曾「慣」？

右第五節。寫紅娘妙口，真是妙絕，輕輕只將其一個「慣」字劈面翻來，便成異樣撲跌。蓋下文鶯鶯之定不復動，正是遭其撲跌也。（不但一節只是一句，亦且一節只是一字。真可謂以少少許勝人多多許矣。）

（鶯鶯怒云）你到夫人行，卻出首誰來？鶯鶯又妙。

（紅云）我出首張生。紅娘又妙。

（鶯鶯做意云）紅娘，也罷，且饒他這一次。鶯鶯又妙。（紅云）小姐，怕不打下他下截來！紅娘又妙。

小姐休鬧，比及你對夫人說科，我將這簡帖兒，先到夫人行出首去⑯。紅娘眼快手快，其妙如此。

每讀此白，如聽小鳥開鳴，最足下酒也。

（鶯鶯云）我正不曾問你，張生病體如何？（紅云）我只不說。（鶯鶯云）紅娘，你便說咱！

【朝天子】近間面顏，瘦得實難看。不思量茶飯，怕動彈。

右第六節。正答張生病體。

⑯ 比及三句：句式同「與其……不如」。行，那裡。出首，自首，此指告發。

（鶯鶯云）請一位好太醫，看他證候⑰咱。（紅云）他也無甚證候，他自己說來。

我是曉夜將佳期盼，廢寢忘餐。黃昏清旦，望東牆淹淚眼。我這病患要安，只除是出點風流汗。此代張生語，故有二「我」字。

右第七節。旁答張生心事。（雖於盛怒後，不可又說，然此時不說，更待何時？行文又有得過便過之法，無用多作顧慮。）

（鶯鶯云）紅娘，早是你口穩⑱來，若別人知道呵，成何家法？今後他這般的言語，你再也休題。我和張生只是兄妹之情，有何別事？（紅云）是好話也呵。

【四邊靜】怕人家調犯⑲，早晚怕夫人行破綻，只是你我何安？又問甚他危難？他只擡掇⑳上竿，拔了梯兒看。

右第八節。索性暢然勸之，以不負張生之托。

（鶯鶯云）雖是我家虧他，他豈得如此？你將紙筆過來，我寫將去回他，著他下次休得這般。（紅云）

---

⑰證候：症候；疾病的症狀。證，通「症」。

⑱口穩：不傳閒話；不露風聲。

⑲調犯：譏諷；說閒話。

⑳擡掇：慫恿。

小姐，你寫甚的那？你何苦如此？（鶯鶯云）紅娘，你不知道。（寫科）（鶯鶯云）紅娘，你將去對他說，小姐遣看先生，乃兄妹之禮，非有他意。再一遭兒是這般呵，必告俺夫人知道。紅娘，和你小賤人，都有話說也！（紅云）小姐，你又來，這帖兒我不將去。你何苦如此？

（鶯鶯擲書地下云）這妮子好沒分曉！（鶯鶯下）

（紅娘拾書嘆云）咳，小姐，你將這箇性兒那裡使也！

【脫布衫】小孩兒口沒遮攔，一味的將言語摧殘。把似你使性子，休思量秀才，做多少好人家風範㉑。用筆真乃一鞭一條痕，一痕一條血，遂令舉世口是心非言清行濁之徒，誦之喫驚，固不祇是鶯鶯聞之無以自解也。

右第九節。自此以下四節，則紅娘持書出户，背過鶯鶯，自將心頭適纔所受惡氣，曲曲吐而出之也。此一節，重舉鶯鶯適纔盛怒之無禮也。

【小梁州】我為你夢裡成雙覺㉒後單，廢寢忘餐。羅衣不奈㉓五更寒，愁無限，寂寞淚闌

㉑ 把似三句：句式同「與其……還不如」。好人家，此指官宦人家。
㉒ 覺：睡覺醒來。
㉓ 不奈：不耐。奈，通「耐」。

乾㉔。

【換頭】似等辰勾㉕空把佳期盼。已上通為一句。我將角門兒更不牢栓，願你做夫妻無危難。細玩此句，乃透過一步法也，言我何止與之傳遞簡帖而已。你向筵席頭上整扮㉖，我做個縫了口的撮合山㉗。

右第十節。此一節，申言鶯鶯自於我無禮，乃我之知之實深，為之實切，我於鶯鶯誠乃不薄也。

【石榴花】你晚粧樓上杏花殘，七字寫盡三春時和。猶自怯衣單。看他妙筆妙墨，無中造有，造出如此二句，以反剔下文。卻令讀者於不意中，又別睹一位無愁鶯鶯，另是身分絕世。那一夜聽琴時，露重月明間，為甚向晚㉘不怕春寒？誦之口齒歷歷，鶯鶯誠何辯焉？幾乎險被先生饌㉙。用論語入妙。湯晦若㉚先生牡丹亭傳奇，杜麗娘拜師語曰「酒是先生饌，女為君子儒。」用論語入妙也。吾友斲山王先生，

㉔闌乾：縱橫散亂的樣子，此指淚流滿面。

㉕辰勾：辰星，一名勾星，是一種很不容易看到的星。

㉖整扮：妝扮整齊。

㉗縫了口句：不露聲色的媒人。撮合山，媒人。

㉘向晚：夜已深。

㉙幾乎險被句：語出論語為政：「有酒食，先生饌。」即有了酒飯，讓父母長輩吃。饌，飲食。此猶言「聽琴那晚幾乎被他到了手。」

文恪之文孫也。目盡數十萬卷，手盡數千萬金。今與聖嘆並復垂老，兩人相鄰如一日也。偶於舟中，時方九月，忽一女郎掉文曰：「何故此時則雀入大水化為蛤？」座中斗然未有以應也。先生信口答曰：「我亦不解汝家何故雀入大蛤皆化為水也？」一時滿舟喧然，至有翻酒濡首者。此真用禮記入妙也㉛。斲山讀盡三教㉜書，而不願以文名，傾家結客，而不望人報。有力如虎，而輕裘緩帶，趨走揚揚。繪染刻雕，吹竹彈絲，無技不精，而通夜以佛火蒲團作伴。今頭毛皚皚，而尚不失童心。瓶中未必有三日糧，而得錢猶以與客。彼視聖嘆為弟，聖嘆事之為兄，有過吳門者問之，無有兩人也。嗟乎，未知餘生尚復幾年，脫誠得並至百十歲，則吾兩人當不知作何等歡笑？如或不幸而溘然俱化，斯吾兩人便甘作微風淡煙，杳無餘迹。蓋斲山二十年前曾與聖嘆詩，早便及之，曰：「風雷半夜吳王墓，天地清秋伍相祠。一例冥冥誰不朽，早來把酒共論之。」今聖嘆亦是寒鳥啁啾，不忘故群，故時時一念及之，豈猶有意互相歡譽為榮名哉？**那其間豈不胡顏㉝？為他不酸不醋㉞風魔㉟漢，隔窗兒險化做望夫山㊱。**鶯鶯誠何辯焉？

㉚ 湯晦若：湯顯祖，號晦若。下引文見牡丹亭第五齣延師。

㉛ 用禮記入妙也：前記女郎掉文，稱「雀入大水化為蛤」，而禮記月令原文是「季秋之月，爵入大水為蛤。」一字之差，被斲山順勢發揮，引來滿舟喧然。

㉜ 三教：儒、道、佛三家。

㉝ 胡顏：羞愧；丟臉。

㉞ 不酸不醋：酸溜溜。

㉟ 風魔：風流著魔。

右第十一節。此一節，特恐寫鶯鶯不承，故舉聽琴一夜以實之。（上文鶯鶯問張生病體，紅娘卻敢便及他言者，亦為胸中有聽琴一夜故也。）

【鬥鵪鶉】你既用心兒撥雨撩雲，我便好意兒傳書遞簡。承上文便咬定聽琴一夜，猶言是以來也。不肯搜㊲自己狂為，聽琴一夜也。只待覓別人破綻。簡帖也。受艾焙，我權時忍這番㊳。妙，妙！怨毒之極。半吞不吐，便有授記後日之意。今便請問紅娘：「卿權忍這番之後，將欲如何？」真寫盡女兒慧心毒心也。暢好是奸㊴！對別人巧語花言，背地裡愁眉淚眼。上「艾焙」句，語氣已畢；此又畢而復起，便活寫怨毒之極。說之不盡，因而又說，總是摹神之極筆。

右第十二節。此一節，咬定聽琴一夜，以明簡帖之所自來。而鶯鶯猶謂人在夢，然則鶯鶯真在夢耶？寫紅娘理明辭暢，心頭惡氣無不畢吐，真乃快活死人也。

俺若不去來，道俺違拗他。張生又等俺回話，只得再到書房。（推門科）

㊱ 望夫山：也稱望夫石。相傳妻子望夫，久而化為山（石）。各地有關記載頗多。此為紅娘譏鶯鶯隔窗聽琴，竚立良久，差點化為望夫山。

㊲ 搜：反省；承認。

㊳ 受艾焙兩句：意為此番我受責備，權且忍住。

㊴ 暢好是奸：意為太奸詐了。

（張生上云）紅娘姐來了，簡帖兒如何？（紅云）不濟事了，先生休傻。（張生云）小生簡帖兒是一道會親的符籙，只是紅娘姐不肯用心，故致如此。（紅云）是我不用心？哦，先生，頭上有天哩！你那簡簡帖兒裡面好聽也！

【上小樓】這是先生命慳[40]，不是紅娘違慢。那的做了你的招伏，他的勾頭，我的公案[41]。若不覷面顏[42]，廝顧盼[43]，擔饒[44]輕慢，爭些兒[45]把奴拖犯[46]。若出他人庸筆，此時紅娘安有不便出鶯鶯回簡者？今看其默然袖起，恰似忘之者然，妙絕！

右第十三節。自此以下四節，則紅娘見張生且不出回簡，先與盡情覆絕之。此覆其去簡已成禍本，不應更問也。

【後】從今後我相會少，你見面難。斗然險語，妙絕，妙絕！蓋張生方思得見鶯鶯，而此云尚將不復得

---

40 命慳：命薄。

41 做了你的三句：意為你的簡帖兒惹出麻煩了。招伏，犯罪人的供詞。勾頭，拘捕人的公文。公案，案件。

42 覷面顏：猶言「看在你的面上」。覷，看。面顏，臉面。

43 廝顧盼：互相關照，留情面。廝，互相。

44 擔饒：寬恕。

45 爭些兒：差點兒。

46 拖犯：牽連；連累。

見紅娘也，不顧驚死人！月暗西廂，便如鳳去秦樓47，雲斂巫山48。絕妙好辭。又如口中吪而出之。你也趉49，我也趉，請先生休訕50，早尋個酒闌人散。西廂後半，不知凡有若干錦片姻緣，而於此忽作如是大決撒語。文章家最喜大起大落之筆，如此真稱奇妙絕世也！

右第十四節。覆其此後連紅娘亦不復更來。使我讀之，分明臘月三十夜，聽樓子和尚高唱「你既無心我亦休」之句，唬嚇死人，快活死人也。細思作西廂記人，亦無過一種筆墨，如何便寫成如此般文字，使我讀之通身抖擻，骨節盡變。聞古人有痁疾51大發，神換其齒者，有如此般文字得讀，便更不須痁疾發也。（最苦是子弟作文粘皮帶骨，我以此跳脫之文藥之。）

只此，二字妙絕！便如方士所云：海中仙山，理不可到，船有欲近者，風輒吹還之52。今下文正如海中仙山，此二字便如風之吹斷之也。足下再也不必伸訴肺腑。加一句，妙，妙！雖成連先生置伯牙於海島，其鴻洞杳冥，亦不過是矣。怕夫人尋我，我回去也。再加一句，妙，妙！莊生云：送君者皆自崖而返53。真乃淚迸

---

47 鳳去秦樓：鳳凰離開秦樓，此用蕭史弄玉典故。

48 雲斂巫山：巫山的雲消失了。此用楚王與巫山神女典故。

49 趉：走開。

50 訕：此指羞慚。

51 痁疾：瘧疾。痁，音ㄕㄢ。

52 海中仙山四句：秦時方士徐福等稱海中有三神山。船不可近。語出史記秦始皇本紀及正義。

腸絕之筆。

西廂白，其妙至此，數之只得三句，察之只得一句，又察之只得二字。乃我讀之，便如立千丈岡，臨不測谿，足又逡巡二分垂外。真幾乎欲哭出來也。（看他竟不出回簡。）

（張生云）紅娘姐！（定科）妙，妙。摹神極筆。

（良久，張生哭云）紅娘姐，你一去呵，更望誰與小生分剖？此哭結上文。

（張生跪云）紅娘姐，紅娘姐，你是必做箇道理，方可救得小生一命！此跪起下文。

看其袖中回簡，不惟前不便出，至此猶不便出也。豈真忘之哉？正是盡情盡意作此大決撒之筆，至於險絕斗絕矣。然後趁勢一落，別開奇境。文章至此，能事又畢也。（傖讀此等白，便學一副涎臉，東塗西寫，無不哭者，無不跪者，我每見而痛罵焉。嗟乎！亦嘗細察張生此哭此跪，悉是已上已下妙文之落處乎？只因不出回簡，故有張生此哭，哭以結上文之奇妙也。乃至今猶不肯出，故有張生此跪，跪以逼下文之奇妙也。夫張生一哭一跪，乃是結上逼下，非如傖所寫涎臉也。）

先生你是讀書才子，豈不知此意？

【滿庭芳】你休呆裡撒奸54。你待恩情美滿，苦我骨肉摧殘。他只少手掿棍兒摩娑看，

53 莊生云二句：莊子原文為「送君者至崖而返，君其自此遠矣！」

54 呆裡撒奸：表面癡呆，內心奸詐。

我粗麻線怎過針關[55]**？**絕妙好辭，如吮而出。**定要我拄著拐幫閒鑽懶**[56]**，縫合口送暖偷寒**[57]**。前已是踏著犯**[58]**！**絕妙好辭，使人失笑。凡能使人失笑文字，悉是刳心瀝血而出，莫容易讀過古人文字也。

右第十五節。袖中回簡，不惟來時不便取出，頃且欲去矣，猶不便取出。直至今欲去不去，又立住矣，猶不便取出也。行文如張勁弩，務盡其勢，至於幾幾欲絕，然後方肯縱而舍之。真恣心恣意之筆也。

（張生跪不起，哭云）小生更無別路，一條性命都只在紅娘姐身上。紅娘姐！

我又禁不起你甜話兒熱趲[59]**。好教我左右做人難。**反作此語，然後落下，筆勢真如春蛇之矯矯然。

我沒來由只管分說，方始落下。我回視前文，真如「群山萬壑赴荊門」[60]矣。小姐回你的書，你自看者。

（遞書科）

右第十六節。欲覆絕之，直至終不得覆絕之，夫然後方始出其袖中書，使自絕之。而不意峰迴嶺變，

---

55 針關：穿線的針孔。
56 幫閒鑽懶：替旁人出力。此指為張生傳情。
57 送暖偷寒：指男女間傳遞消息。
58 踏著犯：中了圈套。
59 熱趲：急切地催促。
60 群山句：語出杜甫詩詠懷古跡其三。

又起奇觀。

（張生拆書，讀畢，起立笑云）呀！紅娘姐！（又讀畢云）紅娘姐，今日有這場喜事！（又讀畢云）早知小姐書至，理合應接，接待不及，切勿見罪。紅娘姐，和你也歡喜。（紅云）卻是怎麼？（張生笑云）小姐罵我都是假，書中之意，「哩也波哩也囉」61哩！（紅云）怎麼？（張生云）書中約我今夜花園裡去。（紅云）約你花園裡去怎麼？（張生云）約我後花園裡去相會。（紅云）相會怎麼？（張生笑云）紅娘姐，你道相會怎麼哩？（紅云）我只不信。（張生云）不信由你。（紅云）你試讀與我聽。（張生云）是五言詩四句哩，妙也！「待月西廂下，迎風戶半開。拂牆花影動，疑是玉人來。」紅娘姐，你不信？（紅云）此是甚麼解？（張生云）有甚麼解？（紅云）我真箇不解。（張生云）我便解波：「待月西廂下」，著我待月上而來。「迎風戶半開」，他開門等我。「拂牆花影動」，著我跳過牆來。「疑是玉人來」，這句沒有解，是說我至矣。（紅云）真箇如此解？（張生云）不是這般解，紅娘姐你來解。不敢欺紅娘姐，小生乃猜詩謎的社家62，風流隋何63，浪子陸賈。不是這般解，怎解？（紅云）真箇如此寫？（張生云）現在。（紅定科，良久）（張生又讀科）（紅云）真箇如此寫？（張生笑云）紅娘姐，好笑也。如今現在。（紅怒云）你看我小姐，原來在我行使乖道兒！

61 哩也波句：順口胡謅語，無確切含義。一說為男女合歡之諱詞。

62 社家：行家。

63 隋何：與下文「陸賈」同為漢高祖謀士，長於說辭，但兩人均非風流浪子。

或云「春枝小鳥，雙雙鬥口」，卻不是小鳥鬥口64。或云「深院迴風，晴雪亂舞」，卻不是風迴雪舞。或云「花拳繡腿，少年短打」，卻不是花繡短打。或云「鳴琴將終，隨指泛音」，卻不是琴終泛音。我細察之，一片純是光影，一片純是遊戲，一片純是白淨，一片純是開悟。維摩詰65室中，天女變舍利弗66，一時不知所云。我於此文不知所云。香嚴大師67至脫然撒手時，遙望溈山，連說頌曰：「去年貧，未是貧；今年貧，真是貧。去年貧，無立錐之地；今年貧，錐也無。」我於此文「錐也無」。文殊室利菩薩選二十五位圓通68，拔取觀世音為狀元第一。我於此文如觀世音幸得第一。趙州和尚被人問：「二龍戲珠，誰是得者？」州云：「老僧單管著。」我於此文「單管著」。南泉王老師69指庭前牡丹花，謂陸亘曰：「大夫，時人看此花，如夢相似。」我於此文如夢相似。（斲山云：「聖嘆自論文，非論禪也。」）

64 或云三句：懷永堂本無此三句，今從樓外樓本補入。

65 維摩詰：釋迦同時人，簡稱維摩。其義為淨名。唐代詩人王維字摩詰，其源即此。天女之事，見維摩詰經觀眾生品。

66 舍利弗：佛大弟子。

67 香嚴大師：唐代禪師香嚴智閑，是溈仰宗祖師溈山靈祐禪子的弟子，謚襲燈大師。引文出自景德傳燈錄。

68 圓通：佛教語。圓即性體周徧，通即妙用無礙。文殊讓二十五名大師各述圓通之理，最後以觀音之論為上，故觀音又稱圓通大師。事見楞嚴經。

69 南泉王老師：唐代禪師普願，俗姓王，居池州南泉山，師承南宗禪師馬祖，自稱王老師。

【耍孩兒】幾曾見寄書的顛倒瞞著魚雁(70)？奇奇妙妙。自從盤古直至今朝，真並無此事也，亦並無此文也。小則小，只三字，寫盡怨毒不可言。心腸兒轉關(71)，教你跳東牆(72)，女字邊干(73)。避此字不雅馴，故拆之。乃續之四篇，遂謂紅娘專工拆字，一何可笑。原來五言包得三更棗(74)，四句埋將九里山(75)。你赤緊將人慢(76)，你要會雲雨鬧中取靜，卻教我寄音書忙裡偷閒。真乃於情於理，欲殺欲割，不可得解也。氣死紅娘也。

右第十七節。前惱尚不可說，今惱真不可說不可說也。前惱紅娘幾欲哭，今惱紅娘反欲笑也。於虛空中駕構樓閣，舊聞其語，今見其事矣。

【四煞】紙光明玉版，字香漬麝蘭，行兒邊湮透非嬌汗？是他一緘情淚紅猶濕，滿紙春

---

(70) 幾曾見句：意為何曾見可寄信的人反倒瞞著傳信的人。魚雁，此比喻傳信之人。
(71) 轉關：繞彎子。
(72) 跳東牆：孟子告子：「逾東家牆而摟其處子則得妻；不摟則弗得也。」此暗指其事。
(73) 女字邊干：即「奸」字。
(74) 三更棗：隱語，即「三更早」，此代指約會。相傳五祖傳法時，給六祖三粒粳米一枚棗，六祖悟出是要他三更早來。
(75) 九里山：漢韓信十面埋伏擊敗項羽之地。此指設下圈套。
(76) 慢：此指隱瞞。

愁墨未乾。從來「嬌汗」字、「紅淚」字、「春愁」字俱入麗句，填成妙辭。此獨作極鄙極醜字用，所以痛詆鶯鶯，自抒憤懣也。**我也休疑難，放著箇玉堂學士，任從你金雀鴉鬟[77]。**妙，妙，妙絕！

右第十八節。忽取其簡痛詆之，蓋一肚憤懣，搔爬不得也。

【三煞】將他來別樣親，把俺來取次看[78]。「將他來」、「把俺來」，掂斤播兩，誠然怨毒。**是幾時孟光接了梁鴻案[79]？**妙，妙，妙絕！昨夫人賴婚，本是恨事，至此日反成紅娘心頭快意，口頭快語。**將他來甜言媚你三冬暖[80]，把俺來惡語傷人六月寒[81]。今日為頭看[82]，看你箇離魂倩女，怎生的擲果潘安[83]？**妙，妙，妙絕！

右第十九節。佛言：欲過彼岸，而於中間撤其橋梁，無有是處。今鶯鶯方思江皋解佩[84]，而忽欲中

---

[77] 金雀鴉鬟：金簪黑髮。此指鶯鶯。語出唐李紳詩鶯鶯歌：「金雀鴉鬟年十七。」

[78] 取次看：輕視；小看。

[79] 孟光句：事見後漢書梁鴻傳：「(梁鴻)歸，妻(孟光)具食，不敢於鴻前仰視，舉案齊眉。」表示夫妻相敬如賓。案，有腳的托盤。此譏鶯鶯反過來主動接納張生。

[80] 三冬暖：三冬嚴寒都覺得溫暖。

[81] 六月寒：六月酷暑都覺得心寒。

[82] 為頭看：從頭看。

[83] 擲果潘安：潘安每出行，女子朝其投菓子以表羨慕。此以潘安借指張生。

廢靈修[85]，此真大失算也。觀〔四煞〕云：「放著玉堂學士，任從金雀鴉鬟」，蓋云不復援手，此已不可禁當。今〔三煞〕云：「看你離魂倩女，怎生擲果潘安」，則是乃至欲以惡眼注射之。危哉鶯鶯，真有何法得出紅娘圈禬哉？史公嘗云「怨毒於人實甚[86]」，此最寫得出來。

（張生云）只是小生讀書人，怎生跳得花園牆過？

【二煞】拂牆花又低，迎風戶半拴，偷香手段今番按[87]。你怕牆高怎把龍門跳？嫌花密難將仙桂攀。疾忙去，休辭憚。惡語痛詆。他望穿了盈盈秋水，蹙損了淡淡春山[88]。「秋水」、「春山」，從來亦作麗字，填入妙句，此亦是醜辭痛詆之也。

右第二十節。乃至為勸駕之辭，此豈慫恿張生，正是痛詆鶯鶯。蓋惡罵醜言，遂至不復少惜。史公嘗言「怨毒於人實甚」，此最寫得出來也。嘗聞大怒後不得作簡者，多恐餘氣未降，措語尚激也。然

---

84 江皐解佩：事見列仙傳：江妃二女遊於江漢之濱，遇鄭交甫。交甫見而悅之，不知其神人也，下請其佩。二女解佩與交甫。交甫悅受而懷之。皐，岸。佩，身上佩帶的飾物。此喻鶯鶯決意與張生結好。

85 靈修：疑為「蹇修」之誤。楚辭離騷：「解佩纕以結言兮，吾令蹇修以為理。」蹇修，媒人或傳遞消息的人，此指紅娘。

86 怨毒句：語出司馬遷報任少卿書。

87 按：驗證。

88 春山：比喻美女的眉毛。

則不怒時欲作激氣語，此亦決不可得也。今作西廂記人，吾不審其胸前有何大怒耶？又何其毒心𠰻，毒眼射，毒手揮，毒口噴，百千萬毒，一至於是也？

（張生云）小生曾見花園，已經兩遭。

【煞尾】雖是去兩遭，敢不如這番。你當初隔牆酬和都胡侃89，證果90是他今朝這一簡。

右第二十一節。曾記吳歌之半云：「故老舊人盡說郎偷姐，如今是新翻世界姐偷郎。」此真清新之句也，然實不知西廂先有之。蓋紅娘怨毒鶯鶯，詆之無所不至，因謂張生：汝偷不如他偷。夫至謂張生猶不必如鶯鶯，而鶯鶯之為鶯鶯竟何如哉？怨毒於人，史公嘗言實甚，此真寫得出來也。

（紅娘下）

（張生云）嘆萬事自有分定。適纔紅娘來，千不歡喜，萬不歡喜，誰想小姐有此一場好事。小生實是猜詩謎的社家，風流隋何，浪子陸賈，此四句詩，不是這般解，又怎解？「待月西廂下」，是必須待得月上。「迎風戶半開」，門方開了。「拂牆花影動，疑是玉人來」，牆上有花影，小生方好去。今日這頹91天，偏百般的難得晚。天那，你有萬物於人，何苦爭此一日？疾下去波！快書快友快談論，不覺開西

---

89 胡侃：信口胡說；瞎胡調。

90 證果：佛教稱修行成功，悟入妙道為得證果，此喻好事成就。

91 頹：粗話，指陽具。

立又昏。今日碧桃花有約，鰾膠黏了又生根。呀，纔向午也，再等一等。又看咱，今日百般的難得下去呵！空青萬里無雲，悠然扇作微薰。何處縮天有術？便教逐日西沉。呀，初倒西也，再等一等咱。誰將三足烏㉒，來向天上閣？安得后羿㉓弓，射此一輪落！謝天謝地，日光菩薩，你也有下去之日。呀，卻早上燈也！呀，卻早發擂也！呀，卻早撞鐘也！拽上書房門，到得那裡，手挽著垂楊，滴溜撲碌跳過牆去，抱住小姐。咦，小姐，我只替你愁哩。二十顆珠藏簡帖，三千年果在花園。（張生下）餘文猶用爾許全力，益信古人思以筆墨流傳後世，真非小可之事也。普天下才子念之哉。末二句，真正絕妙好辭！

㉒ 三足烏：指太陽。相傳日中有三足之烏。
㉓ 后羿：神話人物。相傳堯時十日併出，焦禾稼，殺草木，民無所食。后羿奉堯之命，射落九日。

三之三　賴簡

文章之妙，無過曲折。誠得百曲千曲萬曲、百折千折萬折之文，我縱心尋其起盡以自容與其間，斯真天下之至樂也。何言之？我為雙文賴簡之一篇言之。夫雙文之於張生，其可謂至矣。獨驚艷之一日，張生自見雙文，雙文或未見張生耳。過此以往，我親睹其酬韻之夜，絕歎清才；既又觀其鬧齋之日，極賞神俊。此其胸中一片珠玉之心，真於隔牆乃不啻如鈎鎖綿纏，而況無何又重之以破賊，而況無何又重之以賴婚。此誠不得一屏人之地，與之私一握手，低一致問也。誠得一屏人之地，與之私一握手，低一致問，此其時，此其際，我亦以世間兒女之心，平斷世間兒女之事，古今人其未相遠，即亦何待必至於酬簡之夕，而後乃令微聞薌澤❶哉？何則？感其才，一也；感其容，二也；感其恩，三也；感其怨，四也。以彼極嬌小、極聰慧、極淳厚之一寸之心，而一時容此多感，其必萬萬無已而不自覺忽然溢而至於閑之外焉。此亦人之恆情恆理，無足為多怪也。夫然則紅娘以聽琴走覆，而張生以折簡為寄，我謂雙文此日，真如天邊朵雲，忽墮纖手，其驚其喜，快不可喻，固其所耳。即如之何而忽大怒？果大怒矣，何不閉關絕客，命紅娘胥疏❷前庭，與之杳不復通？即如之何而復以手書回之，而書中又皆鄙靡之辭，而致張生惑之，而至於感悅驚厖❸，而後始以端服儼容

❶ 薌澤：同「香澤」。香氣。
❷ 胥疏：疏遠。

大數責之，而後拒之？如是者，我甚惑焉。如曰：「相國之女也，春風之所未得吹，春日之所未得曬也。不祥之言，胡為來哉！是安得不驚？驚矣，安得不怒？」則夫張生之簡之於雙文，其非「胡為之來」也明甚。此紅娘於前夜聽琴之隔窗，而實親聞之者也。如曰：「聽琴之隔窗之眷眷於張生也，內戢其恩也，外慚其負也。人實肉骨❹予，而道旁置之，我何以為心？若其忽以不祥之言來加於我，則是無禮於我。無禮於我，則是以亂易亂也，其相去也真幾何矣，是安得而不怒？」則我以為誠怒之而不能復與顧之，則執書以鳴於高堂，先痛懲其不令之婢，而復厚酬以立遣之，彼必亦以醜辭之唐突也，而不能以靦顏更留，此其策之上也。若猶未忍其德也者，則毀書，而搶閨薄治其婢，而其事則且容隱而寢擱之。詩亦有之，「無忘大德而思小怨❺」，此亦策之萬無奈何者也。如之何而顧乃有復寄手書之事？如曰：「必欲數之，則能絕之；不數之，其終未必能絕之。必欲面數之，則能絕之；不面數之，彼婢之肯為彼持書以來者，必不肯為我痛切而陳也。」則天下固無中表之兄，又屬異派，又新有其婚姻之言，又其間連日正多參差，又彼方以淫泆之語來相勾引，而我則反復招之夤夜深入，以受我之面數者也。且語有之曰：「言為心聲。」我今觀其盛怒之時，而又能為婉麗之章，其聲嘽以緩，是果為何心之所感哉？抑我徒以人之無禮，故不得不一數之焉耳。而今我則命

---

❸ 感帨驚尨：偷入婦女所居之地。詩召南野有死麕：「無感我帨兮，無使尨也吠。」帨，佩巾。尨，音ㄆㄤˊ。通「尨」。多毛狗。

❹ 肉骨：使骨上再生肌肉。比喻別人有恩於我。

❺ 無忘大德句：語出詩小雅穀風：「忘我大德，思我小怨。」

之踰牆以入以就數，數畢而仍命之踰牆以出以改過。天下之有禮，又新有如是之事乎哉？曰：「然則雙文之有是舉也，其奈何？」曰：雙文，天下之至尊貴女子也；雙文，天下之至有情女子也；雙文，天下之至靈慧女子也；雙文，天下之至矜尚女子也。雙文，先以尊貴之故，而於大族所有之群從兄弟，以至戚黨僚吏之間之所往來，而既見之夥矣。如昔王氏所稱阿大、中郎，封、胡、羯、末之徒❻，是即不無一二，然初未有如張生其人焉者。一旦忽睹天壤之間，而又有張生其人，此其照眼動心，方極不可奈何。誠亦何意出於慈母之口，入於嬌女之耳，即又宛然「同車攜手，從心適願」之言也乎？此天為之？為人為之？此時雙文有情，真將梳新髻，試新裙，唧唧消息，已謂旦暮佳期。蓋自古至今，女兒之快，無有更快於雙文者。而忽然開宴，而忽然賴婚，此則何為也？此真不必張生之以簡來也，即使張生讀書學禮，過為拘謹，終亦不以簡來，而雙文實且欲以簡往。我於何知之？我於聽琴之夜知之。不聞其有〔綿搭絮〕之辭曰：「一層紅紙，幾眼疏櫺；又不隔雲山萬重，怎得人來信息通？」此豈非欲寄簡之言哉？抑不寧惟是而已，前此猶為初酬韻之後，未許婚之前也，不聞其有〔鵲踏枝〕之辭曰：「兩首新詩，一段迴文，誰做針兒將線引，向東鄰通一般勤。」此豈非欲寄簡之言哉？夫雙文而方將自欲寄簡，而適猶未及，然則其於張生今日之簡之寄，是最樂也。是日夜之所望，而不得見也。是開而讀，讀而捲，捲而又開，開而又捲，至於紙敝字滅，猶不能以釋

❻ 如昔王氏兩句：據世說新語賢媛，王凝之的妻子謝道韞稱其家「一門叔父則有阿大、中郎，群從兄弟則有封、胡、羯、末。」阿大，或說指謝安。中郎，或說指謝據。封、胡、羯、末，謝道韞同族兄弟謝韶、謝淵等人的小名。

然於手者也。其如之何而有勃然大怒之事？夫雙文之勃然大怒，則又雙文之靈慧為之也。其心以為張生真天下之才子，夫使張生非真天下之才子，而我奈之何於彼乎傾倒則至於如是之甚哉！然而其心默又以為身為相國千金貴女，其未可以才子之故，而一時傾倒遂至於是也。即我自以才子之故，而一時傾倒不免遂至於是，其未可令餘一人得聞我則遂至於是也。是故雙文之欲簡張生，何止一日之心，然而目顧紅娘，則遂已焉。又目顧紅娘，則又遂已焉。乃至屢屢目顧紅娘，則屢屢皆遂已焉。此無他，天下亦惟有我之心，則張生之心也。張生之心，則我之心也。若夫紅娘之心則何故而能為張生之心？紅娘之心，既無故而不能為張生之心，然則紅娘之心，何故而能為我之心？故夫雙文之久欲寄簡，而終於紅娘難之者，彼誠不欲以兩人一心之心，旁吐於別自一心之人也。故夫雙文之久欲寄簡，而獨於紅娘碍之者，彼誠不欲令竊窺兩人之人，忽地得其間一人之心也。無何一朝而深閨之中，粧盒之側，而宛然簡在，此則非紅娘為之而誰為之？夫紅娘而既為之，則是張生而既言之矣。夫張生而既言之，則是張生不惜於紅娘之前，遂取我而罄盡言之矣。我固疑之也，其歸而如行不行以行也，如笑不笑以笑也，如言不言以言也。昔曾未敢彈帳，而今舒手而彈也；昔曾未敢偷看，而今揭簾而看也；昔曾未敢於我乎輕言，而今儼然謂我懶懶也。凡此悉是張生罄盡言之之後之態，甚明明也。夫以我為千金貴人，下臨一小弱青衣，顧獨不能遂示之以我之心哉？我亦徒以此態之不可以堪，故且自忍而直至於今日。至於今日，而不謂此小弱青衣，乃遂敢以至是。然則我寧於張生焉便付決絕，都無不可，我其誰能以千金貴人，而顧甘心於是也耶？蓋雙文之天性矜尚，又有如此。然而其於張生，則必不能以真遂付之決絕也。豈惟不能付之決絕而已，乃至必不能以更遲一日二日不見之也。取筆力疾而書之，而題之，而封之，而手自授之，謾之曰：「我欲其勿更出此。」則固並非欲其不更出此者也。其詩具在，詩曰：「待月西廂下，迎風戶半開。拂牆花影動，疑是玉人來。」欲人勿更出此，則其語固當如是者乎？且一詩之不足，而又有其題，題曰：「月明三五夜。」欲人勿更出此，則固當詩之不足，而又題之者乎？蓋雙文有情，則既謂人之有情皆如我也。而雙文靈慧，則又謂人之靈慧皆如我也。夫我之大怒，頃者實惟不可向邇，我則計紅娘是必訴之者也。又我授書之言，頃者實惟致再致三囑云：「勿更出此。」我則又計紅娘是必又述之者也。夫張生而知我之大怒至於不可向邇且如此，又聞我授書之言，致再致三囑云：「勿更出此。」又如此，然則啟書而讀，而又見其中云云。我意其驟焉雖驚，少焉雖疑，姑再思焉，其誰有不快然大悟也者？夫張生快然大悟，而疾捲書而袖之，更多詭作咨嗟而漫付之，敬謝紅娘而遣還之，然後或坐或臥而徐待之，待至深更而悄焉赴之。彼為天下才子，何至獨不能作三翻手，三豎指，如崔千牛之於紅綃妓之事哉❼？今也不然。更未深，人未靜，我方燒香，紅娘方在側，而突如一人則已至前。夫更未深，人未靜，我方燒香，紅娘方在側，而突如一人則已至前，則是又取我詩於紅娘前不惜罄盡而言之也。此真雙文之所決不料也，此真雙文之所決不肯也，此真雙文之所決不能以少耐也。蓋雙文之尊貴矜尚，其天性既有如此，則終不得而或以少貶損也。由斯以言，而鬧簡豈雙文之心，而賴簡尤豈雙文之心？

❼「何至」三句：事見唐裴鉶傳奇崑崙奴，有崔生者，時為千牛（禁衛之官），於朝中大老家，偶識身穿紅綃衣之妓，臨別，妓立三指，又三翻掌，然後指胸前小鏡子，云「記取！」暗示崔千牛於十五日月圓之夜至大老家十院歌妓中第三院相會。崔千牛在崑崙奴幫助下，果然竊妓而出。

而讀西廂者不察，而總漫然置之。夫天下百曲千曲萬曲、百折千折萬折之文，即孰有過於西廂賴簡之一篇，而奈何不縱心尋其起盡，以自容與其間也哉？（西廂如此寫雙文，便真是不慣此事女兒也。夫天下安有既約張生，而尚瞞紅娘者哉？真寫盡又嬌稚、又矜貴、又多情、又靈慧千金女兒，不是洛陽對門女兒也。）

（紅娘上云）今日小姐著俺寄書與張生，當面偌多假意兒，詩內卻暗約著他來。小姐既不對俺說，俺也不要說破他，只請他燒香，看他到其間怎生瞞俺？

（紅娘請云）小姐，俺燒香去來。（鶯鶯上云）花香重疊晚風細，庭院深沉早月明。

【雙調・新水令】（紅娘唱）晚風寒峭透窗紗，從閨中行出來，未開窗也。控金鉤繡簾不掛。方開窗見簾垂也。門闌凝暮靄，臨階正望也。樓閣抹殘霞。下階回望也。恰對菱花❽，樓上晚粧罷。已上四句皆寫景，然景中則有人，此一句寫人，然人中又有景也。吾吳唐伯虎❾寫雙文小影，貴如拱璧，又豈能有如是之妙麗？

右第一節。寫雙文乍從閨中行出來。前篇〔粉蝶兒〕是紅娘從外行入閨中來，故先寫簾外之風，次寫窗內之香。此是雙文從內行出閨外來，故先寫深閉之窗，次寫不捲之簾。夫簾之與窗，只爭一層

❽ 菱花：銅鏡子。
❾ 唐伯虎：唐寅，明書畫家。吳縣人。

內外，而必不得錯寫者，此非作者筆墨之精緻而已，正即觀世音菩薩經所云：應以閨中女兒身得度者，即現閨中女兒身而為說法。蓋作者當提筆臨紙之時，真遂現身於雙文閨中也。

【駐馬聽】不近喧譁，嫩綠池塘藏睡鴨。想見雙文低頭而行。自然幽雅，淡黃楊柳帶棲鴉。想見雙文抬頭而行。金蓮蹴損牡丹芽，想見雙文一直而行。玉簪兒抓住荼蘼架。想見雙文回顧而行。草苔徑滑，露珠兒濕透凌波襪。想見雙文行而忽停，停而又行也。妙絕！

右第二節。寫雙文漸漸行出花園來。是好園亭，是好夜色，是好女兒。是境中人，是人中境，是境中情。寫來色色都有，色色入妙。

俺看我小姐和張生，巴不得到晚哩。正說小姐，帶說張生。其妙可想。

【喬牌兒】自從那日初時，何太早些，寫成一笑。想月華，捱一刻似一夏。見柳稍斜日遲遲下，自從日初，以至日斜，可謂遙矣，而必又於「柳稍」下「遲遲」字者，莊生固云：適百里者半九十也❿。道好教賢聖打⓫。

右第三節。已行至花園矣，更無可寫，遂復追寫其未來花園時。問：「此未來花園時語，亦得先寫

---

❿ 適百里句：意為走了九十里，還只相當於百里路的一半。語見國策秦策五引古詩。

⓫ 道好句：意為那斜日遲遲不落，該叫為日駕車的神仙羲和將它打下。賢聖，指羲和。

在前耶？」答曰：「不得先寫在前也。夫先寫在前，則必累墜筆墨。從所謂日初時，鶯鶯便千吁萬嗟，又安得泠泠然有上〔新水令〕之輕筆妙辭哉？」

【攪箏琶】打扮得身子兒乍⑫，準備來雲雨會巫峽⑬。西廂最淫是此二句。**為那燕侶鶯儔⑭，扯殺心猿意馬。**

右第四節。上忽振筆寫至未來花園以前，此仍轉筆寫入花園來也。

他水米不沾牙，越越的閉月羞花。「水米不沾」，則似有情，「閉月羞花」，則又似無情。只二句，寫盡紅娘賊。**真假，**妙，妙！夫真耶？則胡為越越豐艷？假耶？則又胡為水米不沾牙哉？**這其間性兒難按捺⑮，**分明從前篇毒心中生出毒眼來也。**我一地胡拿⑯。**言亦更不反覆相猜，只待下文做出便見也。

右第五節。此節之妙，莫可以言。據文乃是紅娘描畫雙文，而細察文外之意，卻是作西廂記人描畫紅娘也。蓋作西廂記人，細思紅娘從上篇來，此其心頭雖說一半全是怨毒，然亦一半畢竟還是狐疑。

---

⑫ 乍：漂亮。

⑬ 雲雨會巫峽：用巫山神女與楚王典故。

⑭ 燕侶鶯儔：夫妻相伴，和諧美滿。燕、鶯喜雙棲，常用以比喻夫妻。侶、儔，伴侶。

⑮ 按捺：控制。

⑯ 一地胡拿：一味地胡鬧。

豈有昨日於我紮起面皮，既已至於此極，而今夜攜我並行，忽然又有他事者？我亦獨不解張生所誦之詩，則何故而明明又若有其事耳。只此一點委決不下，自不免有無數猜測。然而此時又用直筆反復再寫，則彼紅娘於上篇，已不啻作數十反復者，今至此篇猶尚呶呶不休，豈不可厭之極也。今看其輕輕只換作雙文身上，左推右敲，似真還假，一樣用筆，而別樣用墨。文章乃如具茨之山，便使七聖入之皆迷⑰，真異事也。

小姐，這湖山下立地，我閉了角門兒，怕有人聽咱說話。一面是打探，一面是抽身。（紅娘瞧門外科）（張生上云）此時正好過去也。（張生瞧門內科）

【沉醉東風】是槐影風搖暮鴉，斲山云：「從來只謂人有魂，今而後知文亦有魂也。如此句七字，乃是下句七字之魂，被妙筆文人攝出來也。」是玉人帽側烏紗。

右第六節。槐影、烏紗，寫張生來，卻作兩句。只寫兩句，卻有三事。何謂三事？紅娘喫驚，一也；張生膽怯，二也；月色迷離，三也。妙絕，妙絕！

你且潛身曲檻邊，他今背立湖山下。

---

⑰ 文章乃如兩句：語出莊子徐无鬼，黃帝去具茨山見賢人大槐，結果同行的七位聖賢都迷失了方向，找不到問路的地方。

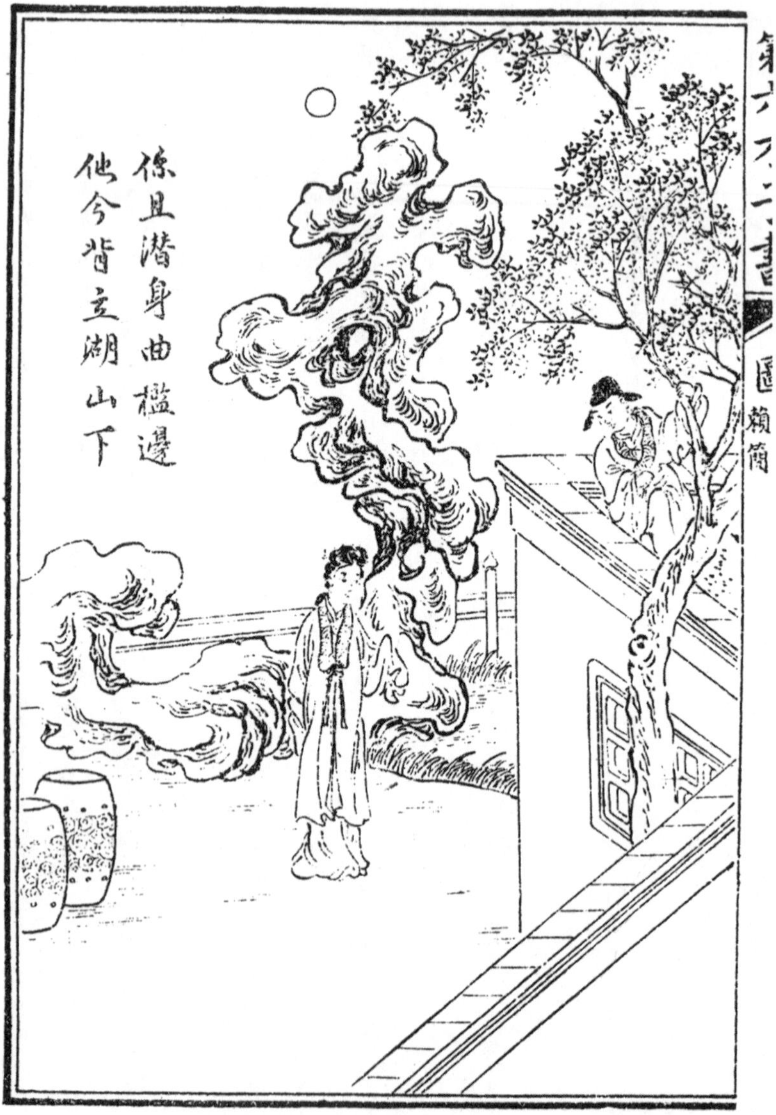
倸且潛身曲檻邊
他今背立湖山下
賴簡

右第七節。妙絕，妙絕！昨與一友初看，謂此句是紅娘放好張生。此友人便大賞歎，謂真是妙事妙人，妙情妙態也。今日聖歎偶爾又復細看，卻悟此句乃是紅娘放好自家。蓋昨日祇因一簡，便受無邊毒害，今若適來關門，而反放入一人，安保雙文變詐多端，不又將捉生替死，別起波瀾乎？故因特命張生且復少停，得張生少停而紅娘蚤已抽身遠去，便如聳身雲端，看人廝殺者，成敗總不相干矣。諺云：「千年被蛇咬，萬年怕麻繩。」真是寫絕紅娘也！（瞧門而紅娘不在雙文邊，且停而紅娘又不在張生邊。紅娘賊哉！）

那裡敘寒溫打話。

（張生摟紅娘云）我的小姐！（紅云）是俺也。早是差到俺，若差到夫人，怎了也？癡句，妙句，得未曾有。

便做道⑱摟得慌，也索⑲覷咱，多管是餓得你窮神眼花。

我且問你，真箇著你來麼？妙，妙！此方是紅娘也。世間俗筆，不寫到也。（張生云）小生是猜詩謎社家，風流隋何，浪子陸賈，準定扢扢幫⑳便倒地。妙，妙！偏要又寫一遍。

右第八節。紅娘安插張生，而張生不辨，竟直來摟之。此雖寫傻角急色，然是夜一片月色迷離，亦

---

⑱ 便做道：即使是。

⑲ 索：必須。

⑳ 扢扢幫：迅速；一下子。扢，音ㄍㄨˇ。

復如畫。

你卻休從門裡去，只道我接你來。你跳過這牆去。張生，你見麼？今夜一弄兒㉑風景，分明助你兩個成親也。

【喬牌兒】你看淡雲籠月華，便是紅紙護銀蠟。實是麗句。柳絲花朵便是垂簾下，實是麗句。下，上聲。綠莎便是寬繡榻。實是麗句。

【甜水令】良夜又迢遙㉒，實是妙句。閑庭又寂靜，實是妙句。花枝又低亞㉓。實是妙句。

右第九節。才子佳人，向花燭底下定情，是一片妙麗。才子佳人，向花月底下定情，又是一片妙麗。今卻將兩片妙麗，合作一片妙麗，便是異樣妙麗也。「良夜」云云，是三句，是一句，是無數句。若解作迢遙是迢遙，寂靜是寂靜，低亞是低亞，則是三句。若解作迢遙之夜何其寂靜，寂靜之庭何其低亞，低亞之影何其迢遙，則是一句。若解作儘人寂靜以受用其迢遙，儘人迢遙而暗藏於寂靜，儘人迢遙寂靜以顛之倒之於低亞之中，則是無數句。普天下錦繡才子，必皆能想到其事也。

只是他女孩兒家，你索意兒溫存，話兒摩弄，性兒浹洽㉔，溫存、摩弄，人所習聞，固莫妙於

㉑ 一弄兒：所有的。

㉒ 迢遙：漫長。

㉓ 低亞：壓低；低垂的樣子。亞，同「壓」。

「性兒浹洽」四字也。休猜做路柳牆花㉕。

【折桂令】他嬌滴滴美玉無瑕，莫單看粉臉生春，雲鬢堆鴉。此之謂深深語，密密意，未經第二人道也。

右第十節。寫紅娘前篇之飲恨雙文實惟不淺，至此而忽然又作千憐萬惜之文者，不惟此人實足使人千憐萬惜，實則此事亦真不得不作千憐萬惜也。雙文之去我也，已不知幾百千年矣，乃我於今夜讀之，而猶尚為之千憐萬惜也。曰：「雙文爾奈何？雙文爾奈何？」

我也不去受怕擔驚，我也不圖浪酒閑茶。妙，妙。言悉與我無干也，總是昨日芥蒂未平。

右第十一節。幼讀論語孟之反入門策馬之文㉖，以為無大難事者，直以有功不伐，固學者應然之事也。茲讀西廂，崔張臨欲定情之時，紅娘乃忽自諉無功於其間，以為真大難事者，此自是作西廂記人筆墨精細，意便專寫紅娘昨日創鉅，至今痛深。蓋聖嘆則一生無此精細故也。

㉔ 浹洽：融洽；和洽。

㉕ 路柳牆花：路邊之柳、牆頭之花，比喻不正派女子。

㉖ 幼讀論語句：語出論語雍也：「孟子反不伐，奔而殿，將入門，策其馬曰：『非敢後也，馬不進也。』」意為孟子反這個人不誇耀自己。敗退的時候，他留在最後掩護全軍。將進城門時，他打著自己的馬說：「不是我敢於殿後，實在是馬跑得不快。」伐，誇耀。門，城門。策，鞭打。

是你夾被兒時當奮發，指頭兒告了消乏。「消乏」之為言得替也，此固極猥褻語也。然而不嫌竟寫之者，蓋佛經亦曾直說其事，謂之以手出精，非法淫也。**打疊㉗起嗟呀，畢罷了㉘牽挂，收拾過憂愁，準備著撐達㉙。**

右第十二節。自〔喬牌兒〕至此，如引弓至滿，快作十成語也。

（張生跳牆科）

（鶯鶯云）是誰？（張生云）是小生。

（鶯鶯喚云）紅娘！（紅娘不應科）

（鶯鶯怒云）哎喲！張生，你是何等之人！我在這裡燒香，你無故至此，你有何說？

（張生云）哎喲！

便如無簡招之者然，且又直至後祇另數其今夜之來，不聞數其前日之簡。作者用意之妙，真孤行於筆墨之外，全非近傖之所得知也。

【錦上花】為甚媒人，心無驚怕，赤緊夫妻，意不爭差㉚。

㉗ 打疊：收拾。

㉘ 畢罷了：結束了。

㉙ 撐達：快活。

右第十三節。上文雙文已來花園矣，紅娘猶不信其真肯也。不信得最妙。此文雙文已自發作矣，紅娘猶不信其真不肯也。不信得又最妙。「赤緊」二句，猶言貼肉夫妻，有何閒話。

我躡足潛蹤，去悄地聽他：一箇羞慚，一箇怒發。

【後】一箇無一言，一箇變了卦。一箇悄悄冥冥㉛，一箇絮絮答答㉜。

右第十四節。此雖雙寫二人之文，然妙於第一、二句也。筆下紙上，便明明白白共見紅娘抽身另住一邊，自稱局外閒人，以謹避雙文之波及。明是第三篇文字矣，卻偏能使第二篇文字，屐屐閃閃㉝，重欲出現，真是奇絕！

（紅娘遠立低叫云）張生，你背地裡硬嘴那裡去了？你向前呵！告到官司，怕羞了你？

為甚迸定隋何，禁住陸賈，叉手躬身，如聾似啞？

【清江引】你無人處且會閒嗑牙，就裡㉞空奸詐。怎想湖山邊，不似「西廂下」？

㉚ 意不爭差：指兩人你有情我有意，沒有差別。爭差，相差。

㉛ 悄悄冥冥：默不作聲。

㉜ 絮絮答答：嘮嘮叨叨。

㉝ 屐屐閃閃：別本作「泄泄閃閃」。時現時隱的樣子。相當於「閃閃爍爍」。

㉞ 就裡：內裡。

右第十五節。此翻跌前文成趣也。（不知是前文特為翻此文，故有前文？不知是此文特為翻前文，故有此文？總之文文相生，莫測其理。）

（鶯鶯云）紅娘，有賊！（紅云）小姐，是誰？妙，妙！賊也，而又問誰哉？

（張生云）紅娘，是小生。妙，妙。問小姐也，而張生答哉。三句，三人，三心，三樣，分明是三幅畫。

西廂中如此白，真是並不費筆費墨，一何如花如錦。看他雙文喚紅娘，紅娘喚小姐，張生喚紅娘，三箇人各自胸前一片心事，各自口中一樣聲喚。真是寫來好看煞人也。

（紅云）張生，這是誰著你來？妙絕！妙絕！須知其不是指扳小姐，只圖脫卸自身。你來此有甚麼的勾當？

（張生不語科）

（鶯鶯云）快扯去夫人那裡去！（張生不語科）

（紅云）扯去夫人那裡，便壞了他行止。我與小姐處分罷。張生，你過來跪者！你既讀孔聖之書，必達周公之禮。你夤夜來此何幹？

香美娘處分花木瓜㉟。

【雁兒落】不是一家兒喬坐衙㊱，千載奇事，煞是好看。被人搬熟，遂不覺耳。要說一句兒衷腸話：

㉟ 香美娘句：鶯鶯責怪張生。香美娘，指鶯鶯。花木瓜，表面有花紋的木瓜，比喻中看不中用的東西，此指張生。

只道你文學海樣深，誰道你色膽天來大。

【得勝令】你夤夜㊲入人家，我非姦做盜拿㊳。你折桂客做了偷花漢。不去跳龍門，來學騙馬㊴。

右第十六節。坐堂是小姐，聽勘是解元，科罪是紅娘。昨往僧舍，看睒摩變相㊵，歸而竟日不怡，忽睹此文，如花奴鼓聲㊶也。

小姐，且看紅娘面，饒過這生者。（鶯鶯云）先生活命之恩，恩則當報。既為兄妹，何生此心？萬一夫人知之，先生何以自安？今看紅娘面，便饒過這次。若更如此，扯去夫人那裡，決不干休！

謝小姐賢達，看我面，做情㊷罷。若到官司詳察，先生整備㊸精皮膚一頓打。可兒，可兒！

㊱ 喬坐衙：不是官卻假裝官員升堂審案。

㊲ 夤夜：深夜。

㊳ 非姦做盜拿：不當姦罪捉拿，便當盜罪捉拿。

㊴ 騙馬：原意為不踩馬鐙，直接躍身上馬。此泛指雞鳴狗盜之術。一說謂哄婦人為騙馬，不知何據。

㊵ 睒摩變相：關於睒摩故事的繪畫。睒摩，佛教故事人物，父母雙盲，少時隨父母入山奉祀，為人誤射死，後被佛祖救活，父母驚而復明。變相，簡稱變，唐代以來佛教用以描繪佛經故事的繪畫形式，或繪於紙上，或繪於壁上。

㊶ 花奴鼓聲：用唐明皇羯鼓解穢典故。

㊷ 做情：給個面子；做個人情。

右第十七節。寫紅娘既不失輕，又不失重，分明一位極滑脫問官，最是鬆快之筆。紅娘此時，一邊出豁張生，正是一邊出豁雙文也。極似當時玄宗皇帝，花萼樓下與寧王對局，太真手抱白雪猧兒，從旁審看良久，知皇帝已失數道，便斗然放猧兒蹂亂其子，於是天顏大悅也㊹。

（鶯鶯云）紅娘，收了香桌兒，你進來波。（鶯鶯下）

（紅娘羞張生云）羞也吒，羞也吒，卻不道猜詩謎社家，風流隋何，浪子陸賈，今日便早死心塌地也！

【離亭宴帶歇拍煞】再休題春宵一刻千金價，準備去寒窗重守十年寡。

右第十八節。結文。

猜詩謎的社家，㑌拍㊺了「迎風戶半開」，山障㊻了「隔牆花影動」，雲罨㊼了「待月西廂下」。極盡淋漓。一任你將何郎粉去搽㊽，他已自把張敞眉來畫㊾。極盡淋漓。強風情措大㊿，

㊸ 整備：準備。

㊹ 極似當時玄宗皇帝七句：事見唐段成式酉陽雜俎。猧兒，小狗。

㊺ 㑌拍：原意為節奏不合拍，此指弄錯。㑌，音ㄑㄧˊ。

㊻ 山障：如山隔絕。

㊼ 雲罨：如雲掩覆。罨，音ㄧㄢˇ。

㊽ 一任你句：比喻張生刻意追求鶯鶯。

㊾ 他已自把句：比喻鶯鶯拒絕張生。

晴乾了尤雲殢雨[51]心，懺悔了竊玉偷香膽，塗抹了倚翠偎紅[52]話。極盡淋漓。淫詞兒早則[53]休，簡帖兒從今罷。猶古自參不透風流調法[54]。極盡淋漓。

右第十九節。於既結後，忽然重放筆，作極盡淋漓之文。使我想皓布裩[55]「昨夜雨滂烹，打倒葡萄棚」一頌，不覺遍身快樂。

小姐，你息怒嗔波卓文君！重作結。又妙於作雙結。

右第二十節。此重作雙結也。此結雙文，「請大人打鼓退堂。」妙，妙！

張生，你遊學去波渴司馬[56]！

[50] 強風情句：勉強作出多情狀的酸秀才。強，勉強。風情，風月情懷，指男女戀情。措大，此為對讀書人的調侃語。

[51] 尤雲殢雨：纏綿不盡的癡情；男女戀昵不離。殢，音ㄊㄧˋ。

[52] 倚翠偎紅：男女倚偎相伴。

[53] 早則：趁早。

[54] 猶古自句：意為你還沒弄懂這風流場上的手法。古，助詞，無義。參不透，沒弄懂。調法，手段；手腕。

[55] 皓布裩：宋代僧人承皓曾製一短褲，上書歷代祖師名號。此指承皓。裩，短褲。

[56] 渴司馬：史稱漢司馬相如有「消渴疾」，此病今稱「糖尿病」。因司馬相如作美人賦，多麗辭，故後世有人將「消渴疾」之「渴」作「飢渴」解，猶今所謂「性飢渴」。

右第二十一節。此結張生，「犯人免供逐出。」妙，妙！於紅娘口中，我亦細思必應作雙結，作者真乃極盡能事。

三之四　後候

儈近日所作傳奇，例必用四十折，吾真不知其何故不可多，不可少，必用四十折也？蓋南華老人❶言之也，曰：鵬之飛於南溟也，絕雲氣，負青天，其去地既九萬里，則其視地，猶如地上之人之視之蒼蒼也。不知其為正色耶，抑為遠而無所至極之色耶？以言諸王貴人，生於後宮，氣體高妙，則不知白屋❷之下，寒乞之士，何故終日竟夜，嚄嚄唶唶❸，其聲不絕也。諸葛忠武❹以一身任天下之重，統百萬之軍，兵馬糧糗，器仗圖籍，天文地形，賓客刑獄，無不獨經於心，則不知傲然野生❺，疏巾單衣，步行來前，抵掌言事，其胸中有何等陳乞也。十住❻菩薩於佛性義，能了了❼見，則不知一切眾生於生死海，沒已得出，出已還沒，雖經千佛世尊，雲興於世，出家成道，說法度生，乃至入於涅槃甚久甚久，而彼方復出沒如故，此是取何快樂也。蓋諸王貴人之不知，真猶如嚄唶寒

❶ 南華老人：莊子。唐天寶元年號莊子為南華真人，稱莊子為南華真經。下引文見莊子逍遙遊，文字有不同。

❷ 白屋：茅草房。此指窮書生的住屋。

❸ 嚄嚄唶唶：人畜混雜之聲。嚄嚄，豬叫聲。唶唶，喧鬧聲。嚄，音ㄏㄨㄛˋ。唶，音ㄗㄜˋ。

❹ 諸葛忠武：諸葛亮，謚忠武侯。

❺ 野生：粗野而不懂世務之人。此指平民。

❻ 十住：即十地。佛教指修行過程的十個階位。

❼ 了了：清清楚楚。

士之不知諸王者也。諸葛忠武之不知，真猶如徒步野生之不知忠武者也。十住菩薩之不知，真猶如沒海眾生之不知菩薩者也。故曰：亦若是則已矣。惟孔子亦曰：「道不同，不相為謀。」❽馬牛風❾於澤，理豈亙及哉？而獨不謂文章之事，亦復有然。昨讀西廂，因而諦思傖所作傳奇，其不可多，不可少，必用四十折，吾則真不知其遵何術而必如此。若夫西廂之為文一十六篇，則吾實得而言之矣。有生有掃：生如生葉生花，掃如掃花掃葉。何謂生？何謂掃？何謂生如生葉生花？何謂掃如掃花掃葉？今夫一切世間太虛空中，本無有事，而忽然有之，如方春，本無有葉與花，而忽然有葉與花，曰生。既而一切世間妄想顛倒，有若干事，而忽然還無，如殘春花落即掃花，窮秋葉落即掃葉，曰掃。然則如西廂，何謂「生」？何謂「掃」？最前驚艷一篇謂之生，最後哭宴一篇謂之掃。蓋驚艷已前無有西廂，無有西廂則是太虛空也。若哭宴已後亦復無有西廂，無有西廂則仍太虛空也。此其最大之章法也。而後於其中間，則有「此來」、「彼來」。何謂「此來」？如借廂一篇是張生來，謂之此來。何謂「彼來」？如酬韻一篇是鶯鶯來，謂之彼來。蓋昔者鶯鶯在深閨中，實不圖牆外乃有張生借廂來。是夜張生在西廂中，亦實不圖牆內遂有鶯鶯酬韻來。設使張生不借廂，是張生不來，張生不來，此事不生。即使張生借廂，而鶯鶯不酬韻，是鶯鶯不來，鶯鶯不來，此事亦不生。今既張生慕色而來，鶯鶯又慕才而來，如是謂之「兩來」。兩來則南海之人已不在南海，北海之人已不在北海也。雖其事殊未然，然而於其中間，已有輕絲暗縈，微息默度，人自不覺，勢已無奈也。而後

❽「道不同」兩句：語出論語衛靈公。

❾馬牛風：同前「風馬牛」，喻兩者毫不相干。

則有「三漸」。何謂「三漸」？鬧齋第一漸，寺警第二漸，今此一篇後候第三漸。第一漸者，鶯鶯始見張生也。第二漸者，鶯鶯始與張生相關也。第三漸者，鶯鶯始許張生定情也。此「三漸」，又謂之「三得」。何謂「三得」？自非鬧齋之一篇，則鶯鶯不得而見張生也。自非寺警之一篇，則鶯鶯不得而與張生相關也。自非後候之一篇，則鶯鶯不得而許張生定情也。何也？無遮道場，故得微露春妍；諱日營齋，故得親舉玉趾。舍是則尚且不得來，豈真不得見也。變起倉卒，故得受保護備至之恩；母有成言，故得援一醮不改之義。舍是則於何而得有恩，於何而得有義也。聽琴之夕，鶯鶯心頭之言，紅娘而既聞之。賴簡之夕，張生承詩之來，紅娘而又見之。今則不惟聞之見之，彼已且將死之。細思彼既且將死之，而紅娘又聞之見之，而鶯鶯尚安得不悲之？尚安得復忌之？尚安得再忍之？尚安得不許之？舍是則不惟紅娘所見不得令紅娘見，乃至紅娘所聞烏得令紅娘聞也？而後則又有「二近」、「三縱」。何謂「二近」？請宴一近，前候一近。蓋近之為言，幾幾乎如將得之也。幾幾乎如將得之之為言，終於不得也。終於不得，而又為此幾幾乎如將得之之言者，文章起倒變動之法也。「三縱」者，賴婚一縱，賴簡一縱，拷艷一縱。蓋有近則有縱也，欲縱之故近之，亦欲近之故縱之。縱之為言，幾幾乎如將失之也。幾幾乎如將失之之為言，終於不失也。終於不失，而又為此幾幾乎如將失之之言者，文章起倒變動之法既已如彼，則必又如此也。而後則有「兩不得不然」。何謂「兩不得不然」？「聽琴」不得不然，「鬧簡」不得不然。「聽琴」者，紅娘不得不然；「鬧簡」者，鶯鶯不得不然。設使聽琴不然，則是不成其為紅娘，不成其為紅娘，即不成其為鶯鶯。何則？嫌其如機中女兒，當戶歎息，阿婆得問今年消息也⑩。鬧簡不然，則是不成其為鶯鶯，不成其為鶯鶯，即不成其為張生。何則？嫌其如碧玉小家，迴身便抱⑪，瑯瑯不疑，登徒⑫大喜也。而後則有「實寫」一篇。「實寫」者，一部大書，無數文字，七曲八折，千頭萬緒，至此而一齊結穴⑬，如眾水之畢赴大海，如群真⑭之咸會天闕⑮，如萬方捷書齊到甘泉⑯，如五夜火符親會流珠⑰。此不知於何年月日，發願動手欲造此書，而今於此年此月此日，遂得快然而已閣筆，如後文酬簡之一篇是也。又有「空寫」一篇。「空寫」者，一部大書，無數文字，七曲八折，千頭萬緒，至此而一無所用，如楚人之火燒阿房⑱，如莊惠之快辨鯈魚⑲，如臨濟大師肋下三拳⑳，如成連先生刺船徑去。此亦不知於

---

⑩ 機中女兒三句：語本古樂府木蘭辭。
⑪ 碧玉小家兩句：語本孫綽碧玉歌：「碧玉小家女，不敢攀貴德。」「感郎不羞郎，回身就郎抱。」碧玉，原為人名，後泛指平民家的少女。
⑫ 登徒：宋玉有登徒子好色賦，後因稱好色之徒。
⑬ 結穴：歸納；匯集。
⑭ 群真：眾神仙。
⑮ 天闕：天宮。
⑯ 甘泉：漢甘泉宮，一名雲陽宮，故址在今陝西省淳化西北甘泉山。
⑰ 五夜句：道家煉丹術語。五夜，古人分一夜為五，即甲夜、乙夜、丙夜、丁夜、戊夜。流珠，即煉成的丹。
⑱ 楚人句：楚人，西楚霸王項羽。阿房，秦阿房宮，故址在今陝西省西安市西。
⑲ 莊惠句：莊子和惠施在濠梁之上辯鯈魚之樂。事見莊子秋水。
⑳ 臨濟大師句：禪宗臨濟宗開創者義玄和尚初向其師黃檗問佛法，問三次挨三次打。後奉師命赴大愚和尚處，經大愚開導，頓時大悟。大愚反問佛法，義玄借用黃檗之法，向大愚肋下擊三拳。臨濟大師，義玄。

何年月日，發願動手造得一書，而即於此年此月此日，立地快然其便裂壞，如最後驚夢之一篇是也。凡此，皆所謂西廂之文一十六篇，吾實得而言之者也。謂之十六篇可也，謂之一篇可也，謂之百千萬億文字，總持悉歸於是可也，謂之空無點墨可也。若僋近日所作傳奇，不可多，不可少，必用四十折，吾則誠不能知其遵何術，而必如此也。彼視西廂蒼蒼然正色耶？遠而無所至極耶？西廂視彼亦蒼蒼然正色耶？遠而無所至極耶？蓋南華老人言之也，曰：「亦若是則已矣。」

（夫人上云）早間長老使人來說，張生病重。俺著人去請太醫，一壁㉑分付紅娘去看，問太醫下什麼藥，是何證候，脈息如何，便來回話者。（夫人下）

（紅娘上云）夫人使俺去看張生。夫人呵，你只知張生病重，那知他昨夜受這場氣呵，怕不送了性命也！（紅娘下）

（鶯鶯上云）張生病重，俺寫一簡，只說道藥方，著紅娘將去，與他做箇道理。（喚科）（紅應云）小姐，紅娘來也。（鶯鶯云）張生病重，我有一箇好藥方兒，與我將去咱。（紅云）小姐呵，你又來也。也罷，夫人正使我去，我就與你將去波。（鶯鶯云）我專等你回話者。（鶯鶯下，紅娘下）

（張生上云）昨夜花園中，我喫這場氣，投著㉒舊證候，眼見得休了也。夫人著長老請太醫來看我，我這惡證候，非是太醫所治，除非小姐有甚好藥方兒，這病便可了。

㉑ 一壁：一面。

㉒ 投著：正中。此有引起，加上的意思。

（紅娘上云）俺小姐害得人一病郎當，如今又著俺送甚藥方兒。俺去則去，只恐越著他沉重也。異鄉最有離愁病，妙藥難醫腸斷人。

【越調・鬥鵪鶉】（紅娘唱）先是你彩筆題詩，迴文織錦，「先是你」，妙，妙！引得人臥枕著牀，忘餐廢寢。「引得人」，妙，妙！到如今鬢似愁潘㉓，腰如病沈㉔。恨已深，病已沉。「到如今」，妙，妙！多謝你熱劫兒對面搶白，冷句兒將人廝侵。「多謝你」，妙，妙！

右第一節。「先是你」，「引得人」，言病之所由起也。「到如今」，「多謝你」，言病之所由劇也。如此望聞問切，真乃神聖巧功矣。「先是你」句，便放過張生者，紅娘只知鶯鶯酬韻，不知張生借廂也。「多謝你」句，又放過夫人者，張生深恨鶯鶯賴簡，過於夫人賴婚也。此皆寫紅娘細心切脈，洞見臟腑處，非等閒下筆也。（西廂筆筆不等閒，西廂篇篇起筆尤不等閒。）

【紫花兒序】你倚著櫳門兒待月，依著韻腳兒聯詩，側著耳朵兒聽琴。昨夜忽然撇假㉕偌多，說：「張生，我與你兄妹之禮，甚麼勾當！」忽把個書生來跌窨㉖，

㉓ 愁潘：潘岳多愁，鬢髮早白。

㉔ 病沈：沈約多病，腰身細瘦。

㉕ 撇假：假裝。

㉖ 忽把個句：意為一下子弄得張生忍氣吞聲，乾跺腳沒辦法。跌窨，即「攧窨」，怨恨。

今日又是：「紅娘，我有箇好藥方兒，你將去與了他。」

又將我侍妾來逼凌。難禁㉗，倒教俺似線腳兒般殷勤，不離了鍼㉘。真為可惱，真為可笑。

右第二節。凡作三折，折到題，寫紅娘心頭全無捉摸，最為清辨之筆。猶言：如此則不應如彼，如彼則不應又如此也。一二三四句，似與第一節復者。第一節是敘張生病源，此是敘鶯鶯藥方，兩節固各不相蒙也。「難禁」者，自言難煞。鶯鶯自前候至此，凡三遣紅娘到書房矣，不迸一縫，不通一風，真何以堪之哉？

從今後由他一任㉙。妙絕，妙絕！

右第三節。既多番遣到書房，而終於不迸一縫，不通一風。則我亦惟有袖手旁立，任君自為，誰能尚有眷眷不釋也耶？觀此言，則前兩番遣到書房，紅娘之喜，紅娘之怒，不言可知。

甚麼義海恩山，無非遠水遙岑㉚。真是精絕之句。

㉗ 難禁：難受。

㉘ 倒教俺兩句：意為弄得我像針上的線，不停地來回穿梭。比喻終日為張生和鶯鶯傳書送簡。

㉙ 由他一任：意為隨便她怎麼樣。

㉚ 遙岑：遠山。遙，遙遠。岑，小而高的山。

右第四節。不覺為「好藥方兒」四字啞地失笑也。

（見張生問云）先生，可憐呵，你今日病體如何？（張生云）害殺小生也！我若是死呵，紅娘姐，閻羅王殿前，少不得你是干連人㉛。（紅云）普天下害相思，不像你害得忒煞也。小姐，你那裡知道呵！

真正妙白。不是寫紅娘憐張生，乃是寫張生病至重也。寫張生病至重者，寫鶯鶯之得以回心轉意也。蓋張生病至重，而猶不回心轉意，則是豺虎之不如也。若張生病不至於至重，而早便回心轉意，則又為雀鴿之類也。作文實難，知文亦甚不易，於此可見。

【天淨沙】你心不存學海文林㉜，夢不離柳影花陰㉝，只去竊玉偷香上用心。又不曾有甚，我見你海棠開想到如今㉞。「又不曾有甚」，五字妙絕。便將夫人許婚，小姐傳簡，一齊賴過。前夫人賴，小姐賴，此紅娘又賴。妙，妙！

右第五節。（總批後節下。）

㉛ 干連人：有牽連的人。

㉜ 學海文林：原指學問淵博，此比喻讀書做文章。

㉝ 柳影花陰：美人的身影。柳、花，比喻女人。

㉞ 海棠開句：意為相思已久。語出宋人鄭文之妻孫夫人憶秦娥寄夫詞：「愁登臨，海棠開後，望到如今。」

我見你海棠開想到如今
後候

你因甚便害到這般了？（張生云）**你行，我敢說謊？我只因小姐來。昨夜回書房，一氣一個死。我救了人，反被人害。古云：「癡心女子負心漢」，今日反其事了。**（紅云）**這個與他無干。**

真正妙白。寫來便真是氣盡喘急，逐口斷續之聲。至於紅答之奇妙絕世，又反不論矣。

【調笑令】你自審㉟這邪淫，看屍骨嵒嵒㊱是鬼病侵。「自審」，妙。「邪淫」，妙。「是鬼」，妙。看他便一毫不提及鶯鶯。**便道秀才們從來恁㊲，**看他純是扯過一邊語，更不欲提及鶯鶯。**似這般單相思好教撒吞。**「單相思」，妙。既單矣，猶自稱相思耶？「撒吞」之為言「撒而吞之」，吳音言喫屁。蓋云不成其為相思也。**功名早則不遂心，**扯到功名，一何無謂？**婚姻又反吟伏吟㊳。**此亦扯語也，竟如張生命宮填註，全與鶯鶯無涉也。前張生告紅娘生辰八字，至此忽推成命書。笑絕。

右第六節。此二節之妙，都在字句之外。何以言之？只看其各用一「你」字起，便是藏過鶯鶯，更不道及，為棄絕之至也。若更道及者，即不獨鶯鶯羞，紅娘先自羞也。前鬧簡一篇，既作如許盡情極致之文，此如再作一篇，世安得崔顥詩下又有詩耶㊴？看他只用兩「你」字，純責張生，便將鶯

㉟ 自審：自己想想。

㊱ 屍骨嵒嵒：瘦骨嶙峋。嵒，音ㄧㄢˊ。同「巖」。原指山勢高峻的樣子。

㊲ 恁：這樣；如此。

㊳ 反吟伏吟：算命卜卦的術語。謂婚姻難成，雖成，亦有遲留之恨。

鶯直置之不足又道，而其盡情極致，不覺遂轉過於前文。天下真有除卻死法，別是活法之理也。（前「你」是說張生病源，後「你」是說張生病證。）

夫人著俺來看先生喫甚麼湯藥。這另是一個甚麼好藥方兒，送來與先生。

真正妙白。蓋「另是一個甚麼」者，甚不滿之辭也。不言誰送來與先生者，深惡而痛絕之之至也。前一簡出之何其遲，遲得妙絕。此一簡出之何其速，速得又妙絕。唐人作畫，多稱變相，以言番番不同。今如此兩篇出簡，真可謂之變相矣。

（張生云）在那裡？（紅授簡云）在這裡。（張生開讀，立起笑云）我好喜也！是一首詩。（揖云）早知小姐詩來，禮合跪接。紅娘姐，小生賤體不覺頓好也！（紅云）你又來也，不要又差了一些兒。（張生云）我那有差的事？前日原不得差，得失亦事之偶然耳。妙，妙。絕世聰明人語也。（紅云）我不信，你念與我聽呵！（張生云）你欲聞好語，必須致誠斂衽而前。（張生整冠帶，雙手執簡科）科白俱好。（念詩云）休將閒事苦縈懷[40]，取次[41]摧殘天賦才[42]。不意[43]當時完[44]妾[45]行[46]，豈防[47]今日作君災？

[39] 崔顥詩下句：崔顥，唐詩人。登黃鶴樓，題黃鶴樓詩。後李白至黃鶴樓，本欲賦詩，見崔詩，竟為之斂手，說：「眼前有景道不得，崔顥題詩在上頭。」事見元辛文房唐才子傳。

[40] 苦縈懷：心中苦苦牽掛。

[41] 取次：胡亂。

[42] 天賦才：上天賦予的才能，此指身體。

仰酬厚德難從禮，謹奉新詩可當媒。寄語高唐休詠賦，今宵端的48雨雲來。詩醜絕。紅娘姐，此詩又非前日之比。（紅低頭沉吟云）哦，有之，我知之矣！妙，妙。絕世聰明人語也。小姐，你真個好藥方兒也！

【小桃紅】桂花搖影夜深沉，酸醋當歸浸49。真好藥方。緊靠湖山背陰裡窨，最難尋50。真好修合。一服兩服令人恁。真好效驗。忌的是知母51未寢，怕的是紅娘52撒沁53。真好避忌。這其間使君子一星兒參54。人參也。「人參」「參」字，應作「葠」字，俗通作參，此又借作參字用也。

---

43 不意：沒想到。
44 完：顧全；保全。
45 妾：鶯鶯自稱。
46 行：指賴簡之事。
47 豈防：沒想到；哪裡能想到。
48 端的：果然。
49 桂花搖影兩句：桂樹搖影之夜，秀才將寢之時。桂花、當歸，都是中藥。酸醋，指秀才張生。浸，「寢」的諧音。
50 緊靠湖山兩句：藏在假山背後外人難尋之地。窨，藏於地窨。
51 知母：中藥，此指老夫人。
52 紅娘：中藥，此指紅娘。
53 撒沁：嘴尖口快，隨口胡謅。
54 使君子句：用了此方會令你病體稍癒。使君子，中藥。使，此作「使得」解。君子，指張生。一星兒，一點

妙絕！

右第七節。便撰成一藥方，其才之狡猾如此。

【鬼三台】只是你其實啉[55]，休粧唔[56]。真是風魔翰林，無投處問佳音，向簡帖上計稟[57]。稟從禾，不從示，力錦切。得了箇紙條兒恁般綿裡鍼[58]，若見了玉天仙怎生軟廝禁[59]？

右第八節。又非笑之。細思此時，真有得紅娘非笑也。

俺小姐正合忘恩，僂人[60]負心。

右第九節。又謔嚇也。細思此時，真有得紅娘謔嚇也。

點。參，人參，中藥，此作「病痛」解。

[55] 啉：呆傻。

[56] 粧唔：愚蠢。

[57] 計稟：訴說。

[58] 綿裡鍼：綿裡藏針，含有極其珍惜的意思。

[59] 軟廝禁：體貼；不硬來。

[60] 僂人：說謊之人。

【禿廝兒】你身臥一條布衾，頭枕三尺瑤琴，他來怎生一處寢？凍得他戰兢兢。

右第十節。又奚落之。細思此時，真有得紅娘奚落也。

知音。

【聖藥王】果若你有心，他有心，昨宵鞦韆院宇夜深沉。花有陰，月有陰，便該「春宵一刻抵千金」，何須又「詩對會家吟」[61]？真乃筆舌互用。

右第十一節。又辨駁之。細思此時，真有得紅娘辨駁也。

【東原樂】我有鴛鴦枕，翡翠衾，便遂殺人心，只是如何賃[62]？此等花色，真是憑空蹴起。

右第十二節。又驕奢之。細思此時，真有得紅娘驕奢也。

你便不脫和衣更待甚？不強如指頭兒恁？即佛所云，非法出精也。你成親已大福蔭[63]。純是憑

---

[61] 花有陰四句：意為昨夜花影月色之下，你們放過了這個「春宵一刻值千金」的好機會，那麼，今天又何必再吟詩傳簡定佳期呢？花有陰，月有陰，春宵一刻值千金，語出蘇軾詩春宵。詩對會家吟，語出五燈會元卷十七：「酒逢知己飲，詩向會人吟。」會家，行家，此有知音之意。

[62] 便遂兩句：意為即使能讓你心滿意足，我也不會賃於你。遂，順；如意。

[63] 大福蔭：祖宗的極大保祐。

空蹴起。

右第十三節。又欺詆之。細思此時，真有得紅娘欺詆也。右自第八節至此，皆極寫紅娘滿心歡喜之文。

先生，不瞞你說，俺的小姐呵，你道怎麼來？

【綿搭絮】他眉是遠山浮翠，眼是秋水無塵，膚是凝酥，腰是弱柳，俊是龐兒俏是心，體態是溫柔，性格是沉64。他不用法灸65神鍼66，他是一尊救苦觀世音。

右第十四節。描畫鶯鶯一通，乃是斷不可少。如看李龍眠67白描觀音也，又不似脫候病語。妙絕！

然雖如此，我終是不敢信來。

妙，妙！其事本不易信，何況其人又最難信。殷鑒不遠，便在前夜。

【後】我慢沉吟，你再思尋。妙絕，妙絕！

---

64 沉：穩重沉著。

65 法灸：即艾焙。

66 神鍼：即鍼灸。

67 李龍眠：李公麟，宋畫家，號龍眠居士，擅白描。

（張生云）紅娘姐，今日不比往日。（紅云）呀，先生不然！

你往事已沉，我只言目今。妙絕，妙絕！

不信小姐今夜卻來。

今夜三更他來㤢。妙絕，妙絕！

右第十五節。上文一路都作滿心歡喜之文，至此忽又移宮換羽，一變而為驚疑不定之文。真乃一唱三嘆，千迴萬轉矣。世間有如此一氣清轉卻萬變無方，萬變無方又一氣清轉之文哉？普天下後世錦繡才子，讀至此處，誰復能不心死哉？

（張生云）紅娘姐，小生分付你：來與不來，你不要管，總之，其間望你用心。妙白。

我是不曾不用心，俗本失此一句。怎說白璧黃金，滿頭花，拖地錦68？

【煞尾】夫人若是將門禁69，早共晚，我能教稱心。

右第十六節。真心實意代人擔憂，而反遭人所疑，於是滿口分說，急不得明。世間多有此事，又何獨一紅娘哉？只是筆墨之下，不知如何卻寫到。

---

68 滿頭花兩句：指結婚時的髮飾服飾。

69 禁：關閉。

先生，我也要分付你：總之，其間你自用心，來與不來，我都不管。妙白。可謂行文如戲。

來時節⑰肯不肯怎由他，見時節親不親盡在您。

右第十七節。一句剛克，一句柔克，天下之能事畢矣。

⑰ 來時節：來的時候。下「見時節」同。

卷六

聖嘆外書

第四之四章題目正名

小紅娘成好事，老夫人問由情，
短長亭斟別酒，草橋店夢鶯鶯。

四之一　酬簡

古之人有言曰：「國風好色而不淫。」❶比者聖嘆讀之而疑焉，曰：嘻，異哉！好色與淫，相去則又有幾何也耶？若以為「發乎情，止乎禮」❷，發乎情之謂「好色」，止乎禮之謂「不淫」，如是解者，則吾十歲初受毛詩❸，鄉塾之師早既言之，吾亦豈未之聞？亦豈聞之而遽忘之？吾固殊不能解：好色必如之何者謂之好色？好色又必如之何者謂之淫？好色又如之何謂之幾於淫而卒賴有禮而得以不至於淫？好色又如之何謂之賴有禮得以不至於淫而遂不妨其好色？夫好色而曰吾不淫，是必其未嘗好色者也。好色而曰吾大畏乎禮而不敢淫，是必其并不敢好色者也。好色而大畏乎禮而不敢淫，而猶敢好色，則吾不知禮之為禮將何等也？好色而大畏乎禮而猶敢好色，而獨不敢淫，則吾不知淫之為淫必何等也？且國風之文具在，固不必其皆好色，而好色者往往有之矣。抑國風之文具在，反不必其皆好色，而淫者往往有之矣。信如國風之文之淫，而猶謂之不淫，則必如之何而後謂之淫乎？信如國風之文之淫，而猶望其昭示來許為大鑒戒，而因謂之不淫，則又何文不可昭示來許為大鑒戒，而皆謂之不淫乎？凡此，吾比者讀之而實疑焉。人未有不好色者也，人好色未有不淫者

---

❶ 國風句：語出史記屈原賈生列傳。

❷ 發乎情兩句：語出毛詩序。意為可用詩抒發情感，但不能超出禮的規範。

❸ 毛詩：即詩經。以其書為毛公所傳，故稱毛詩。

也，人淫未有不以好色自解者也。此其事，內關性情，外關風化，其伏至細，其發至鉅。故吾得因論西廂之次，而欲一問之，夫好色與淫，相去則真有幾何也耶？

國風之淫者，不可以悉舉，吾今獨摘其尤者，曰：「以爾車來，以我賄遷。」❹嘻，何其甚哉！則更有尤之尤者，曰：「子不我思，豈無他人？」❺嘻，此豈復人口中之言哉？夫國風採於初周，則是三代之盛音也。又經先師仲尼氏之所刪改，則是大聖人之文筆也。而其語有如此，真將使後之學者柰之何措心也哉？

自古至今，有韻之文，吾見大抵十七皆兒女此事。此非以此事真是妙事，故中心愛之，而定欲為文也；亦誠以為文必為妙文，而非此一事則文不能妙也。夫為文必為妙文，而妙文必借此事，然則此事其真妙事也。何也？事妙故文妙，今文妙必事妙也。若此事真為妙事，而為文竟非妙文，然則此事亦不必其定妙事也。何也？文不妙必事不妙，今事不妙故文不妙也。甚矣，人之相去，不可常理計也！同此一手，手中同此一筆，而或能為妙文焉，或不能為妙文焉。今而又知豈獨是哉，乃至同此一男一女，而或能為妙事焉，或不能為妙事焉。曰：「何用知其同此一男一女，而獨不能為妙事？」曰：「吾讀其文而知之矣。」曰：「彼其必爭吾亦妙事也。」曰：「彼猶必爭吾亦妙文也。」書竟，不覺大笑。

有人謂西廂此篇最鄙穢者，此三家村中冬烘先生之言也。夫論此事，則自從盤古至於今日，誰

❹ 以爾車來兩句：語出詩衛風氓。意為女主人公讓情郎駕著車來運嫁妝。賄，財物，此指嫁妝。

❺ 子不我思兩句：語出詩鄭風褰裳。意為你不愛我，難道就沒有別人愛我嗎？

人家中無此事者乎？若論此文，則亦自從盤古至於今日，誰人手下有此文者乎？誰人家中無此事，而何鄙穢之與有？誰人手下有此文，而敢謂其有一句一字之鄙穢哉？曰：「『一句一字都不鄙穢』，然則自〔元和令〕起，直至〔青歌兒〕盡，如是若干，皆何等言語耶？」曰：「固也，我正謂如使真成鄙穢，則只須一句一字而其言已盡，決不用如是若干言語者也。今自〔元和令〕起，直至〔青歌兒〕盡，乃用如是若干言語，吾是以絕歎其真不是鄙穢也。」蓋事則家家家中之事也，文乃一人手下之文也。借家家家中之事，寫吾一人手下之文者，意在於文，意不在於事也。意不在事，故不避鄙穢；意在於文，故吾真曾不見其鄙穢。而彼三家村中冬烘先生，猶呶呶不休，詈之曰鄙穢，此豈非先生不惟不解其文，又獨甚解其事故耶？然則天下之鄙穢，殆莫過先生，而又何敢呶呶為？

（鶯鶯上云）紅娘傳簡帖兒去，約張生今夕與他相會，等紅娘來，做個商量。

（紅娘上云）小姐著俺送簡帖兒與張生，約他今夕相會，俺怕又變卦，送了他性命不是耍。俺見小姐去，看他說甚的。（鶯鶯云）紅娘，收拾臥房，我去睡。（紅云）不爭❻你睡呵，那裡發付那人？（鶯鶯云）甚麼那人？（紅云）小姐，你又來也，送了人性命不是耍！你若又翻悔，我出首與夫人：「小姐著我將簡帖兒約下張生來。」（鶯鶯云）這小妮子倒會放刁。（紅云）不是紅娘放刁，其實小姐切不可又如此。（鶯鶯云）只是羞人答答的。（紅云）誰見來？除卻紅娘，並無第三個人。斲山云：「天下事之最易最易者，莫如偷期。」聖嘆問何故。斲山云：「一事止用二人做，而一人卻是我，我之肯，已是千肯

❻ 不爭：此指當真。

萬肯，則是先抵過一半功程也。」

（紅娘催云）去來，去來！（鶯鶯不語科）好。

（紅娘催云）小姐，沒奈何，去來，去來！（鶯鶯不語，做意科）好。

（紅娘催云）小姐，我們去來，去來！（鶯鶯不語，行又住科）好。

（紅娘催云）小姐，又立住怎麼？去來！去來！（鶯鶯不語，行科）好。

（紅娘云）我小姐語言雖是強，腳步兒早已行也。

【正宮・端正好】（紅娘唱）因小姐玉精神，花模樣，無倒斷❼曉夜思量。今夜出個至誠心，改抹❽咯瞞天謊❾。出畫閣，向書房，離楚岫❿，赴高唐，學竊玉，試偷香，巫娥女⓫，楚襄王。楚襄王敢先在陽臺⓬上。

（鶯鶯隨紅娘下）

❼ 無倒斷：無休止；不間斷。

❽ 改抹：改正。

❾ 瞞天謊：彌天大謊，指老夫人賴婚。

❿ 楚岫：巫山的代稱。岫，音ㄒㄧㄡˋ。山。

⓫ 巫娥女：巫山之女，此指鶯鶯。下「楚襄王」指張生。其實高唐賦中與巫山女夢中相會的是楚懷王而不是楚襄王。

⓬ 陽臺：高唐賦稱巫山之女居「陽臺之下」，即巫山群峰中的陽臺峰。此指男女歡會之處。

（張生上云）小姐著紅娘將簡帖兒約小生今夕相會。這早晚初更盡呵，怎不見來？更不可早，然實不遲。

人間良夜靜復靜，天上美人來不來？

【仙呂・點絳唇】（張生唱）竚立閒階，只用四字，便避過三之三〔喬牌兒〕「日初時，想月華，捱一刻似一夏」等文。

右第一節。下文皆極寫雙文不來，張生久待。而此於第一句，先寫「竚立」字，便是待已甚久，而下文乃久而又久也。蓋下文極寫久待固久，而此又先寫甚久，使下文久而又久，則久遂至於不可說也。謂之只用一層筆墨，而有兩層筆墨，此固文章秘法也。

夜深香靄橫金界⑬。瀟灑⑭書齋，悶殺讀書客。

右第二節。夜深矣，而書齋猶瀟灑。蓋瀟灑之為言，寂無人來也，此其悶可想也。書齋寂無人來，此真讀書之客之所甚樂也。書齋寂無人來，而客不樂而反悶，然則客之不讀書可知也。客既不讀書，而猶自名其屋曰書齋，甚矣天下之無人無書齋也。連用兩「書」字，最有諷刺。「瀟灑書齋」四字作悶用，真奇事也。杜詩亦有之，曰：「卷簾惟白水，隱几亦青山。」⑮自為「白水」、「青山」字，

---

⑬ 金界：寺廟。

⑭ 瀟灑：寂寞；淒清。

⑮ 卷簾兩句：語出杜甫詩悶。

亦未遭如是用也。

【混江龍】彩雲⑯何在？每歎李夫人歌真是絕世妙筆，只看其第一句之四字曰：「是耶？非耶？」便寫得劉徹通身出神。今此「彩雲何在」四字，亦真寫得張生通身出神也。

右第三節。忽然欲其天上下來。已下皆作翻床倒席，爬起跌落之文，應接連處忽然不接連，不應重沓處忽然又重沓，皆極寫雙文不來，張生久待神理。

月明如水浸樓臺。僧居禪室，鵶噪庭槐。

右第四節。「月明如水」，天上不見下來也。「僧居禪室」，靜又不是也。「鵶噪庭槐」，動又不是也。皆寫張生搔爬不著之情也，非寫景也。（細思寫此時張生，真何暇寫到景？）

風弄竹聲，只道金珮響。月移花影，疑是玉人來。一片搔爬不著神理。

右第五節。忽然又欲其四面八方來。「溪聲便是廣長舌，山色豈非清淨身」⑰，悟時便有如此境界。「風弄竹聲金珮響，月移花影玉人來」，迷時便又有如此境界。斲山則不然，「風弄竹聲風弄竹，月

⑯ 彩雲：天上雲彩，此指鶯鶯。

⑰ 溪聲兩句：語出蘇軾廬山東林寺偈。廣長舌，佛經中「三十二相」之一，舌長而廣，柔軟細薄，後引申為能言善辯。清淨身，佛教指遠離一切惡與煩惱之身。

移花影月移花」，又何處氣噓噓地學得「廣長舌」、「清淨身」兩句哉？（斲山語。）

意懸懸業眼⑱**，急攘攘情懷**⑲**。身心一片，無處安排。呆打孩**⑳**，倚定門兒待。**昔人謂「科頭箕踞長松下，白眼看他世上人」㉑，不是冷極語，正是熱極語，此真知言也。「呆打孩，倚定門兒待」，此不是倚得定語，正是倚不定語也。一片搔爬不著神理。

右第六節。倚在門。妙絕，妙絕！

越越的青鸞信杳，黃犬音乖㉒**。**

【油葫蘆】我情思昏昏眼倦開，單枕側，夢魂幾入楚陽臺。「幾入」者，欲入而驚覺不入之辭也。

小弁之詩曰：「假寐永歎。」㉓蓋心憂無聊，只得且寐，既寐不寐，歎聲徹夜。此用其句也。

---

⑱ 意懸懸業眼：心神不定，目光迷茫。

⑲ 急攘攘情懷：思緒萬千，心情焦燥不安。

⑳ 呆打孩：呆呆地。打孩，語助詞，無義。

㉑ 科頭箕踞兩句：語出王維詩與盧員外象過崔處士興宗林序。科頭，不戴帽子。箕踞，坐時兩腿伸直叉開，形似簸箕。

㉒ 越越的兩句：意為靜悄悄，不見音信。越越的，靜悄悄。青鸞，青鳥，相傳漢武帝時，西王母派青鳥為傳信使者。信杳，杳無音信。黃犬，相傳晉人陸機以黃犬傳書，與家人互相聯繫，後以黃犬喻信使。音乖，不見音信。

右第七節。倚在枕。妙絕，妙絕！上文方倚在門，此文忽倚在枕，所謂應接連處忽然不接連也。（一片搔爬不著神理。）

早知恁無明無夜因他害，想當初不如不遇傾城色㉔。人有過，必自責，勿憚改㉕。一片搔爬不著，直搔爬向這裡去。奇奇妙妙，一至於此。

右第八節。倚枕靜思，不如改過，真胡思亂想之極也！道學先生聞張生欲改過，則必加手於額曰：「賴有是也！一部西廂只此一句是非乃不謬於聖人也。」而殊不知正不然也。不惟張生欲改過是胡思亂想，凡天下欲改過者，一切悉是胡思亂想必也。如圓覺經㉖之於諸妄心亦不息滅，是則真我先師「五十學易，可無大過」㉗之道也矣。搔爬不著，橫躺在床，胡思亂想，急寫不盡，看其輕輕只寫一句云「我欲改過」，卻不覺無數胡思亂想，早已不寫都盡也。蓋改過正是胡思亂想之天盡底頭語也。（吾幼讀會真記，至後半「改過」之文，幾欲拔刀而起，不圖此卻翻成異樣奇妙，真乃咄咄怪事。）

我卻待「賢賢易色」㉘將心戒㉙，怎當他兜的上心來？

㉓ 小弁兩句：語出詩小雅小弁。假寐，和衣而臥；打盹。永歎，長嘆息。

㉔ 不如不遇句：語出白居易詩李夫人：「人非草木皆有情，不如不遇傾城色。」傾城色，絕色美女，此指鶯鶯。

㉕ 勿憚改：語出論語學而：「過，則勿憚改。」意為有錯不要怕改正。

㉖ 圓覺經：全名大方廣圓覺修多羅了義經，佛教重要經典之一。

㉗ 五十學易兩句：語出論語述而，意為五十歲學易，可以免犯大過。

【天下樂】我倚定門兒手托腮。一片搔爬不著神理。

右第九節。忽然又倚在門。妙絕，妙絕！前倚在門，頃忽倚在枕，此忽又倚在門，所謂不應重沓處忽然又重沓也。

好著我難猜，來也那不來？

右第十節。恨之。

夫人行料應難離側[30]。

右第十一節。諒之。忽然恨之，忽然又諒之，應接連處不接連也。（一片搔爬不著神理。）

望得人眼欲穿，想得人心越窄。

右第十二節。忽然又恨之。

---

[28] 賢賢易色：語出論語學而。意為用崇敬賢人之心去替代好色之心。

[29] 將心戒：警戒自己。

[30] 夫人行句：意為在夫人那裡一時脫不開身吧。

多管是寃家不自在㉛。

右第十三節。忽然又諒之。忽然又恨之，忽然又諒之，不應重沓處又重沓也。

偌早晚㉜不來，莫不又是謊？

【那吒令】他若是肯來，早身離貴宅。

右第十四節。肯來。

他若是到來，便春生敝齋。

右第十五節。到來。「貴宅」「貴」字，「敝齋」「敝」字，都有神理，不止作尋常稱呼用也。

他若是不來，似石沉大海。

右第十六節。不來。須知來句是不來句，不來句是來句也。口中說此句，心中反是彼句。一片全是搔爬不著神理也。

㉛ 多管是句：意為多半是鶯鶯生病了。不自在，生病。

㉜ 偌早晚：這時候。

數著他腳步兒行，靠著這窗楹兒待。

右第十七節。倚在門，倚在枕，又倚在門，又倚在窗。妙絕，妙絕！

寄語多才33。

【鵲踏枝】恁的般惡搶白，並不曾記心懷。博得個意轉心回，許我夜去明來。

右第十八節。真乃滴淚滴血之文也。昊天上帝，亦當降庭；諸佛世尊，亦當出定34。何物雙文，猶未出來耶？

調眼色35已經半載，這其間委實36難捱。

右第十九節。一路搔爬不著，至此真心盡氣絕時也。

【寄生草】安排著害，準備著擡37。

33 寄語多才：轉告多才的鶯鶯。
34 出定：佛教稱僧人靜坐斂心，不起雜念，使心定於一處為入定，由入定恢復至常態為出定。
35 調眼色：眉目傳情。
36 委實：實在。
37 安排兩句：意為準備害相思病，準備相思至死讓人擡走。

右第二十節。心盡氣絕，更無活理，只有死也。

想著這異鄉身強把茶湯捱，只為你可憎才熬定心腸耐，辦一片至誠心留得形骸在㊳。試教司天臺打算半年愁，端的太平車敢有十餘載㊴。

右第二十一節。又放透筆尖，再寫一句，言今日之死，永無活理。蓋死原不到今日，到今日而仍死，則其死真更不活也。世間何意有如此二十成筆法！

（紅娘上云）小姐，我過去，你只在這裡。（敲門科）（張生云）小姐來也！（紅云）小姐來也，你接了衾枕者。（張生揖云）紅娘姐，小生此時一言難盡，惟天可表。（紅云）你放輕者，休諕了他。你只在這裡，我迎他去。（紅娘推鶯鶯上云）小姐，你進去，我在窗兒外等你。（張生見鶯鶯跪抱云）張珙有多少福，敢勞小姐下降？

【村裡迓鼓】猛見了可憎模樣，早醫可九分不快。

右第二十二節。緊承前患病一篇。妙。

㊳ 辦一片句：意為我全憑一片愛鶯鶯的至誠之心才活到今天。形骸，身軀，此指性命。

㊴ 試教兩句：意為我心中的憂愁之深，若讓司天臺來計算，也得花半年時間；若讓太平車來裝，非要十幾輛車才能裝完。司天臺，觀察天文，制定曆法的機構。打算，計算。太平車，載貨的大車。

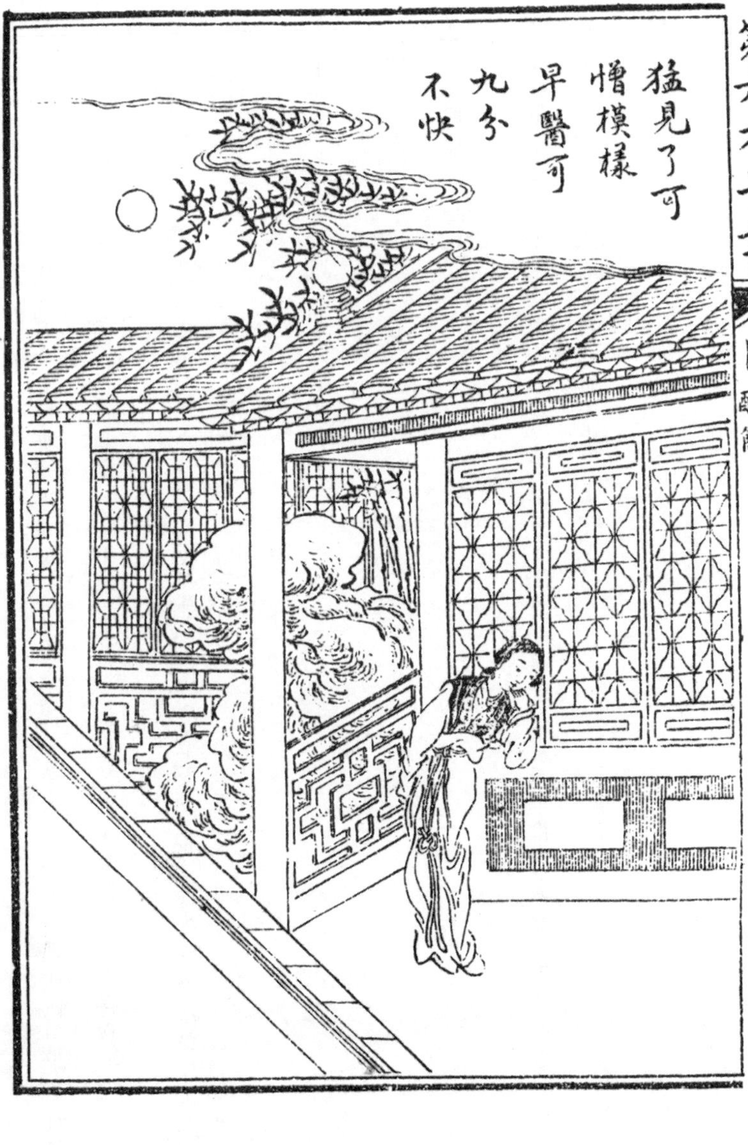
猛見了可
憎模樣
早醫可
九分
不快
酬簡

先前見責，誰承望今宵相待！

右第二十三節。緊承前前賴簡一篇。妙。細思張生初接雙文時，真乃一部十七史從何句說起好？今看其第一句緊承前篇，第二句緊承前前篇，譬如眉目鼻口，天生位置，果非人工之得與也。

教小姐這般用心，不才珙，合跪拜。小生無宋玉般情，潘安般貌，子建般才㊵。小姐，你只可憐我為人在客。

右第二十四節。感激謙謝，正文不可少。

【元和令】繡鞋兒剛半折㊶，（鶯鶯不語）（張生起，捱鶯鶯坐科）

右第二十五節。此時雙文安可不看哉？然必從下漸看而後至上者，不惟雙文羞顏不許便看，惟張生亦羞顏不敢便看也。此是小兒女新房中真正神理也。

柳腰兒恰一搦㊷，

㊵ 子建般才：子建，曹植，字子建，博學多才，人稱「天下才有一石，曹子建獨佔八斗。」

㊶ 半折：王季思認為「折」當為「拆」，即大拇指與食指伸張時之距離。半折，極言足之小。

右第二十六節。自下漸看而至上也。如觀如來三十二相，有順有逆，此為逆觀也。

羞答答不肯把頭擡，只將鴛枕捱。

右第二十七節。夫看雙文止為欲看其面也，今為不敢便看，故且看其脚，故且看其腰。乃既看其脚，既看其腰，漸漸來看其面。而其面則急切不可得看，此真如觀如來者，不見頂相，正是如來頂相也。不然，而使寫出欲看便看，此豈復成雙文嬌面哉？（文真妙文，批亦真妙批。）

雲鬟彷彿墜金釵，緒㊸之也。偏宜鬏髻兒歪。又緒之也。

【上馬嬌】我將你紐扣兒鬆，又緒之也。上緒輕，此緒猛。我將你羅帶兒解，又猛緒之也。蘭麝散幽齋，不良會把人禁害㊹。咍㊺，怎不回過臉兒來？上數句全為此句，總必欲見其面也。

右第二十八節。看其釵，看其髻，則知獨不得看其面也。看其釵，釵不墜；看其髻，髻不歪。而緒之曰「釵墜髻歪」者，其心必欲得一看其面也。緒之曰「釵墜」，緒之曰「髻歪」，而終不得一看其面，於是不免換作重語猛再緒之，而何意終不可得而看哉？真寫盡雙文神理也。雙文之面雖終不得

㊷ 一搦：一把；一握。極言腰之細。

㊸ 緒：哄。

㊹ 不良句：意為你這狠心人把我作弄得好苦。不良，狠心人，男女愛極之反語。

㊺ 咍：猶「嗨」、「喂」，招呼之語。

而看，而雙文之扣，雙文之帶，則趁勢已解矣。夫雙文之扣，雙文之帶，此真非輕易可得而解也。今用明修棧道，暗渡陳倉之法，輕輕遂已解得。世間真乃無第二手也。（「但應報道金釵墜，彷彿還應露指尖」，正是此一法也。）

（張生抱鶯鶯，鶯鶯不語科）

【勝葫蘆】軟玉溫香抱滿懷。

右第二十九節。抱之。已下看其逐一句逐一句，節節次次，不可明言也。

呀！劉阮到天臺，

右第三十節。初動之。

春至人間花弄色。

右第三十一節。玩其忍之。

柳腰款擺，花心輕折，露滴牡丹開。

【後】蘸著些兒麻上來，

右第三十二節。更復連動之。

魚水得和諧。

右第三十三節。知其稍已安之。

嫩蕊嬌香蝶恣採。你半推半就，我又驚又愛。

右第三十四節。遂大動之。

檀口搵㊻香腮。

右第三十五節。畢之。寫畢，作此五字，真寫盡畢也。

【柳葉兒】我把你做心肝般看待，點汙㊼了小姐清白。

右第三十六節。伏而慚謝之。聖嘆欲問普天下錦繡才子，此「伏而慚謝之」五字，可是聖嘆出力批得出來？「點汙了小姐清白」，此其語可知也，聖嘆更不說也。

㊻ 搵：吻。
㊼ 點汙：沾汙。

我忘餐廢寢舒心害，若不真心耐，至心捱，怎能勾這相思苦盡甘來？

右第三十七節。此真如堂頭大和尚說行腳時事，狀元及第歸來思量做秀才日，其一片眼淚正是一片快活也。（定不可少。）

【青歌兒】成就了今宵歡愛，魂飛在九霄雲外。

投至得見你個多情小妳妳，你看憔悴形骸，瘦似麻稭。

右第三十八節。將一片眼淚，一片快活，又覆說一遍也。（上是先說苦，次說快，此是先說快，次說苦。）便於言外想見其脫衣並臥，其事既畢，猶不起來。

今夜和諧，猶是疑猜。疑猜者，快活之至也。露滴香埃，明明是露。一。風靜閒階，明明是風。二。月射書齋，明明是月。三。則不必疑猜也。雲鎖陽臺。上三句是景，此一句是景中人。夫景是景，人是人，然則不必疑猜也。我審視明白，難道是昨夜夢中來？妙絕！

右第三十九節。偏是決無疑猜之事，偏有決定疑猜之理。蓋不快活即不疑猜，而不疑猜亦不快活。越快活越要疑猜，而越疑猜亦越見快活也。真是寫殺。

（張生起，跪謝云）張珙今夕得侍小姐，終身犬馬之報！（鶯鶯不語科）

（紅娘請云）小姐，回去波，怕夫人覺來。（鶯鶯起行，不語科）（張生攜鶯鶯手再看科）愁無奈！

【寄生草】多丰韻，忒稔色[48]，乍時相見教人害[49]，霎時不見教人怪，些時[50]得見教人愛。如此寫出，真是妙手空空。今宵同會碧紗幮[51]，何時重解香羅帶？

右第四十節。訂後期，文自明。

（紅娘催云）小姐快回去波！怕夫人覺來。（鶯鶯不語，行下階科）（張生雙攜鶯鶯手再看科）

【賺煞尾】春意透酥胸，看其胸。春色橫眉黛，看其眉。此兩看毒極，正是看新破瓜女郎法也。賤卻那人間玉帛[52]。奇句，妙句，清絕句，入化句。杏臉桃腮，乘月色，嬌滴滴越顯紅白。從來麗句不清，清句不麗，如此清麗之句，真無第二手也。

右第四十一節。寫張生越看越愛，越愛越看，臨行抱持，不忍釋手固也。然此正是巧遮後篇夫人疑

---

[48] 稔色：美麗。

[49] 乍時句：意為猛然間相見惹人思念。

[50] 些時：一會兒。

[51] 碧紗幮：碧紗帳。碧紗，綠紗。

[52] 賤卻句：意為人間再好的東西也不能與之相比。

問之根。最為入化出神之筆。

下香階，懶步蒼苔，非關弓鞋53鳳頭54窄。嘆鯫生55不才56，謝多嬌57錯愛58。

右第四十二節。欲寫張生訂其再來，反寫雙文今已不去。文章入化出神，一至於此哉！（從來異樣妙文，只是看熟了便不覺，西廂中如此等，真是異樣妙文也，切思不得看熟了。）

你破工夫59今夜早些來。

右第四十三節。傖讀之，謂是要其來；錦繡才子讀之，知是要其去也。若說要其來，則是祇寫張生，其文淺。必說要其去，則直寫出雙文，其文甚深也。詩云：「最是五更留不住，向人枕畔著衣裳。」此最是不可奈何時節也。聖嘆自幼學佛，而往往如湯惠休60綺語61未除。記曾有一詩云：「星河將

53 弓鞋：古代婦人之鞋。

54 鳳頭：鞋的前部形似鳳頭。

55 鯫生：小子；小人。此作自謙，猶言鄙人。鯫，音ㄗㄡ。

56 不才：自謙語，沒有才能。

57 多嬌：此指鶯鶯。

58 錯愛：自謙語，不值得喜愛，而實際指喜愛。

59 破工夫：費工夫。

60 湯惠休：惠休，南朝宋僧，原名湯休。善詩文，辭采綺艷，時與鮑照齊名。

半夜，雲雨定微寒。驫響私行怯，窗明欲度難。一雙金屈戍，十二玉欄干。纖手親捫遍，明朝無跡看。」亦最是不可奈何時節也。

61 綺語：佛教指涉及男女私情的艷麗辭藻及一切雜穢語。

四之二 拷艷

昔與斲山同客共住，霖雨十日，對床無聊，因約賭說快事，以破積悶。至今相距既二十年，亦都不自記憶。偶因讀西廂至拷艷一篇，見紅娘口中作如許快文，恨當時何不檢取共讀，何積悶之不破？於是反自追索，猶憶得數則，附之左方，並不能辨何句是斲山語，何句是聖嘆語矣。

其一，夏七月，赤日停天，亦無風，亦無雲，前後庭赫然如洪爐，無一鳥敢來飛。汗出遍身，縱橫成渠。置飯於前，不可得喫。呼簟欲臥地上，則地濕如膏。蒼蠅又來緣頸附鼻，驅之不去。正莫可如何，忽然大黑車軸疾澍澎湃之聲❶，如數百萬金鼓，簷溜❷浩於瀑布。身汗頓收，地燥如掃，蒼蠅盡去，飯便得喫，不亦快哉！

其一，十年別友，抵暮忽至，開門一揖畢，不及問其船來陸來，並不及命其坐床坐榻，便自疾趨入內，卑辭叩內子：「君豈有斗酒，如東坡婦乎？」❸內子欣然拔金簪相付，計之可作三日供也，不亦快哉！

---

❶ 大黑車軸句：意為雷聲隆隆，暴雨如注。大黑車軸，雷車，此指雷雨。

❷ 簷溜：從屋檐流下的雨水。

❸ 君豈有斗酒兩句：典出蘇軾後赤壁賦：「客曰：『今者薄暮，舉網得魚，巨口細鱗，狀似松江之鱸。顧安所得酒乎？』歸而謀諸婦。婦曰：『我有斗酒，藏之久矣，以待子不時之須。』」

其一，空齋獨坐，正思夜來床頭鼠耗可惱，不知其嘎嘎者是損我何器，嗤嗤者是裂我何書。中心回惑，其理莫措。忽見一俊貓注目搖尾，似有所睹，斂聲屏息，少復待之，則疾趨如風，掀然一聲，而此物竟去矣，不亦快哉！

其一，於書齋前，拔去垂絲海棠、紫荊等樹，多種芭蕉一二十本，不亦快哉！

其一，春夜與諸豪士快飲至半醉，住本難住，進則難進。旁一解意童子，忽送大紙礟可十餘枚，便自起身出席，取火放之。硫黃之香，自鼻入腦，通身怡然，不亦快哉！

其一，街行見兩措大❹，執爭一理，既皆目裂頸赤，如不戴天；而又高拱手，低曲腰，滿口仍用「者也之乎」等字，其語剌剌，勢將連年不休。忽有壯夫掉臂行來，振威從中一喝而解，不亦快哉！

其一，子弟背誦書爛熟，如瓶中瀉水，不亦快哉！

其一，飯後無事，入市閒行，見有小物，戲復買之。買亦已成矣，所差者至尠❺，而市兒❻苦爭，必不相饒。便淘袖中一件，其輕重與前直相上下者，擲而與之。市兒忽改笑容，拱手連稱「不敢」，不亦快哉！

其一，飯後無事，翻倒敝篋，則見新舊逋欠文契，不下數十百通，其人或存或亡，總之無有還

---

❹ 措大：亦作「醋大」。對窮酸文人的戲稱。

❺ 尠：音ㄒㄧㄢˇ。同「鮮」。很少。

❻ 市兒：賣主。

理。背人取火，拉雜燒淨，仰看高天，蕭然無雲，不亦快哉！

其一，夏月科頭赤腳，自持涼繖❼遮日，看壯夫唱吳歌，踏桔槔❽，水一時湓湧而上，譬如翻銀滾雪，不亦快哉！

其一，朝眠初覺，似聞家人歎息之聲，言某人夜來已死。急呼而訊之，正是一城中第一絕有心計人，不亦快哉！

其一，夏月早起，看人於松棚下鋸大竹作筩❾用，不亦快哉！

其一，重陰匝月，如醉如病，朝眠不起，忽聞眾鳥畢作弄晴之聲，急引手搴帷推窗視之，日光晶熒，林木如洗，不亦快哉！

其一，夜來似聞某人素心❿，明日試往看之。入其門，窺其閨，見所謂某人，方據案面南，看一文書。顧客入來，默然一揖，便拉袖命坐，曰：「君既來，可亦試看此書。」相與歡笑。日影盡去，既已自饑，徐問客曰：「君亦饑耶？」不亦快哉！

其一，本不欲造屋，偶得閒錢，試造一屋。自此日為始，需木需石，需瓦需磚，需灰需釘，無晨無夕不來聒於兩耳，乃至羅雀掘鼠⓫，無非為屋校計，而又都不得屋住。既已安之如命矣。忽然

❼ 繖：同「傘」。

❽ 桔槔：水車。

❾ 筩：同「筒」。

❿ 素心：心地淳樸。

一日，屋竟落成，刷牆掃地，糊窗掛畫，一切匠作出門畢去，同人乃來分榻列坐，不亦快哉！

其一，冬夜飲酒，轉復寒甚，推窗試看，雪大如手，已積三四寸矣，不亦快哉！

其一，夏日於朱紅盤中，自拔快刀，切綠沉西瓜，不亦快哉！

其一，久欲為比丘，苦不得公然喫肉。若許為比丘，又得公然喫肉，則夏月以熱湯快刀淨刮頭髮，不亦快哉！

其一，存得三四癩瘡於私處，時呼熱湯，關門澡之，不亦快哉！

其一，篋中無意忽撿得故人手跡，不亦快哉！

其一，寒士來借銀，謂不可啟齒，於是唯唯，亦說他事。我窺見其苦意，拉向無人處，問所需多少，急趨入內，如數給與。然後問其必當速歸料理是事耶？為尚得少留共飲酒耶？不亦快哉！

其一，坐小船，遇利風，苦不得張帆，一快其心。忽逢艑舸⑫疾行如風，試伸挽鉤，聊復挽之，不意挽之便著。因取纜，纜向其尾，口中高吟老杜「青惜峰巒、黃知橘柚」⑬之句，極大笑樂，不亦快哉！

其一，久欲覓別居與友人共住，而苦無善地。忽一人傳來云：「有屋不多，可十餘間，而門臨大河，嘉樹蔥然。」便與此人共喫飯畢，試走看之。都未知屋如何，入門先見空地一片，大可六七

⑪ 羅雀掘鼠：比喻竭力籌措財物。

⑫ 艑舸：大船。

⑬ 青惜二句：語出杜甫詩放船：「青惜峰巒過，黃知橘柚來。」

畝許，異日瓜菜不足復慮，不亦快哉！

其一，久客得歸，望見郭門兩岸童婦，皆作故鄉之聲，不亦快哉！

其一，佳磁既損，必無完理，反覆多看，徒亂人意。因宣付廚人作雜器充用，永不更令到眼，不亦快哉！

其一，身非聖人，安能無過？夜來不覺私作一事，早起怦怦⑭，實不自安。忽然想得佛家有布薩⑮之法，不自覆藏，便成懺悔。因明對生熟眾客，快然自陳其失，不亦快哉！

其一，看人作擘窠大書⑯，不亦快哉！

其一，推紙窗，放蜂出去，不亦快哉！

其一，作縣官，每日打鼓退堂時，不亦快哉！

其一，看人風箏斷，不亦快哉！

其一，看野燒，不亦快哉！

其一，還債畢，不亦快哉！

其一，讀虬髯客傳⑰，不亦快哉！

---

⑭ 怦怦：心神不安的感覺。

⑮ 布薩：佛教儀式之一，也稱「斷增長」。即佛徒向別人懺悔所犯罪過。

⑯ 擘窠大書：大字。

⑰ 虬髯客傳：唐傳奇小說，相傳唐末杜光庭撰。述虬髯客、李靖、紅拂女之事。

而實不圖西廂記之拷艷一篇，紅娘口中則有如是之快文也，不圖其〔金蕉葉〕之便認「知情犯由」也，不圖其〔鬼三台〕之竟說「權時落後」也，不圖其〔禿廝兒〕之反供「月餘一處」也，不圖其〔聖藥王〕之快講「女大難留」也，不圖其〔麻郎兒〕之切陳「大恩未報」也，不圖其〔絡絲娘〕之痛惜「相國家聲」也。夫枚乘之七治病⑱，陳琳之檄愈風⑲，文章真有移換性情之力。我今深恨二十年前賭說快事，如女兒之鬥百草，而竟不曾舉此向斲山也。

（夫人引歡郎上云）這幾日見鶯鶯語言恍惚，神思加倍，腰肢體態別又不同，心中甚是委決不下。（歡云）前日晚夕，夫人睡了，我見小姐和紅娘去花園裡燒香，半夜等不得回來。（夫人云）你去喚紅娘來。（歡喚紅娘科）（紅云）哥兒，喚我怎麼？（歡云）夫人知道你和小姐花園裡去，如今要問你哩。（紅驚云）呀，小姐，你連累我也！哥兒，你先去，我便來也。金塘水滿鴛鴦睡，繡戶風開鸚鵡知。麗句。

【越調・鬥鵪鶉】（紅娘唱）**祇若是⑳夜去明來，倒有個天長地久。**真有是理。**不爭㉑你握雨**

⑱ 枚乘句：枚乘，西漢文學家，著七發，文中假託吳客給楚太子治病，以七件事啟發太子。太子聽後，大汗一身，疾病痊瘉。七，文體名。枚乘著七發，後人仿效之，為諷勸之文，其體裁稱「七體」，簡稱「七」。昭明文選專列「七」為一門。

⑲ 陳琳句：陳琳，漢末文學家，「建安七子」之一。初從袁紹，後歸曹操。三國志注引典略：「（陳）琳作諸及檄，草成呈太祖（曹操）。太祖先苦頭風，是日疾發，臥讀琳所作，翕然而起，曰：『此愈我病。』」頭風，頭痛病。

⑳ 祇若是：如果只是。

攜雲㉒，常使我提心在口㉓。真有是理。你衹合帶月披星，誰許你停眠整宿？真有是理。

右第一節。雖為追怨鶯鶯之辭，然西廂每寫一事，必中其中窾會。何則？如世間男女之事，固所謂「夜去明來」之事也。夜去明來之事，則必須分外加意，帶月披星。如果分外加意，帶月披星，則雖至於「天長地久」，亦豈復勞「提心在口」也哉？獨無奈世之癡男癡女，其心亦明知此為夜去明來之事，必當分外加意，帶月披星，而往往至於其間，則不覺不知自然都必至於停眠整宿焉。豈惟至於其間之停眠整宿而已，乃至不覺不知自然偏向人面前握雨攜雲焉。嗚呼！只此平平六句，而一切癡男癡女，狂淫顛倒，無不寫盡。作西廂記人，定是第八童真住菩薩，又豈顧問哉！

夫人他心數㉔多，情性㑳㉕，還要巧語花言，將沒作有。

【紫花兒序】猜他窮酸做了新婿，猜你小姐做了嬌妻，猜我紅娘做的牽頭㉖。「猜他」，「猜你」，「猜我」，妙，妙！

㉑不爭：因為。
㉒握雨攜雲：喻張生鶯鶯幽會。
㉓提心在口：提心吊膽。
㉔心數：心計。
㉕㑳：音ㄔㄡ。通「㤘」。固執；褊狹。
㉖牽頭：男女私通的牽線人。

右第二節。忽故作翻跌，言我三人即使並無其事，渠一人還要猜說或有其事。一節只作一句讀也。

況你這春山低翠㉗，秋水凝眸㉘。都休㉙，妙，妙！行文乃如洛水神妃，乘月凌波，欲行又住，欲住又行，何其如意自在。**只把你裙帶兒拴，紐門兒扣，比舊時肥瘦，出落得精神，別樣的風流。**芙蕖出水，未有如是清絕，如是艷絕，如是亭亭，如是嬝嬝矣。

右第三節。「況你」，妙。「都休」，妙。「只把」，妙。與上節成翻跌，真乃異樣姿致也。細思若不作此翻跌，便總無落筆處，纔落筆，便是唐突鶯鶯。

我算將來，我到夫人那裡，夫人必問道：「兀那小賤人，

【金蕉葉】我著你但去處行監坐守㉚，誰教你迤逗㉛他胡行亂走？」這般問如何訴休㉜？

右第四節。先擬一遍，真是可兒。

㉗春山低翠：雙眉低垂。
㉘秋水凝眸：眼神呆滯。
㉙都休：別的都不說。
㉚我著你句：意為我只是叫你去監視。
㉛迤逗：勾引；教唆。
㉜如何訴休：如何訴說。休，語氣詞，無義。

我便只道：「夫人在上，紅娘自幼不敢欺心。」

便與他個知情的犯由㉝。

右第五節。此即下去一篇大文認定之題目也。稍復推諉，便成鈍置，西廂記從前至後，誓不肯作一筆鈍置也。

只是我圖著什麼來？妙，妙！真有此事，真有此情，真有此理。大則立朝，小則做家，至臨命時，回首自思，真成一哭耳。

【調笑令】他並頭效綢繆㉞，倒鳳顛鸞百事有。我獨在窗兒外，幾曾㉟敢輕咳嗽？妙，妙！輕咳嗽便不免也。立蒼苔祇把繡鞋兒冰透。〔調笑令〕第一句二字押韻。

右第六節。上既算定答對，此便忽然轉筆，作深深埋怨語。而凡前篇所有不及用之筆，不及畫之畫，不覺都補出來。（前於酬簡篇中，真是何暇寫到紅娘？然而酬簡篇中之紅娘，豈可以不寫哉？此特補之。）

如今嫩皮膚，去受粗棍兒抽，我這通殷勤的著甚來由㊱？

㉝ 便與句：意為便向老夫人說出所知道的一切。犯由，罪狀。

㉞ 綢繆：纏綿。此指男女幽會。

㉟ 幾曾：何曾。

㊱ 來由：原因。

右第七節。豈獨紅娘，便喚醒天下萬世一輩熱血任事人，真乃痛哉，痛哉！

咳，小姐，我過去呵，說得過，你休歡喜；說不過，你休煩惱。你只在這裡打聽波。（紅娘見夫人科）（夫人云）小賤人，怎麼不跪下！你知罪麼？（紅云）紅娘不知罪。（夫人云）你還自口強哩，若實說呵，饒你，若不實說呵，我只打死你個小賤人！誰著你和小姐半夜花園裡去？（紅云）不曾去，誰見來？（夫人云）歡郎見來，尚兀自㊲推㊳哩！（打科）只略推耳，不力推也。力推便成鈍置，豈復是紅娘人物？豈復是西廂筆法哉？可想。

（紅云）夫人，不要閃了貴手。且請息怒，聽紅娘說。

不惟夫人「且請息怒，聽紅娘說」，惟讀者至此，亦且請掩卷，算紅娘如何說。蓋天下最可惜是迢迢長夜，轟飲㊴先醉；一。見絕世佳人，疾促其解衣上床；二。夾取江瑤柱㊵滿口大嚼；三。輕將古人妙文成片誦過。四。此皆上犯天條，下遭鬼僇之事，必宜「有則改之，無則加勉」者也。

【鬼三台】夜坐時停了鍼綉，先停綉，猶未說話。妙，妙！看其逐句漸漸而出，恰如春山吐雲相似。分

㊲ 尚兀自：還故意。

㊳ 推：推諉。

㊴ 轟飲：狂飲。

㊵ 江瑤柱：江瑤，貝類，其肉柱味極鮮美。

明一幅雙仕女圖。**和小姐閒窮究**㊶。說閒話，猶未說張生。妙，妙！看其逐句漸漸而出，因此句忽然想得男兒十五六歲，與其同硯席人㊷，南天北地，無事不說。彼女兒在深閨中，亦必無事不說也，特吾等不與聞耳。**說哥哥病久，**說張生，猶未候張生。妙，妙！看其漸漸而出。不稱張生，卻稱哥哥，憨便憨殺人，乖又乖殺人。**喒兩個背著夫人，向書房問候。**偏能下「背著夫人」四字，使夫人失驚。妙，妙！

右第八節。更不力推，他便自招承，已為妙絕，而尤妙於作當廳招承語，而閒閒然只如敘情也，只如寫畫也，只如述一好事也，只如談一他人也。嘻，異哉！技蓋至此乎？細思若一作力推語，筆下便自忙，此正為更不復推，因轉得閒耳。

（夫人云）問候呵，他說甚麼？妙，妙！看他下文問出三個「他說」來。

他說：「夫人近來恩做讎，教小生半途喜變憂。」

此一「他說」可也，猶夫人意中之說也。

他說：「紅娘你且先行，」他說：「小姐權時㊸落後㊹。」

㊶ 窮究：此指說話，談天。
㊷ 同硯席人：同學。
㊸ 權時：暫時。
㊹ 落後：晚些走。

此兩「他說」不可也，乃夫人意外之說也。

右第九節。紅娘之招承可也。但紅娘招承至於此際，則將如何措辭？忽然只就夫人口中「他說甚麼」之一句，輕輕接出三個「他說」，而其事遂已宛然。此雖天仙化人，乘雲御風，不足為喻矣！

（夫人云）哎喲！小賤人，他是個女孩兒家，著他落後怎麼？讀至此句時，不得笑夫人歟，蓋從來事至於此，定不得不作如此問耳。

【禿廝兒】定然是神針法灸，難道是燕侶鶯儔[45]**？**俗本之鈍置，真乃不足道也。

右第十節。普天下錦繡才子齊來看其反又如此用筆，真乃天仙化人，通身雲霧，通身冰雪。聖嘆惟有倒地百拜而已。既有夫人「哎喲」之句，則其事已自了然，便定應向萬難萬難中，輕輕描出筆來也，再說便不是說話也。（妙批！）

他兩個經今月餘，只是一處宿，

右第十一節。夫人疑有這一夕，便偏不說這一夕。夫人疑只有這一夕，便偏要說不止這一夕。純作天仙化人，明滅不定之文。王龍標[46]有「雲英化水，光采與同」之詩，我欲取以贈之。

---

[45] 定然是兩句：意為一定是向張生問候病情，總不至於是去做夫妻成親吧。

[46] 王龍標：王昌齡，唐詩人。曾官龍標尉，故稱王龍標。下引詩見其齋心：「雲英化為水，光采與我同。」

定然是神
針法灸
難道是
燕侶
鶯
儔
拷艷

何須你一一搜緣由？

【聖樂王】他們不識憂，不識愁，一雙心意兩相投。夫人你得好休，便好休，其間何必苦追求㊼？

右第十二節。已上是招承，已下是排解。忽然過接，疾如鷹隼。人生有如此筆墨，真是百年快事。

（夫人云）這事，都是你個小賤人！（紅云）非干張生、小姐、紅娘之事，乃夫人之過也。

快文，妙文，奇文，至文。夫人云「都是小賤人」，乃紅娘忽然添出「張生小姐」四字者，明是為張生、小姐推夫人，而暗是為自家推張生、小姐也。可想。

（夫人云）這小賤人，倒拖下我來，怎麼是我之過？（紅云）信者，人之根本，人而無信，大不可也。當日軍圍普救，夫人許退得軍者以女妻之。張生非慕小姐顏色，何故無干㊽建策㊾？夫人兵退身安，悔卻前言，豈不為失信乎？既不允其親事，便當酬以金帛，令其舍此遠去，卻不合留於書院，相近咫尺，使怨女曠夫㊿，各相窺伺，因而有此一端。夫人若不遮蓋此事，一來辱沒相國家譜，二來張生施

㊼ 得好休三句：意為能了結就快了結，這中間的事不必過於追究。休，罷休。
㊽ 無干：無緣無故。
㊾ 建策：此指提出退兵之計。
㊿ 怨女曠夫：女子成年未嫁稱怨女，男子成年未娶稱曠夫。

恩於人，反受其辱，三來告到官司，夫人先有治家不嚴之罪。依紅娘愚見，莫若恕其小過，完其大事，實為長便51。

常言女大不中留。

【麻郎兒】又是一個文章魁首，一個仕女班頭；一個通徹三教九流，一個曉盡描鸞刺繡。

【後】世有，便休，罷手52。

右第十三節。快然瀉出，更無留難。人若胸膈有疾，只須朗吟拷艷十過，便當開豁清利，永無宿物。

大恩人怎做敵頭53？啟白馬將軍故友，斬飛虎么麼草寇。

右第十四節。再申說此。

【絡絲娘】不爭54和張解元參辰卯酉55，便是與崔相國出乖弄醜。到底干連著自己皮肉，

51 長便：好辦法。

52 世有三句：意為世間固有罷休了結之事。指張生鶯鶯既然已有此事，只得罷休，不必阻撓。

53 敵頭：對頭。

54 不爭：此指當真，真的。

55 參辰卯酉：參星酉時（下午五時至七時）出於西方，辰星（即商星）卯時（早上五時至七時）出於東方，兩星此現彼隱，永不相見。此比喻與張生做對頭。

右第十五節。再申說此。

夫人你體究[56]。

右第十六節。總結之。讀竟，請浮一大白。

（夫人云）這小賤人，倒也說得是。我不合養了這個不肖之女。經官[57]呵，其實辱沒家門。罷，罷！俺家無犯法之男，再婚之女，便與了這禽獸罷！紅娘，先與我喚那賤人過來！

（紅娘請云）小姐，那棍子兒只是滴溜溜在我身上轉，喫[58]我直說過了，如今夫人請你過去。（鶯鶯云）羞人答答的，怎麼見我母親？（紅云）哎喲，小姐你又來，娘跟前有甚麼羞？羞時，休做！

都是清絕麗極之文。

【小桃紅】你個月明纔上柳梢頭，卻早人約黃昏後[59]。羞得我腦背後[60]，將牙兒襯著衫兒袖。乍凝眸，只見你鞋底尖兒瘦。一個恣情的不休，一個啞聲兒廝耨[61]。其淫至於使年老

[56] 體究：仔細考慮。
[57] 經官：交給官府處置。
[58] 喫：被。
[59] 月明兩句：語出朱淑真生查子。
[60] 腦背後：轉過臉。

人尚不可卒讀，真是異事。啞，音軛。那時不曾害半星兒羞。

右第十七節。忽又接雙文口中「羞」字，另作一篇沉鬱頓挫之文。傖讀之謂是點染戲筆，不知正是紛披老筆也。我又忽想，酬簡一篇，只是寫定情初夕，然則此處，真不可不補寫此節也。此方是一月以來張生雙文也，然而遂成虐謔矣。

（鶯鶯見夫人科）（夫人云）我的孩兒！只得四字。（夫人哭科，鶯鶯哭科，紅娘哭科）寫紅娘亦哭，便寫盡女兒心性也。妙絕，妙絕！記幼時曾見一打棗竿歌云：「送情人直送到丹陽路，你也哭，我也哭，趕腳的也來哭。『趕腳的，你哭是何故？』『去的不肯去，哭的只管哭，你兩下裡調情也，我的驢兒受了苦！』」此天地間至文也。

西廂科白之妙至於如此，俗本皆失，一何可恨。

（夫人云）我的孩兒，你今日被人欺負，四字，奇奇妙妙。做下這等之事，都是我的業障，待怨誰來？

真好夫人，真好西廂。我讀之，一點酸直從腳底透至頂心，蓋十數日不可自解也。

我待經官呵，辱沒了你父親，這等事，不是俺相國人家做出來的。（鶯鶯大哭科）（夫人云）紅娘，你

61 廝耨：糾纏親昵。

扶住小姐。罷，罷，都是俺養女兒不長進！你去書房裡，喚那禽獸來！

西廂科白之妙至於如此。

（紅娘喚張生科）（張生云）誰喚小生？真乃睡裡夢裡。試給之云：「小姐喚你哩！」看他又如何？（紅云）你的事發了也，夫人喚你哩！（張生云）紅娘姐，沒奈何，你與我遮蓋些。不知誰在夫人行說來？小生惶恐，怎好過去？（紅云）你休佯小心，老著臉兒，快些過去。

【後】既然洩漏怎干休？破其「與我遮蓋」及「怎好過去」之語也。

右第十八節。寫紅娘，只是一味快，真乃可兒。

是我先投首⑫。破其「不知誰說」之語也。妙，妙！

右第十九節。昔曹公⑬既殺德祖⑭，內不自安，因命夫人通候其母，兼送奇貨若干，內開一物云「知心青衣⑮二人。」異哉，世間豈真有此至寶耶？為之忽忽⑯者累月。今讀西廂，知紅娘正是其人，

---

⑫ 投首：自首。

⑬ 曹公：曹操。

⑭ 德祖：楊修，字德祖，太尉楊彪之子，為曹操所殺。

⑮ 青衣：漢以後以青衣為卑賤者之服，故稱婢為青衣。

⑯ 忽忽：心中空虛恍惚。

殆又將為之忽忽也。

他如今賠酒賠茶倒攔就67，你反擔憂。破其「惶恐」之語也。

右第二十節。嚼哀梨68，便如嚼雪矣。

何須定約通媒媾，我擔著個部署不周。

右第二十一節。言今日之事，皆在於我，欲其放心速過去也。可兒，可兒！

你元來69苗而不秀70。呸！一個銀樣鑞鎗頭71。

右第二十二節。由他奚落，可兒，可兒！

（張生見夫人科）（夫人云）好秀才，豈不聞「非先王之德行不敢行」72？我便待送你到官府去，祇辱

67 倒攔就：遷就。攔，音ㄖㄨㄢˊ。

68 哀梨：亦作「哀家梨」。相傳漢朝秣陵人哀仲所種之梨，實大而味美。後以「如食哀家梨」，比喻文辭的流暢爽利。

69 元來：原來。

70 苗而不秀：光長苗，不開花積穗。比喻無用之人。

71 銀樣鑞鎗頭：鎗頭看上去像銀，其實是鑞做的，沒有用處。比喻中看不中。鑞，錫與鉛之合金。

沒了我家門。我沒奈何，把鶯鶯便配與你為妻。只是俺家三輩不招白衣⑬女婿，你明日便上朝取應去，俺與你養著媳婦兒。得官呵，來見我；剝落⑭呵，休來見我。（張生無語，跪拜科）

（紅云）謝天謝地，謝我夫人！

【東原樂】相思事，一筆勾，早則⑮展放⑯從前眉兒皺，密愛幽歡恰動頭⑰。

右第二十三節。回遡前文，遙遙自從借廂酬韻直至於今，真所謂而後乃今，心滿意足，神歡人喜也，卻不謂又是反挑下篇。

誰能夠，只三個字，便抵一大篇感士不遇賦⑱。

右第二十四節。只用三個字作一篇，卻動人無限感慨，只如聖嘆便是不能夠也。何獨聖嘆不能夠，即張生雙文少前一刻，亦便不能夠也。痛定思痛，險過思險，只三個字，灑落有心人無限眼淚。

---

⑫ 非先王句：語出孝經卿大夫章。

⑬ 白衣：古代平民穿白衣，故以白衣指沒有功名、沒有官職的人。

⑭ 剝落：落榜。

⑮ 早則：早就。

⑯ 展放：舒展開。

⑰ 恰動頭：才剛剛開始。

⑱ 感士不遇賦：晉陶淵明所作之賦。

兀的般[79]可喜娘龐兒也要人消受。入化出神之句，非雙文固不敢當，非張生亦不敢當也。聖嘆餘生，當日日唱之，處處題之。

右第二十五節。妙絕！妙絕！弄筆至此，真是龍跳天門，虎臥鳳闕，豈復尋常手腕之所得學哉！

（夫人云）紅娘，你分付收拾行裝，安排酒肴菓盒，明日送張生到十里長亭[80]餞行去者。寄語西河[81]堤畔柳，安排青眼送行人。（夫人引鶯鶯下）

（紅云）張生，你還是喜也，還是悶也？

【收尾】直要到歸來時，畫堂簫鼓鳴春晝，方是一對兒鸞交鳳友。如今還不受你說媒紅[82]，喫你謝親酒。字字是快字，句句是悶字。妙，妙！

右第二十六節。不必讀至後篇，而遍身麻木，不得動彈矣。

---

[79] 兀的般：這般。

[80] 十里長亭：古代設在路邊供人休息住宿的亭舍，有「十里一長亭，五里一短亭」的說法。

[81] 西河：黃河。

[82] 說媒紅：謝媒錢。

四之三　哭　宴

佛言：「一切眾生❶，於空海❷中，妄想為因，起顛倒緣。」唯然世尊云：「何名為『妄想為因，起顛倒緣』？」佛言：「善哉！汝善思惟，我今當說：『妄想因』者，是大空海，常自和合，非見面法。常自寂靜，非別離法。無有彼我，非不數法。一切具足，非可數法。眾生無明，不守自性，自然業力，如風鼓蕩，於是妄想微細流注。先於無我清淨地中妄起計著，謂此是我。既已有我，於彼其餘無量非我，純清淨法，自然不得不名為人。由是轉展，彼諸非我，名為『人』者，亦復妄起，各各計著，皆悉自謂此決是我。既已各各自謂為我，則彼於我，自然各各以為非彼。既已非彼，自然不得不又名我，反謂之人。如是眾生，並住一國，或一聚落，乃至一家。於其中間，生諸慕悅。以慕悅故，則生愛玩；愛玩久故，則篤恩義；恩義極故，伸諸語言。或復倚肩，或復促膝，或復攜手，或復抱持。密字低聲，指星誓水：『我於世間，獨愛一人。所謂一人，則汝身是，我真不愛其餘一人！』復有語言：『我今與汝，便為一人，無有異也！』復有語言：『汝非是汝，汝則是我；我亦非我，我則是汝。』伸如是等諸語言時，兩情奔悅，猶如渴鹿而赴陽燄。不受從旁一人教諫，亦復不令從旁之人得知其事。於其家中，起一高樓，莊校嚴飾，極令華好。中敷婉筵，兩頭安枕。

❶ 眾生：佛教指一切有生命的人或物。

❷ 空海：佛教指生命存在的外界環境，因其超乎色相現實，虛幻不實，故謂之「空」。

簫笛箜篌，琵琶鼓樂，一切樂具，畢陳無缺。如是二人，坐著樓中，以晝為夜，以夜為晝。一切世間人所曾作，如是二人無不皆作；復次世間人不曾作，如是二人亦無不作。其樓四面起大危垣，樓下階梯盡撤不施。並不令人得窺暫見，乃至不令人得相呼。如是眾生，沉在妄想顛倒海中。妄想為因，作諸顛倒；顛倒為緣，復生妄想。妄想妄想，顛倒顛倒，如是眾生，墜墮其中。從於一劫，乃至二劫、三劫、四劫，遂經千劫。如人醉酒，中邊皆眩，非是少藥之所得愈。」於是尊者即從座起，涕淚悲泣，重白佛言：「大慈世尊，如是眾生，云何度脫❸？」佛言：「善哉！汝善思惟，我今當說：如是眾生，不可度脫。雖以如來大慈大悲，方便說法，極大巧妙，猶不能令得度脫也，何況以下須陀洹人、斯陀含人、阿那含人、辟支佛人❹而能為彼作大度脫？」尊者重又白其佛言：「大慈世尊，如是眾生，如世尊言，然則終不得度脫耶？」佛言：「善哉！汝善思惟，我今當說：如是眾生，終不度脫。設以先世有福德故，不度脫中忽應度脫，則彼眾生自作度脫，非是餘人來相度脫。」云：「何名為不度脫中忽應度脫，是彼眾生自作度脫，非是餘人來相度脫？」「汝善思惟，我今當說：如是眾生，正顛倒時，先世福德，忽然至前。則彼眾生，便當離別。或緣官事而作離別，或被王命而作離別，或受父母之所發遣而作離別，或罹兵火之所波迸而作離別，或遇仇家之所迫持而作離別，或遭勢力之所脅奪而作離別，或自生嫌而作離別，或信人讒而作離別。乃至或因一期報盡，死亡相促，長作離別。汝善思惟：夫離別者，一切妄想顛倒眾生善知識也。離別名為療癡良藥，離別名為

---

❸ 度脫：此指將眾生從顛倒海中解脫出來。
❹ 須陀洹人句：都是佛教各種修行等級的名稱。

割愛慧刀，離別名為抉網坦塗❺，離別名為釋縛恩赦。汝善思惟：一切眾生，最苦離別，最難離別，最重離別，最恨離別。而以先世福德力故，終亦不得不離別時，自此一別，一切都別。蕭然閒居，如夢還覺，身心輕安，不亦快乎！汝善思惟：設使眾生，於先世中無有福德，則於今世終無離別；既無離別，即久顛倒；顛倒既久，便成怨嫉。」云云。已上出大藏擬字函佛化孫陀羅難陀入道經。由是言之，然則西廂之終於哭宴一篇，豈非作者無盡婆心，滴淚滴血而抒是文乎？如徒以昌黎「歡愉難工，憂愁易好」❻之言目之，豈不大負前人津梁❼一世之盛心哉？

（夫人上云）今日送張生赴京。紅娘，快催小姐，同去十里長亭。我已分付人安排下筵席，一面去請張生，想亦必定收拾了也。

（鶯鶯、紅娘上云）今日送行，早則離人多感，況值暮秋時候，好煩惱人也呵！

（張生上云）夫人夜來逼我上朝取應，得官回來，方把小姐配我。沒奈何，只得去走一遭。我今先往十里長亭，等候小姐，與他作別呵！（張生先行科）

（鶯鶯云）悲歡離合一杯酒，南北東西四馬蹄。（悲科）

【正宮・端正好】（鶯鶯唱）碧雲天，黃花地❽，西風緊，北雁南飛。曉來誰染霜林醉？

---

❺ 坦塗：大道。

❻ 歡愉難工兩句：語出韓愈荊潭唱和詩序。工，精緻。好，完善。

❼ 津梁：原指橋梁，此引申為接濟、超度。

❽ 碧雲天兩句：語本范仲淹蘇幕遮詞：「碧雲天，黃葉地。」黃花，菊花。

總是離人淚❾。絕妙好辭！

右第一節。恰借范文正公「窮塞主」語作起❿，純寫景，未寫情。

【滾繡毬】恨成就得遲，怨分去⓫得疾⓬。柳絲長，玉驄難繫⓭。

右第二節。此「遲」、「疾」二句，方寫情。通篇反反覆覆，曲曲折折，都只寫此「遲」、「疾」二句也。又添「柳絲」一句者，只是甚寫其疾也。

倩疏林，你與我掛住斜暉⓮。「你與我」，「你」字妙。杜詩云：「春宅棄汝去」，又云：「天風吹汝寒」，又云：「濁醪誰造汝」⓯，皆是此等字法也。

---

❾ 曉來兩句：意為離人的斑斑血淚把深秋早晨的楓林都染紅了，紅得像醉漢的臉。曉來，早晨。

❿ 恰借范文正公句：指首句「碧雲天」語本范仲淹詞。范仲淹，宋文學家，謚文正。曾作詞述邊鎮之勞苦，歐陽修稱之為「窮塞主之詞」。

⓫ 分去：分別。

⓬ 疾：急；快。

⓭ 柳絲長兩句：古人送客有折柳枝贈別的習俗，此借柳絲難繫玉驄比喻鶯鶯一片深情卻留不住張生。

⓮ 倩疏林兩句：倩，請。疏林，稀疏的林木。斜暉，落日。掛住斜暉，猶言留住時間。

⓯ 杜詩六句：分別見杜詩登舟將適漢陽、廢畦、落日。

第六才子書
圖 哭宴
倩疏林你
与我挂
住斜
暉

右第三節。前日即此日也，曾要教「賢聖打」，今日亦即此日也，卻要教「疏林掛」。嗟乎！為汝日者，不亦難乎？吳歌云：「做天切莫要做個四月天，（天則天矣，乃云『做天』。做天則做矣，乃云『切勿做四月天』。世間有此奇奇妙妙之文。）蠶要溫和麥要寒。種小菜個哥哥要落雨，採桑娘子要晴乾。」嗟乎！天地之大，人猶有憾，類如斯矣。「若事於仁，堯舜猶病⑯」，不其然乎？何獨怪於雙文焉。

馬兒慢慢行，車兒快快隨⑰。

右第四節。二句十字，真正妙文，直從雙文當時又稚小、又憨癡、又苦惱、又聰明一片微細心地中的的⑱描畫出來。蓋昨日拷問之後，一夜隔絕不通，今日反借餞別，圖得相守一刻。若又馬兒快快行，車兒慢慢隨，則是中間仍自隔絕，不得多作相守也。即馬兒慢慢行，車兒慢慢隨，或馬兒快快行，車兒快快隨，亦不成其為相守也。必也馬兒則慢慢行，車兒則快快隨，車兒既快快隨，馬兒仍慢慢行。於是車在馬右，馬在車左，男左女右，比肩並坐，疏林掛日，更不復夜，千秋萬歲，永在長亭。此真小兒女又稚小、又苦惱、又聰明、又憨癡一片的的微細心地。不知作者如何寫出來也。（文真是妙文，批真是妙批。聖嘆亦不敢復讓。）

---

⑯ 若事於仁兩句：語出論語雍也。意為像這樣的事，連堯舜都難以辦到。

⑰ 馬兒兩句：張生騎馬在前，鶯鶯坐車在後，因此希望馬慢車快，兩人得以並行。

⑱ 的的：明明白白。

恰告了相思迴避，破題兒又早別離⑲。「迴避」、「破題」，字法妙極。「迴避」者，任之終；「破題」者，文之始。

右第五節。此即上文「遲」、「疾」二句也，通篇忽忽只寫此二句。

猛聽得一聲去也，鬆了金釧；遙望見十里長亭，減了玉肌。

右第六節。上寫行來，此寫已到也。驚心動魄之句，使讀者亦自失色。

（紅云）小姐，你今日竟不曾梳裹呵。（鶯鶯云）紅娘，你那知我的心來！

此恨誰知？

【叨叨令】見安排車兒、馬兒，不由不熬熬煎煎的氣；妙，妙。甚心情花兒、靨兒，打扮得嬌嬌滴滴的媚；妙，妙。眼看著衾兒、枕兒，只索要昏昏沉沉的睡；妙，妙。誰管他衫兒、袖兒，濕透了重重疊疊的淚。妙，妙。兀的不悶殺人也麼哥⑳，悶殺人也麼哥！誰思量書兒、信兒，還望他恓恓惶惶㉑的寄。妙，妙。

---

⑲ 恰告了兩句：意為相思才了，別離又起。迴避，結束。

⑳ 兀的句：意為這真是悶死人也！兀的，這。也麼哥，語氣詞。

㉑ 恓恓惶惶：痛苦煩惱。

右第七節。自第一節至第五節，寫行來；第六節，寫已到。此第七節，則重寫未來時也。此非倒轉寫也，只為匆匆出門，其事須疾，則不應多寫家中情事，誠恐一寫便見遲留。今既至此時，正是不妨補寫也。史記最用此法，異日盡欲呈教。又寫得沉鬱之至，最為耐讀文字。

（夫人、鶯鶯、紅娘作到科）（張生拜見夫人科）（鶯鶯背轉科）

（夫人云）張生，你近前來！自家骨肉，不須迴避。孩兒，你過來見了呵！（張生、鶯鶯相見科）科白妙。

（夫人云）張生這壁坐。老身這壁坐。孩兒這壁坐。紅娘！斟酒來。張生，你滿飲此杯。我今既把鶯鶯許配於你，你到京師，休辱沒了我孩兒，你掙扎㉒個狀元回來者。

（張生云）張珙才疏學淺，憑仗先相國及老夫人恩蔭，好歹要奪個狀元回來，封拜小姐。（各坐科）

（鶯鶯吁科）科白妙。

【脫布衫】下西風黃葉紛飛，染寒煙衰草淒迷。酒席上斜簽著坐㉓的，

右第八節。寫坐，文甚明。須知其「風葉」「煙草」四句，非複寫〔端正好〕中語，乃是特寫雙文眼中曾未見坐於如是之地也。〔端正好〕是寫別景，此是寫坐景也。可想。

㉒ 掙扎：此指奪得。

㉓ 斜簽著坐：斜著身子側坐。

我見他蹙愁眉，死臨侵地㉔。

【小梁州】閣淚㉕汪汪不敢垂㉖，恐怕人知。張生怕人知，乃雙文偏又知之。昨讀莊惠濠上互不能知之文，今又讀張崔長亭脈脈共知之文，真乃各極其妙也。猛然見了把頭低，長吁氣，推整素羅衣㉗。是何神理，直寫至此。

右第九節。真寫殺張生也，然是寫雙文看張生也。然則真看殺張生也。寫雙文如此看張生，真寫殺雙文也。打棗竿歌云：「捎書人出得門兒驟，趕梅香，喚轉來，我少分付了話頭。見他時，切莫說我因他瘦。現今他不好，說與他又擔憂。他若問起我的身中也，只說災悔從沒有。」已是妙絕之文，然亦只是自說。今卻轉從雙文口中體貼張生之體貼雙文，便又多得一層。文心漩復，真有何限！

【後】雖然久後成佳配，這時節怎不悲啼？

右第十節。此句於最前借廂篇中即有之，而今於此篇復更作之者。有文作已不許又作，又作即成矢橛㉘；有文作已不妨又作，不作反成空缺也。

㉔ 死臨侵地：無精打采的樣子。

㉕ 閣淚：含淚。

㉖ 垂：眼淚流下。

㉗ 推整句：假裝整理衣裳。推，假裝。

意似癡，心如醉，只是昨宵今日，清減了小腰圍㉙。

【上小樓】我只為合歡未已，離愁相繼。前暮私情，昨夜分明，今日別離。我恰知那幾日相思滋味，誰想那別離情更增十倍。正恐一個半觔，一個八兩，過後自忘，當情則覺耳。小姐誤矣！

右第十一節。此又忽忽寫前之二句也。

（夫人云）紅娘，服侍小姐把盞者。（鶯鶯把盞科）（張生吁科）（鶯鶯低云）你向我手裡喫一盞酒者。

【後】你輕遠別，便相擲。全不想腿兒相壓，臉兒相偎，手兒相持。

右第十二節。一月餘夫妻，不復為唐突語。

你與崔相國做女婿，妻榮夫貴，這般並頭蓮，不強如狀元及第？從來只知妻以夫貴，今日方知夫以妻貴。妙絕，妙絕。

右第十三節。奇文，妙文，快文，至文。知此言者獨一秦嘉㉚，不知此言者亦獨一郭曖㉛。

㉘ 矢橛：此喻無價值之物。

㉙ 昨宵今日兩句：意為今天與昨夜相比，又瘦了許多。

㉚ 秦嘉：東漢人，因公赴洛陽，值妻回娘家，不及面別，作詩為贈。玉臺新詠有其贈婦詩三首，其妻答詩一首，敘夫妻惜別之情。

（重入席科，吁科）

【滿庭芳】供食太急㉜，你眼見須臾對面，頃刻別離。

右第十四節。斗然怨到供食人，真是出奇無窮。「眼見」，妙。老杜絕句云：「眼見客愁愁不醒，無賴春色到江亭。即遣花開深造次，便教鶯語太丁寧。」夫客自愁，春何嘗見？春若見，春那有眼？今衹因自己煩悶，怕見春來，卻無端冤其眼見，罵其無賴，是為真正無賴之至也。此正用其「眼見」字。

若不是席間子母當迴避，有心待舉案齊眉。滴滴是淚，滴滴是血。雖是廝守得一時半刻，又跌一句。總之直到底，不肯作一停住之句。也合教俺夫妻每共桌而食。滴滴是淚，滴滴是血。偏寫得出，豈非天分？眼底空留意，尋思就裡，險化個望夫石。

右第十五節。前文閒閒寫得「張生這壁坐，孩兒這壁坐」，不意中間又有如是一節至文妙文，真乃「應以離別身得度，即現離別身而為說法」矣。

（夫人云）紅娘，把盞者。（紅把張生盞畢，把鶯鶯盞云）小姐，你今早不曾用早飯，隨意飲一口兒湯

㉛ 郭曖：唐郭子儀之子，娶代宗女昇平公主，夫妻不和。

㉜ 供食太急：酒食送得太快了。

波。

【快活三】將來的㉝酒共食，嘗著似土和泥，假若便是土和泥，也有些土氣息，泥滋味。

奇文，妙文，天地中間數一數二之句！

右第十六節。豈惟奇文妙文，便可竪作叢林，勘遍天下學者。庵主半夜被婆子遣丫角女兒抱住，凝然說頌云：「枯木倚寒巖，三冬無煖氣。」此即「酒共食」一似「土和泥」也。婆子明日便燒卻庵，趕去此庵主，惡其有「土氣息，泥滋味」也㉞。今雙文不但似「土和泥」，乃至無有「土氣息，泥滋味」。此正香嚴「去年無立錐之地，今年錐也無」時候也。文章一道，乃至於此，令人失驚。

【朝天子】煖溶溶玉醅㉟，白泠泠似水。多半是相思淚。

右第十七節。此節是說酒，是說淚，不可得辨也。李後主㊱云：「此中日夕只以眼淚洗面。」便是如出一口說話也。

面前茶飯不待喫，恨塞滿愁腸胃。

㉝ 將來的：拿來的。
㉞ 庵主一段：事見五燈會元所載之公案「枯木禪」。
㉟ 玉醅：美酒。
㊱ 李後主：南唐後主李煜。失國後身居宋都汴京。引語相傳出自李煜與金陵舊宮人書。

右第十八節。此節是說飯，是說恨，不可得辨也。佛言：「小兒以啼為食，婦人以恨為食。」亦便是如出一口說話也。

只為蝸角虛名㊲，蠅頭微利，拆鴛鴦坐兩下裡。「坐」字妙。俗誤作「在」字，便不知與下節生起。**一個這壁，一個那壁，**此即上句「坐」字也。**一遞一聲長吁氣。**筆力雄大，遂能兼寫張生。

右第十九節。此與下二十節皆極力描寫「拆」字也。此猶是拆開而坐也，而已不可禁當也。

【四邊靜】霎時間杯盤狼籍，還要車兒投東，馬兒向西，兩處徘徊，大家是落日山橫翠。筆力雄大，遂能兼寫張生。

右第二十節。此乃拆開至於不可復知其何在。心非木石，其又何以禁當也。

知他今宵宿在那里？有夢也難尋覓。

右第二十一節。看他忽然逗漏後篇，即知此篇之文已畢。乃下去更作〔耍孩兒〕六煞者，換過正宮，借轉般涉。蓋從來送別之曲，多作三疊唱之，最是變色動容之聲。又不比李謨㊳吹笛，每一哨遍，

㊲ 蝸角虛名：微小的虛名。蝸角，蝸牛頭上的觸鬚，比喻極微。

㊳ 李謨：唐代善吹笛者。

必遲其聲以媚之之例也。

（夫人云）紅娘，分付輛㊴起車兒，請張生上馬，我和小姐回去。（各起身科）（張生拜夫人科）（夫人云）別無他囑，願以功名為念，疾早回來者。（張生謝云）謹遵夫人嚴命。（張生、鶯鶯拜科）（鶯鶯云）此一行，得官不得官，疾便回來者！此囑語妙，妙！豈為官哉？豈慮張生哉？全是昨日夫人怒辭猶在於耳，遂不覺不吐於口必不得快也。嬌憨女兒，其性格真有如此。（張生云）小姐放心！狀元不是小姐家的，是誰家的？小生就此告別。又妙，又妙！謙未必得狀元，固不佳，誇必定得狀元，又不佳。「狀元原是小姐家的」，精絕！（鶯鶯云）住者㊵。君行別無所贈，口占㊶一絕，為君送行：「棄擲今何道，當時且自親。還將舊來意，憐取眼前人㊷。」（張生云）小姐差矣！張珙更敢憐誰？此詩——一來小生此時方寸已亂，二來小姐心中到底不信，且等即日狀元及第回來，那時敬和小姐。妙白，妙至於此，便都作變徵之聲，親朋盡一哭矣！

【般涉・耍孩兒】淋漓紅袖淹情淚，知你的青衫更濕。改去「司馬」字。伯勞東去燕西飛，未登程先問歸期。分明眼底人千里，已過尊前酒一杯。我未飲心先醉，眼中流血，心內

㊴ 輛：作動詞，同「駕」。

㊵ 住者：停住；且慢。

㊶ 口占：隨口吟成。

㊷ 棄擲四句：意為你現在將我拋棄也沒有關係，當初是你自己向我求親的。你還會把過去對我的情意去愛你眼前的新人吧。

成灰。

右第二十二節。妙文自明。

【五煞】到京師，服水土，趁程途㊸，節飲食，順時㊹自保千金體。荒村雨露眠宜早，野店風霜起要遲。鞍馬秋風裡，無人調護，自去扶持。

右第二十三節。妙文自明。

【四煞】憂愁訴與誰？相思只自知，老天不管人憔悴。淚添九曲黃河溢，恨壓三峰華嶽低。到晚西樓倚，看那夕陽古道，衰柳長堤。

右第二十四節。妙文自明。

【三煞】方纔還是一處來，如今竟是獨自歸。寫到這裡。歸家怕看羅幃裡，昨宵是繡衾奇煖留春住，今日是翠被生寒有夢知。留戀應無計，一個摞鞍㊺上馬，兩個淚眼愁眉。

㊸趁程途：趕路。趁，趕。

㊹順時：順應季節氣候變化。

㊺摞鞍：跨鞍。

右第二十五節。妙文自明。

【二煞】不憂文齊福不齊㊻，只憂停妻再娶妻㊼。河魚天雁多消息，杜詩：「天上多鴻雁，河中足鯉魚。」㊽我這裡青鸞有信頻須寄，你切莫金榜無名誓不歸。君須記：若見些異鄉花草，再休似此處棲遲㊾。

右第二十六節。妙文自明。

（張生云）小姐金玉之言，小生一一銘之肺腑。相見不遠，不須過悲，小生去也。忍淚佯低面，含情假放眉。（鶯鶯云）不知魂已斷，那有夢相隨？（張生下）（鶯鶯吁科）

【一煞】青山隔送行㊿，疏林不做美，淡煙暮靄相遮蔽。夕陽古道無人語，禾黍秋風尚馬嘶。嬾上車兒內。來時甚急，去後何遲。

㊻ 文齊福不齊：有文才但缺少福氣，比喻考不上狀元。
㊼ 停妻再娶妻：有妻不認而另娶新歡。
㊽ 天上兩句：語出杜甫詩寄高三十五詹事適。鴻雁、鯉魚，古人稱此二物能替人傳書，即上文的「河魚天雁多消息」。
㊾ 棲遲：逗留。
㊿ 隔送行：隔斷送行人，指張生此時已轉過山坡。

右第二十七節。妙文自明。

（夫人云）紅娘，扶小姐上車，天色已晚，快回去波。終然宛轉從嬌女，算是端嚴做老娘。（夫人下）

（紅娘云）前車夫人已遠，小姐只索快回去波。（鶯鶯云）紅娘，你看他在那裡？

【收尾】四圍山色中，一鞭殘照裡。妙句，神句。

右第二十八節。入夢之因。

將遍人間煩惱填胸臆，量這般大小車兒，如何載得起？奇句，妙句。

右第二十九節。

四之四　驚夢

舊時人讀西廂記，至前十五章既盡，忽見其第十六章乃作驚夢之文，便拍案叫絕，以為一篇大文，如此收束，正使煙波渺然無盡。於是以耳語耳，一時莫不畢作是說。獨聖嘆今日心竊知其不然。語云：「太上立德，其次立功，其次立言。❶」何謂「立德」？如黃帝、堯、舜、禹、湯、文、武、周公、孔子，以其至德，參天贊化，俾萬萬世食福無厭，此立德也。何謂「立功」？如禹平水土❷，后稷布穀❸，燧人火化❹，神農嘗藥❺，乃至身護一城，力庇一鄉，智造一器，工信一藝，傳之後世，利用不絕，此立功也。何謂「立言」？如周公製風雅，孔子作春秋。風雅為昌明和懌之言，春秋為剛強苦切之言。降而至於數千年來鉅公大家，攄胸奮筆，國信其書，家受其說。又降至於荒村老翁，曲巷童妾，單詞居要，一字利人，口口相授，稱道不歇，此立言也。夫言與功德，事雖遞下，乃信其壽世，同名曰立。由此論之，然則言非小道，實有可觀❻。文王既沒，身在於茲❼，必恐不

❶ 太上三句：語出左傳襄公二十四年。范宣子問什麼叫「死而不朽」，穆叔說，最高的是樹立德行，其次是樹立功業，再次是樹立言論，這就叫做不朽。

❷ 禹平水土：相傳帝堯之時，洪水滔天，舜命禹治水。禹經十三年，終成其事。

❸ 后稷布穀：后稷，周之祖先。相傳后稷教民稼穡，取五穀之種育植於人間。

❹ 燧人火化：燧人，即燧人氏，古帝名。相傳其發明鑽木取火，使民熟食。

❺ 神農嘗藥：神農，古帝名。又稱炎帝、烈山氏。相傳其嘗百草為醫藥，以治疾病。

免，不可以不察也。西廂記一書，其中不過皆作男女相慕悅之辭，如誠以之為無當者而已，則便可以拉雜摧燒，不復留迹。趙威后有言：「此相率而出於無用者，胡為至今不殺也？」❽如猶食之、棄之，戀同雞跖❾，則計必當反覆案驗，尋其用心。蓋烏知彼人之一日成書，而百年猶在，且能家至戶到，無處無之者，此非其大力以及其深心，既自作流傳，又自作呵護者也？昨者，因亦細察其書，既已第一章無端而來，則第十五章亦已無端而去矣。無端而來也，因之而有書；無端而去也，因之而書畢。然則過此以往，真成雪淡。譬如風至而竅號，風濟即竅虛，胡為不憚煩又多寫一章？蛇本自無足，卿又為之足哉？及我又再細細察之，而後知其填詞雖為末技，立言不擇伶倫❿，此有大悲生於其心，即有至理出乎其筆也。今夫天地，夢境也；眾生，夢魂也。無始以來，我不知其何年齊入夢也；無終以後，我不知其何年同出夢也。夜夢哭泣，旦得飲食；夜夢飲食，旦得哭泣⓫。我則安知其非夜得哭泣，故旦夢飲食；夜得飲食，故旦夢哭泣耶？何必夜之是夢，而旦之獨非夢耶？

---

❻ 言非小道兩句：語出論語子張：「雖小道，必有可觀焉。」可觀，可取。

❼ 文王既沒兩句：語本論語子罕：「文王既沒，文不在茲乎？」意為周文王死了之後，周代的文化不都體現在我身上嗎？茲，孔子自稱。

❽ 趙威后有言三句：事見戰國策齊策，趙威后，戰國時趙惠文王后，曾對齊國使者說，於陵子仲這個人，上不臣於王，下不治其家，中不索交諸侯，「此率民而出於無用者，何為至今不殺乎？」

❾ 雞跖：意同「雞肋」，取其食之無味，棄之可惜之意。

❿ 伶倫：相傳為黃帝時的樂官，後稱演戲為伶倫。

⓫ 夜夢哭泣四句：語本莊子齊物論：「夢飲酒者，旦而哭泣；夢哭泣者，旦而田獵。」

鄭之人夢得鹿⑫，置之於隍中⑬，採蕉而覆之，彼以為非夢，故採蕉而覆之也。不採蕉而覆之，則畏人之取之，彼以為非夢，故畏人之取之也。使鄭之人正於夢時而知夢之為夢，則彼豈惟不採蕉而覆之，乃至不復畏人取之；豈惟不復畏人取之，乃至不復置之隍中；豈惟不復置之隍中，乃至不復以之為鹿。傳曰：「至人無夢。」至人無夢者，非無夢也，同在夢中而隨夢自然，我於其事蕭然焉耳。經曰：「一切有為法，應作如是觀。」是以謂之無夢也。無何而鄭之人夢覺，順塗而歸，口歌其事，其鄰之人聞之，不問而遽信之，往觀於隍中，發蕉而鹿在。此則非禦寇氏⑭之寓言也，天下之事，實有之也。傳曰：「愚人無夢。」愚人無夢者，非無夢也，實在夢中而不以為夢，所有幻化皆據為實。經曰：「世間虛空，本自不有。業力機關，和合即有。」是以謂之無夢也。既而鄰人烹鹿，而鄭人爭鹿，則極可哀也已。彼固不以為夢，故真得鹿也。子則已知是夢，而無鹿者也。若誠夢中之鹿，則是子乃欲爭其無鹿也。如將爭其有鹿，則是爭其非子之鹿也。甚矣，此人之愚也！夢鹿，一夢也；今爭鹿，是又一夢也。然則頃者之夢覺無鹿，是猶一夢也。幸也，禦寇氏則猶未欲言之而盡也。脫正爭之而夢又覺，則不將又大悔此一爭乎哉？而鄭之君方且與之分之。夫今日之鹿，其何事分之與有？如使此鹿而無鹿也者，則全歸之鄭人，鄰人本無與焉。若使此鹿而真鹿也者，則全歸之鄰人，鄭人又無與焉。如之何其與之分之者也？為分無鹿與鄭人與？為分真鹿與鄭人與？如

⑫ 鄭之人夢得鹿：事見列子周穆王。

⑬ 隍中：無水的城壕。

⑭ 禦寇氏：即列禦寇，戰國鄭人。撰列子八篇，漢書藝文志有著錄。

分無鹿，則是鄭人今日又夢得半鹿也；如分有鹿，則是鄭人前日祗夢失半鹿也。蓋甚矣，夢之難覺也！夢之中又有夢，則於夢中自占之，乃覺而後悟其猶夢焉。因又欲占夢中占夢之為何祥乎？夫彼又烏知今日之占之，猶未離於夢也耶？善乎！南華氏之言曰：「莊周夢為蝴蝶，栩栩然蝴蝶也。自喻適志與，不知周也。及其覺，則蘧蘧然周也。不知莊周夢為蝴蝶與？不知蝴蝶夢為莊周與？⑮」莊周與蝴蝶，其必有分也。何謂分？莊周則莊周也，蝴蝶則蝴蝶也。既已為莊周，何得是蝴蝶？既已是蝴蝶，何得為莊周？且蝴蝶既覺而為莊周，而猶憶其夢為蝴蝶之時，則真不知莊周正夢蝴蝶，蝴蝶之曾不自憶為莊周也。何也？夫夢為蝴蝶，誠夢也，今憶其夢為蝴蝶，是又夢也。若莊周不憶蝴蝶，則莊周覺矣。若莊周並不自憶莊周，則莊周大覺矣。彼蝴蝶不然：初不自憶為莊周，遂並不自憶為蝴蝶。不自憶為莊周，則是蝴蝶覺也。因不自憶為莊周，遂並不自憶為蝴蝶。蝴蝶並不自憶為蝴蝶，則是蝴蝶大覺也。此之謂「物化」也者。我烏知今身非我之前身正夢為蝴蝶耶？我烏知今身非我之前身已覺為莊周耶？我幸不憶我之前身，則是今身雖為蝴蝶，雖未發於阿耨多羅三藐三菩提⑯心，而已稱大覺也。我不幸猶憶我之今身，則是今身雖為莊周，雖至發於阿耨多羅三菩提心，而終然大夢也。經云：「諸佛身金色，百福相莊嚴。聞法為人說，常有是好夢。」我則謂夢之胡為乎哉？又云：「又夢作國王，捨宮殿眷屬及上妙五欲，行詣於道場。」我則又謂夢之何為乎哉？至矣哉！我先師仲尼氏之忽然而歎也，曰：「甚矣吾衰也，久矣我不復夢見周公⑰。」夫先師則豈獨

⑮ 莊周夢為蝴蝶八句：引文語出莊子齊物論。

⑯ 阿耨多羅三藐三菩提：梵文音譯，略稱阿耨三菩提，指只有佛才具有的無所不知的超人智慧。

不夢見周公焉而已，惟先師此時實亦不復夢見先師。先師不復夢見先師也者，先師則先師焉而已。可以仕則仕，可以止則止，可以久則久，可以速則速⑱，可以蟲則蟲，可以鼠則鼠，可以卵則卵，可以彈則彈⑲，無可無不可。此天地之所以為大者也。借曰不然，而必謂人生世上，天地必是天地，夫婦必是夫婦，富貴必是富貴，生死必是生死，則是未嘗讀於斯干之詩⑳者也。詩曰：「下莞上簟，乃安斯寢。乃寢乃興，乃占我夢。吉夢維何？維熊維羆，維虺維蛇。泰人占之：維熊維羆，男子之祥；維虺維蛇，女子之祥。」嗟乎！嗟乎！夫男為君王，女為后妃，而其最初，不過夢中飄然忽然一熊一蛇。然則人生世上，真乃不用邯鄲授枕㉑，大槐葉落㉒，而後乃令歇擔喫飯，洗腳上床也已。吾聞周禮：歲終，掌夢之官獻夢於王㉓，夫夢可以掌，又可以獻，此豈非西廂第十六章立言之志也哉？而豈樂廣、衛玠扶病清談之所得通其故也乎㉔？知聖嘆此解者，比丘聖默大師、總持大師、居

⑰ 甚矣兩句：語出論語述而。

⑱ 可以仕則仕四句：語出孟子公孫丑，是孟子稱讚孔子的話。

⑲ 可以蟲則蟲四句：語本莊子大宗師。蟲，蟲臂。鼠，鼠肝。卵，雞蛋。彈，彈丸。

⑳ 斯干之詩：斯干，詩小雅篇名。下引詩大意是：躺在竹床上安安心心睡了一覺，早上醒來，記得昨夜做了一個好夢，夢見熊和羆，夢見虺和蛇。占夢的人說，夢見熊羆，象徵著生男孩子；夢見虺蛇，象徵著生女孩子。

㉑ 邯鄲授枕：唐沈既濟撰枕中記載，盧生在邯鄲旅舍中遇道者呂翁，呂翁贈盧生一個枕頭。盧生倚枕入睡，夢中飛黃騰達，歷數十年榮華富貴。一覺醒來，發現身處旅舍，房東一鍋黃粱飯還未煮熟。此夢又稱「黃粱夢」。

㉒ 大槐葉落：即「南柯夢」。

㉓ 歲終兩句：事見周禮春官掌夢。

士貫華先生韓住、道樹先生王伊㉕。既為同學，法得備書也。

（張生引琴童上云）離了蒲東，早㉖二十里也。兀的前面是草橋店，宿一宵，明日早行。

入夢是狀元坊，出夢是草橋店。世間生盲之人，乃謂進草橋店後，方是夢事，一何可歎！

這馬百般的不肯走呵！

妙白。又焉知馬之不害相思，不傷離別耶？看他初搖筆，便全作醍醐灌頂㉗真言，真乃大慈大悲。

【雙調・新水令】（張生唱）望蒲東蕭寺暮雲遮，慘離情半林黃葉。

右第一節。只用二句文字，便將上來一部西廂一十五篇，若干淚點血點，香痕粉痕，如風迅掃，隔成異域。最是慈悲文字也。

㉔樂廣衛玠句：事見世說新語文學。樂廣，晉人，官至尚書令，尚清談。衛玠，樂廣之婿，好談玄理。衛玠幼時，問樂廣何為「夢」，樂廣答，夢就是「想」。衛玠終日思索何為成夢之因，以致得病。樂廣聞訊，專程前往為其剖析，衛玠病小瘉。

㉕比丘聖默大師句：諸人均是金聖嘆的朋友、同學。

㉖早：已經。

㉗醍醐灌頂：醍醐，酥酪上凝聚的油脂，味極甘美。醍醐澆到頭上，有清涼舒適之感，佛教比喻以知識灌輸於人，使人頭腦清醒。

馬遲人意懶，風急雁行斜。愁恨重疊，破題兒第一夜。妙絕之句！

右第二節。此入夢之因也。

【步步嬌】昨宵個翠被香濃熏蘭麝，欹㉘枕把身軀兒趄㉙。妙人，妙事，妙景，妙畫，成此妙句。臉兒廝搵㉚者，妙人，妙事，妙景，妙畫，成此妙句。仔細端詳，可憎得別㉛。妙人，妙事，妙景，妙畫，成此妙句。雲髩玉梳斜㉜，恰似半吐的初生月。妙人，妙事，妙景，妙畫，成此妙句。

右第三節。此入夢之緣也。佛言：「親者為因，疏者為緣。」親者為第一夜之張生，疏者為前一夜之鶯鶯。第一夜之張生為結業，前一夜之鶯鶯為謝塵，因而因緣遂以入夢也。（「謝塵」者，落謝之前塵也，即花謝之「謝」字也。「謝」字之又奇者，莊子云：「孔子謝之矣。」附識。）

早至也，店小二哥那裡？（店小二云）官人，俺這裡有名的草橋店，官人頭房裡下者。（張生云）琴童，撒和了馬者。點上燈來，我諸般不要喫，只要睡些兒。（琴童云）小人也辛苦，待歇息也，就在床前打

㉘ 欹：倚；靠著。

㉙ 趄：音ㄑㄧㄝˋ。歪斜。

㉚ 廝搵：相偎。

㉛ 可憎得別：特別可愛。可憎，可愛的反語。

㉜ 雲髩句：一把玉梳斜插在烏雲般的鬢髮上。髩，同「鬢」。

鋪。（琴童先睡著科）

（張生云）今夜甚睡魔到得我眼裡來？

【落梅風】旅館欹單枕，亂蛩㉝鳴四野，助人愁紙窗風裂。乍孤眠，三字妙。被兒薄又怯，冷清清幾時溫熱？

右第四節。此入夢之所借也。佛言：「三法和合，則一切法生矣。」

（張生睡科，反覆睡不著科，又睡科，睡熟科，入夢科，自問科，云）這是小姐的聲音，呀！我如今卻在那裡？待我立起身來聽咱。

（內唱，張生聽科）

北曲從無兩人互唱之例，故此只用張生聽，不用鶯鶯唱也。須知。

【喬木查】走荒郊曠野，把不住心嬌怯，喘吁吁難將兩氣㉞接。疾忙趕上者，

（張生云）呀，這明明是我小姐的聲音！他待趕上誰來？待小生再聽咱。

右第五節。此先寫其趕已到也。必先寫趕已到，而後重寫未趕時者，此固張生之夢，初非鶯鶯之事

㉝ 蛩：音ㄑㄩㄥˊ。蟋蟀。

㉞ 兩氣：上氣下氣；呼吸。

走荒
郊曠野
把不住心
嬌怯
驚夢

也。必如此寫，方在張生夢中，若倒轉寫，便在鶯鶯家中也。

他打草驚蛇。

【攪箏琶】把俺心腸搘㉟，因此不避路途賒㊱，瞞過夫人，穩住侍妾。

右第六節。此倒寫其未趕前也。「瞞過夫人，穩住侍妾」，最為巧妙，最為輕利。不然，幾於通本西廂若干等人，一齊入夢矣。

（張生云）分明是小姐也！再聽咱。

見他臨上馬，痛傷嗟，哭得我似癡呆。不是心邪，自別離已後，到西日初斜，愁得陡峻，瘦得唓嗻㊲。半個日頭，早掩過翠裙三四褶㊳。我曾經這般磨滅㊴。沉鬱頓挫之作。

（張生云）然也。我的小姐，只是你如今在那裡呵？（又聽科）

右第七節。只寫別後夢前一刻中間，有如許苦事。

㉟ 搘：牽掛。

㊱ 賒：遙遠。

㊲ 唓嗻：音ㄔㄜ ㄓㄜ。元時俗語。厲害。

㊳ 半個日頭兩句：意為剛分別半天，就已經人瘦裙寬。褶，衣服上的摺痕。

㊴ 磨滅：折磨。

【錦上花】有限㊵姻緣，方纔寧貼㊶；無奈功名，使人離缺。害不倒愁懷，恰纔較些㊷；掉不下思量，如今又也。沉鬱頓挫之作。

右第八節。上節寫一刻中間，如許苦事。此又寫一刻之前，一刻之後，純是無邊苦事也。

（張生云）小姐的心，分明便是我的心，好不傷感呵！（吁科，再聽科）

【後】清霜淨碧波，白露下黃葉。下下高高，道路坳折㊸。四野風來，左右亂踅㊹。俺這裡奔馳，你何處困歇？

（張生云）小姐，我在這裡也！你進來波！

右第九節。又補寫起句「荒郊曠野」之四字也。必不可少。

（忽醒云）哎呀，這裡卻是那裡？（看科）呸！原來卻是草橋店。（喚琴童。童睡熟不應科。仍復睡科，睡不著反覆科，再看科，想科）

㊵ 有限：指崔張姻緣是有限度的，有條件的，即張生須得官方可完婚。
㊶ 寧貼：穩妥；安寧。
㊷ 害不倒兩句：意為沒完沒了的相思愁戀剛有些好。較，病痛。
㊸ 坳折：高低不平。
㊹ 踅：音ㄒㄩㄝˊ。盤旋。

【清江引】（張生唱）呆打孩店房裡沒話說，悶對如年夜。妙，妙。真有此理。

竟不知此時，是甚時候了。

是暮雨催寒蛩，為復上半夜？是曉風吹殘月，為復下半夜？杜詩㊺：「北城擊柝復欲罷」，則是已宴；「東方明星亦不遲」，則是尚早。客中真有此理也。真個今宵酒醒何處也？

（睡著科，重入夢科）

右第十節。忽然輕作一隔，將夢前後隔斷，便如老杜「不離西閣」詩所云：「江雲飄素練，石壁斷空青。」真為絕世奇景也。若不隔斷，則一篇祇是一夢，何夢之整齊匝緻一至於斯也？今略隔斷，便不知七顛八倒，重重沓沓，如有無數夢然。此為寫夢之極筆也。俗本不知。

（鶯鶯上，敲門云）開門！開門！（張生云）誰敲門哩？是一個女子聲音。作怪也！我不要開門呵。

【慶宣和】是人呵疾忙快分說，是鬼呵速滅㊻。

右第十一節。妙，妙。前夢云「分明小姐」，後夢云「是鬼速滅」，真是一片迷離夢事也。

（鶯鶯云）是我。快開門咱！（張生開門科，攜鶯鶯入科）

㊺ 杜詩：下引詩見杜甫曉發公安。

㊻ 速滅：趕快離開。

聽說，將香羅袖兒拽，原來是小姐，小姐！

右第十二節。真是一片迷離夢事也。

（鶯鶯云）我想，你去了呵，我怎得過日子？特來和你同去波。（張生云）難得小姐的心腸也！

【喬牌兒】你為人真為徹㊼，將衣袂不藉㊽。繡鞋兒被露水泥沾惹，腳心兒管㊾踏破也。

右第十三節。此是夢中初接著語也。輕憐痛惜，至於如此，欲其夢覺，正未易得也。

【甜水令】你當初廢寢忘餐，香消玉減，比花開花謝，猶自較爭些㊿。又便枕冷衾寒，鳳隻鸞孤，月圓雲遮，尋思怎不傷嗟！

右第十四節。此是夢中細敘述語也。牽前㨗後，至於如此，欲其夢覺，正未易得也。

【折桂令】想人生最苦是離別！你憐我千里關山，獨自跋涉，似這般掛肚牽腸，倒不如義斷恩絕。

㊼ 為人真為徹：幫人幫到底。徹，徹底。
㊽ 將衣袂不藉：連衣衫也不顧惜。袂，衣袖，此指衣衫。藉，顧惜。
㊾ 管：一定；包管。
㊿ 較爭些：還差一些。

右第十五節。此是夢中假自作悟語也。作如此悟語，欲其夢覺，正未易得也。

這一番花殘月缺(51)，怕便是瓶墜簪折(52)。你不戀豪傑，不羨驕奢，祇要生則同衾，死則同穴。沉鬱頓挫，至於如此。

右第十六節。此是夢中加倍作夢語也。作如是夢語，欲其夢覺，正未易得也。

（卒子上）（張生驚科）（卒子云）方纔見一女子渡河，不知那裡去了。打起火把者！走入這店裡去了。將出來！將出來！（張生云）卻怎生了也？小姐，你靠後些，我自與他說話。（鶯鶯下）

（卒云）他是誰家女子？你敢藏著？

【水仙子】你硬圍著普救(53)下鍬橛(54)，強當住我咽喉仗劍鉞。賊心賊腦天生劣。休言語，靠後些！杜將軍你知道是英傑，覷覷著你化為醯醬(55)，指指教你變做醟血(56)！

---

(51) 花殘月缺：比喻夫妻暫時分離。

(52) 瓶墜簪折：比喻夫妻離散。

(53) 普救：普救寺，此指草橋店。

(54) 鍬橛：武器。

(55) 覷覷著你句：意為看一看便令你變成肉醬。醯，醬；肉醬。

(56) 指指教你句：意為指一指便教你化為血水。醟，音ㄩㄥˋ。醟血，疑即膿血。詩小雅信南山有「取其血膋」，膋，音ㄌㄧㄠˊ。腸間脂也。後人有改「醟血」為「膋血」者。

騎著匹白馬來也。

右第十七節。是張生此時極不得意夢，是張生多時極得意事。諺云：「要知前世因，今生受者是；要知後世因，今生作者是。」若使張生多時心中無因，即是此時枕上無夢也。危哉，危哉！

（卒子怕科，卒子下）

（張生抱琴童云）小姐！你受驚也。（童云）官人，怎麼？（張生醒科，做意科）呀！元來是一場大夢。且將門兒推開看，只見一天露氣，滿地霜華，曉星初上，殘月猶明。

何處得有西廂一十五章所謂「驚艷」、「借廂」、「酬韻」、「鬧齋」、「寺警」、「請宴」、「賴婚」、「聽琴」、「前候」、「鬧簡」、「賴簡」、「後候」、「酬簡」、「拷艷」、「哭宴」等事哉？自歸於佛，當願眾生體解大道，發無上心；自歸於法，當願眾生深入經藏，智慧如海；自歸於僧，當願眾生統理大眾，一切無礙。

無端燕雀高枝上，一枕鴛鴦夢不成。

【雁兒落】綠依依牆高柳半遮，靜悄悄門掩清秋夜，疏剌剌林梢落葉風，慘離離雲際穿窗月。

【得勝令】顫巍巍竹影走龍蛇，虛飄飄莊生夢蝴蝶，絮叨叨促織兒57無休歇，韻悠悠58砧聲59兒不斷絕。痛煞煞傷別，急煎煎好夢兒應難捨；冷清清咨嗟，嬌滴滴玉人兒何處也？

是境是人，不可復辨。

右第十八節。周易六十四卦之不終於既濟，而終於未濟。春秋二百四十二年之不終於十有二年冬，而終於十有三年春。中庸三十三章之不終於「固聰明聖智達天德者」，而終於無數「詩曰」「詩云」。大悲阿羅尼60之不終於「娑囉娑囉，悉唎悉唎，蘇嚧蘇嚧」，而終於十四娑婆訶也。

（童云）天明也。早行一程兒，前面打火61去。

還著甚死急？天下真有如此人，天下真有如此理。

【鴛鴦煞】柳絲長咫尺情牽惹，今而後是「柳絲」也，非復「情牽惹」也。水聲幽彷佛人嗚咽。今而後是「水聲」也，非復「人嗚咽」也。斜月殘燈，半明不滅，杜詩62：「樓下長江百尺清，山頭落日

---

57 促織兒：蟋蟀。

58 韻悠悠：和諧有節奏的聲音。

59 砧聲：捶衣聲。砧，捶衣石。

60 大悲阿羅尼：佛教經籍，即大悲心陀羅尼經。

61 打火：旅途中的飲食之事。

62 杜詩：下引詩見杜甫越王樓歌和曉發公安。

半輪明。」又云：「鄰雞野哭如昨日，物色生態能幾時？」與此八字一樣警策矣。**舊恨新愁，連綿鬱結。**亦復何害？

右第十九節。只要夢覺，政不必作悟語。維摩詰固云：「何等為如來種？以無明有愛為種矣。」（妙批。）

別恨離愁，滿肺腑難陶寫[63]**。除紙筆代喉舌，千種相思對誰說？**

右第二十節。此自言作西廂記之故也，為一部一十六章之結，不止結驚夢一章也。於是西廂記已畢。（何用續？何可續？何能續？今偏要續，我便看你續！）

[63] 陶寫：排遣；抒發。寫，亦作「瀉」。

卷七

聖嘆外書

續之四章題目正名

小琴童傳捷報，崔鶯鶯寄汗衫，

鄭伯常乾捨命，張君瑞慶團圓。

續之一　捷報

此續西廂記四篇，不知出何人之手，聖嘆本不欲更錄，特恐海內逐臭之夫❶，不忘羶薌❷，猶混絃管，因與明白指出之，且使天下後世學者睹之，而益悟前十六篇之為天仙化人，永非螺蛳蚌蛤之所得而暫近也者。因而翻卷更讀十百千萬遍，遂愈得開所未開，入所未入，此亦不可謂非續者之與有其功也。

人即愛好，何至向西施顰眉？人即多財，何至向龍王比寶？人即「予聖」❸，何至向孔子徐步？人即慢上，何至向釋迦牟尼呵呵大笑？乃今世間又偏多此一輩人，可怪也。

我不知其未落筆前，如何忽然發想欲續此四篇。我又不知其既脫稿後，如何放膽便敢舉以示人。我又不知當時為有人喪心病狂大讚譽之，因而遂慫之。我又不知當時為有人亦曾微諷使藏過之，彼決不聽，因而遂終出之。此四不知，我今日將向何人問耶？

昔有人自造一文且竟，適有人傳來云「近日頗聞某甲亦造」，因便遲其稿不敢出，直候某甲造畢，

❶逐臭之夫：有嗜好怪癖的人。語出呂氏春秋遇合：「人有大臭者，……自苦而居海上。海上人有悅其臭者，晝夜隨之而弗能去。」

❷羶薌：祭祀燒牛羊脂的濃烈氣味。

❸予聖：自以為是聖人。

往請讀之，不覺吐舌稱嘆，歸竟自燒其稿，不復更傳。嗚呼，此豈非過量大人哉！聖嘆嘗語斲山，惜乎其文不傳，此必與某甲一樣妙絕。斲山問何以知之。聖嘆言，此是甘苦疾徐中人，渠所爭只在一字半字之間也。（寄語普天下同學錦繡才子，切須學如此人，此方是大丈夫。）

嘗有狂生題半身美人圖，其末句云：「妙處不傳。」此不直無賴惡薄語，彼殆亦不解此語為云何也。夫所謂「妙處不傳」云者，正是獨傳妙處之言也。停目良久睇之，睇此妙處；振筆迅疾取之，取此妙處；累百千萬言曲曲寫之，曲曲寫而至於妙處；只用一二言斗然直逼之，便逼此妙處。然而又必云「不傳」者，蓋言費卻無數筆墨，正為妙處。乃既至妙處，即筆墨都停。夫筆墨都停處，此正是我得意處，然則後人欲尋我得意處，則必須於我筆墨都停處也。今相續之四篇，便似意欲獨傳妙處。夫意欲獨傳妙處，則是只畫下半截美人也。亦大可嗤已。

此皆神而明之之言，彼其烏知？只如章則無章法，句則無句法，字則無字法，卑卑如此等事，猶尚不知，奈何乎言及其他哉？

只如此篇寫鶯鶯，竟忘其為相國小姐，於是於張生半年之別，不勝嘖嘖怨怒。亦不解三年大比❹是何事，亦不解禮部放榜在何時，亦不解探花及第❺為何等大喜，亦不解未經除授❻應如何候旨，一味純是空床難守，淫啼浪哭。蓋佳人才子，至此一齊掃地矣。（最解功名事，最重功名事，乃至最心

❹ 大比：此指科舉考試中的鄉試。每三年，各省士子集於省城，參加考試。考中者稱舉人。

❺ 探花及第：考取殿試一甲第三名。

❻ 除授：任官授職。

熱功名事者，固莫如相國小姐之甚也。）

（張生上云）自去秋與小姐相別，倏⑦經半載。托賴祖宗福蔭，一舉及第，目今聽候御筆親除。惟恐小姐望念，特地修書一封，著琴童賫去，報知夫人和小姐，使知小生得中，以安其心。書寫就了，琴童何在？（童云）有何分付？（張生云）你將這封書，星夜送到河中府去，見小姐時說：「官人怕小姐擔憂，特地先著小人送書來。」

【仙呂・賞花時】（張生唱）**相見時紅雨⑧紛紛點綠苔，別離後黃葉蕭蕭凝暮靄。今日見梅開，忽驚半載，特地寄書來。**

琴童，你報知了，索得回書，疾忙來者。（張生下）（童云）得了這書，星夜往河中府走一遭。（琴童下）

（鶯鶯引紅娘上云）自張生上京，恰早半年，到今杳無音信。方得半年，何便云「杳無音信」？這些時神思不安，粧鏡慵臨⑨，腰肢瘦損，茜裙寬褪。如許醜語，使人焉耐？好生煩惱人也呵！

【商調・集賢賓】雖離了眼前，未成語也。或云連下「悶」字；若連下「悶」字，則更不通也。**悶卻在我心上有，不甫能⑩離了心上，又早眉頭⑪。**豈不知其欲竊李清照⑫「纔下眉頭，又上心頭」語，

---

⑦ 倏：很快。

⑧ 紅雨：落花。李賀將進酒：「況是青春日將暮，桃花亂落如紅雨。」

⑨ 粧鏡慵臨：懶得照鏡子。慵，懶。

⑩ 不甫能：剛才。

演作曲折之句耶？而無奈繚戾⑬手、曲盡⑭筆寫來，便至如此。哀哉！**忘了時依然還又，惡思量⑮無了無休。大都來⑯一寸眉心，怎容得許多顰皺？**此是好句，我不忍沒；此亦尋常好句耳，然我便不忍沒；但有一點好處，我即不忍沒古人也。**新愁近來接著舊愁，廝混了難分新舊。**「舊愁」，豈非謂未成婚已前耶？前「亭別」、「橋夢」二篇固亦嘗牽連言之，然皆是脫卸之文，不似此語之坌絕⑰也。**舊愁是太行山隱隱，新愁是天塹⑱水悠悠。**

似是一節矣。因下文又不連，又不斷，遂不復能定之。

（紅娘云）小姐往常也曾不快，將息⑲便好，此指何日？不似這番清減得十分利害也。

【逍遙樂】曾經消瘦，每遍猶閒⑳，這番最陡㉑。何處忘憂？獨上粧樓。「這番最陡」，可謂

⑪ 又早眉頭：又上了眉頭。指愁眉不展。

⑫ 李清照：宋代女詞人。下引句見其一剪梅。

⑬ 繚戾：曲折迴旋；不順暢。

⑭ 曲盡：曲折疏漏。

⑮ 惡思量：意為無盡的思念。

⑯ 大都來：只不過；充其量。

⑰ 坌絕：粗劣之極。

⑱ 天塹：指長江。

⑲ 將息：歇息；休息。

出力翻起，及至讀下，只得如此接落。手捲珠簾上玉鉤，空目斷㉒山明水秀，「珠」、「玉」、「明」、「秀」等字，皆隨手雜用。蒼煙迷樹，衰草連天，野渡橫舟。與此三語，算何文理？

又似一節矣。我絕不解其是何文情，蓋承上又不得，轉下又不得也。

紅娘，我這衣裳，這些時都不是我穿的。(紅云) 小姐，正是腰細不勝衣。「衣寬帶鬆」，語熟口臭久矣，此猶搖曳作態出之，真乃醜極！

【掛金索】裙染榴花，睡損胭脂皺㉓。紐結丁香，掩過芙蓉扣㉔。線脫珍珠㉕，淚濕香羅袖。楊柳眉嚬㉖，人比黃花瘦。

此亦欲算一節也。真可以有，可以無有也。渠意豈謂疊用「榴花」、「丁香」、「芙蓉」、「楊柳」、「黃花」等字，便算絕妙好辭耶？一何可笑！

---

⑳ 猶閒：並不要緊。

㉑ 陡：厲害。

㉒ 空目斷：放眼望盡了。

㉓ 睡損句：意為睡覺時將紅裙子壓皺了。胭脂，指染成石榴花色的紅色裙子。

㉔ 紐結丁香兩句：意為人瘦衣肥，穿上後紐扣掩過了紐眼位置。丁香紐、芙蓉扣，都是紐扣的樣式。

㉕ 線脫珍珠：淚水像斷了線的珍珠。

㉖ 嚬：通「顰」。皺眉。

（琴童上云）俺奉官人言語，特賫書來與小姐。恰纔前廳上見了夫人，夫人好生歡喜，著人來見小姐。早至後堂。（童咳嗽科）（紅云）是誰？亦無此禮也，潭潭相府，乃不傳雲板請小姐上堂，而使琴童自入去。童則隔板咳嗽，而紅又早接應之。皆醜極也。（紅見童笑云）你幾時來，小姐正煩惱哩。醜語。你自來？和官人同來？醜語。（童云）官人得了官也，先著我送書來報喜。（紅云）你只在這裡等，我對小姐說了，你入來。

（紅見鶯鶯笑云）小姐喜也，喜也！張生得了官了！（鶯鶯云）這妮子見我悶呵，特來哄我。醜語。（紅云）琴童在門首，見了夫人，使他入來見小姐。（鶯鶯云）慚愧，我也有盼著他的日頭！醜語。醜極不可耐也！（童見鶯鶯科）

（鶯鶯云）琴童，你幾時離京師？（童云）一月來也。我來時，官人遊街耍子㉗去了。（鶯鶯云）這禽獸不省得㉘，中了狀元，喚做誇官㉙，遊街三日。醜語。亦何暇作此語？（童云）小姐說得是。有書在此。

【金菊香】早是我因他去後，減了風流，不爭你寄得書來，又與我添些證候。說來的話兒不應口㉚，是何話兒？是誰說來？捷書在手，略不喜，單有怨，此何肺肝也？無語低頭，書在手，

㉗ 耍子：玩耍。
㉘ 不省得：不曉得；不懂事。
㉙ 誇官：登科者誇耀身分。
㉚ 不應口：說話不算數。

第六才子書
圖
泥金報捷
多管是閣着筆兒未寫淚先流

淚盈眸。

此又一節也。為別不及半年，如此嘖嘖怨怒，乃至捷書在手，猶不解憂。此真是另從一副肺肝寫出來者也。

【醋葫蘆】我這裡開時和淚開，他那裡修時和淚修，多管是閣著筆兒未寫淚先流，寄將來淚點兒兀自有㉛。我這新痕把舊痕湮透，此是好句，我不相沒。既此欲用「新痕」、「舊痕」，則前更不得用「新愁」、「舊愁」也。這的是㉜一重愁翻做兩重愁。此句雜湊不通。

此又一節。筆態翩翻如舞，瀏浣㉝如瀉，便可云與西廂無二。

（念書云）張珙再拜，奉書芳卿㉞可人㉟粧次㊱：醜極，使人不可暫注目。伏自去秋拜違㊲，倏爾半載。

㉛ 兀自有：還有。
㉜ 這的是：這真是。
㉝ 瀏浣：即「瀏亮」，明亮。
㉞ 芳卿：對鶯鶯的尊稱。芳，美好。
㉟ 可人：意中人。
㊱ 粧次：梳妝檯旁，舊時書信用語，用於婦女。
㊲ 拜違：分別。

上賴祖宗之廕，下托賢妻之德，醜語。叨中鼎甲㊳。目今寄跡㊴招賢館，聽候除授。惟恐夫人與賢妻憂念，特令琴童賫書馳報。小生身遙心邇，恨不得鶼鶼㊵比翼，蛩蛩㊶並驅。幸勿以重功名而薄恩情深加譴責，醜語。感荷良深㊷！如許闊私，統容面悉㊸。後綴一絕，以奉清照㊹：「玉京仙府探花郎㊺，寄與蒲東窈窕娘。指日㊻拜恩衣晝錦㊼，是須休作倚門粧㊽。」醜極，不可暫注目。（鶯鶯云）慚愧，探花郎是第三名也呵！

【後】當日向西廂月底潛，今日在瓊林宴㊾上搊㊿。跳東牆腳兒占了鰲頭(51)，惜花心養成

㊳叨中鼎甲：考試得了第一等。叨，謙詞。鼎甲，科舉考試中進士一甲前三名的總稱。因鼎有三足，一甲共有三名，故稱。

㊴寄跡：寄居。

㊵鶼鶼：傳說中的比翼鳥。比喻夫妻。

㊶蛩蛩：傳說中的比肩獸。比喻夫妻。

㊷感荷良深：非常感謝。

㊸如許闊私兩句：謙語。意為如果可以的話，請允許我見了面再詳談。

㊹以奉清照：敬語。奉呈給您看。清照，此指看閱。

㊺玉京句：玉京，京城。仙府，招賢館。探花郎，進士試一甲第一名稱狀元，第二名稱榜眼，第三名稱探花。

㊻指日：不日；不久。

㊼衣晝錦：衣錦還鄉。

㊽是須句：意為一定不要過分思念。倚門粧，倚門盼望的樣子。

㊾瓊林宴：皇帝為新科進士舉行的宴會。北宋初，宋太祖於汴京瓊林苑賜宴新科進士，後為定制。

折桂52手，脂粉叢53裡包藏著錦繡54。從今後，晚粧樓改做至公樓55。相國小姐，何得口中自作爾語自奚落耶？

此又一節。渠意豈謂夾語映耀，又是絕妙好辭？

（問童云）你喫飯不曾？（童云）不曾喫。（鶯鶯云）紅娘，你快去取飯與他喫。醜極。怪道紅娘滿身煙熏火辣氣也。（童云）小人一壁喫飯，小姐上緊寫書。官人分付小人，索了回書，快回去哩。（鶯鶯云）紅娘將紙筆來。（寫書畢科）

（鶯鶯云）書寫了。無可表意，有汗衫一領，裹肚56一條，襪兒一雙，瑤琴一張，玉簪一枝，斑管57一枚，琴童，收拾得好者。紅娘，取十兩銀來，與他做盤纏。（紅云）張生做了官，豈無這幾件東西？醜語。寄與他有甚緣故？（鶯鶯云）你怎麼知得我心中事？聽我說與你者。

---

50 搊：音ㄔㄡ。出風頭的意思。

51 占鰲頭：中狀元的俗稱。

52 折桂：晉代郤詵舉賢良對策列最優，自謂「猶桂林之一枝，昆山之片玉」，後稱登科為折桂。

53 脂粉叢：女兒群。

54 錦繡：此指學問才華。

55 至公樓：科舉考試的試院大堂，此代指官衙。

56 裹肚：緊身小衣。

57 斑管：斑竹製的毛筆。

【梧葉兒】這汗衫，若是和衣臥，便是和我一處宿，貼著他皮肉，不信不想我溫柔。這裏肚兒，常不要離了前後，守著左右，繫在心頭。這襪兒，拘管他胡行亂走。此三語好。

【後庭花】這琴，當初五言詩緊趁逐58，後來七絃琴成配偶。醜極。他怎肯冷落了詩中意，我只怕生疏了絃上手。這玉簪兒，我須有緣由，他如今功名成就，只怕撇人在腦背後。醜極。這斑管兒，湘江兩岸秋，當日娥皇因虞舜愁59，今日鶯鶯為君瑞憂。這九嶷山下竹，共60香羅衫袖口，

【青哥兒】都一般61啼痕湮透。並淚斑宛然依舊，萬種情緣一樣愁。涕淚交流，怨慕62難收。此稍可。對學士叮嚀說緣由，是必休忘舊！醜。

（琴童云）理會得。

---

58 趁逐：追逐。

59 湘江兩岸秋兩句：斑竹生於湖南蒼梧山（即九嶷山）中，梁任昉述異記載，舜南巡死於九嶷山，堯之二女娥皇和女英追之不及，相與慟哭，淚水灑落在竹上，形成斑點，是為斑竹，又名湘妃竹。虞舜，即舜，相傳是有虞氏部落首領，故稱虞舜。

60 共：和。

61 一般：一樣。

62 怨慕：又怨恨又思慕。

此節雖不佳，然自是一節。但不審其何故不一讀〔雪裡梅〕、〔揭缽子〕、〔疊字玉臺〕三曲耶？

琴童，這東西收拾得好者。

【醋葫蘆】你逐宵[63]野店[64]上宿，休將包袱做枕頭，怕油脂沾汙急難綢[65]。倘或水浸雨濕休便扭，只怕乾時節熨不開摺皺。一椿椿，一件件，細收留。

此節卻好，猶彷彿〔緒煞〕一曲故也。

【金菊香】書封雁足此時修[66]，情繫人心早晚[67]休？竟是一字不通語。長安望來天際頭，倚遍西樓，人不見，水空流。隨手雜湊為文。

此又一節，可以無有。

---

[63] 逐宵：每夜。

[64] 野店：村野旅舍。

[65] 怕油脂句：意為恐怕被油脂沾汙後難以贈人。

[66] 書封句：意為現在信已寫好了。雁足，漢代蘇武出使匈奴被拘，後來漢與匈奴和親，遣使求歸蘇武，匈奴詭言蘇武已死。漢使者詐稱：我朝皇上在上林苑打獵，得北方來雁，雁足繫有書信，上書蘇武現在某某地方。匈奴單於信以為真，遂放蘇武歸漢。後以雁足比喻書信。

[67] 早晚：何時。

（童云）小人拜辭了小姐，即便去也。（鶯鶯云）琴童，你去見官人，對他說。醜極。（童云）又說甚麼？

【浪裡來煞】他那裡為我愁，我這裡因他瘦。臨行掇賺[68]人的巧舌頭。承上二句忽作罵語，不通極矣。他歸期約定九月九，已過了小春時候。別時，碧雲黃葉，西風北雁，則正九月後耳，今適得半年，又無經年累歲之久，忽言有重九歸期，此是夢語，是鬼語耶？奈何至於此？到如今悔教夫婿覓封侯[69]。

此又一節。特地再囑琴童，乃是如許話，不足發一笑也。常歎街談巷說，童歌婦唱，一經妙手點定，便成絕代至文。任是堯典舜典，周南召南，忽遭俗筆橫塗，竟如溷中不淨。只知王龍標「悔教夫婿覓封侯」詩，其妙則在第一句「不知」字，第三句「忽見」字，非妙於第四落句也。蓋其通首所有「閨中」「閨」字，「少婦」「少」字，「凝妝」「凝」字，全副皆是寫不知神理；而又別用「春日上樓」、「柳色」等字，全副又寫忽見神理。此分明欲於一頃刻中，寫得此婦實是幽閒貞靜，忽地觸緒動情。所謂「國風好色不淫」，其體有如此也。今遭此人獨用其落句，遂令妙詩一敗塗地至於此極，真使我恨恨無已也！

（童云）得了回書，星夜回話去。（琴童下）（鶯鶯、紅娘下）

---

[68] 掇賺：欺騙哄弄。

[69] 悔教句：語出唐王昌齡詩閨怨：「閨中少婦不知愁，春日凝粧上翠樓。忽見陌頭楊柳色，悔教夫婿覓封侯。」覓封侯，尋求功名，此喻科舉考試。

前篇云：「多管閣著筆兒未寫淚先流，寄將來淚點兒兀自有。」此篇又云：「寫時管情淚如絲，既不沙，怎生淚點兒封皮上漬。」前篇云：「這汗衫若是和衣臥，這裹肚、這襪、這琴、這玉簪、這斑管逐件云云。此篇又云：這汗衫，怎不教張郎愛爾？這琴、這玉簪、這斑管、這裹肚、這襪亦逐件云云。前篇云：「你逐宵野店上宿，休將包袱做枕頭。」此篇又云：「書房中顛倒個藤箱子，休教藤刺兒抓住綿絲。」文雖二篇，語只一副，真如犬之牢牢❶，雞之角角❷，欲求少換，決不可得也。嗟乎！本無捉縛枷拷，何煩頭刺膠盆？固知無邊苦海中，具有無量苦事，盡是無知苦人自作出來，極不足相惜耳。

看他才地窘縮，都無抽展處，於是無如何，忽然將鶯鶯字畫之妙，喝采一通。夫前此張崔月餘相處，不成純是淫嬲，曾未嘗一請睹筆墨耶？真大無聊已。

（張生上云）小生滿望除授後便可出京，不想奉聖旨著在翰林院編修國史。誰知我的心事，甚麼文章做得成？琴童去了，又不見回來。這幾日睡臥不安，飲食無味，給假在郵亭❸中將息。早間太醫院差

❶ 牢牢：狗叫聲。

❷ 角角：雄雞的叫聲。角，音ㄍㄨˇ。

醫士來看視下藥。我這病，便是盧扁❹也醫不得。自離了小姐，無一日心寬也呵！

【中呂・粉蝶兒】從到京師，思量心，旦夕如是，向心頭橫躺著我那鶯兒。卻是妙句。請醫師，看診罷，星星說是❺。本意待推辭❻，早被他察虛實，不須看視。

【醉春風】他道是醫雜證有方術，治相思無藥餌。小姐呵！你若知我害相思，我甘心兒為你死、死。曲曲折折，淋淋漓漓，便與西廂無二。四海無家，一身客寄，半年將至。

此一節。真是妙文，便與西廂更不可辨。（若盡如是，我敢不拜哉？）

（琴童上云）俺回來問，說官人在驛中抱病，須索送回書去咱。（見張生科）（張生云）琴童，你回來也！

【迎仙客】噪花枝靈鵲兒❼，垂簾幕喜蛛兒❽，短檠夜來燈爆時。若不是斷腸詞，定是斷腸詩。寫時管❾情淚如絲，既不沙，怎生❿淚點兒封皮上漬⓫？

---

❸ 郵亭：驛；旅舍。
❹ 盧扁：春秋時的名醫。
❺ 星星說是：一樁樁一件件都說得很對。
❻ 推辭：推諉；不承認。
❼ 噪花枝句：喜鵲在花枝上歡叫。噪，鳴叫。靈鵲兒，喜鵲。
❽ 垂簾幕句：小蜘蛛在簾幕上垂絲織網。喜蛛兒，一種小蜘蛛，和喜鵲一樣，被視作傳達喜訊的使者。

此一節。初咬是沙糖，再咬是矢橛矣。

（念書云）薄命妾崔氏，醜。拜覆君瑞才郎文几⑫：醜。別逾半載，奚啻三秋？思慕之心，未嘗少怠。昔云「日近長安遠」，妾今信斯言矣。醜殺。琴童至，接來書，知君置身青雲，且悉佳況。得君如此，妾復何言？醜殺。琴童促回，無以達意，聊具瑤琴一張，玉簪一枝，斑管一枚，裹肚一條，汗衫一領，絹襪一雙，物雖微鄙，願君詳納。春風多厲，千萬珍重。復依來韻，敬和一絕：和韻，是一部大節目，何得又犯之？「闌干倚遍盼才郎，莫戀宸京⑬黃四娘⑭。黃四娘為誰哉？何幸而遇杜工部，何不幸而遇此人？病裡得書知及第，窗前覽鏡試新粧。」醜至於鬼止矣，世間更有醜於鬼者；臭至於屙止矣，世間更有臭於屙者。不通至於續西廂止矣，偏又有此兩首詩。怪哉，怪哉！我那風流的小姐，似這等女子，張珙死也死得著了。

【上小樓】堪為字史⑮，當為款識⑯。有柳骨顏筋⑰，張旭張顛⑱，羲之獻之⑲。此一時，

⑨ 管：肯定。
⑩ 怎生：怎麼；為何。
⑪ 漬：浸濕。
⑫ 文几：書桌。
⑬ 宸京：京城。
⑭ 黃四娘：此指美女。杜甫江畔獨步尋花七絕句之六：「黃四娘家花滿蹊，千朵萬朵壓枝低。」
⑮ 字史：古代掌管文字的官員。此言鶯鶯字寫得好，可以做字史。

彼一時⑳，雜湊如此。佳人才思，俺鶯鶯，世間無二。

【後】俺做經咒般持，符籙般使㉑。高似金章㉒，重似金帛㉓，貴似金貲㉔。雜湊豈復成語？

這上面若僉個押字㉕，使個令史㉖，差個勾使㉗，是一張不及印赴期的咨示㉘。

此一節。忽賞其字體，真乃無謂。後闋亦是元人套語。

（看汗衫科，云）休說文字，只看他這汗衫，

⑯款識：刻在鐘鼎彝器上的文字。此言鶯鶯字好，可以鐫刻在器物上。

⑰柳骨顏筋：柳，唐書法家柳公權。顏，唐書法家顏真卿。骨、筋，都是指字的筆力氣勢。

⑱張旭張顛：唐書法家張旭善草書，世稱「張顛」。

⑲羲之獻之：晉書法家王羲之、王獻之。

⑳此一時兩句：意為不論過去現在。

㉑俺做兩句：意為我把鶯鶯的信當作佛家的經文咒語來對待，當作道家驅病祛災的符文籙書來使用。

㉒高似金章：像金印一樣高貴。金章，高官的金印。

㉓重似金帛：像金箔一樣貴重。金帛，黃金製成的薄片。

㉔貴似金貲：像錢財一樣寶貴。

㉕僉個押字：簽字畫押。

㉖令史：衙門中的書吏。

㉗勾使：衙門中的差役。

㉘是一張句：是一份未蓋上官印的令人赴約的公文。

【滿庭芳】怎不教張郎愛爾，堪與針工出色，女教為師㉙。幾千般用意，般般是可索尋思。長共短又無個樣子，窄和寬想像著腰肢。二語好。無人試。想當初做時，用煞小心兒。

此猶可。

小姐寄來幾件東西，都有緣故，一件件我都猜著。

【白鶴子】這琴，教我閉門學禁指㉚，留意譜聲詩㉛，調養聖賢心，洗蕩巢由耳㉜。

不通。

【二煞】這玉簪，纖長如竹筍，細白似蔥枝，溫潤有清香，瑩潔無瑕玼。

不通。

㉙ 女教為師：作為教育女子的師表。

㉚ 閉門學禁指：閉門彈琴，領會禁淫邪、正人心的意旨。

㉛ 留意譜聲詩：留意於樂歌所表達的純正詩意。

㉜ 洗蕩巢由耳：像巢父、許由一樣，洗蕩世俗小人之心，保持高士情操。巢，巢父。由，許由。相傳兩人都是堯時的隱士。晉皇甫謐高士傳載，堯聘許由為九州長，許由以為這個聘任玷汙了自己的耳朵，便至河邊洗耳。巢父正牽牛飲水，見狀，恐河水玷汙牛口，就將牛牽往上游。

【三煞】這斑管，霜枝棲鳳凰㉝，淚點漬胭脂，當時舜帝慟娥皇，今日淑女思君子。

不通。

【四煞】這裹肚，手中一葉綿㉞，燈下幾回絲㉟，表出腹中愁，果稱心間事。

不通。

【五煞】這襪兒，針腳如蟣子㊱，絹片似鵝脂，既知禮不胡行，願足下常如此。

不通。上特寫張生云「我都猜著」，乃其所猜也只如此。可醜也。

琴童，你臨行，小姐對你說甚麼？（童云）著官人是必不可別繼良緣。（張生云）小姐，你尚然不知我的心哩！

【快活三】冷清清客店兒，風淅淅雨絲絲，雨零風細夢回㊲時，多少傷心事！

㉝ 霜枝棲鳳凰：經過霜打的竹枝曾經有鳳凰在上停宿。而照鄭玄說法，鳳凰非梧桐不棲，非竹實不食，故金聖嘆批「不通」。

㉞ 一葉綿：諧音「一夜眠」，為縫裹肚一夜未眠。

㉟ 絲：諧音「思」。思念。

㊱ 蟣子：虱子。

【朝天子】四肢不能動止，急切盼不到蒲東寺㊳。小夫人須是你見時，別有甚閒傳示㊴？我是個浪子官人，風流學士，怎肯帶殘花折舊枝㊵？自從到此，甚的是閒街市㊶。此句好絕。

【賀聖朝】少甚㊷宰相人家招婿嬌姿㊸，其間或有個人兒似爾，那裡取那樣溫柔，這般才思？此句好絕！想鶯鶯意兒，怎不教人夢想眠思。

此節乃可。

【耍孩兒】只在書房中顛倒個藤箱子，向裡面鋪幾張紙。放時須索用心思，休教藤刺兒抓住綿絲。高攤在衣架上，怕風吹了顏色，亂穰在包袱中，怕挫了褶兒。當如是，切須愛護，勿得因而。惜與前文「休做枕」、「休便扭」同耳，固是佳文，可賞也。

㊲夢回：夢醒。

㊳蒲東寺：即普救寺。

㊴小夫人兩句：意為一定是你見到小夫人時傳了什麼閒話。

㊵殘花舊枝：比喻不正經的女人。

㊶甚的是句：意為從不曾胡行亂走。

㊷少甚：不少。

㊸招婿嬌姿：招夫婿的小姐。

此節於諸寄來物中，獨加意汗衫，餘俱不掛口，何故？

【二煞】恰新婚纔燕爾，為功名來到此。長安憶念蒲東寺。昨宵個春風桃李花開夜，今日個秋雨梧桐葉落時㊹。愁如是，身遙心邇，坐想行思。

此節專為欲填「春風桃李」、「秋雨梧桐」二語耳。真乃可以無有。（且「春風」二語，我竟不知其如何填也。）

【三煞】這天高地厚情，到海枯石爛時。此時作念何時止？直到燭灰眼下纔無淚，蠶老心中罷卻思㊺。不比輕薄子，拋夫妻琴瑟，拆鸞鳳雄雌。

此節專寫欲填「燭灰無淚」、「蠶老休思」二語耳。真乃可以無有。

【四煞】不聞黃犬音㊻，難傳紅葉詩㊼，路長不遇梅花使㊽。適差琴童送書回，乃又作此言，鬼

㊹ 春風桃李兩句：語本白居易長恨歌：「春風桃李花開日，秋雨梧桐葉落時。」

㊺ 燭灰眼下兩句：語本李商隱詩無題：「春蠶到死絲方盡，蠟炬成灰淚始乾。」燭灰，蠟燭燃盡。淚，雙關語，指燭淚和眼淚。蠶老，蠶死。罷卻，停止。思，思念，諧音「絲」，蠶吐絲，此雙關。

㊻ 不聞黃犬音：沒有人給我送信。

㊼ 難傳紅葉詩：意為難以溝通音訊。紅葉傳詩的傳說，唐人小說多有記載，如范攄雲溪友議載，唐宣宗時，盧渥赴京應舉，於御溝邊拾得紅葉一枚，葉上題詩曰：「流水何太急，深宮盡日閑，殷勤謝紅葉，好去到人間。」

語耶？抑夢語耶？**孤身作客三千里，一日思歸十二時㊾。憑闌視，聽江聲浩蕩，看山色參差㊿。**

既分聽、看，則上押「憑闌」之「視」字，何解？

此節專為欲填「作客三千」、「思歸十二」二語耳。真乃可以無有。凡用古，必須我自浩蕩獨行，而古語忽來奔赴腕下，斯方謂之如從舌上吮而吐之耳。若先有成句，隱隱然梗起於胸中，而我從而補接攢簇之，此真第一苦海也。

【煞尾】憂則憂我病中，喜則喜你來到此。投至得引人魂卓氏(51)音書至，險將這害鬼病的相如(52)盼望死。

此亦無聊之結也。細思無此二回亦有何害？一通報書去，一通答書來，乾討琴童氣噓噓地，而於彼張崔兩人，乃更不曾增得一毫顏色。世間做筆墨匠做成筆墨，卻只與人如此用，真老大冤苦也。

㊽ 梅花使：此指傳書捎信之人。南朝宋盛弘之荊州記載，陸凱自江南寄梅花一枝，贈於長安的朋友范曄，並贈花詩一首：「折梅逢驛使，寄與隴頭人。江南無所有，聊贈一枝春。」後宣宗放部分宮女，盧渥得一人，即題詩紅葉上者。

㊾ 孤身作客兩句：語本柳宗元別舍弟宗一：「一身去國六千里，萬死投荒十二年。」此指張生孤身一人客居京城，遠離鶯鶯，思歸之心非常迫切。

㊿ 山色參差：山巒景色深淺各異，高低不平。

(51) 卓氏：卓文君，此喻鶯鶯。

(52) 相如：司馬相如，此喻張生。

第六才子書圖　錦字減愁

諺云：「投鼠者忌器。」蓋言世之極可厭惡無甚於鼠，而無奈旁有寶器，則雖一時刺眼刺心之極，而亦只得忍而不投。何則？誠懼其或傷吾器也。今如鶯鶯，真古今以來人人心頭之無價寶器也。若鄭恆，則固人人厭之惡之之一惡物也。今也務必投之，投之務必令之立死，此亦誠為快事。然筆則累筆，墨則累墨，獨不足惜乎哉？況於累筆墨其奚足道，細思當其時，則又安得不累及於鶯鶯哉？嗟乎！惡鄭恆而至於不免，累及鶯鶯而竟不與之惜，此人之無胸無心，其疾入地獄，不可懺悔，又豈不信乎？

吾亡友邵僧彌先生嘗論畫云：「夫天生惡樹，我特不得盡斬伐之耳。若飯後無事，而攜我門人晚涼閒步，則必選彼嘉樹，坐立其下焉。無他，亦人之好美嫉醜，誠天性則有然也。今我乃見作畫之家，純畫臃腫惡樹，此則不知其何理也。」聖嘆聞之擊節曰：人誠生而癘風❶，則誠天為之也，甚可徐步雅言，持身如玉，而又必脅肩醜笑，囚首鬼面，此真不知其何理也。惟文亦然。不幸身為盜賊，被捉勒供，與夫忽丁大故❷，訃告親族，則是不可奈何也。幸而窗明几淨，硯精筆良，而又不擇取妙題，抒寫佳製，而顧惡罵醜言如土坌集❸，此真不知其何理也。

---

❶ 癘風：癩病，即痲瘋。癘，同「癘」。

❷ 忽丁大故：此指家人突然亡故。

只如鄭恆，此亦不過夫人賴婚，偶借為辭耳。今必欲真有其人，出頭尋鬧，此為是點染鶯鶯，為是發揮張生耶？既不為彼二人，則是單寫鄭恆。夫今日所貴於坐精舍，關板扉，爇名香，烹早茗，舒新紙，磨舊墨，運妙心，煩俊腕，提健筆，攄快文者，祇為彼是第一無雙才子佳人故耳。若鄭恆，則今盈天之下之學唱公雞，喫虱猴孫，萬萬千千，知有何限，而煩先生特地寫之？寫之以娛人，而人不受娛，然則先生殆於寫之以自娛也。夫在他人，方欲寫第一無雙之才子佳人，以自娛娛人，而猶自嫌惟恐未臻極妙也。今先生乃必欲寫學唱公雞，喫虱猴孫，然則人之賢不肖之所喻，其相去懸遠，真未可以道里為計也。

（鄭恆上云）自家姓鄭，名恆，字伯常。先人拜禮部尚書，在時，曾定下俺姑娘的女兒鶯鶯為妻。不想姑夫去世，鶯鶯孝服未滿，不曾成親。俺姑娘引著鶯鶯扶靈柩回博陵安葬，為因路阻，寄居河中府。數月前，寫書來喚俺。因家中無人，來遲了一步。不想到這裡，聽說孫飛虎要擄鶯鶯，得一秀才張君瑞退了賊兵，俺姑娘把鶯鶯又許了他。俺如今便撞將去呵，恐沒意思。這一件事都在紅娘身上。何也？俺且著人去喚他，只說哥哥從京師來，不敢造次❹來見姑娘，著紅娘到下處❺來，有話對姑娘行說。人去好一回了，怎麼還不見來？

（紅娘上云）鄭恆哥哥在下處，不來見夫人，卻喚俺說話。夫人著俺來看他說甚麼？（紅見鄭科，紅

❸ 坌集：聚集。
❹ 造次：輕率。
❺ 下處：旅舍。

云）哥哥萬福。夫人道，哥哥來到呵，怎不到家裡來？（鄭云）我怎麼好就見姑娘？我喚你來說，當日姑夫在時，曾許下親事，我今到這裡，姑夫孝已滿了，特地央你去夫人行說知，揀一個吉日，成合❻了這件事，好和一搭裡❼下葬去。不爭❽不成合，一路上難廝見。若說得肯呵，我重重謝你！（紅云）這一節話，再也休題，鶯鶯已與了張生也！（鄭云）道不得個「一馬不韉雙鞍❾」，可怎生父在時，曾許下我，父喪之後，母卻悔親，這個道理那裡有？（紅云）卻非如此說，當日孫飛虎將半萬賊兵來時，哥哥你在那裡？若不是張生呵，那裡得俺一家兒性命來？今日太平無事，卻來爭親，倘被賊人擄去呵，哥哥你和誰說？何忍作此言？（鄭云）與了一個富家，也還不枉，與這個窮酸餓醋，偏我不如他？我仁者能仁、身裡出身的根腳❿，他比我甚的？（紅云）他倒不如你？禁聲⓫！凡費如許筆墨。

【越調・鬥鵪鶉】（紅娘唱）**賣弄你仁者能仁，倚仗你身裡出身，縱教你官上加官，誰許你親上做親⓬？又不曾羔雁邀媒，幣帛問肯⓭。恰洗了塵⓮，便待⓯要過門⓰。**俱非喫緊

---

❻ 成合：此指了結。

❼ 一搭裡：一起。

❽ 不爭：此指如果。

❾ 一馬不韉雙鞍：一匹馬不能搭兩張鞍，比喻一女不能嫁二夫。

❿ 仁者能仁句：意為我本身能幹，又出身高貴門第。仁者能仁，仁愛之人能夠行仁。身裡出身，出身於現在所從事的行業或所處的社會地位。根腳，根基。

⓫ 禁聲：住口。

⓬ 親上做親：鄭恆和鶯鶯是表兄妹關係，中表為婚，即表親加姻親，故稱親上做親。

語，不足服鄭心。枉淹⑰了他金屋銀屏，枉汙了他錦衾繡裀。

【紫花兒序】枉蠢⑱了他梳雲掠月⑲，枉羞⑳了他惜玉憐香㉑，枉村㉒了他殢雨尤雲。凡下「金屋銀屏」、「錦衾繡裀」、「梳雲掠月」、「惜玉憐香」、「殢雨尤雲」若干等字，而初無所謂，亦可以翻後置前，亦可以翻前置後，亦可以尚少，亦可以更多，真乃金貼蝦蟆也。

先用二「仁」、二「身」、二「官」、二「親」，次用「枉淹」、「枉汙」、「枉蠢」、「枉羞」、「枉村」，以為好辭也。

當日三才㉓始判㉔，兩儀㉕初分；乾坤㉖，清者㉗為乾，濁者㉘為坤，人在其中相混。君

---

⑬又不曾兩句：意為又沒有請媒人，下聘禮，擺提親酒。羔雁，聘禮。羔，小羊。肯，肯酒；提婚結親酒。

⑭洗塵：設宴迎客。此指剛剛來到此地。

⑮待：打算。

⑯過門：結親。

⑰淹：同「腌」。此指弄髒。

⑱蠢：此指侵損。

⑲梳雲掠月：梳得像雲朵一樣的頭髮，畫得像月牙一樣的眉毛，此泛指容貌。

⑳羞：羞辱。

㉑惜玉憐香：原指對女子愛憐體貼的感情，此泛指男女愛憐之情。

㉒村：以語言傷害人。

瑞是君子清賢，鄭恆是小人濁民。

人言屙臭極矣，此並非屙；人言鬼醜極矣，此並非鬼。

（鄭云）賊來，他怎生退得？都是胡說！（紅云）我說與你聽。

【天淨沙】把河橋飛虎將軍，叛蒲東擄掠人民，半萬賊屯合㉙寺門，手橫著霜刀，高叫道，要鶯鶯做壓寨夫人。

我亦只謂別有妙文，忍俊不住，故定欲描寫一通，原來其苦乃至如此。

（鄭云）半萬賊，他一個人濟甚事？（紅云）賊圍甚迫，夫人慌了，和長老商議，高叫：「兩廊不論僧俗，如退得賊兵者，便將鶯鶯小姐與之為妻。」那時張生應聲而言：「我有退兵之計，何不問我？」

㉓ 三才：天、地、人為三才。

㉔ 始判：開始分開。判，分開。

㉕ 兩儀：天地為兩儀。

㉖ 乾坤：天地。乾，天。坤，地。

㉗ 清者：指清陽之氣。

㉘ 濁者：指濁陰之氣。

㉙ 屯合：聚集；圍住。

夫人大喜，就問其計安在。張生道：「我有故人白馬將軍，見統十萬大兵，鎮守蒲關。我修書一封，著人傳去，必來救我。」不想書到兵來，其困即解。若言為鄭說之，則安取為鄭說之？若言為我說之，則我知之熟矣，又安取說之？愚矣哉！

【小桃紅】洛陽才子善屬文㉚，火急修書信。白馬將軍到時分，滅了煙塵㉛。夫人小姐都心順，則為他威而不猛㉜，言而有信㉝，醜，醜！因此上不敢慢於人㉞。論語已醜，孝經尤醜。

想其意中，反以直書成語為能，真乃另是一具肺肝。

（鄭云）我自來未聞其名，知他會也不會？你這個小妮子，賣弄他偌多！

此是佳語，調侃不少。（諸葛隆中不求聞達時㉟，幾欲遭此人白眼。嗟乎！今日茫茫天涯，亦何處無眼淚哉。）

㉚ 屬文：做文章。

㉛ 煙塵：烽煙與塵土代指打仗之事，此指孫飛虎叛軍。

㉜ 威而不猛：威嚴而不凶暴。語出論語述而。

㉝ 言而有信：說話守信用。語出論語學而。

㉞ 不敢慢於人：意為對張生不敢輕慢。語出孝經天子章。

㉟ 諸葛句：諸葛亮出師表稱：「臣本布衣，躬耕於南陽，苟全性命於亂世，不求聞達於諸侯。」聞達，指顯達或受讚譽。

【金蕉葉】憑著他講性理㊱齊論魯論㊲，作詞賦韓文柳文㊳，識道理為人做人，俺家裡有信行知恩報恩。

又以二「論」、二「文」、二「人」、二「恩」為好辭。（「齊論魯論」，「韓文柳文」等字，尤為醜不可耐。）

（鄭云）我便怎麼不如他？

【調笑令】你值一分，他值百十分，螢火焉能比月輪？高低遠近都休論，我拆白道字㊴辨個清渾。君瑞是肖字這壁著個立人㊵，醜極，使人不可暫注目。你是寸木馬戶尸巾㊶。醜至此哉！

西廂寫紅娘云「我並不識字」，卻愈見紅娘之佳；此寫紅娘識字，乃極紅娘之醜。

㊱ 性理：人性天理的學問，此指知識學問。

㊲ 齊論魯論：論語的兩種版本。論語是孔子門人編纂的記載孔子及其弟子言行的儒家經典，在流傳過程中形成不同的版本，其中齊國儒者所傳的稱齊論語，即齊論。魯國儒者所傳的稱魯論語，即魯論。

㊳ 韓文柳文：韓，韓愈。柳，柳宗元。

㊴ 拆白道字：拆字表意，即將一個字拆開，再將各部分綴聯成句，如拆「李」為「十八子」。

㊵ 肖字這壁句：即「俏」字。

㊶ 寸木馬戶句：即「村駙屌」。屌，屌的俗字。

（鄭云）寸木馬戶尸巾，你道我是個村駉屌？我祖代官宦，我倒不如那白衣窮士？

【禿廝兒】他學師友君子務本㊷，醜極。你倚父兄仗勢欺人。他虀鹽日月㊸不嫌貧，治百姓新民、傳聞㊹。

【聖藥王】這廝喬議論㊺，有向順㊻，你道是官人只合做官人。信口噴，不本分，你道是窮民到老是窮民，即不道將相出寒門！

上文琴童捷報已到，此處或是鄭恆未知猶可，何至紅娘口中，亦全不記「探花及第」四字耶？看其支吾抵塞之苦，抑何至於此極也。

（鄭云）這節事，都是那法本禿驢弟子孩兒㊼，我明日慢慢和他說話。又何也？總之拈筆無聊，又欲借和尚填湊幾句，便故為此白。

【麻郎兒】他出家人慈悲為本，方便為門。你橫死眼㊽不識好人，招禍口不知分寸。

㊷君子務本：君子致力於根本，即以孝悌為修身齊家的基本品德。語出論語學而。
㊸虀鹽日月：吃鹹菜度日。指窮書生的清貧生活。
㊹治百姓句：意為治理百姓，使民風日新，美名傳天下。
㊺喬議論：胡言亂語。
㊻向順：偏向。
㊼弟子孩兒：罵人語，意為「婊子養的」。弟子，宋元時對妓子的稱呼。

真寫至紅娘與和尚出力，真另是一具肺肝。

（鄭云）這是姑夫的遺留㊾，我揀日牽羊擔酒上門去，看姑娘怎生發落我！

【後】你看訕筋㊿，發村(51)，使狠，甚的是(52)軟款溫存。硬打奪求為眷姻，不睹事強諧秦晉(53)。

（鄭云）姑娘若不肯，著二三十個伴當(54)抬上轎子，到下處脫了衣裳，急趕將來，還你個婆娘！

【絡絲娘】你須是鄭相國嫡親的舍人(55)，倒像個孫飛虎家生的莽軍(56)。喬嘴臉(57)，腌軀老(58)，死身分，少不得有家難奔。已上謂之悍婦罵街則可，奈何自命曰續西廂也哉！

㊽ 橫死眼：不得好死的人。橫死，非正常死亡。非理為橫，不順理之死為橫死。
㊾ 遺留：遺言。
㊿ 訕筋：因暴怒而頭面上筋脈僨張。
(51) 發村：撒野。
(52) 甚的是：哪裡是。
(53) 不睹事句：意為不講道理強迫成親。不睹事，不曉事。秦晉，古代秦晉聯姻，後世以秦晉表示婚姻。
(54) 伴當：隨從的僕人。
(55) 舍人：公子；少爺。
(56) 孫飛虎家生句：孫飛虎賊軍生下的野蠻的兵。家生，奴婢所生子，稱家生孩兒。莽軍，粗野的兵丁。
(57) 喬嘴臉：醜陋的模樣。
(58) 腌軀老：難看的身材。

只好偷韓
壽下風頭
香傳何
郎左壁
廂粉
第六才子書
圖
鄭恒求配

前讀西廂，見我鶯鶯有春雨閉門、下簾不捲之句，我猶恐連陰損其高情；又見鶯鶯有隔窗聽琴、月明露重之句，我猶恐濕庭冰其雙襪；又見鶯鶯有壓衾朝臥、紅娘彈帳之句，我猶恐朝光射其倦眸；又見鶯鶯有杏花樓頭，晚寒添衣之句，我猶恐線痕兜其皓腕。蓋我之護惜鶯鶯，方且開卷惟恐風吹，掩卷又愁紙壓，吟之固慮口氣之相觸，寫之深恨筆法之未精。真不圖讀至此處，乃遭奴才如此牴突也。王藍田拔劍驅蒼蠅，著屐踏雞子59，千載笑其大怒未可卒解，我今日真有如此大怒也！恨恨！

（普天下錦繡才子，誰以我為不然？）

（鄭云）兀的那小妮子，眼見得受了招安了也。我也不對你說。明日我要娶，我要娶！收科之文如此。

（紅云）不嫁你，不嫁你！醜，醜。醜極，醜極！

【收尾】佳人有意郎君俊，教我不喝采其實怎忍60？你只好偷韓壽下風頭香，傅何郎左壁廂粉61。此二語卻是佳句。

第三篇完矣。細思之，何必哉？（為張生添神采耶？為鶯鶯添神采耶？費筆，費墨，費手，費紙，費飯，費壽，寫得惡札一通！）

59 王藍田兩句：東晉王述，封藍田侯。著屐踏雞子，事見世說新語忿狷。

60 佳人兩句：此為紅娘嘲諷奚落鄭恆的反語。

61 你只好兩句：紅娘奚落鄭恆，說他根本無法與張生相比。

（紅娘下）

（鄭云）這妮子一定都和酸丁演撒！何忍？不惟不忍紅娘，尚不忍張生也。我於紅娘尚不忍，我其肯忍于鶯鶯哉！俺明日自上門去，見俺姑娘，佯做不知，只道「張生在衛尚書家做了女婿。」渠意又考得元稹夫人為韋氏㊷，故將衛字為隱，自以為博聞。俺姑娘最聽是非㊸，何忍？我於夫人猶不忍也。他必有話說。休說別的，只這一套衣服，也衝動㊹他。自小京師同住，慣會尋章摘句㊺。姑夫已許成親，誰敢將言相拒？俺若放起刁來，且看鶯鶯那去！且將壓善欺良意，權作尤雲殢雨心。一派狗吠聲。

（鄭恆下）

（夫人上云）夜來鄭恆至，不來見俺，喚紅娘去問親事。據俺的心，只是與侄兒的是㊻。前賴婚，乃是妙文，此則豈復成一品夫人耶？況兼相公在時，已許下了。俺便是違了先夫的言語，做一個主家不正㊼。辦下酒者，今日他敢來見俺也。

（鄭恆上云）來到也，不索報覆，我自入去。（哭拜夫人科）（夫人云）孩兒，既到這裡，怎麼不來見我？（鄭云）孩兒有甚面顏來見姑娘！（夫人云）鶯鶯為孫飛虎一節，無可解危，許了張生也。（鄭云）

㊷ 渠意又考得句：西廂記原本唐元稹會真記，人或以為元稹借此以述己事，故有「考得元稹夫人為韋氏」句。

㊸ 是非：假話。

㊹ 衝動：打動。

㊺ 尋章摘句：原指搜尋摘取文章詞句，此指抓住片言隻語，作為把柄，借以要挾老夫人。

㊻ 只是與侄兒句：意為只有把鶯鶯許配給侄兒才對。

㊼ 主家不正：持家不正。

那個張生，敢便是今科探花郎？此處鄭又知之。我在京師看榜來，年紀有二十三四歲，洛陽張珙，誇官遊街三日。第二日頭踏❻❽正來到衛尚書家門首，尚書的小姐，結著綵樓❻❾，在那御街上，只一毬，正打著他。我也騎著馬看，險些打著我。怕你不休了鶯鶯？他家粗使梅香❼⓿十來個，把張生橫拖倒拽入去。他口裡叫道：「我自有妻，我是崔相國家女婿。」那尚書那裡肯聽，說道：「我女奉聖旨結綵樓招你，鶯鶯是先姦後娶的，只好做個次妻❼❶罷。」因此鬧動京師，侄兒認得他。（夫人怒云）我說這秀才不中抬舉，今日果然負了俺家。俺相國之女，豈有做次妻的理！既然張生娶了妻，不要了，孩兒，你揀個吉日良辰，依舊入來做女婿者。何忍？何忍？（夫人下）（鄭喜云）中了俺的計了。準備茶禮花紅❼❷過門者。（鄭恆下）

一片犬吠之聲。

---

❻❽ 頭踏：儀仗隊。

❻❾ 結著綵樓：古代官宦人家有拋繡球擇婚的方式，即在路邊搭一綵樓，小姐向樓下之人擲出繡球，被擲中者即招為女婿。

❼⓿ 粗使梅香：幹粗活的丫頭。

❼❶ 次妻：妾。

❼❷ 花紅：彩禮。

續之四　團圓

西廂為才子佳人之書，故其費筆費墨處，俱是寫張生、鶯鶯二人，餘俱未嘗少❶用其筆之一毛，墨之一瀋❷也。其有時亦寫紅娘者，以紅娘正是二人之針線關鎖。（分時紅為針線，合時紅為關鎖。）寫紅娘，正是妙於寫二人。其他即尊如夫人，亦不與寫，何況歡郎？慈如法本，亦不與寫，何況法聰？恩如白馬，亦不與寫，何況卒子？此譬如寫花，決不寫到泥，非不知花定不可無泥；寫酒，決不寫到壺，非不知酒定不可無壺。蓋其理甚明，決不容寫，人所共曉，不待多說也。故有時亦寫紅娘者，此如寫花卻寫蝴蝶，寫酒卻寫監史❸也。蝴蝶實非花，而花必得蝴蝶而逾妙；監史實非酒，而酒必得監史而逾妙。紅娘本非張生、鶯鶯，而張生、鶯鶯必得紅娘而逾妙。蓋自張生自說生辰八字起，直至夫人不必苦苦追求止，曾無一句一字中間可以暫廢紅娘者也。若夫人、法本、白馬等人，則皆偶然借作家伙，如風吹浪，浪息風休；如桴❹擊鼓，鼓歇桴罷；真乃不必更轉一盼，重廢一唾也。今續之四篇，乃忽因鄭恆二字，（西廂中鄭恆真只二字耳，笨伯不達，視之遂如眼釘喉刺，一何可笑。）

❶ 少：稍。
❷ 一瀋：猶言一滴。瀋，汁。
❸ 監史：此指監酒的人。
❹ 桴：鼓槌。

願天下有情的多成了眷屬
衣錦榮歸

既與獨作一篇，後又覆請多人，再遞花名手本❺，凡西廂所有偶借之家伙，至此重復一一畫卯❻過堂❼。蓋必使普天下錦繡才子，讀西廂正至飄飄凌雲之時，則務盡吹之到於鬼門關前，使之睹諸變相，遍身極大不樂，而後快於其心焉。嗟乎！杜工部畫鶻詩有云：「寫此神俊姿，充君眼中物。」彼一何其極善與之相反如是也。

（法本上云）老僧昨日買登科錄❽，看張先生果然及第，偏是道人心熱，偏是高士品低，偏是大儒不通，偏是名妓奇醜。如法本買登科錄，偏是法本買登科錄也。近日朝廷遷除的報，最是諸山方丈大和尚口中極真。除授河中府尹。誰想夫人沒主張，又許了鄭恆親事，不肯去接。老僧將著肴饌，直至十里長亭，接官走一遭。安得不人天推擁為一代大和尚哉！（法本下）

（杜將軍上云）奉聖旨，著小官主兵蒲關，提調❾河中府事。誰想君瑞兄弟，一舉及第，正授河中府尹，一定乘此機會成親。小官牽羊擔酒，直至老夫人宅上，一來賀喜，二來主親❿。左右那裡？將馬

❺ 花名手本：古代登錄人名的公文簿冊。手本，下屬見上司或門生見座主時所持的名帖。

❻ 畫卯：古代官署例於卯時（早上五時至七時）升堂，吏役須按時赴衙門簽到，一般是用筆寫個「卯」字，故稱畫卯。

❼ 過堂：清代京官赴都察院京察，或將罪犯帶至衙門聽審，皆稱過堂，取其到堂點名之義。

❽ 登科錄：科舉時代及第士人的名錄。

❾ 提調：掌管。

❿ 主親：主婚。

來，到河中府走一遭！（杜將軍下）

（夫人上云）誰想張生負了俺家，去衛尚書家做女婿去了。只索不負老相公遺言，還招鄭恆為婿。今日是個好日子過門，準備下筵席，鄭恆敢待來也。（夫人下）

（張生上云）小官奉聖旨，正授河中府尹。今日衣錦還鄉，小姐鳳冠霞帔都將著⑪，見呵，雙手索送⑫過去。誰想有今日也呵！文章舊冠乾坤內，姓名新聞日月邊⑬。

【雙調・新水令】（張生唱）一鞭驕馬出皇都，暢風流玉堂人物。今朝三品職，昨日一寒儒。御筆新除，將姓名翰林注。

此可。

【駐馬聽】張珙如愚⑭，用論語字最苦。酬志了三尺龍泉萬卷書⑮；鶯鶯有福，穩受了五花官誥⑯七香車⑰。身榮難忘借僧居，愁來猶記題詩處。從應舉，夢魂不離蒲東路。

⑪ 將著：拿著；帶著。

⑫ 索送：遞送。

⑬ 文章舊冠兩句：意為寫文章的本事過去就是天下第一，如今名聲已經傳到皇帝耳裡。冠，稱雄。日月，指皇帝和皇后。

⑭ 如愚：語出論語為政，孔子說顏淵這個人看上去像愚人，其實並不愚。猶言大智若愚。

⑮ 酬志句：酬志，實現了自己的志向。三尺龍泉，指劍。古代讀書人書劍並重，且多以書劍喻志。

此可。

（到寺科云）接了馬者！（見夫人拜云）新探花河中府尹張珙參見。（夫人云）休拜，休拜，你是奉聖旨的女婿，我怎消受得你拜？

【喬牌兒】我躬身問起居，夫人你慈色為誰怒？我只見丫鬟使數⑱都廝覷，莫不是我身邊有甚事故？

此可。雖非佳文，猶是官話，故曰可也。

（張生云）小生去時，承夫人親自餞行，喜不自勝。今朝得官回來，夫人反行不悅，何也？（夫人云）你如今那裡想俺家？道不得個「靡不有初，鮮克有終」！我一個女孩兒，雖然粧殘貌陋，他父為前朝相國。此成何語？且何苦作此語？若非賊來，足下甚氣力到得俺家？今日一旦置之度外，卻與衛尚書家作贅，是何道理？（張生云）夫人，你聽誰說來？若有此事，天不蓋，地不載⑲，害老大⑳疔瘡！西遊記豬八戒語也。

⑯ 五花官誥：皇帝冊封命婦的一種文書。因用五色綾為之，故名。
⑰ 七香車：貴婦人所乘的華美之車。
⑱ 使數：僕人。
⑲ 天不蓋兩句：意為天地不容。
⑳ 老大：很大的。

【雁兒落】若說絲鞭士女圖，端的是塞滿章臺路㉑。小生向此間懷舊恩，怎肯別處尋親去。

【得勝令】豈不聞君子斷其初㉒，我怎肯忘了有恩處？

略嫌「恩」句重沓，然語意自佳，不忍相沒。（又嫌即前〔賀聖朝〕語，然此乃是小病。）

那一個賊畜生行嫉妬，走將來厮間阻㉓？不能彀嬌姝㉔，早晚施心數㉕。說來的無徒㉖，遲和疾上木驢㉗。

㉑ 若說兩句：意為像結綵樓、抛繡球、遞絲鞭這類事情，在長安是司空見慣的。絲鞭，絲編的鞭子。綵樓招親時，被女方抛出的繡球擊中的男子，若接過女方遞來的絲鞭，即表示同意婚事，綵樓招親便告完成。圖，指場景。章臺，戰國時長安有章臺宮，漢代長安有章臺街，後世以章臺代指長安。

㉒ 君子斷其初：當時成語，意為君子對已經決定的事情，決不改其初衷。

㉓ 厮間阻：此指挑撥離間。

㉔ 不能彀嬌姝：得不到美女。

㉕ 施心數：用心計。

㉖ 無徒：猶無賴之徒。

㉗ 遲和疾句：意為早晚要被千刀萬剮。木驢，古代刑具，為帶鐵刺的木樁，形同驢。凌遲處死者先綁上木驢，遊街示眾，然後行刑。

亦且可。

（夫人云）是鄭恆說來，繡毬兒打著馬，做了女婿也。你不信，喚紅娘來問。成何文理？（紅娘上云）我巴不得見他，醜極！西廂十六篇亦都寫女兒情事，偏覺官樣。此亦一種筆墨，偏見小家樣。元來得官回來，慚愧！這是非對著也。（張生問云）紅娘，小姐好麼？（紅云）為你做了衛尚書女婿，俺小姐依舊嫁鄭恆去了也。何苦哉！（張生云）有這蹺蹊事！何止蹺蹊而已耶？

【慶東原】哪裡有糞堆上長出連枝樹，淤泥中雙游比目魚？不明白展汙了姻緣簿㉘！鶯鶯呵，你嫁得個油煠猢猻㉙的丈夫。紅娘呵，你伏侍個煙薰貓兒㉚的姐夫。張生呵，你撞著個水浸老鼠㉛的姨夫㉜。此稱謂奇絕人。壞了風俗，傷了時務㉝。此等句，傖以為大奇，因而欲擬元詞，便都硬撰，一連數十句。殊不知其最是醜筆，便一連十萬句也易。

㉘ 不明白句：意為這不是明明白白玷汙了姻緣簿嗎？展汙，玷汙。姻緣簿，唐李復言續玄怪錄載，月下老人有一簿籍，凡世間夫妻姻緣，皆由此簿注定。

㉙ 油煠猢猻：比喻輕狂。猢孫，猴子。

㉚ 煙薰貓兒：比喻蓬頭垢面。

㉛ 水浸老鼠：比喻萎縮猥瑣的樣子。

㉜ 姨夫：宋周密癸辛雜識續集上載：「北人以兩男子共狎一妓，則稱為姨夫。」

㉝ 時務：此指時俗風尚。

此雖從〔青山口〕一曲偷來，然最是元人醜詞，聖嘆所最不喜。元人每用或相犯、或加倍字，硬撰作奇語，一連用入四五六七八句，以為能手，聖嘆每讀每嘔之。

【喬木查】（紅娘唱）**妾前來拜覆，省可㉞心頭怒。自別來安樂否？你那新夫人何處居？比小姐定何如？**如聞香口，如見纖腰。古人果有妙文，聖嘆決不沒也。

北曲通常用一人唱，無旁人雜唱之例。此忽作紅娘唱，大非也。（獨惠明一篇為北曲變例，然亦換過一宮矣。）然其文一何妙哉！古語「細骨輕肌，百琲珍珠」，真便欲屬之矣。（雖在西廂中，猶稱上上，不意於續中有之。）

（張生云）和你也葫蘆提了㉟！小生為小姐受過的苦，別人不知，瞞不得你。甫能彀今日，焉有是理？

【攪箏琶】小生若別有媳婦，只目下便身殂！我怎忘了待月迴廊，撇了吹簫伴侶？我是受了活地獄，下了死工夫，甫能彀為夫婦。我現將著夫人誥敕，縣君㊱名稱，怎生待歡天喜地，兩隻手兒親付與。他剗地㊲把我葬誣㊳！

㉞ 省可：休得要。

㉟ 和你句：連你也糊塗了。和，連。

㊱ 縣君：古代婦人的封號。唐代四品官員的母親和妻子封郡君，五品封縣君。此以縣君作為婦女封號的統稱。

㊲ 剗地：平白無故地。剗，音ㄔㄢˇ。

此一段更精妙絕文，又沉著，又悲涼，又頓挫，又爽宕，便使西廂為之，亦不復毫釐得過也。古人真有奇絕處，不可埋沒。

（紅對夫人云）我道張生不是這般人，只請小姐出來自問他。奇，奇。真是戲也。（請云）小姐，張生來了，你出來，正好問他。（鶯鶯上云）我來了。奇，奇。真是戲也。何苦如此？冤哉，冤哉！（相見科）（張生云）小姐間別無恙？亦殊冷淡。（鶯鶯云）先生萬福。（紅云）小姐有的言語和他說麼？便如水滸傳閻婆之於婆惜然。（鶯鶯吁云）待說甚的是？

【沉醉東風】（鶯鶯唱）不見時準備著千言萬語，到相逢都變做短嘆長吁。他急攘攘卻纔來，我羞答答怎生覷。腹中愁卻待伸訴，及至相逢一句也無。剛道個先生萬福。

此亦且可，總是庸筆、弱筆也。

（鶯鶯云）張生，俺家有甚負你？你見棄妾身，去衛尚書家為婿，此理安在？豈復成鶯鶯哉！（張生云）誰說來？前已知是某人，此又問，何也？（鶯鶯云）鄭恆在夫人行說來。（張生云）小姐，如何聽這廝？小生之心，惟天可表。何不云「小生之心，惟有小姐可表」？

【落梅風】從離了蒲東郡，來到京兆府，見佳人世㊴不曾回顧。硬揣㊵個衛尚書女兒為了

㊳ 葬誣：誣陷。

㊴ 世：從來。

眷屬，曾見他影兒的也教滅門絕戶！

此又好，沉著頓挫兼有之。

此一椿事，都在紅娘身上，我只將言語激著他，看他說甚麼。我寫張生，則決不出此。紅娘，我問人來，說道你與小姐將簡帖兒喚鄭恆來。何忍，何忍？豬狗不發此聲矣。（紅云）癡人！醜。我不合與你作成，你便看得一般了㊶。醜。一部西廂皆鏡花水月、鴻爪雪痕㊷之文也，若被此等咬嚼，便成閻羅鏡臺，千年業在㊸。恨恨！

【甜水令】（紅娘唱）君瑞先生，不索躊躇，何須憂慮？那廝本意糊塗，俺家世清白，祖宗賢良，相國名譽。我怎肯去他跟前寄簡傳書？

此又醜筆也。

【折桂令】（紅娘唱）那喫敲才㊹，口裡嚼蛆，數黑論黃㊺，惡紫奪朱㊻。又用論語，不通，

㊵ 揣：捏造。

㊶ 我不合兩句：意為我實在不該為你促成親事，因為你把我看成與那傢伙一樣的人了。

㊷ 鴻爪雪痕：鴻爪在雪地上留下的印痕。比喻虛虛實實，點到為止。

㊸ 閻羅鏡臺兩句：閻羅，管理地獄的魔王。相傳犯鬼進入地獄，先照孽鏡，鏡中會顯出其一切行跡。比喻寫文章和盤端出，令人一望而知，無回味餘地。

無理。**俺小姐便做道**㊼**軟弱囊揣**㊽**，怎嫁那不值錢人樣豭駒**㊾**？**「便做道」，此何語也？喪心病狂，於斯為極。恨恨！**愛你個俏東君與鶯花做主**㊿**，怎肯將嫩枝柯**(51)**折與樵夫？那廝本意嚚虛**(52)**，將足下虧圖**(53)**，我有口難言。氣夯破**(54)**胸脯。**

醜筆也。

㊹ 喫敲才：猶稱該死的傢伙。敲，元代凡處死刑杖殺者皆稱「敲」。

㊺ 數黑論黃：說長道短，滿口胡言。

㊻ 惡紫奪朱：語出論語陽貨，意為紫色取代大紅色，是以邪奪正，讓人厭惡。此指鄭恆奪去張生地位，是以邪奪正。惡，在論語中作動詞，讀ㄨˋ，意為厭惡。此作形容詞，讀ㄜˋ，意為邪惡。紫，紅藍兩色混合而成的顏色，古人認為紫色非正色。朱，大紅色，古人認為朱為正色。

㊼ 便做道：即使是。

㊽ 囊揣：懦弱。

㊾ 人樣豭駒：罵人語，像豬馬般的人。豭，公豬。駒，幼馬。

㊿ 東君句：東君，春天之神。此從鶯鶯之名引申出鶯鳥，春天鶯啼花放，故稱東君為鶯花做主，即張生當為鶯鶯做主。

(51) 枝柯：枝條。

(52) 嚚虛：虛偽。

(53) 虧圖：設圈套將人陷害。

(54) 夯破：撞破。

（紅云）張生，你若端的不曾做女婿呵，我去夫人跟前，一力保你。等那廝來。你和他兩個對證。何苦費如此筆墨哉！（禀夫人云）張生並不曾人家做女婿，都是鄭恆謊說，等他兩個對證。（夫人云）既然他不曾呵，等鄭恆來，對證了再做說話。笑殺幾千人。

（法本上云）誰想張生一舉成名，正授河中府尹。觀其「誰想」二字，當初房兒借得著也，便畫盡善知識。老僧接官到了，再去夫人那裡慶賀。作西廂初寫法本時，更不料其後來至此。這門親事，當初也有老僧來。好和尚，可謂塵塵溷入，剎剎圓融。如何夫人沒主張，便待要與鄭恆？若與了他，府尹今日來，卻怎生了也？（相見畢）（禀夫人云）夫人今日始知老僧說得是，張先生決不是這等沒行止[55]的秀才，他如何敢忘了夫人？況兼杜將軍是證見，如何悔得他這親事？大和尚口中，早是兩位官府。今日尤甚！蓋大和尚口中純是官府，非官府便不道也。

【雁兒落】（法本唱）杜將軍笑孫龐真下愚，亦復言重。論賈馬非英物[56]。正授著征西元帥府，兼領得陝右河中路。

【得勝令】是君前者護身符，今日有權術[57]，來時節定把先生助，決將賊子誅。他不識親疏[58]，搬賺[59]良人婦[60]。君若不辨賢愚，便是無毒不丈夫。

---

55 沒行止：行為不端。

56 杜將軍兩句：意為杜將軍譏笑孫臏和龐涓真是下愚之人，說起賈誼和司馬相如，認為他們都不是才華出眾之輩。形容杜確文武雙全，前無古人。

57 權術：權力和謀術。

且不說其庸醜，乃至法本皆唱，豈有是哉！

（夫人云）著小姐臥房裡去者。（鶯鶯、紅娘下）

（杜將軍上云）小官離了蒲關，早到普救寺也。（張生見杜拜畢）（張生云）小弟托兄長虎威，醜。得中一舉。今日回來本待做親，有夫人的侄兒鄭恆，來夫人行，說小弟在衛尚書家入贅。夫人怒欲悔親，依舊要將小姐與鄭恆，道不得個「烈女不更二夫」。（杜云）夫人差矣！俺君瑞也是禮部尚書之子，況兼又得一舉。夫人誓不招白衣秀士，今日反欲罷親，莫於理上不順？（夫人云）當初夫主在時，曾許下那廝。不想遇難，多虧張生請將軍殺退賊兵，老身不負前言，招他為婿。叵耐那廝說他在衛尚書家招贅，因此上我怒他，依舊要與鄭恆。（杜云）他是賊心，可知妄生誹謗，老夫人如何便輕信他？

（鄭恆上云）打扮得齊齊整整的，只等做女婿。今日好日頭，牽羊擔酒，過門走一遭去。（相見科）

（張生云）鄭恆，你來怎麼？醜極，筆墨之事，至於此極，真是活地獄也。（鄭云）苦也！聞知狀元回，特來賀喜。（杜云）你這廝怎麼要誆騙良人的妻子，行不仁之事？我奏聞朝廷，誅此賊子！

【落梅風】此篇有兩〔雁兒落〕，兩〔得勝令〕，兩〔落梅風〕。（杜將軍唱）你硬撞入桃源路，不言個誰是主，妙，妙。被東風把你個蜜蜂兒攔住。妙，妙。不信呵，你去綠楊陰裡聽杜宇，一聲

58 不識親疏：指鄭恆不懂中表不婚的道理。

59 掇賺：哄騙。

60 良人婦：清白人家的婦女。良，古代以士農工商為良，以倡優、奴婢、乞丐為賤。

聲道不如歸去[61]。妙，妙。

此惜又是杜將軍唱，真乃文秀之筆，未可多得也。

（杜云）那廝若不去呵，祇候[62]人拏下者。（鄭云）不必拏，小人自退親事與張生罷。我亦不忍。（夫人云）將軍息怒，趕出去便罷。難，難。總之何苦寫此？（鄭云）今日鶯鶯與君瑞為夫婦，有何面目見江東父老？我要這性命何用，不如觸樹身死。妻子空爭不到手，風流自古戀風流。何須苦用千般計，一旦無常萬事休。（倒科）（夫人云）俺雖不曾逼死他，可憐他無父母，我做主葬了者。我亦不忍也，何苦寫至此？真為惡札，可恨恨也！想彼方復以為快，真另有一具肺肝也。（杜云）請小姐出來，今日做個慶賀的筵席，看他兩口兒成合者！（張生、鶯鶯拜夫人科，又交拜科，又拜杜將軍科）（紅娘拜張生、鶯鶯科）此時法本站何處？

【沽美酒】門迎駟馬車[63]，戶列八椒圖[64]。娶了個四德三從宰相女，第三從似早。平生願足，

---

[61] 你去綠楊陰裡兩句：語本宋柳永詞安公子：「聽杜宇聲聲，勸人不如歸去。」杜宇，杜鵑鳥。杜鵑的鳴叫聲，接近「不如歸去」的諧音。

[62] 祇候：差役。

[63] 門迎句：家門口停著四匹馬駕的車。駟馬車為達官貴人所乘之車。

[64] 戶列句：官署門上刻著各種動物花飾。椒圖，龍生九子，其一為椒圖，形似螺獅，性好閉口，用為官署門上的飾物。

托賴著眾親故。

【太平令】若不是大恩人拔刀相助，怎能個好夫妻似水如魚？好意也當時題目，正酬了今生夫婦。自古相女配夫65，新探花新探花路。此語輕新。

上來特續四篇，想只為此數語故耶？乃費盡無數氣力，而此數語又只草草，真不解何意也。

（使臣上，眾拜科）

【清江引】謝當今垂簾雙聖主66，妙句。敕賜為夫婦。五字句妙。永老無別離，萬古常圓聚。願天下有情的都成了眷屬。妙句。

結句實乃妙妙！

65 相女配夫：根據女子的自身條件來選擇相稱的丈夫。

66 當今垂簾雙聖主：指唐憲宗和太上皇唐順宗。

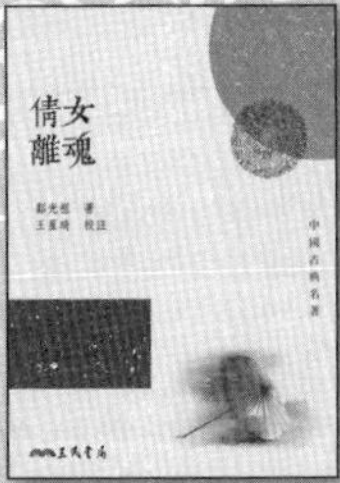

倩女離魂

鄭光祖／著　王星琦／校注

倩女離魂是鄭光祖最具代表性的劇作。它開啟了「離魂型」戲劇創作的先聲，在中國戲曲史上具有特殊重要的意義。內容敘述王文舉與張倩女之間曲折的愛情故事，倩女在諸種矛盾衝突中艱難掙扎，並義無反顧地追隨愛情，她的叛逆與反抗精神在禮教禁錮、強調門第觀念的社會背景中更加凸顯，是時代思潮的折射。本書的校勘整理，以臧晉叔元曲選本為底本，並參酌前輩時賢諸多校注本，擇善而從，特具深刻意涵。

國家圖書館出版品預行編目資料

第六才子書西廂記／王實甫原著,金聖嘆批點,張建一校注.－－三版一刷.－－臺北市：三民，2020
面；　公分.－－(中國古典名著)

ISBN 978-957-14-6788-7（平裝）

853.55　　109000314

中國古典名著

第六才子書西廂記

原著者	王實甫
批點	金聖嘆
校注者	張建一
發行人	劉振強
出版者	三民書局股份有限公司
地址	臺北市復興北路 386 號 (復北門市) 臺北市重慶南路一段 61 號 (重南門市)
電話	(02)25006600
網址	三民網路書店 https://www.sanmin.com.tw
出版日期	初版一刷 1999 年 10 月 二版三刷 2015 年 5 月 三版一刷 2020 年 2 月
書籍編號	S854510
ISBN	978-957-14-6788-7

三民書局